DZIEDZICTWO PRZODKÓW

UNIWERSUM METRO 2033

SURIEN CORMUDIAN

DZIEDZICTWO PRZODKÓW

TOD MIT UNS

Przekład Paweł Podmiotko

insignis

Tytuł oryginału

Метро 2033: Наследие предков. Tod Mit Uns

Pomysł serii „Uniwersum Metro 2033" Dmitry Glukhovsky, 2009

Przekład z języka rosyjskiego Paweł Podmiotko

Projekt okładki Ilja Jackiewicz

Projekt logotypu serii Jacek Doroszenko, www.doroszenko.com

Redaktor prowadzący Piotr Mocniak

Redakcja i korekta
Tomasz Porębski, Lidia Kowalczyk, Dominika Pycińska

Skład i przygotowanie do druku
Tomasz Brzozowski, Dominika Pycińska

ISBN: 978-83-63944-34-6

insignis

Insignis Media
ul. Szlak 77/228–229, 31-153 Kraków
telefon/fax +48 (12) 636 01 90
biuro@insignis.pl, www.insignis.pl
facebook.com/Wydawnictwo.Insignis
twitter.com/insignis_media

Druk i oprawa:

opolgraf

Opolgraf SA, www.opolgraf.com.pl

Wyłączna dystrybucja:

fk

Firma Księgarska Olesiejuk, www.olesiejuk.pl

Wydrukowano na papierze Ecco Book 60 g/m², wol. 2,0
dostarczonym przez firmę

antalis | map

Antalis Poland, www.antalis.pl

SPIS TREŚCI

PROLOG

Dawno temu…

Ceglane mury zniknęły już sto kroków wcześniej. Stało się to jakoś niezauważenie. Ciekawe dlaczego? Ach tak! Tam przecież było osuwisko. Zatrzymany w czasie upadek masywnej płyty z sufitu wyhamowany przez wygięte w paragraf, przeżarte rdzą stalowe pręty zbrojeniowe. W ślad za zawaliskiem nieubłaganie pełzły korzenie drzew, szukając jakicjkolwiek szpary w gruncie, by ją wypełnić.

Przecisnęli się przez wąską szczelinę i ruszyli dalej prostym korytarzem. I dopiero teraz dotarło do nich, że idealnych w swej łukowej formie sklepień z czerwonej cegły oraz murów naznaczonych zmarszczkami starości i pamiątkami dawno minionej wojny już nie ma. Są za to surowe geometryczne formy podporządkowane zasadzie kąta prostego. Pionowe ściany. Poziomy sufit. I wszystko z żelazobetonu. Ściany nosiły ślady osłon z desek, na które niegdyś ten beton wylewano. Gdzieniegdzie dało się nawet dojrzeć odbity wzór drzewnych włókien. Na ścianach nie było już napisów w rodzaju: „Coj żyje", „Katia + Pietia", „FRK-17", „Eminem", „Ola – daje + 7955 555..." i tak dalej. Napisy w ogóle zniknęły. Po prostu goły beton. Zardzewiałe metalowe uchwyty pod sufitem miały podtrzymywać wiszące tam dawniej kable. W niektórych miejscach przewody zachowały się i dyndały teraz żałośnie. Sam korytarz był niezbyt szeroki. Gdzieniegdzie w ścianach znajdowały się nisze, tak jakby powinny tam być drzwi. Ale wystarczyło poświecić latarką, by dojrzeć, że wnęki o głębokości zaledwie kilkudziesięciu centymetrów kończyły się taką samą głuchą ścianą. W takim razie po co tu były? Pomyśleli tak pewnie wszyscy, ale tylko Rusłan powiedział to na głos:

– A to po jaką cholerę? – Wszedł do wnęki i poklepał ścianę dłonią.

– A licho wie. – Jegor o przezwisku Chrust wzruszył ramionami, świecąc latarką to na ścianę, to na tyłek Lenki w obcisłych dżinsach.

– Przestań – fuknęła Lenka, wycelowała w Chrusta aparat fotograficzny i zaświeciła mu w oczy lampą błyskową.

– Czyś ty zgłupiała?! – zawołał chłopak, potrząsając głową i krzywiąc się. Na ekranie cyfrówki zastygła kostropata fizjonomia Jegora na moment przed tym, jak mocno zacisnął powieki i gwałtownie się odwrócił, miotając przekleństwa pod adresem dziewczyny.

– Ej, Chrust! – warknął Rusłan, najwyższy i najsilniejszy z całej czwórki. – Bo zaraz oberwiesz!

– To powiedz swojej dupie...

– I za dupę też!

Pochód zamykał Saniok. Koledzy nazywali go Harry Potek. Aż się prosił o takie przezwisko. Niski. W okularach. Ze śmiesznie poważnym wyrazem twarzy jak na siedemnastoletniego wyrostka. No i mocno się pocił. Jego niepozorność wprost zmuszała go, by był najbardziej oczytany i inteligentny z całej grupy. I oczywiście żeby był prawiczkiem. Rusik Kałancza miał Lenkę. Jegor Chrust w ogóle miał dziewczyny, za każdym razem inną, nie tylko ze szkoły, ale nawet studentki. A spocony Saniok miał książki, internet i najlepsze oceny w klasie. Ze wszystkich przedmiotów oprócz wuefu. A do tego wiedział, jak dostać się do podziemi pod Piątym Fortem, omijając jego kompleks muzealny.

– Była tu pewnie jakaś tablica rozdzielcza – powiedział cicho, świecąc latarką we wnękę i przyglądając się uważnie ścianie dookoła niej. – O, z sufitu idą mocowania. To znaczy, że szedł tędy kabel.

– Jaka rozdzielnica? – odwrócił się do niego Chrust.

– Elektryczna.

– Kujon wszystko rozkminił – prychnął Jegor, odwracając się do pozostałych.

– Masz jakieś inne wersje?

– Ależ nie mam, nie mam. Ty jesteś ten mądry, my po prostu idziemy obok – mrugnął do niego Jegor.

– Dobrze było pomarudzić. A teraz w drogę! – machnął latarką Rusłan.

Lenka cyfrówką pstryknęła zdjęcie wnęki i dogoniła swojego chłopaka.

– Ciekawe. Piąty Fort jest jeszcze większy, niż opowiadają… – powiedziała z podziwem.

– To nie jest jeszcze Piąty Fort – przybierając poważną minę, powiedział Sańka, który zamykał pochód i ciągle spoglądał na Lenę. Bardzo często marzył, by być taki wysoki i wysportowany jak Rusłan. Może wtedy Lenka szłaby obok niego jak wierny piesek?

– Jak to nie? – odwrócił się Chrust. – Przecież weszliśmy do Piątego Fortu.

– Weszliśmy do szybu obok niego. I już z niego wyszliśmy. Te podziemia mają trochę inną architekturę. I wiek. Jesteśmy teraz w korytarzu, który łączył fort z czymś innym.

– A z czym?

– Na razie nie wiem. Mogę powiedzieć, że z tego wszystkiego, do czego się dokopałem w bibliotece i internecie, wynika, że pod Kaliningradem... mało tego, pod całymi Prusami Wschodnimi są takie podziemia, że się w pale nie mieści!

– Wszystko to w większości wymysły – zabrzmiał głos Rusłana.

Sania zmarszczył brwi. Nie lubił, kiedy Rusik starał się sprawiać wrażenie mądrzejszego od niego. Co jak co, ale intelekt był w tym towarzystwie przymiotem przede wszystkim Harry'ego Potka. I nie zamierzał oddawać jedynego bastionu swojej kiepskiej, mimo wszystko, samooceny.

– A gdzie teraz jesteś? W wymyślonym korytarzu?

– Ten korytarz jeszcze nic nie znaczy. Takich podziemi jest pełno i wokół miasta. I pod Bałtyjskiem. I w Czerniachowsku. I cholera wie gdzie jeszcze. W Riabinowce na przykład.

– No i sam sobie odpowiedziałeś – uśmiechnął się Saniok. – Do czego służą te tunele? Do spacerów? Dokądś przecież prowadzą? Pamiętasz, jak w Domu Kultury Marynarzy, gdzie tak lubisz chodzić z Lenką na dyskoteki, znaleźli całą fabrykę panzerfaustów? Kilka pięter pod ziemią, Niemcy to wszystko zatopili. A kiedy odkryto ich istnienie?

– No, chyba z dziesięć lat temu.

– Sam widzisz! Rosjanie mieszkali tu przez pół wieku, zanim dowiedzieli się, co mają pod nogami w jednym tylko budynku. I to dopiero kiedy w Niemczech postanowiono przekazać nam jakieś odnalezione archiwa dotyczące Königsberga. Nie mamy pojęcia, co tu się jeszcze kryje pod ziemią. Nie znamy nawet małej części tego świata. Nawiasem mówiąc, z DKM-u do obecnego Domu Sztuk można było przejść bez wychodzenia na powierzchnię. Wszystkie piwnice budynków były połączone tunelami. Tak więc centralna Kneiphöfische Langgasse była zdublowana pod ziemią.

– Co to za Knajpisze Lagasa? – odwrócił się Chrust.

– Kneiphöfische Langgasse – poprawił go Saniok. – Tak się kiedyś nazywał Prospekt Lenina.

– Kurde! Konstantynopolitańczykowianeczka normalnie. A ja myślałem, że Prospekt Lenina za Niemca nazywał się Prospekt Hitlera – zachichotał Chrust.

Zawtórował mu śmiech Rusłana.

– Och, Rusik, a co jak znajdziemy Bursztynową Komnatę? – Lenka złapała Kałancza za rękę. – Wyobrażasz sobie? Dostaniemy nagrodę?

– A pewnie. Jeszcze pokażą nas w Kaskadzie[1] – mruknął idący przodem Jegor.

---

1 Kaskada – lokalna kaliningradzka stacja telewizyjna (jeśli nie zaznaczono inaczej, przypisy pochodzą od autora).

– Fajnie by było! Nie, Rusik?

– Tak czy owak, Sania, sam się zastanów, kiedy by zdążyli wybudować podziemne miasto, w które tak wierzysz? Bo ile lat faszyści rządzili w Niemczech?

– Faszyści nigdy nie byli w Niemczech u władzy – pokręcił głową Saniok.

Wszyscy odwrócili się i spojrzeli na niego. Jegor nawet podniósł rękę w geście zwycięstwa, wskazując kolegę palcem, i wydusił z siebie:

– Aaa! Zagalopowałeś się, Potek! Głupich chcesz z nas zrobić! Jak to nie byli u władzy? A Hitler to kim był, krysznowcem?

– Faktycznie, Saniok. Co ty za bzdurę teraz chlapnąłeś? – rozłożył ręce Rusłan.

– Ech, durnie – westchnął Harry. – Faszyści, zapamiętajcie to sobie, rządzili we Włoszech. W Niemczech byli narodowi socjaliści.

– A co za różnica? – zapytała Lenka.

– Ano taka, że na przykład faszyści nigdy nie prześladowali Żydów.

Jegor wybuchnął śmiechem:

– Teraz to pojechałeś, kujonie!

– Daj spokój!

– Czekaj no! – machnął ręką Rusłan. – Niech będą naziści, nie w tym rzecz. Ale tak czy owak: ile lat rządzili? Nie zdążyliby czegoś takiego zbudować.

– Po pierwsze, nie mówiłem o podziemnym mieście. Chociaż go nie wykluczam. Mówiłem o przewodach i tunelach łączących ważne obiekty. A jeśli chodzi o czas… Zapomniałeś o jednym istotnym czynniku.

– Jakim?

– Miliony niewolników, którzy pod groźbą śmierci i tortur będą robić, co zechcesz przez okrągłą dobę, żeby tylko dostać miskę zupy i przeżyć. I jeszcze coś. Mam dla ciebie przykład. Wehrwolf.

– Że co?

– Wehrwolf. Wilkołak. Albo, w innym tłumaczeniu, „zbrojny wilk". Tak nazywała się kwatera Hitlera pod Winnicą. Niemcy zajęli te tereny w czterdziestym pierwszym. Nasi wyparli ich stamtąd w czterdziestym czwartym. Tylko trzy lata. I w tym krótkim czasie na pustkowiu pojawił się niezwykły bunkier. I nie tylko bunkier, ale i infrastruktura. Wojskowe miasteczko. Dookoła posadzono drzewa i krzewy dla kamuflażu. Lotnisko, by chronić kwaterę z powietrza. Elektrownia. A przecież i o Wehrwolfie praktycznie nic nie wiadomo. Dopiero niedawno okazało się, że jest tam podwyższone promieniowanie. A w końcu to Ukraina. Tutaj zaś były Niemcy. Ich terytorium. Czasu i więźniów obozów koncentracyjnych mieli aż nadto. A były jeszcze podziemne korytarze fortyfikacji z czasów Drugiej Rzeszy i podziemia zbudowane przez zwariowanych na tym punkcie Krzyżaków siedemset lat wcześniej. Nie można też zapominać o tajnych podziemnych kryjówkach pogańskich Prusów, chowających się tam przed Krzyżakami, którzy urządzali sobie na nich polowania. Wszystko to można było wykorzystać – i z pewnością wykorzystywano – przy budowie tajnej infrastruktury.

– Kurczę, Saszka, jak ci się to wszystko mieści pod kopułą? – Lenka chciała chyba powiedzieć mu komplement, ale chłopak odebrał to jako szyderstwo. Spojrzał ponuro na dziewczynę i wycedził:

– Dużo tam zostaje miejsca, jak się odejmie myśli o modnych ciuszkach i piosenki Ranetek[2].

– Idiota! – prychnęła Lenka.

Gorycz spowodowaną obraźliwym słowem osłodziła radość z tego, że próba wbicia Lence szpilki zakończyła się sukcesem. Sańka uśmiechnął się krzywo:

– A wiecie, przyjaciele, co wam jeszcze powiem?

– Jakieś kolejne farmazony? – dał się słyszeć głos Chrusta, który coraz bardziej się od nich oddalał.

Sania zignorował go i kontynuował:

– Nikt z was się nie zastanawiał, dlaczego Kenig[3] skapitulował? Pierwsze duże niemieckie miasto, najdalej wysunięty punkt obronny w całym regionie – i po prostu się poddał.

– A dlatego, że nasi dali im łupnia. Tamci nie mieli wyjścia – machnął ręką Rusłan.

– Rusik, trzy dni! – zawołał Sania. – Szóstego kwietnia czerwoni zaczęli, a dziewiątego Otto von Lasch[4] skapitulował! Dlaczego? A przecież Niemcy stawiali zaciekły opór. W końcu to nie był Stalingrad! To była ich ziemia. *Vaterland*. A ci pękli po trzech dniach. I to nie przed anglojankesami. Przed dzikimi bolszewikami! Przecież to do nich niepodobne! Tuż obok zgrupowanie sambijskie. Na południu – dwadzieścia dwie dywizje. Königsberg to było miasto twierdza. Terytorium Rzeszy. A ci się poddają.

---

2 Ranetki – współczesny rosyjski girlsband (przyp. tłum.).

3 Kenig – potoczna nazwa Kaliningradu pochodząca od dawnej nazwy Königsberg.

4 Generał Wehrmachtu Otto von Lasch – komendant miasta twierdzy Königsberg w 1945 roku.

– A ty tak to przedstawiasz, jakby nic się tutaj nie działo! – W głosie Jegora nie pobrzmiewała już prowokacyjna kpina i ironia, lecz wyraźne niezadowolenie. – Wiesz chociaż, idioto, ile to nas kosztowało? Mój pradziadek tam zginął. Wiesz, jakie mieliśmy straty? No i cisnęliśmy ich, aż miło! Nie wytrzymali naszego naporu! I tyle!

– Daj spokój! Tamci mogli się bić jeszcze długo. I przez jakiś czas nawet to robili. Przeciągali sprawę. W jakim celu – nie wiadomo. Wiedzieli przecież, jakie siły zostały na nich rzucone. A jednak ósmego odrzucają ultimatum. A dziewiątego – kapitulacja. Po prostu nie chcieli, żeby doszło tu do intensywnych bombardowań. Nasi mieli ciężką artylerię. Nie było wprawdzie dużych samolotów, ale nalot mogli przeprowadzić anglojankesi. Choćby spod Połtawy, gdzie amerykańskie latające fortece miały bazę. Szkopy coś tu miały, pod ziemią. I to nadal tu jest. A zmasowane naloty mogły sprawić, że to coś by się zawaliło. Niemcy już wtedy dobrze wiedzieli, co znaczą bombardowania aliantów, i rozumieli, że jeśli szturm będzie dla nas ciężki, nie będziemy się ceregielić. To nie sowieckie miasto, które trzeba wyzwolić. Nie polski Kraków, który trzeba uchronić przed zniszczeniem za cenę życia naszych żołnierzy. To miasto śmiertelnego wroga. Bomb nikt tu nie będzie żałować. Tym bardziej, że trzeba było jak najszybciej dotrzeć do Berlina. I zrobić to, zanim Niemcy wpadną na pomysł, by zawrzeć pokój z zachodnimi aliantami i zaatakować nas wspólnym frontem.

– Wszystko to jakieś naciągane. Po prostu naginasz fakty do swojej teorii...

– Jegorze, gdybyś mniej czasu tracił na laski, a więcej czytał, to wiedziałbyś, że jest na to jedno słowo – hipoteza. A każda hipoteza wymaga sprawdzenia w praktyce. Co właśnie robimy.

– No dobra. Jakie masz jeszcze dowody na twoją teorię… czy raczej hipotezę? – zainteresował się Rusłan.

– Ano mam taką małą sugestię. – Harry przyjrzał się dziwnym, mniej więcej dziesięciocentymetrowej szerokości szczelinom w podłodze i ścianach. Poświecił w górę. Na suficie była stalowa płyta. Nikt poza nim tego nie zauważył. Zresztą Saniok też nie przejął się tymi dziwnymi detalami i ruszył dalej.

– Jaką? Kryli tu to, co zagrabili w ZSRR? Bursztynową Komnatę? Złote zęby pomordowanych? – ciągnął dyskusję Kałancza.

– Bzdury! Nie warto nawet brać tego pod uwagę. Żadne skarby nie mogły mieć takiego znaczenia.

– A więc w czym rzecz? Co tu ukrywali, jeśli, jak twierdzisz, przeciągali sprawę? I co chcieli ochronić, jeśli skapitulowali, żeby uniknąć zmasowanych nalotów? – Rusłan poświecił latarką na Sańka i ten zasłonił twarz dłonią.

– Słyszałeś o Heinklu 177? – zapytał zamiast odpowiedzi.

– A to co znowu? Mityczne laboratorium w rodzaju bajek o Königsbergu-13? – prychnął Rusłan.

– Nie. To samolot He-177. Ciężki bombowiec.

– Myślałem, że mieli tylko messerschmitty i junkersy – dał się słyszeć głos Chrusta.

– Jegor, nie myśl. Nie wychodzi ci to.

– A idź ty…

– Dobra – przerwał im Rusłan. – A co ma do tego samolot?

– Dużo. Powstała modyfikacja He-177 V-38. Wygląda na to, że w jednym egzemplarzu. Samolot specjalnego przeznaczenia. Eksperymentalny. I jak się zdaje, pod koniec czterdziestego trzeciego roku przerzucono go do 1. Eskadry Bombowej Hindenburg. A gdzie miała bazę ta eskadra?

– To też wiesz?

– No jasne. Eskadra miała bazę w Prusach Wschodnich. Na lotniskach Prowegen i Seerappen. Niedaleko Keniga. Czyli u nas.

– No ale co do tego miał samolot?

– Rzecz nie w samym samolocie, tylko w jego przeznaczeniu…

Sańka nie zdążył skończyć. Przerwał im okrzyk Jegora i wtórujący mu ostry i przenikliwy pisk Lenki. Rusłan i Harry machnęli latarkami w tamtym kierunku. Tuż przed Chrustem wzniósł się półkolisty fragment podłogi. I takie samo półkole uciekło mu spod nóg. Jegor wypuścił latarkę, wyrzucił ręce w górę, padając na wielki żelbetowy dysk przebity idącą w poprzek korytarza osią, i próbował chwycić za krawędź. Ale obrót dysku wokół osi był nieubłagany. Płyta stała już prawie pionowo, kiedy Chrust krzyknął coś niezrozumiale i w ślad za swoją latarką ześlizgnął się w otchłań niewidocznego szybu. Okrągła pokrywa pułapki zakończyła swój obrót i znów zlała się z podłogą.

– Cholera! – ryknął Rusłan i rzucił się w kierunku miejsca, gdzie jeszcze przed chwilą był ich przyjaciel. Ze wszystkich sił nacisnął rękami podłogę.

– Rusik! Nie rób tego! Ostrożnie! – wrzasnęła histerycznie Lenka, przestępując z nogi na nogę i machając rękami.

Sańka przyskoczył do Kałanczy i pomógł mu wprawić diabelską zapadnię w ruch. Udało im się to z dużym trudem. Przez szczelinę w kształcie półksiężyca ukazał się szyb ukryty pod obrotowym włazem. Dobiegał stamtąd daleki i szybko oddalający się krzyk odbijający się echem od ścian szybu. Potem krzyk ucichł i został tylko rezonujący pogłos w głębokiej studni. Przerażający i szarpiący nerwy. Nagle pozostała trójka wyraźnie poczuła, jak korytarz wibruje. Za nimi rozległ się przenikliwy zgrzyt, po którym nastąpiło głuche, metaliczne uderzenie i powiew powietrza.

– A to co znowu?! – zawołał Rusłan.

– Rusik, boję się! Co z Chrustem?! – krzyczała Lenka.

– Zamknij się! – Kałancza zerwał się i pomknął z powrotem. Sańka podążył za nim.

– Nie zostawiajcie mnie! – Dziewczyna pobiegła za nimi.

Ale ci wcale nie zamierzali jej zostawiać. W tej chwili interesowało ich tylko jedno: co to za dźwięk słyszeli z tyłu. I dopiero teraz, gdy odkryli, że tam, gdzie przechodzili kilka minut wcześniej, był lity mur, Sańka przypomniał sobie o tych szparach w podłodze i ścianach. I stało się jasne, że tamta metalowa płyta pod sufitem była dolną krawędzią masywnej zasuwy, która wsunęła się w te szczeliny i zamknęła im drogę powrotną.

– O mamusiu! – Lenka dosłownie podskoczyła w miejscu, piszcząc i zagryzając palce. – Co to jest?!

Sańka i Rusłan popatrzyli po sobie, szukając jakiegokolwiek pomysłu, co robić dalej. Przed nimi była obrotowa podłoga o szerokości kilku metrów. Droga powrotna była odcięta przez nagle powstałą masywną ścianę. A w uszach wciąż jeszcze dźwięczał długi i daleki krzyk spadającego w przepaść Jegora, wyraźnie świadczący o potwornej głębokości ukrytej pod obrotową pokrywą studni.

* * *

Na skraju lasu stał GAZ Gazela Ministerstwa do spraw Sytuacji Nadzwyczajnych w charakterystycznych barwach, dziennikarski volkswagen, kilka osobówek i kamaz służb ratowniczych. Nieco z boku zaparkował wojskowy UAZ. Przy nim stał oficer w nowiutkiej panterce od Judaszkina[5], w naciągniętej na czoło czapce z daszkiem. Odszedł od reszty grupy i zakrywając sobie jedno ucho dłonią, a do drugiego przyciskając telefon komórkowy, cicho rozmawiał. Obok samochodu dwoje cywili za pośrednictwem tłumacza zwracało się po niemiecku do trójki ludzi w mundurach Ministerstwa do spraw Sytuacji Nadzwyczajnych trzymających dużą i wyraźnie wiekową mapę…

Wyczerpany przez głód i odwodnienie chłopak odczołgał się już jakieś czterdzieści metrów od tej wąskiej, wyłożonej cegłą i wyglądającej na bardzo starą szczeliny we wzgórzu, skutecznie ukrytej przed wzrokiem

5 Walentin Judaszkin – znany rosyjski projektant mody (przyp. tłum.).

postronnych przez trawę i gęste zarośla. Południowe słońce boleśnie raziło oczy, które przez kilka dni spędzone w podziemiach zdążyły odwyknąć od światła dziennego. Drżącą ręką starł z okrągłych szkieł okularów pajęczynę i zaczął czołgać się w stronę ludzkich głosów...

Dziennikarka poprawiła niesforne, poddające się słabym porywom wiatru włosy.

– Jak wyglądam? – zapytała operatora.

– Tak, że zaraz się z tobą ożenię – mruknął tamten, poprawiając ciężką kamerę na ramieniu. – Może już to nakręcimy?

– No dobra. Jedziemy!

Operator zmrużył jedno oko, dając znak, że włączył kamerę.

– Piątą dobę trwają poszukiwaniu czwórki licealistów, uczniów Szkoły nr 2 w Kaliningradzie. Przypomnę ich nazwiska: Rusłan Machiejew, Jegor Chrustaliow, Lena Berger i Sasza Zagorski. Wiemy, że w ubiegłą sobotę wybrali się, by badać kazamaty Fortu Piątego, które dawno już upatrzyli sobie młodociani poszukiwacze przygód. Szczególnie atrakcyjnym czynią fort liczne opowieści o tajemnicach niemieckich podziemi i historie o tym, jak ludzie przepadają tam bez śladu. Lecz jeśli do niedawna wszystkie te pogłoski były niczym innym, jak tylko miejskimi legendami, nieodłączną częścią współczesnego kaliningradzkiego folkloru, to przypadek czworga uczniów stanie się, być może, potwierdzeniem złej sławy Piątego Fortu. Dziś do poszukiwań przyłączyli się przedstawiciele niemieckiego konsulatu, którzy otrzymali z Berlina archiwalne plany fortu i połączonych z nim podziemnych korytarzy. Być może pozwoli to rozszerzyć teren poszukiwań i odnaleźć błądzące w podziemiach dzieci. Teraz właśnie znajdujemy się w pobliżu byłego stanowiska artylerii przeciwlotniczej numer…

„Rusłan Machiejew, Lena Berger, Jegor Chrustaliow". Chłopak poczuł ostry ból w sercu, słysząc zza zarośli kobiecy głos miarowo powtarzający te imiona. Z oczu pociekły mu łzy. Czuł, że nie jest w stanie krzyczeć ani się czołgać. Nie wierzył, że udało mu się wydostać. I oto tutaj, tuż obok, są ludzie, którzy go szukają. Szukają ich wszystkich…

Major coraz bardziej marszczył brwi, wsłuchując się w to, co dochodziło z głośnika komórki.

– Tak jest! Tak. Tak, wszystko zrozumiałem, towarzyszu pułkowniku. Tak, wysłałem już żołnierzy do bazy. Tak jak powiedział Suchomlin. Dzwonił do pana… To potwierdzone? Po prostu nie mieści mi się to jakoś w… Tak. Tak jest! Zrozumiałem.

Odstawił telefon od ucha i zaczął gorączkowo wyszukiwać w menu inny numer.

– Borszczow, taka twoja mać! Gdzie ty jesteś?! Odpalaj UAZ-a, żywo! – ryknął.

Niemcy, ratownicy, urzędnicy i dziennikarze spojrzeli z niezadowoleniem w jego stronę. Szczególnie reporterka, wyraźnie zmartwiona tym, że w jej materiale znalazły się głośne przekleństwa. Trzeba będzie kręcić jeszcze raz.

Z dalekich krzaków wychynął przestraszony wrzaskami żołnierz. Poprawiając w biegu spodnie i pasek, popędził do samochodu.

Major w końcu znalazł właściwy numer i nacisnął przycisk połączenia, dosłownie wtłaczając telefon w zaczerwienione od poprzedniej rozmowy ucho.

– Halo! Lida! Ależ zaczekaj, nie przerywaj! Gdzie jesteś? Dzieci są z tobą? Krótko: biegiem się pakujcie, bierzcie taksówkę, za każde pieniądze, i natychmiast uciekajcie z Bałtyjska. Ale tylko Trasą Swietłogorską. W stronę Swietłogorska. Do Otradnego albo Pionierskiego. Znajdę was tam. Czy ty mnie w ogóle słuchasz?! Jaka, do cholery, plaża?! Coś ty, zgłupiała?! Powiedziałem, zabieraj się natychmiast z Bałtyjska! Taksówką! Nieważne ile... To oddaj... pierścionek zaręczynowy i kolczyki! No, co z ciebie za idiotka, no?! Powiedziałem... A dlatego, że tam jest baza wojskowa i zaraz nie będzie żadnego Bałtyjska, kretynko!!!

Świadkowie rozmowy umilkli i patrzyli w zdumieniu na majora. Na ich twarzach zastygły jednakowe miny – wyrażające zdziwienie i bezgłośne pytanie: co znaczy ostatnie, tak głośno wykrzyczane zdanie?

Major zaklął, zrozumiawszy, że palnął gafę, i wybierając kolejny numer telefonu, szybko skierował się za najbliższe drzewo. Obszedł je i znieruchomiał. Wprost przed nim na pogniecionej trawie leżał nastolatek. Ciemnowłosy. W okularach. W brudnym i miejscami zakrwawionym ubraniu. Z pustym plecakiem na ramionach. Chłopak patrzył na niego przygasłym, pustym wzrokiem.

– Skąd się tu wziąłeś? – wykrztusił oficer.

– Z... spod ziemi... – ledwie słyszalnie wychrypiał chłopiec.

– Najwyższy czas tam wracać. – Wojskowy zmarszczył brwi i nagle zmrużył oczy. Od strony lotniska Czkałowskiego gwałtownie rozbłysło nieznośnie jasne, białe światło. Z placyku, na którym zaparkowały samochody, dobiegły odgłosy przerażenia i krzyk dziennikarki.

– Zaczęło się! – wypuścił powietrze major. – Borszczow! Do mnie! Biegiem!!!

Gwałtownie się pochylił, chwycił nastolatka i pomknął po śladach pozostawionych w trawie przez czołgającego się chłopaka.

– Gdzie to podziemie?! – krzyknął poprzez narastający huk.

– Tttam... – kulejący chłopak bezwolnie machnął ręką.

Po niebie niczym strzały przemknęły rzadkie obłoki, pędzone przez nieznaną siłę. Huk narastał, aż nagle do lasu wdarł się huragan. Potężna fala pyłu wyrywająca z korzeniami młode drzewa i łamiąca stare. Fruwające krzaki zamieniły się w niekończącą się ulcwę. Ściana kurzu, kamieni, ziemi i roślin porwała stojące na skraju lasu samochody i ludzi. Ostatni z miejsca poderwał się Żekamaz. Najpierw podniosła się lżejsza, tylna część. Zerwana skrzynia przekoziołkowała nad kabiną i zniknęła w mroku fali uderzeniowej...

Dzisiaj... Teraz...

Było zupełnie bezwietrznie. Duża rzadkość. Właśnie ta okoliczność dała pretekst do kolejnego wyjścia na powierzchnię. Potężny korpus PTS-2[6], ugniatając stalowymi gąsienicami przybrzeżny piasek, zbliżał się do dawnego poligonu. Dalej na południowym zachodzie wybrzeże Półwyspu Sambijskiego było zasnute gęstą, brudnożółtą mgłą. Bezkresne brunatne fale Bałtyku były skażone nie tylko przez globalny Kataklizm sprzed wielu lat, ale też przez uwolnioną zawartość tysięcy niemieckich pocisków wypełnionych bojowymi środkami trującymi. Dawno temu Hitler ostatecznie nie zdecydował się ich użyć. Straszne dziedzictwo przypadło w udziale zwycięzcom, którzy postanowili zatopić śmiercionośny arsenał w morskich wodach. Minęły lata. Świat pogrążył się w otchłani samozniszczenia. Zniknęły miasta. Kraje. Ludzie. Cywilizacja. A pociski spokojnie leżały sobie w głębinach Bałtyku, toczone przez czas i słoną wodę. I podobnie jak to było z ludzkością, która samą siebie doprowadziła do zguby, morze popełniło samobójczy, choć nieunikniony błąd. Przeżarło powłoki pocisków i bomb, wypuszczając na zewnątrz tysiące dżinnów w postaci pirytu, tabunu, sarinu, cyklonu i innych świństw, które potrafił zsyntetyzować tylko ludzki umysł.

Woda była trująca, podobnie jak nadciągająca od morza mgła. Ale teraz, kiedy zupełnie nie było wiatru, garstce ocalałych ludzi nadarzyła się jedna z nielicznych okazji, by wyprawić się w stronę Bałtyjska – dawnej

6 PTS-2 – Średni Transporter Pływający.

bazy rosyjskiej marynarki wojennej. Ludzie potrzebowali części i podzespołów do pojazdów, których używali, a także paliwa. Wszystko to można było zdobyć również tam – w magazynie inżynieryjnym i w składzie paliwa bazy.

Ogromny transporter pływający, zdolny pomieścić w swojej ładowni nawet transporter opancerzony BTR, kontynuował swój miarowy i uparty ruch po piasku, pozostawiając za sobą wyraźne odciski gąsienic. Ślady tak niepasujące do okolicznego pejzażu, przez długie lata po katastrofie całkowicie pozbawionego jakichkolwiek oznak działalności człowieka. W każdym razie na powierzchni.

W kabinie siedziało czterech ludzi. Kolejna czwórka znajdowała się w części bagażowej, wśród pustych beczek na paliwo, turlających się leniwie po dnie amfibii. Ludzie byli ubrani w skafandry. Wojskowe kombinezony ochronne sprawiały, że wszyscy wyglądali jak okropni bliźniacy o martwych gumowych twarzach i szklanym wzroku masek przeciwgazowych; jak wytwory globalnej katastrofy. Przerażające fizjonomie w milczeniu rozglądały się na boki. Nieczęsto pojawiała się możliwość, by wypuścić się na powierzchnię pochłoniętego przez mrok świata w poszukiwaniu artefaktów, koniecznych by przedłużyć swoje istnienie. Nieczęsto i nie każdy miał zaszczyt oglądać zewnętrzny świat.

Okaleczone przez chemię drzewa podchodzącego do morza lasu, pędy strasznych przedstawicieli zaadaptowanej nowej flory nad beżowym piaskiem martwej plaży. Leniwe brunatne fale napływające z żółtej mgły i pozostawiające w pasie przybrzeżnym rdzawą pianę. Sama mgła, jakby jej nie było, jakby po prostu powietrze zmatowiało, straciła przejrzystość i przybrała brudnożółty kolor. Przebijające przez gęste opary sylwetki samotnych martwych drzew tam, gdzie roślinność nie mogła znieść agonii świata i nielicznym świadkom pozostawiła tylko suche szkielety gałęzi.

Borys Kolesnikow – postawny jasnowłosy mężczyzna o niebieskich oczach, z blizną po oparzeniu na prawym policzku – odwrócił głowę, spoglądając na pokonaną drogę. Równoległe kreski pozostawionych przez gąsienice kolein biegły w dal, kopiując krętą linię brzegową, ciągnącą się aż do przylądka, na którym można już było dojrzeć ruiny Jantarnego. Nagle monotonny ryk silnika zmienił wysokość i dwudziestoczterotonowy PTS gwałtownie się zatrzymał, pochylając opancerzony dziób i zadzierając tył. Beczki z łoskotem wywróciły się i poturlały w stronę siedzących ludzi.

Borys zatrzymał nogą zbliżającą się do niego beczkę i ta, dudniąc, potoczyła się do tyłu, poddając się inercji opadającej po hamowaniu rufy transportera. Kolesnikow zastukał dłonią w trójpalczastej gumowej rękawicy w tylną szybę kabiny. Dwóch z czterech znajdujących się wewnątrz ludzi odwróciło się. Borys gestykulując, zadał nieme pytanie o powód tak nagłego zatrzymania. Tamci pokręcili głowami w maskach i zaczęli wskazywać gumowymi „kleszczami" przed siebie, na pancerną szybę z przodu kabiny. Kolesnikow jednoznacznie skinął głową i rozłożył ręce, dając im znać, że ni cholery z tego nie zrozumiał. Siedzący w kabinie znów zaczęli pospiesznie gestykulować, wskazując palcami przed siebie. Wtedy Borys i znajdujący się razem z nim w części bagażowej towarzysz weszli na dach pojazdu i zlustrowali teren przed transporterem.

To, co pojawiło się przed ich oczami, sprawiło, że aż przetarli rękawicami szkła masek przeciwgazowych. Nie. Nie przywidziało im się. Jakieś trzydzieści metrów przed nimi, na ile pozwalała im ocenić pełznąca powoli mgła, piasek plaży przecinał łańcuch surrealistycznych w otaczającym ich pejzażu śladów człowieka. Ślady wychodziły wprost z wody, gdzie starły je już brudne i leniwe morskie fale. Poruszając się w poprzek plaży, ktoś wdrapał się na wydmę i, jak się zdawało, wszedł w suche zarośla rozgraniczające nadmorski las i szeroką wstęgę piasku...

CZĘŚĆ I

MGŁA

ROZDZIAŁ 1

EKSKLAWA

Trzej ludzie w skafandrach ochronnych stali w śluzie przeciwgazowej, cierpliwie czekając na wyniki pomiarów. Miejscowy chemik skrupulatnie przestudiował wskazania przyrządów, zapukał dłonią w grubą szybę oddzielającą komorę od pomieszczenia kontrolnego i aprobująco skinął głową. Potem zniknął z pola widzenia ludzi, którzy wrócili z powierzchni. Zaskrzypiały ciężkie hermetyczne wrota. Za nimi ukazał się chemik w podobnym skafandrze, tyle że białym, a nie zgniłozielonym; a zamiast maski przeciwgazowej miał szeroką panoramiczną szybkę z aparatem oddechowym pod spodem.

– W normie, chłopaki – wymamrotał przez maskę. Goście poszli za nim. Chemik szczelnie zamknął drzwi. Potem cała trójka przeszła do szatni i zaczęła się rozbierać. Nawet jeśli skafandry nie zostały skażone chemią czy promieniowaniem z powierzchni, nie wolno było wchodzić w nich do sektora mieszkalnego w bunkrze. Ubrania przeznaczone do eksploracji powierzchni nosiło się tylko na powierzchni. W odróżnieniu od nich chemik mógł swobodnie poruszać się w swoim kombinezonie po pozostałej części zamkniętego podziemnego światka – nie wychodził w nim na zewnątrz.

Major Stieczkin starannie złożył swój skafander na ławeczce, wyciągnął zza bandoletu czarny beret i, jak to miał w zwyczaju, wcisnął go na krótko ostrzyżoną głowę, ściągając bliżej potylicy. Major był mocno zbudowanym, zbliżającym się do pięćdziesiątki żołnierzem piechoty morskiej. Mimo to był w świetnej formie. Krótkie, kędzierzawe, czarne włosy na wielkiej okrągłej czaszce siwizna zaledwie musnęła. Łuki brwiowe mocno zachodziły mu na oczy, co razem z byczym karkiem i pochyloną nieco do przodu głową nadawało mu groźny wygląd. Ale wystarczyło Stieczkinowi przemówić, by przerażające pierwsze wrażenie rozpłynęło się w niespodziewanie łagodnym, aksamitnym i lekko stłumionym, jakby od kataru, głosie.

– Coś się grzebiecie, moi gwardziści – powiedział do pozostałych, ujmując się pod boki z uśmiechem odsłaniającym wyraźny prześwit między górnymi siekaczami.

– Już, Pawle Wasiliewiczu.

– No, szybko, szybko. – Stieczkin machnął lekko potężną dłonią, odwrócił się do chemika i puścił do niego oko. – Czołem, Mendelejew!

Stary chemik uśmiechnął się i skinął głową.

Major wyszedł z przebieralni i ruszył korytarzem bunkra. Blok-6, Zamaskowany Ośrodek Dowodzenia, znajdował się pod ziemią w lesie nieopodal wsi Krasnotorowka, siedem kilometrów od Jantarnego. Ludziom, którzy odbywali tu służbę przed katastrofą, poszczęściło się mieć pod bokiem taki obiekt. Większość żołnierzy i członków ich rodzin przeżyła. Schronienie znalazło tu też wielu mieszkańców Bałtyjska, położonego niecałe trzydzieści kilometrów na południe. Jednym z nich był Paweł Wasiliewicz Stieczkin, który został przywódcą wspólnoty Blok-6.

Korytarz oświetlała jedna jedyna lampa. To wystarczało, by widzieć ściany i drzwi. Przed przeciwległymi drzwiami, za którymi kiedyś była wartownia, a teraz mieszkanie dowódcy, stał starszy, ale wysoki i barczysty mężczyzna. Tak jak Stieczkin, był ubrany w mundur w panterkę „flora", ale bez koalicyjki.

– Witam po powrocie, dowódco! – chorąży Szestkow błysnął szczerbatym uśmiechem.

– Cześć, Edik! – Major uścisnął dłoń starego i wszedł do swojej kwatery.

Żelazne, po wojskowemu posłane łóżko. Duży stół ze świecznikiem i popielniczką. Trzy stołki. Pod ścianą naprzeciwko łóżka tylne siedzenie z samochodu osobowego pełniące rolę kanapy. Szafka z bronią. Ogniotrwały sejf. Na ścianie mapa obwodu. Wieszak z ubraniami, wyłącznie wojskowymi. Szafka nocna. Lampa rtęciowa pod sufitem. Oto cała siedziba przywódcy wspólnoty.

Major usiadł na łóżku, które zaskrzypiało w proteście, i ciężko westchnął.

– Wszystko poszło nie tak, jak chcieliśmy? – zapytał Szestakow, wchodząc i siadając na kanapie.

– No, no – przytaknął Stieczkin i nagle położył się na łóżku, osłaniając ręką twarz przed jaskrawym światłem. – Nie tak. Oczywiście dużo mówili o zjednoczeniu. Rozprawiali, że jesteśmy jednym narodem, że powinniśmy być razem. Użyli nawet mądrego słowa „integracja". W ogóle dużo pięknych słów…

– A tak naprawdę, to tak jak zwykle?

– A tak naprawdę, to tak jak zwykle. Poczekajcie, mówią. Jeszcze nie jesteśmy gotowi na przyjęcie takiej liczby ludzi. Wytrzymajcie. Tyle lat dawaliście radę, to teraz też dacie… Palić mi się chce! Nie masz papierosów?

– Rzucam. Zapomniałeś?

– Brawo! – Major znów usiadł, opierając się plecami o betonową ścianę. – Słusznie robisz. Widziałem, że w boksie nie ma PTS-a. Skworcow jednak pojechał do Bałtyjska?

Szestakow skinął głową.

– Pojechał.

– Szkoda, że na mnie nie zaczekał. Mam nadzieję, że starczy mu rozumu i przywiezie więcej paliwa, niż spali ten grat w obie strony.

– W końcu głupi nie jest. Domyśli się – chorąży uśmiechnął się, znów pokazując podniszczone zęby. – Słuchaj, Wasilicz. To może zagospodarujemy sobie Bałtyjsk? Tam przecież też jest bunkier.

– Edik, a byłeś w nim? – Stieczkin uśmiechnął się niewesoło. – To jest normalna nora. Tu w łaźni mamy więcej miejsca niż w całym tamtym bunkrze. No i… Odwiedziłem go kiedyś. Jakieś… niech sobie przypomnę… pięć albo sześć lat temu. Drzwi zamknięte na głucho. I to od środka. Parę nadtopionych. Widocznie jeszcze od wybuchu. Zaspawały się. Pozostałe nie, ale też zamknięto je od środka. A wejście dawno już zarosło. Czyli wszyscy ze sztabu bazy, którzy wleźli do środka, zostali tam na zawsze. Mogiła. I czemu się dziwić? Ostatni raz remontowali tam wentylację jeszcze za Związku Radzieckiego, drenaż tak samo. Każdej wiosny było wody po kolana.

Nie, Edik, nam jest potrzebny Kaliningrad. Piąty Fort. Tam jest przestrzeń.

– A gdyby przenieść się do Pionierskiego? Tam nawet nie ma toksycznych mgieł. Zdarzają się tylko z tej strony przylądka Taran. I woda w morzu jest z drugiej strony czystsza.

– Edik, oni tam nie mają miejsca, siedzą jak śledzie w beczce. A jeszcze kiedy przypłynęła ta łódź wypchana ludźmi... Potrzebujemy Piątego Fortu. Nie ma innej opcji.

– A w ogóle jak im się wiedzie?

– Cały czas tak samo. Żyją, nie narzekają. Nasze podziemia z ich nie mogą się równać. Ten ośrodek dowodzenia był obliczony na rok funkcjonowania po wymianie uderzeń jądrowych. A i to tylko po to, żeby pomóc okrętom podwodnym wystrzelić ostatnią salwę. Zaś Piąty Fort Niemcy budowali jako twierdzę. Z koszarami mieszkalnymi. Ze wszystkim. I to dla tysięcy ludzi, spodziewając się potencjalnie długiego oblężenia. I jest tam taki facet, co ma łeb na karku. Wpadł na sposób, jak znaleźć nowe terytoria.

– Ach tak? – chorąży podniósł siwe brwi.

– No. Głęboko pod ziemią mieszczą się dodatkowe pomieszczenia. Budowane jeszcze przez faszystów. I znalazł tam generatory. Do odpompowywania wód gruntowych i produkcji elektryczności. Wyobraź sobie, że zadziałały!

– No, Niemiaszki to potrafiły budować... – mruknął Edik.

– To akurat pewnie więźniowie. Cholera, żal tylko paliwa do transportera zmarnowanego na tę „oficjalną wizytę"...

– Dowódco, a zarysowałeś im chociaż sytuację? Że nam tu ciasno. Kończą się miejsce i zasoby. Że wszystko wokół jest skażone. Te mgły...

– Myślisz, że nie wiedzą – skrzywił się Stieczkin. – Przecież nie po raz pierwszy im o tym mówię. Wszystko wiedzą. I że nasza studnia głębinowa się wyczerpuje. Niedługo zabraknie nam wody nie tylko do dezynfekcji wracających z powierzchni, ale i do picia. I że od morza ciągną do nas trujące mgły. I że dzieci, których tak dużo uratowaliśmy wtedy, na samym początku, dawno już dorosły i same powinny zakładać rodziny, ale nie ma miejsca na mieszkania dla młodych par. Oni to wszystko wiedzą. Ale cały czas powtarzają: bądźcie cierpliwi. A życie ma to do siebie, że cały czas płynie. Życie mija i nie czeka.

– Targują się? – uśmiechnął się krzywo Szestakow.

– Robią aluzje. Cały czas wypytują o urządzenia techniczne, co i ile mamy oraz co z tego działa. Ile broni i amunicji. Jakie mamy plony z roślin okopowych w oranżerii i jak nam się mnożą króliki.

– No tak. Samochin, sukinkot, szuka zysku.

– Przecież jest zysk. Być razem – to jest największy zysk!

– No, my to akurat rozumiemy. Ale oni... No dobra, to są ich władze. A co myślą ludzie?

– Ludzie? – Stieczkin westchnął i wbił wzrok w podłogę. – To jest dobre pytanie.

– Co takiego? – zaniepokoił się chorąży.

– Spotkałem tam pewnego gościa. Nazywa się tak dziwnie... Powinieneś go pamiętać.

– Kto taki?

– Żołnierz kontraktowy z Bazy. Często bywał na naszym poligonie po służbie. Przypomnij sobie, taki nierosyjski z wyglądu. Zawsze też przyczepiał sobie odznaki do munduru polowego, a ty z tego żartowałeś. Że to niby prezent dla snajpera.

– Tigran?

– Aha, właśnie. Tigran. Kurde, dzisiaj z nim rozmawiałem, a całkiem wypadło mi z głowy, jak ma na imię! A ty ostatni raz widziałeś go jeszcze w poprzednim życiu, a pamiętasz. Brawo, staruszku! – Paweł się uśmiechnął.

– No i co u niego?

– A w porządku. Powiedział mi jedną ciekawą rzecz. W Piątym Forcie robią ludziom pranie mózgu.

– W jakim sensie?

– A w takim, że niby jest sobie taka Krasnotorowka. Mieszkają tam ludzie. W bunkrze. A rządzi nimi dyktator. Bandyta w mundurze, wojowniczy i surowy.

– Ożeż ty! – Eduard klepnął się dłońmi po kolanach. – Jak to rozumieć? Co to za pieprzenie?

– Właśnie tak. Propaganda. Wojna informacyjna, jeśli wolisz. Oczywiście niczego takiego byśmy się nie dowiedzieli podczas wizyty, gdyby Tigran nie powiedział mi tego w tajemnicy podczas prywatnej rozmowy w palarni.

– A nie kłamie?

– A po co? Nigdy nie było między nami żadnych tarć. Równy chłop. Sam sobie przypomnij. I bardzo się ucieszył z naszego spotkania.

– Poczekaj no… – Szestakow zmrużył oczy. – Chyba rozumiem.

– Co rozumiesz?

– Oni się boją. Rozumiesz?

– Nie do końca.

– No, sam się zastanów! Obawiają się twojego autorytetu.

– Jakiego, do cholery, autorytetu?

– Momencik, dowódco. Daj mi powiedzieć – chorąży podniósł ręce. – Wyobraź sobie, że się jednoczymy, zaczynamy razem mieszkać. Przyjdziesz tam z dwiema setkami ludzi, którzy dosłownie cię wielbią. I opowiedzą pozostałym, jak zapieprzałeś, ratując wszystkich w okolicy. Jak tu wszystko zorganizowałeś. Jak sam dla nich harowałeś. I w oranżerii czasem sam pracujesz, na równi z resztą. Zasuwasz na fermie z królikami i kuropatwami. Sam naprawiałeś instalację elektryczną. Remontowałeś wiatraki na powierzchni. Łazienkę też remontowałeś, pogłębiałeś studnię, aż znalazłeś czyste wody gruntowe. Opowiedzą też, że nikt tu nigdy nie został skrzywdzony. Wszyscy są równi. Wszytko odbywa się sprawiedliwie. Wreszcie ty też jesteś majorem, tak jak ich Samochin. Ale na tym się całe podobieństwo kończy. Wiem jeszcze z dawnych czasów, jaki z niego dupek, złodziej i sobiepan. I tu pojawia się taki działacz jak ty. Prawdziwy oficer, a nie szczur z pagonami. I dwustu ludzi masz już za sobą, bo są z tobą od początku. Tylko patrzeć, jak pozostali mieszkańcy pomyślą: a niech go szlag, tego Samochina z jego szajką. To jest człowiek. Pracuś i świetny organizator. I to z wieloletnim doświadczeniem przetrwania w niewielkim bunkrze. A tam jest mnóstwo przestrzeni. Ech, jak ty byś to rozwinął! Oto czego się boi Samochin i jego klika. Dlatego właśnie robią ludziom wodę z mózgu. Że niby powinni się bać. Jest taki niedobry Stieczkin. I dlatego zwlekają ze zjednoczeniem, póki nie nastawią opinii publicznej przeciwko tobie. Wtedy nie będziesz dla nich konkurentem do władzy.

– A po jakie licho mi ta władza? Ja ludzi stąd muszę zabrać!

– I właśnie dlatego masz autorytet. Ty nie o władzę się troszczysz, tylko o ludzi.

– Taa... – Stieczkin zwiesił głowę i westchnął. – A więc ludzie są ciągle tacy sami. Do czego to doszło! Została nas garstka, zmieścilibyśmy się na jednym placu apelowym, a wszystko jest tak jak zawsze. Władza. Propaganda. Konkurencja. Chyba masz rację.

– Oczywiście, że mam rację. A jeszcze wiedząc, co za gagatek z tego Samochina... – Szestakow wstał, podszedł do dowódcy i usiadł obok niego na łóżku. – Słuchaj, Pasza. A może byśmy, no, wiesz...

– Co? – Oficer obrócił się i popatrzył uważnie na towarzysza.

– No, broni mamy pod dostatkiem. Transportery opancerzone. Twardzi żołnierze. A może byśmy tam poszli i zrobili porządek? Wtedy nastąpi zjednoczenie. Wtedy będzie przestrzeń życiowa. I wszystko będzie w naszych rękach.

Stieczkin zmrużył oczy ze złością.

– Eduard, czy ty się dobrze czujesz?

– Ależ zaczekaj, dowódco – zaśmiał się chorąży.

– To ty zaczekaj. Co ty, proponujesz mi zrobić tu rzeźnię? My i oni to, być może, ostatni tysiąc ludzi na całej Ziemi. I ty mi proponujesz ich zmasakrować? Strzelać do swoich?

– Ale co to za swoi? Major Samochin z kamratami to żadni swoi…

– Edik. Zakończmy tę rozmowę w tym miejscu, co?

Ktoś natarczywie załomotał w metalowe drzwi mieszkania Stieczkina i nie czekając na pozwolenie, otworzył je na oścież. Pojawiła się w nich rozczochrana głowa porucznika Demczenki z lekarskimi naszywkami na kołnierzu munduru.

– Wasiliczu! Grupa Skworcowa wróciła! Dzieje się tam coś niepojętego! Awanturują się. Chcą się przedrzeć przez kwarantannę. Wołają cię!

* * *

– Towarzyszu majorze gwardii, jakiś diabeł w nich wstąpił. Może w atmosferze jest jakaś nowa toksyna i filtry ją przepuszczają? Proszę popatrzeć, jak szaleją – trajkotał nerwowo chemik, przekładając z ręki do ręki swoją maskę.

Widząc za grubą szybą dowódcę, grupa Skworcowa stłoczyła się tuż obok niej i próbowała coś wyjaśnić gestami.

– Co się u was dzieje?! – zawołał Stieczkin.

– Nie usłyszą, towarzyszu majorze gwardii. Szkło. Maski. Do tego sami hałasują.

– W takim razie wpuść mnie do nich.

– No co pan? Na ich skafandrach jest toksyczna rosa! Proszę spojrzeć! Dopiero co wyszli z mgły!

Paweł wyrwał z rąk chemika aparat oddechowy, naciągnął go na twarz i wyszedł z pomieszczenia.

– Zamknij za mną dokładnie drzwi! – zawołał do chemika, a potem wszedł do śluzy.

Grupa Skworcowa natychmiast się uspokoiła. Odsunęli się od dowódcy, przypomniawszy sobie nagle, że zebrały się na nich trujące chemikalia, a major nie miał żadnej ochrony poza maską.

– Skworcow, gadaj, co was wszystkich naraz ugryzło! – wykrzyczał dowódca przez swoje filtry.

Jeden z ośmiu „bliźniaków" zrobił krok naprzód i pociągnął za karbowany wąż prowadzący od maski do torby z filtrem.

– Wasiliczu! Na plaży są ślady! Ludzkie! – z filtra dał się słyszeć podniecony głuchy pomruk.

– Gdzie?

– Jakiś kilometr przed ODR-em. Na naszym poligonie. Obok stanowiska saperów.

– Czyli nie byliście w Bałtyjsku?

– Nie, dowódco. Mówię przecież. Znaleźliśmy ślady!

– Rozumiem przecież. Jesteś pewien, że należały do człowieka?

– Tak. Żłobkowane podeszwy z poprzecznym bieżnikiem. Przy czym ślady prowadzą wprost z wody, a potem do lasu. Przyjrzeliśmy się dokładnie. Z początku myśleliśmy, że to jeden człowiek. Ale tamtędy przeszły minimum trzy osoby. Po prostu szli gęsiego, tworząc jeden ślad. Jak się zorientowaliśmy co i jak, od razu pognaliśmy z powrotem!

Stieczkina przeszedł zimny dreszcz. Co to za nieznani ludzie pojawili się nie wiadomo skąd, a właściwie z morza? I jakie mają zamiary i nastawienie, jeśli starają się ukryć swoją liczebność w tak niewyszukany sposób?

– Macie przy sobie broń?

– Tak, dowódco!

– Na górę, szybko! Wsiadajcie do PTS-a i czekajcie na mnie!

– Tak jest!

Szturchając się wzajemnie, „bliźniacy" w upodabniających ich do siebie skafandrach ochronnych ruszyli do wyjścia.

Stieczkin wrócił do pomieszczenia kontrolnego.

– Mendelejew, dawaj mi tu mój kombinezon. Natychmiast! Przygotuj go, a ja biegnę po automat!

– A co tam się stało, Pawle Wasiliewiczu?

– Nie jesteśmy sami we wszechświecie! – żartobliwie zaśmiał się major.

* * *

Garaż z pojazdami znajdował się, naturalnie, na powierzchni. Na jego potrzeby przysposobiono trzy ogromne blaszane hangary, w których kiedyś były magazyny. Sam kompleks, w którym znajdowało się centrum łączności satelitarnej z flotą oceaniczną i jego podziemna część, dublująca jego funkcje na wypadek dużego konfliktu, a także magazyny sprzętu i materiałów nie zostały zaatakowane. Jednostka wojskowa była w stadium rozformowywania i ogłoszono już aukcyjną sprzedaż terenów z przeznaczeniem na cele komercyjne. Wśród zabiegających o łakomy kąsek z obszernymi podziemiami były też firmy zagraniczne. I wróg o tym wiedział. Spadła tu tylko rakieta z głowicą kasetową, która miała za zadanie wybić mieszkańców koszar dla oficerów, co też się stało. Użycie pocisku termojądrowego na garstkę oficerskich żon i dzieci, jak i samych oficerów, którzy stali się zbędni w reformowanej armii i gotujących się, by przejść do cywila, było z ekonomicznego punktu widzenia niedopuszczalną rozrzutnością. Dlatego też posłali na nich deszcz stalowych igieł rozsypanych przez wybuch głowicy kasetowej. Mało kto z miejscowych ocalał. Właśnie dlatego rdzeń podziemnej kolonii stanowili mieszkańcy najbliższej osady i żołnierze piechoty morskiej, którzy feralnego dnia byli na poligonie Chmielowka w leśnym obozie namiotowym.

Podziurawione odłamkami bomby kasetowej hangary położone były pięćdziesiąt metrów od głównego wejścia do bunkra. Wiele lat wcześniej ludzie wykonali tytaniczną pracę, tworząc wzdłuż ścieżki prowadzącej do hangarów tunel ze skrzynek po amunicji wypełnionych piaskiem. Po bokach wyrosły ściany. Na górze położyli deski. Na to nasypali tłuczeń i pokryli ziemią. Przykryli darnią. Teraz obecność tunelu zdradzał tylko ziemny wał zarośnięty odpornymi na nieprzyjazną atmosferę nowego świata chwastami. Podziurawione jak sito metalowe dachy hangarów pokryto papą asfaltową i linoleum, chroniąc ukryty w środku sprzęt pochodzący z leśnego obozu przed kwaśnymi i radioaktywnymi deszczami. Cała ta operacja była niełatwa, biorąc pod uwagę, że w tych pierwszych latach w dozymetrach brakowało skali. Że z nieba bez końca padała czarna od nuklearnego popiołu woda. Ale ludzie tego dokonali. Dla przyszłości. Dla ocalenia. Dla siebie i tych, którzy znaleźli się blisko.

Stawianie posterunków na powierzchni było po prostu zbędne. Mieszkańcy Kolonii Krasnotorowskiej nic nie wiedzieli o innych ocalałych na świecie oprócz społeczności Piątego Fortu pod Kaliningradem i wspólnoty w Pionierskim, które to miejsca nigdy nie należały do obiektów najbardziej nieprzyjaznych z punktu widzenia skażenia chemicznego i promieniotwórczego. Uwzględniając fakt, że fort praktycznie nie posiadał nadających się do dalekodystansowych wypadów pojazdów (a długim dystansem stało się w tych czasach kilkadziesiąt kilometrów), już od wielu lat nie trzeba było obawiać się o bezpieczeństwo sprzętu w hangarach. Pionierskij też nie miał środków transportu, poza wielkim statkiem, który przycumował na wieki w dawnym porcie. Zresztą jego mieszkańcy mieli dość własnych kłopotów i nie potrzebowali ściągać na siebie kolejnych. Ale teraz wszystko się zmieniło. Wiadomość o czyichś śladach na plaży odległej o kilkadziesiąt kilometrów od podziemnego schronu była w pierwszej kolejności niepokojąca, a dopiero potem budziła nadzieję i optymistyczne myśli o możliwym kontakcie z innymi ocalałymi.

Stieczkin wpatrywał się z niepokojem w zamglony horyzont, za którym tonęła linia brzegowa ciągnąca się aż do Bałtyjska. Co oznaczało to wydarzenie w ich dziwnym, rozciągniętym w nieskończoność życiu po wszechogarniającej śmierci? Czy te ślady na piasku nie były zapowiedzią końca epoki, w której przez dwadzieścia lat garstka pozostałych przy życiu ludzi z irracjonalnym uporem przeczyła temu, co się wydarzyło? I czy te ślady naprawdę tam były?

Czołgowy silnik PTS-a ryczał miarowo. Pojazd ugniatał gąsienicami swoje własne ślady pozostawione na piasku rano na tej samej trasie. Niebo szczelnie pokrywały kłębiaste chmury. Można się było nie obawiać niebezpiecznego promieniowania słonecznego. Zaś na ostre światło dnia, tak nieznośne dla mieszkańców Piątego Fortu, ludzie z Kolonii Krasnotorowskiej byli bardziej odporni, gdyż oświetlenie w bunkrze zapewniały głównie białe lampy rtęciowe. Piąty Fort musiał się natomiast zadowolić słabymi żarówkami, a nawet pochodniami.

Minęli wbite w piasek, przekrzywione zardzewiałe słupy z resztkami drucianego ogrodzenia – granicę oddzielającą brzeg morza od tej jego części, która należała do terytorium poligonu. Okolica była trudna do poznania. Zaraz za plażą zaczynały się gęste zarośla żywotnej dzikiej róży i zwyrodniałe drzewa. Pomimo trujących opadów i promieniowania, rośliny nowej generacji rozpleniły się, zastępując te, które zniszczył kataklizm. Tylko rzadkie suche szkielety starych drzew pamiętających jeszcze ptaki i ludzi zbierających w tych okolicach jagody przypominały czasy, kiedy Stieczkin znał każdy zakątek, każdy krzak i kamień na terenie poligonu, którego kiedyś był naczelnikiem.

W oddali, we mgle, pojawiła się ciemna sylwetka ODR-u. Ośrodek Dowodzenia Rejonem. Trzypiętrowy budynek na brzegu morza z dwoma tarasami obserwacyjnymi – na poziomie drugiego piętra i nad trzecim. Właśnie tam zbierało się wyższe dowództwo, by obserwować przebieg ćwiczeń, które odbywały się tu niegdyś regularnie.

Transporter stanął.

– Jesteśmy na miejscu, dowódco. To one – zadudnił przez maskę siedzący obok Borys Kolesnikow.

Stieczkin zamierzał już wydać oddziałowi rozkaz wyjścia z wozu, gdy nagle znieruchomiał, wpatrując się w wyłaniające się z mgły brunatne fale przyboju. W wodzie ukazała się „wysepka". Czterometrowy grzbiet zwieńczony „grzebieniem" narośli i pokryty polipami. Teraz na brzeg wyszedł i jego właściciel.

– Niech to szlag! – wypuścił powietrze Kolesnikow i szarpnął zamkiem automatu.

– Uwaga! Krab! – zawołał Stieczkin. – Wszyscy siedzieć w wozie! Nie otwierać ognia!

Z luku w suficie kabiny wysunął się Skworcow i zwrócił się do dowódcy, znajdującego się w przestrzeni ładunkowej:

– Dlaczego, Wasilicz? Dziewięć gnatów. Szybko go...

– Nie bądź głupi, Ptaku[7] – Paweł klepnął go po ramieniu trójpalczastą rękawicą. – Jeśli ci, który zostawili ślady, jeszcze nie wiedzą o naszym istnieniu, to słysząc strzały, na pewno się dowiedzą. Nie wiemy, czy wrócili na brzeg i widzieli poranne ślady wozu. No i nie wiemy, czy daleko odeszli. Mogli nie usłyszeć silnika, ale walenie z, jak to mówisz, dziewięciu gnatów, będzie słychać i w Bałtyjsku. Szczególnie w czasie mgły. Rozumiesz?

Ogromny stwór miał zielonkawo-brunatne zabarwienie, rodzaj kamuflażu. Jego łapy pokrywała niezliczona ilość sztywnych czarnych włosków. Spod „daszka" pancerza wyglądały rozeźlone czerwone oczy, pod którymi nieustannie poruszały się masywne szczęki. Lewa para szczypiec konkurowała rozmiarami z całym tułowiem kraba.

---

[7] *Skworiec* (ros.) – szpak (przyp. tłum.).

Po wyjściu na brzeg, potwór przez jakiś czas stał nieruchomo. Z twardych jak kamień fałdów na opancerzonym grzbiecie ściekały strumienie brudnej morskiej wody.

– Dowódco, a może rozjadę go gąsienicami? – zapytał Skworcow.

– Zaczekaj. Lepiej wyłącz silnik.

Skworcow usłuchał. Pojazd ucichł i krab gwałtownie poruszył tułowiem, wlepiając surowe spojrzenie czerwonych oczu w PTS-a. Potem, szybko przebierając strasznymi włochatymi łapami, zbliżył się do wozu. Znów znieruchomiał, mierząc nieznany przedmiot wzrokiem i cholera wie czym jeszcze.

– Przecież one wychodzą tylko w nocy – odezwał się cicho Kolesnikow. – Po jakie licho wylazł dzisiaj?

– Może coś go zaniepokoiło? – przypuścił Stieczkin. – Albo ktoś.

– O czym mówisz, dowódco?

– O tych, których wyśledziłeś na plaży.

– Jak to, myślisz, że przyszli po dnie morza?

– Oczywiście, że nie – prychnął Paweł, co w masce zabrzmiało jak szum. – Ale za to ich transport… Może to okręt podwodny?

„A nie był to przypadkiem wypad mieszkańców Pionierskiego? Wątpliwe. Gnać tutaj, na płytkie wody, ogromny krążownik atomowy… W jakim celu? Zbierać skażone jagody?"

Krab spróbował dziabnąć szczypcami gąsienicę amfibii. Na próżno. Zaczął przesuwać się wzdłuż prawego boku pojazdu, szturchając bojowymi kleszczami stalowe koła, takie same jak w czołgu T-64. One też okazały się być niejadalne. Stwór milczał w oburzeniu, obchodząc nieprzystępny wóz. Potem wrócił do zagadkowych ludzkich śladów. Postał obok nich przez chwilę. I nagle podreptał szybko w stronę lasu.

– Taka twoja mać, tylko nie to! – krzyknął Stieczkin. – Wracaj do morza, ścierwo!

Jednak krab miał wyraźnie własne plany i w tym momencie absolutnie nie były one związane ze skażonym Bałtykiem.

Cały oddział odprowadzał wzrokiem ogromnego gościa z morskich głębin, patrząc jak ten, niczym czołg, wdziera się w suchy zagajnik i nieubłaganie posuwa dalej śladem nieznanych ludzi.

– Cholera! I co mamy teraz robić? – Borys z żalem machnął ręką. – Jeśli pójdziemy badać ślady, napotkamy to bydlę. Do tego nie wiadomo, czy jego braciszkowie zaraz nie wylezą za nim – spojrzał na Stieczkina, ale ten wciąż patrzył tam, gdzie dopiero co skrył się krab. – Dowódco, co teraz robić? – zapytał Borys głośniej, uznawszy widać, że oficer go nie usłyszał.

– Na początek zamknąć się i dać mi pomyśleć – odparł spokojnie Stieczkin.

W luku znów pojawiła się głowa Skworcowa. Przeciskał się na zewnątrz w gorączkowym pośpiechu, przez co wychodziło mu to niezgrabnie i tworzyło niepotrzebne zamieszanie.

– Wasiliczu! Dowódco! – dochodził spod maski jego stłumiony krzyk.

– Co znowu?

– Dowódco! Patrz! Musisz to zobaczyć! Popatrz na ODR! – Skworcow podał majorowi lornetkę.

Paweł wziął ją i spojrzał w kierunku widniejącego ponad kilometr od nich budynku. Mgłę zwiewało w stronę Bałtyjska i ODR zaczął być coraz wyraźniej widoczny. Oto w szkłach lornetki ukazały się żłobkowane zielone ściany, popękane od upływu czasu. Pozbawione w niektórych miejscach szyb zachodnie okna, wstawione na krótko przed kataklizmem z okazji oczekiwanej podczas manewrów wizyty prezydenta kraju. Oto zewnętrzne schody między piętrami. Połowa stopni dawno zgniła, ale dało się jeszcze po nich wejść. Wielki taras obserwacyjny na drugim poziomie. Tu zwykle zbierała się prasa. Po naciągniętej na niego kiedyś siatce maskującej zostały tylko rzadkie strzępy kołyszące się na wietrze. Górna platforma, przeznaczona dla wyższych dowódców, wychodziła za obręb ścian nad trzecią kondygnacją i nadawała budynkowi kształt młotka. W ośrodku dowodzenia też dawno już brakowało większości szyb. Oto stojący na tym tarasie maszt flagowy. I…

– Co za… – wyrwało się z gardła Stieczkinowi.

Nad ODR-em powiewała flaga. Ciemnoczerwona, niemal bordowa płachta z wielkim białym kołem i czarną swastyką pośrodku.

ROZDZIAŁ 2

FORT

– Ja bym tej wody nie pił – powiedział Koleś, patrząc w dół zza kamiennej balustrady. Kręte metalowe schody niknęły w ciemnych głębinach studni. Dziwna sprawa: od balustrady do schodów nie prowadziła żadna kładka, zaś same schody zaczynały się pod sufitem, jakieś osiem metrów nad ich głowami. Tego sufitu po prostu nie powinno być. Albo też musiał tam być jakiś właz. Ale choćby nie wiadomo ile razy Digger Kret omiatał to miejsce światłem latarki, nie odkrył niczego, co by wskazywało, że coś takiego istnieje. Gdzie w tym zatem logika? Zresztą wiedział już od dawna, że w głuchej ścianie czy podłodze, a zatem i w suficie, może być taki właz, którego nie zauważysz, póki ten się nie otworzy, poddając się jakiejś tylko jemu znanej sile.

– I nikt cię nie zmusza – śmiejąc się, mruknął Gaza, zawijając jednocześnie w kawałek gazety suszony żółty mech, zbierany przez niektórych mieszkańców fortu przy okazji wyjścia na powierzchnię.

– Ni cholery nie rozumiem logiki tych fryców. To przecież schody znikąd donikąd. Po co im one? – mamrotał dalej Koleś. Opadł na zardzewiałą skrzypiącą poręcz, pochylił się nad otchłanią i splunął w wodę, patrząc, jak lekko falująca powierzchnia zniekształca odbicie jego twarzy: chudej, o zapadłych policzkach, okolonej długimi brudnymi włosami.

– Ta woda może i była dobra. I warto ją było sprawdzić. Ale po tym, jak do niej charknąłeś, już na pewno do niczego się nie nada, cholerny palancie! – powiedział ze złością Kret.

– Co tak się rzucasz, szefie? – pisnął urażony Koleś i popatrzył na siedzącego po turecku na kamiennej podłodze Gazę. Ten oblizał już skręta, żeby nie płonął, tylko się tlił, i zapalił. Porządnie się zaciągnął i zacisnąwszy palcami nos, błogo wywrócił oczy.

– Ej, facet! Daj się sztachnąć! – Koleś leniwie wyciągnął chudą słabą rękę.

Gaza, tak samo chorobliwie chudy dwudziestokilkuletni mężczyzna z brudnymi i zbitymi w dredy włosami pod zaciągniętą na same brwi wełnianą czapką, przez jakiś czas nie reagował, wydymając policzki, zaciskając usta i zatykając sobie palcami nos. Potem stęknął, zakasłał i podał żółty mech koledze, szczerząc w idiotycznym uśmiechu zniszczone pożółkłe zęby.

– Czy wam do końca odwaliło?! – krzyknął Digger, poprawiając okulary na nosie.

– Cicho, facet. Zaraz zacznie się film – wyjęczał błogo Gaza, kołysząc się na siedząco.

Kret splunął i wrócił do swoich poszukiwań. Przeszkadzały mu w tym jednak jego myśli. Po jakie licho Samochin dał mu tych, za przeproszeniem, pomocników? Nie było z nich żadnego pożytku. Przeciwnie.

Przeszkadzali. Dokuczali mu tylko swoją tępotą i ignorancją. Chociaż... Czego właściwie się po nich spodziewać? Kiedy wszystko trafił szlag, nie byli jeszcze nawet w szkole. Ale tak czy inaczej, po co mu oni? Początkowo Kret wciąż odrywał się od pracy, znając ich pociąg do żółtego mchu, który po toksycznych deszczach porastał stare cegły zewnętrznych murów fortecznych. Przez cały czas patrzył, czy tych dwóch ćpunów gdzieś się nie ulotniło. Bał się o nich, pamiętając ten odległy, ale niezatarty przez czas i globalną katastrofę krzyk niknący w otchłani szybu pułapki. Tak. Z początku się niepokoił. A teraz często łapał się na myśli, że byłoby całkiem nieźle, gdyby któryś z nich wpadł do jakiejś dziury i wydłużył listę ofiar dziedzictwa Trzeciej Rzeszy.

Było jasne, że Samochin dał mu do pomocy najbardziej bezużytecznych ludzi ze wszystkich mieszkańców Piątego Fortu. Komendant kolonii nigdy nie brał na poważnie badań Diggera. Chociaż... Kto jak kto, ale właśnie on, major Samochin, jak nikt inny powinien rozumieć, jaka jest ich wartość. Przecież to właśnie dzięki tym wyprawom odkryto nie tylko miejsca, w których Niemcy uprawiali mało wymagające i niewrażliwe na podziemne warunki rośliny, które nadawały się do jedzenia, ale nawet podziemny kurnik z inkubatorem. Oczywiście, wszystko to już bardzo dawno przestało działać, ale co nieco dało się jeszcze wykorzystać. Tak oto w forcie pojawiło się dodatkowe źródło pożywienia, urozmaicające skąpy jadłospis, którego podstawę stanowiły szczury i ślimaki. A już na pewno Samochin powinien był pamiętać, że gdyby nie Digger Kret ze swoim fanatycznym pędem do badania podziemi, to major pozostałby tam, na skraju lasu, starty w proch przez falę uderzeniową. Jak większość tych, którzy zajmowali się poszukiwaniami zaginionych uczniów w ostatnich dniach istnienia cywilizacji.

Sasza Zagorski, którego znacznie częściej nazywano teraz Diggerem lub Kretem i już nikt nigdy nie nazwie go Harrym Potkiem, czuł ból, wspominając przeszłość. I rzecz była nie tylko w tym, że ten pogodny jak na Kaliningrad dzień stał się dniem straszliwego sądu nad całym światem. Żałował tych pięciu dni i nocy spędzonych w ciemnościach. Pięć dni dłużej niż wszyscy ocalali na świecie żyje w tej wilgotnej i ciemnej agonii. A mógł być w domu. Z mamą. Z ojcem i babcią. Z psem Lassie. Jeszcze przez pięć dni mógł widzieć ich żywych. I w okamgnieniu umrzeć razem z nimi. Ale oddalił się i przepadł. Jego bliscy na pewno wypłakali sobie oczy, wycierając korytarze wszystkich instancji i prosząc o odnalezienie zaginionych dzieci. I nie zdążyli się dowiedzieć, że ich Sasza żyje. Jako jedyny. A oni wszyscy umarli. I Chrust... I Rusik... I Lenka... Umarli. Co tam oni! Cały świat umarł. A on wyszedł na kilka minut, pozbawiony sił. Zmęczony i zrozpaczony. Tylko na kilka minut. Okazał się ratunkiem dla majora Samochina i jego kierowcy. A także dla dwóch starszych Niemców i ratownika, którzy popędzili w ślad za nimi do wskazanej przez Zagorskiego nory. Ci Niemcy i ratownik dawno już umarli, ale przedłużyli sobie życie właśnie dzięki niemu. A Samochin i jego kierowca Borszczow żyją po dziś dzień. Ale sam Aleksander zawsze zazdrościł tym, którzy zginęli szybko, zanim zdążyli cokolwiek zrozumieć. Przepełniał go ból i poczucie beznadziei. Wszystkim, co sprawiało, że Kret czepiał się życia, była jego pasja. Niepohamowana namiętność do tajemnic tej ziemi, tej krainy, w której się urodził i wychował.

Nawet pytając samego siebie, skąd to zauroczenie, nie potrafił sensownie określić jego pochodzenia. Oczywiście większość nastolatków z kolejnych pokoleń od utworzenia na pruskiej ziemi Obwodu Kaliningradzkiego do chwili, w której ludzkości zabiły dzwony pogrzebowe, lubiła zanurzać się w tych tajemnicach – mistycznych, mrocznych, owianych legendami i strasznymi opowieściami o nazistach. Których jednak, mimo wszystko, pobili Rosjanie – bez żadnych szatańskich sztuczek, a jedynie dzięki swej wysławianej w pieśni „wściekłości szlachetnej". Ale przecież mało kto wiedział tyle, co Sasza. Niegdyś Zagorski przeczytał wszystko, co tylko można było na ten temat przeczytać. Nie zadowalały go wyłącznie, jak to często bywało, opowieści starszych kolegów z podwórka. I ta pasja nie zgasła w nim także wtedy, kiedy, zdawałoby się, cała przeszłość stała się już nieważna. Wielu tak myślało, ale nie on. Teraz w forcie było dość miejsca dla tych wszystkich ludzi, którzy znaleźli w nim schronienie. Ale co, gdyby jeszcze przed katastrofą znane były te liczne pomieszczenia, które odkrył później? Ilu ludzi można było uratować? A co, jeśli mityczne podziemne miasto z fabrykami, maszynami, liniami metra, a nawet lotniskiem rzeczywiście istniało? Nikt w to nie wierzył. Nikt, oprócz niego…

Z wewnętrznej kieszeni sfatygowanej wojskowej kurtki Aleksander wyciągnął stary plan podziemi. Spadek po tych Niemcach, którzy pomagali w poszukiwaniach. Spomiędzy zakładek wypadła fotografia, którą zawsze nosił ze sobą. Kret szybko ją podniósł i obejrzał się na „pomocników". Ci siedzieli na skraju balustrady i cicho chichotali, nie zwracając najmniejszej uwagi na dowódcę. Zagorski ukradkiem zerknął na zdjęcie. Pośrodku był Rusłan. Jego twarz była tak zamazana czarnym markerem, że nie zostało po niej śladu. Na lewo od niego stał szesnastoletni Szasza, poważny jak zawsze. A po prawej, do ramienia Rusłana tuli się ona. Lena. Lenka Berger. Rosyjska Niemka, w której w tajemnicy kochał się od pierwszej klasy... A może to zamiłowanie do wszystkiego, co niemieckie, to przez nią?

Nie. Zdecydowanie nie. Aleksander aż pokręcił głową, odpędzając tę myśl. To wszystko przez ojcowską kolekcję odznaczeń Wehrmachtu, esesmański hełm i rurę maski przeciwgazowej, które były w domu. I jeszcze przez opowieści pradziadka, które przekazywał mu dziadek. O tym, jak cały batalion Niemców okrążony pod Czerniachowskiem, wtedy jeszcze nazywanym Insterburgiem, dosłownie zniknął. O tym, jak zdobyte składy paliwa pod Pierejasławką opustoszały w jedną noc. I dopiero potem okazało się, że Niemcy ściągnęli całe paliwo tajnym rurociągiem do zbiorników bazy morskiej Pillau[8]. I jeszcze o tym, jak w latach sześćdziesiątych z jednostki uciekł poborowy. I jak wysłani po niego żołnierze znajdowali w rejonie poszukiwań jakieś wejścia pod ziemię. A potem zginęli i poszukiwacze. Wiele różnych rzeczy słyszał w dzieciństwie Sasza Zagorski. I zaczął się tym pasjonować, zanim jeszcze dowiedział się o istnieniu Niemki Leny...

8 Pillau (niem.) – pol. Piława, obecnie Bałtyjsk.

* * *

– Słuchaj, Koleś! Skumaj to, ręka ci zdrętwiała, hi, hi! – szeptał koledze do ucha Gaza.

– Co? – Tamten skrzywił się bezwolnie i wbił tępe spojrzenie w Gazę. – Co? – powtórzył.

– Mówię, że ręka ci zdrętwiała, kołku! – Gaza dalej cicho chichotał, trzymając się za brzuch.

– Słuchaj, facet… – Koleś wytrzeszczył szalone oczy na swoją zwisającą bezwładnie prawą rękę. – Bez kitu, facet! Kuźwa… Kicha, co? Normalnie kicha…

– Słuchaj no, Koleś! Wsadź rękę do wody. Wtedy cię puści. He, he…

– Facet, po cholerę ty to robisz, co? Co za kicha…

Gaza nie wytrzymał, opadł na balustradę i zaczął kwiczeć ze śmiechu.

Tymczasem Koleś powoli, jak somnambulik, rozciągnął się na ziemi, zwiesił bezwolną rękę i zaczął wysuwać ją w kierunku wody, w którą jeszcze niedawno pluł.

– Kurde, nie mogę, Gaza! Nie sięgam!

– Twoja ręka jest z gumy. Zaraz się rozciągnie! – rżał dalej drugi ćpun. – Czujesz?! Czujesz, jak się rozciąga?!

– Tak. Kurde, stary! Czuję! Faktycznie się rozciąga. Kurde, ale kicha, facet!

Gaza zaczął już dusić się ze śmiechu. Na jego rechot szło więcej powietrza niż trafiało do przepalonych żółtym mchem płuc. Ciało skręcały mu spazmy, ale świr dalej rechotał.

– Gaza, ziomalu, ono na mnie patrzy…

– HA, HA, HA, HA! Co?! Kto?! Ha, ha, ha, ha!!!

– Ono. Tam. Ono tam jest. I patrzy na mnie!

Śmiech Gazy był niemożliwy do powstrzymania. Zdawało się, że zaraz zwali się do studni pełnej ciemnej wody, do której prowadziły kręte schodki. Ale...

Straszny wizg zagłuszył zarówno śmiech, jak i jego echo w żelbetowych korytarzach nieznanej odnogi katakumb. Potem rozległ się plusk wody i wizg się urwał. A Gaza wciąż się śmiał jak opętany. I nawet tupot butów Diggera nie wyrwał go z tego stanu.

Przybyły na dźwięk strasznego krzyku Aleksander przez jakiś czas patrzył zaskoczony na rozkołysaną czerń wody i fale oblizujące zardzewiałe schody oraz pokryte aksamitnym zielonym mchem ściany studni. Potem złapał niepotrafiącego powstrzymać śmiech Gazę za kołnierz kufajki i potrząsnął nim z całej siły:

– Gdzie jest Koleś, taka twoja mać?! Co się stało?!

Ćpun przestał się śmiać. Chlipnął. Utkwił załzawione od niepohamowanego śmiechu oczy w wodzie. Cicho zachichotał i wydusił:

– Wciągło go!

– Gdzie jest Koleś, szmaciarzu?!

– Co? – Gaza spojrzał tępo na Kreta.

– Co się stało, wyrodku? Odpowiadaj!

– Re... Ręka mu zdrętwiała, serio. Wyciągnął ją do wody, żeby go puściło. Ona jest z gumy. Słuchaj, chyba złapała mnie gastrofaza – bełkotał bez związku Gaza.

W bezsilnej złości Digger odepchnął od siebie tego bezużytecznego gówniarza. Potem walnął go na odlew pięścią w twarz. I jeszcze raz. I znowu. Sania wciąż wściekle młócił pozostałego przy życiu pomocnika, mszcząc się na nim chyba za wszystko, co nagromadziło się przez całe jego życie.

– Moja twarz jest z gliny. Niczego nie czuję. Moja twarz jest z gliny. Niczego nie czuję. Zjadłbym coś. Zjadłbym – mamrotał Gaza, drżąc pod ciosami.

– A maaasz, sukinsynu!!! – I przed twarzą ćpuna pojawiła się podeszwa buta, która zbliżała się do niej z coraz większą szybkością…

* * *

Mężczyzna średniego wzrostu i byczej budowy ciała, o potylicy bez ostrzeżenia przechodzącej masywnymi fałdami z łysej głowy w gruby kark, obracał w palcach skręta. Miał zwyczaj przyglądać mu się przed zapaleniem, czytając urywki słów na gazetowym lub książkowym papierze. Z pewnością było w tym coś symbolicznego. Gazety. Książki. Gromadzona przez stulecia wiedza i myśl ludzkości. I oto już od wielu lat nikt na tej planecie niczego nie drukuje. A myśli stopniowo obracają się w popiół i dym, nadrabiając dystans do cywilizacji, która je zrodziła.

Samochin jeszcze długo marszczył brwi, w skupieniu przyglądając się literom na papierku skręta w świetle lampy naftowej, aż w końcu zapalił. Wypuścił siny dym, odprawiając w półmrok kolejną wydrukowaną myśl, i ponownie uszczuplając tekstowe dziedzictwo świata. Z odchyloną do tyłu głową, spoglądając w niski sufit. Pociągnął szerokimi nozdrzami i obrócił głowę.

– Dobrze. Podaj choć jedną przyczynę, dla której to zrobiłeś. Czy ty chociaż rozumiesz, że zrobiłeś mu z twarzy krwawą miazgę?

– Cóż, tak wyszło – burknął Zagorski, unikając dymu.

– Więc powiedz mi, na litość boską, po jaką cholerę!

Aleksander z jakiegoś powodu nie lubił towarzystwa majora. Zdawałoby się, że byli dla siebie najbliższymi ludźmi od owego dnia, w którym to wszystko się wydarzyło. W końcu to Samochin zaciągnął go z powrotem do podziemnego świata, ratując przed falą uderzeniową. A z kolei Sasza wskazał Samochinowi, gdzie należy szukać ocalenia. Ale nie wiedzieć czemu Kret zawsze czuł niepojęty dyskomfort, kiedy ten człowiek był obok.

– Koleś przez niego utonął. Cholerne ćpuny...

– No tak. Oczywiście – major znów się zaciągnął. – A może to ty zabiłeś Kolesia? No, wziąłeś go i utopiłeś.

– A cóż to za bzdura?! – Zagorski aż podniósł się z krzesła.

– Nie rzucaj się, Kret. A co? Po tym, z jakim zapałem rozkwasiłeś Gazie twarz, wyobrażam sobie, że jesteś zdolny i do gorszych rzeczy.

– Ale z jakiej racji?!

– Nie drzyj się. Przecież zawsze się na tych dwoje skarżyłeś? Nieprawda?

– Oczywiście, że się skarżyłem. A co miałem robić, kiedy te dwa barany wloką się za mną i bez przerwy palą to świństwo? Żadnego z nich pożytku, tylko same kłopoty. Miałem ich chwalić, czy jak?

– Cóż... – Samochin pokręcił sceptycznie głową. – A co ten Gaza mamrocze w szpitalu?

– A skąd mam wiedzieć. Co mamrocze?

– Ano, że niby na Kolesia patrzył ktoś spod wody. Jakby ktoś tam był. W wodzie. Jak mam to rozumieć?

– Przecież oni obaj byli ujarani! Sam diabeł im się tam mógł przywidzieć! Czego tu nie rozumieć?! Niech pan zabroni zbierania tego cholernego mchu! No ile można?!

– Ty mi się tu nie wymądrzaj. Pozbawię ludzi żółtego mchu, a co dam im w zamian? Wódki nie ma, a jakoś trzeba się relaksować. Niech palą. Póki palą, nie myślą. A jak zaczną myśleć, to wszystko zrobi się sto razy gorsze. Rozumiesz?

– Przecież to jest… – Zagorski chciał się już zbuntować.

– Koniec, powiedziałem! – ryknął komendant kolonii, zbliżył się do Zagorskiego i zawisł nad nim. – Zapomniałeś o pierwszych latach? Od czego ludzie bardziej zbydlęcieją: od narkotyku czy z powodu braku sposobu na ucieczkę od rzeczywistości? Zastanów się!

Aleksander podniósł wzrok na majora.

– *À propos*, w Kolonii Krasnotorowskiej nie ma żadnego żółtego mchu. Nikt tam niczego nie pali. Ale z jakiegoś powodu jest tam porządek. I wszyscy pracują. I odbywają dalekie wyprawy na powierzchni. Może nie?

Samochin zmarszczył brwi i zagryzł skręta:

– Skąd to wytrzasnąłeś, Kret?

– Tigran opowiadał.

– Ach tak? – prychnął komendant. – A skąd on to wie? Był tam może?

– Przyjaźni się przecież z tamtejszym dowódcą…

Samochin wyszczerzył zęby.

– Szpicel z tego twojego Tigrana! A Stieczkin to ostatni dyktator na naszej planecie i cały jego reżim jest zgniły na wylot. A dalekie wyprawy to wcale niekoniecznie oznaka rozkwitu. Może rozglądają się, co by tu najechać i okupować? Nie pomyślałeś o tym, mądralo? A zresztą…

Słusznie, że nie pomyślałeś. Nie warto. I umówmy się, kolego, tak: polityką zajmuję się tutaj ja. Tak zagraniczną, jak i wewnętrzną. A ty zajmujesz się swoimi szczurzymi norami i nie pchasz nosa w nie swoje sprawy.

Ostatnie zdanie wypowiedział z nieskrywaną groźbą w głosie.

– A po co mi ta pańska polityka...

– No i pięknie... Tylko co ja mam teraz zrobić z tymi twoimi badaniami? Jednego pomocnika straciłeś, drugiego pobiłeś. Ja tu nie mam fabryki klonów. A z tych twoich poszukiwań są na razie same straty.

– Nikogo nie potrzebuję – pokręcił głową Aleksander i zrobiło mu się zimno od tej myśli.

– Ach, więc to tak? – Samochin wypuścił chmurę gryzącego dymu wprost w twarz rozmówcy. – Nagle stałeś się odważny?

* * *

Kolosalny, usypany przez człowieka wał wznosił się miejscami na dwa piętra ponad wypełnioną wodą i dawno zarosłą trzcinami fosą twierdzy. Monumentalny kompleks z czerwonej cegły był obłożony ziemią i pokryty od góry gruntem, dawno już porosłym drzewami i krzewami. Praktycznie wszystkie pomieszczenia naziemne przeznaczono na cele gospodarcze. Kiedyś było tu coś w rodzaju muzeum. Okna, zatkane cegłami i gliną, gdzieniegdzie przepuszczały światło. Kryjący się przed apokalipsą ludzie dość szybko doszli do wniosku, że w otworach okiennych należy umieścić kilka warstw szyb samochodowych, ściśle zalepiając krawędzie gliną.

Takie szkło nie przepuszczało powietrza ani zbyt wiele światła. Ale chociaż trochę przenikało do oranżerii i ferm hodowlanych. Wielu ludzi zajmujących się zamurowywaniem otworów drzwiowych i okiennych, prowadzących z fortu na zewnątrz, w efekcie umarło na chorobę popromienną, ale praca została wykonana. Ogromne sekcje Piątego Fortu zostały odizolowane od świata zewnętrznego. Gdzieniegdzie okna przekształcono w filtry powietrza: z dwóch stron od grubego muru twierdzy oddzielała je złożona w kilka warstw siatka o drobnym splocie przyniesiona z jednej z hurtowni handlujących kiedyś materiałami budowlanymi. Dalej szedł porolon. Między jego warstwy wsypano specjalny węgiel z najbliższego magazynu wojskowego, jakich w okolicy była niezliczona ilość. Jakość takiego filtra pozostawiała oczywiście wiele do życzenia, ale lepsze to niż nic.

Z czasem częste w tym regionie silne wiatry zminimalizowały skutki skażenia radioaktywnego. Jednak później pojawiła się inna plaga: toksyczne deszcze i mgły, pędzone przez wiatr od strony morza. I chociaż zdarzały się rzadziej niż na wybrzeżu, tym niemniej powierzchnia ziemi wciąż była nieprzyjazna. I tak to trwało dosyć długo.

Teraz, po upływie dwudziestu lat, otaczający świat był bardziej litościwy dla niedobitków ludzkości. Chociaż wciąż krył w sobie zagrożenia. Były to zarówno ostatnie ogniska radiacji, jak i skażenie chemiczne oraz silne promieniowanie ultrafioletowe, zapewne skutek zniszczenia warstwy ozonowej, spowodowany licznymi wybuchami jądrowymi antyrakiet należących do głównych państw biorących udział w masowej destrukcji życia na Ziemi. Niebezpieczne były też dzikie psy, które w niewiadomy sposób zmieniły się w najprawdziwsze ogary piekielne, a w bagnistych rejonach – muszki, które szybko potrafiły się zebrać w ogromny rój. Ich ukąszenia wywoływały u niechronionego człowieka straszliwą gorączkę, która najczęściej kończyła się śmiercią. Oddziały zwiadowców wysyłane przez kolonię na dalekie wyprawy w celu systematycznego przeszukania ruin Kaliningradu przebąkiwały też o dziwnych i ogromnych śladach jakichś nieznanych istot. Ludzie jak dotąd nie mieli jednak „szczęścia" ich spotkać.

Aleksander szedł dolnym, podziemnym poziomem. Korytarze miały praktycznie kołowy przekrój, niczym tunele metra, którego w Kaliningradzie nie było, choć istniały plany jego budowy. Wszędzie uprzykrzony ceglany kolor solidnego niemieckiego muru. W niektórych miejscach sufit sczerniał. Podczas szturmu cytadeli wiele lat temu, kiedy Armia Czerwona rewanżowała się zdradzieckiemu wrogowi na jego terenie, szalał tu ogień. W większości ślepo zakończonych bocznych korytarzy, które u Niemców służyły najprawdopodobniej jako magazyny, urządzono kwatery. Niewielkie „mieszkania" dzieliły przegrody skonstruowane z płyt pilśniowych, desek, dykty, tektury i niezliczonych kilometrów taśmy klejącej. Pomieszczenia mieszkalne umieszczono na drewnianych podłogach utworzonych ze starych palet. Światło pochodziło głównie z pochodni. Jakiś czas temu pojawiła się nawet elektryczność. Stało się to dzięki poszukiwaniom Zagorskiego, który na głębokich poziomach, wybudowanych znacznie później, już za nazistów, odkrył agregaty prądotwórcze poruszane wodami gruntowymi. Wyremontowane generatory pozwoliły zapewnić w korytarzach wprawdzie słabe, niemniej jednak elektryczne oświetlenie. Dziwne, że w takiej sytuacji Samochin mówił o braku perspektyw w badaniach Kreta. Zresztą komendant nigdy nie lubił uznawać czyichś zasług poza własnymi.

Chociaż teraz Aleksandra martwiło coś innego. Szedł i myślał o tym, co powiedział majorowi. Nikogo nie potrzebuje. Ależ oczywiście! Sam też świetnie by sobie radził z wędrowaniem po pozostawionych przez nazistów kazamatach i odkrywaniem nowych terytoriów. Był jednak istotny czynnik, który nie pozwalał mu tego robić: strach.

Nie, Zagorski nie bał się ducha Piątego Fortu, bohatera bajek, którymi straszyli się wzajemnie członkowie wspólnoty, szczególnie po kilku zaciągnięciach się skrętem z żółtego mchu. Panicznie bał się samotności, ciemności i katakumb. Ten strach nie był wrodzony. Pojawił się wtedy. Przez owe pięć dni rozpaczy poprzedzających katastrofę, która jego prywatną tragedię zastąpiła tragedią całej ludzkości. To od tamtej pory się bał. Lecz ten strach występował w jego umyśle w dysonującej symbiozie z nieprzepartym pędem do eksploracji i poszukiwań mitycznego podziemnego miasta.

Czemu zatem nagle oznajmił, że nie potrzebuje towarzyszy? Czy jest na siłach zwalczyć swój strach i kontynuować wieloletnią pracę w pojedynkę?

Myśląc o tym, Kret doszedł do swojego mieszkania, otworzył kłódkę u drzwi z dykty i wszedł w ciemność. Tu, wśród mamroczących i kaszlących za każdą ścianą ludzi, strach nie miał wstępu i mrok był tylko nieoświetlonym mieszkaniem. Wieloletnie życie tutaj sprawiło, że każdy ruch we własnym domu był instynktowny. Aleksander zamknął drzwi i bezbłędnie podszedł do łóżka. Położył się na nim, krzywiąc się na odgłos skrzypnięcia, i ucichł. Teraz, kiedy zapanowała cisza i w podziemiach słychać było tylko dalekie głuche głosy innych mieszkańców kolonii, wyraźnie poczuł, że w jego kwaterze jest ktoś jeszcze.

ROZDZIAŁ 3

HAKENKREUZ

– Mój dziadek wyzwalał Pragę. Bił te psy od czterdziestego drugiego. I ja miałbym…

– Dowódco! Nie można tam jechać! Może… może to pułapka?

– Że co? – Rozeźlony tym, co zobaczył, Stieczkin nie dosłyszał mamrotania zza maski przeciwgazowej Borysa.

– Mówię, że nie powinniśmy tam jechać, tak jak chcesz!

– Co ty pieprzysz, Boria?! Muszę zerwać to łajno z mojego ODR-u! To jest mój poligon! I ta ziemia jest nasza! Mój naród zapłacił za nią krwią! Co za idiota w ogóle to tam wetknął?! Skworcow! Ptaku cholerny! Czego stoimy?! – Stieczkin zabębnił kolbą automatu w dach kabiny. – Jedziemy, mówię!

Z luku wysunął się Skworcow. A właściwie jego wcielenie w masce przeciwgazowej i kapturze skafandra ochronnego naciągniętym na głowę.

– Towarzyszu majorze! To jakaś śmierdząca sprawa. Może nie warto?

– No, co wy tak w kółko to samo?! Co za cykory! Zdejmę tę flagę! Tylko podjedź do ODR-u! I dawaj, na jednej nodze! Bo jak nie, to mordę obiję!!!

– Ależ zaczekaj, Wasilicz... – Borys dotknął ramienia dowódcy, ale ten odepchnął Kolesnikowa.

W tym momencie od strony lasu dobiegł huk wystrzałów. Wszyscy siedzący w części ładunkowej przygotowali broń i wlepili wzrok w zarośla.

– A to co znowu? – warknął Stieczkin. Oparł kolbę o ramię, skierował automat w stronę lasu i wytężył słuch, starając się zorientować, z jakiej broni prowadzony jest ostrzał. Przez lata na stanowisku szefa poligonu major ciągle słyszał kanonadę na strzelnicy i na ćwiczeniach. Doskonale wiedział, jak terkoczą karabiny maszynowe RPK i PKM, jak trzaskają AKM-y i chłoszczą SWD. I miał teraz całkowitą pewność, że ogień nie był prowadzony z rosyjskiej broni.

Z zarośli wychynął człowiek ubrany w gruby szary kombinezon. Na twarzy miał hełm połączony z maską przeciwgazową o owalnym wizjerze. Przy ustach widać było aparat oddechowy, z którego wychodziły dwie karbowane rurki i ciągnęły się ponad ramionami aż do umieszczonego na plecach aluminiowego tornistra. W rękach trzymał broń. Z początku Stieczkinowi wydało się, że to AK-47, ale coś w nim było nie tak.

Tymczasem człowiek potknął się i sturlał z wydmy. Klęknął na jedno kolano. Teraz było widać, że gruba guma jego kombinezonu jest rozerwana na udzie i sączy się stamtąd krew. Jeden z karbowanych wężyków dyndał z plecaka, czymś przecięty lub przegryziony. Logika kazała przypuszczać, że nieznajomy został zaatakowany przez kraba. Strzelanina w lesie prowadzona z kilku rodzajów broni trwała dalej, co wymownie świadczyło o tym, że byli tam inni ludzie.

– Ej! Tutaj! – zawołali żołnierze Stieczkina i zaczęli przywoływać nieznajomego gestami, dając mu znać, że znajdzie u nich ratunek.

Człowiek dopiero teraz zwrócił uwagę na stojący na plaży PTS. Dziwne, że nie dostrzegł stalowego kolosa wcześniej. Ale widocznie nieznajomego tak mocno przestraszył morski potwór, który wyszedł na brzeg i go zaatakował, że skupił się wyłącznie na szukaniu ratunku. Tym niemniej przyjazny gest ludzi w transporterze nie został przez niego doceniony. Nieznajomy utkwił wzrok w PTS-ie, cofnął się, klapnął tyłkiem na ziemię i odpychając się nogami, żeby zwiększyć odległość między sobą i nieznanym pojazdem, podniósł broń.

– Cholera! – Ludzie na platformie, a nawet w opancerzonej kabinie natychmiast się pochylili. Nieznajomy otworzył ogień. Kule zadzwoniły o pancerz, nie wyrządzając mu żadnej szkody.

„Ma marną szybkostrzelność. Niższą niż kałach" – zauważył w myślach Stieczkin i zerknął na świeżo objawionego przeciwnika przez tylną i przednią szybę pancerną.

– Co on, kurde, wyprawia? – wściekał się obok niego Borys.

Paweł znieruchomiał. Teraz, kiedy strzelec zasypywał wóz deszczem ołowiu, wodząc rękami trzymającymi dziwnego pseudokałasznikowa, wyraźnie było widać, że na lewym ramieniu miał czerwoną opaskę z czarną swastyką w białym kole.

„Ach więc to tak". Brązowe oczy majora za okularami maski przeciwgazowej zamieniły się w szczeliny pod ściągniętymi brwiami. Teraz w jego zwężonym polu widzenia nie powinno się znaleźć nic zbędnego, co mogłoby oderwać go od celu. Teraz widział prawdziwego wroga. Stieczkin wybrał odpowiedni moment, podniósł się gwałtownie i puścił serię. Dwie z trzech kul trafiły nieznajomego w głowę i przewróciły go na plecy.

– Dowódco, dlaczego?! – zakrzyknął Skworcow, wysuwając się po raz kolejny z kabiny.

– Bo się woda leje z niego – krótko, ale treściwie odpowiedział major. Potem ostro szarpnął głową w lewo. – Kolesnikow! Co ty robisz, do cholery?!

– Zaraz, dowódco! – Borys już przeskoczył przez wysoką burtę PTS-a i wylądował na piasku.

– Co on wyprawia?! – zawołał Skworcow.

Piekielny skafander ochronny przeszkadzał w biegu, ogłuszając go szelestem gumowej powłoki. Już na pierwszych dziesięciu metrach zaczęło mu brakować powietrza w masce, a kiedy Borys złapał broń nieboszczyka, po wewnętrznej stronie szkieł pojawiła się już para wodna. Kolesnikow chciał jeszcze przeszukać martwego nieznajomego, ale wtedy karabiny w lesie odezwały się z nową siłą. I sądząc z bębnienia kul, dochodzącego od strony PTS-a, zaczęli strzelać do pojazdu. Czyli do nich.

– Pochylić się i nie wychylać! – ryknął Stieczkin. – Skworcow! Podjedź do przodu i zasłoń Kolesnikowa kadłubem!

– Tak jest!

– Opuść rampę! Nie może wskakiwać przez burtę, postrzelą go!

– Robi się!

Borys rzucił się z powrotem w stronę sunącego w jego stronę gąsienicowego pojazdu.

– Przez rufę! Właź przez rufę! – krzyknął Paweł po wdrapaniu się na dach kabiny. Obok natychmiast zadzwoniły kule. – Cholera! – zaklął major, spadając z powrotem do platformy ładunkowej, w ręce żołnierzy. – A to dranie...

– Jestem w wozie! – dał się po chwili słyszeć okrzyk Kolesnikowa. Runął wypruty z sił na dno skrzyni transportera.

– Skworcow! Zamykaj i wal do bazy! Szybko!

Rampa skrzypiąc, zaczęła się podnosić. Zatoczywszy duże półkole pod nieustającym ogniem zagadkowego nieprzyjaciela, PTS wziął kurs powrotny.

– Wasilicz! – Kolesnikow zbliżył się do majora na czworakach. – Patrz! To sturmgewehr 44!

– Że co? – Stieczkin wlepił zdziwiony wzrok w przyniesione trofeum. Teraz, z bliska, było zupełnie oczywiste, że karabinek miał z pierwszym kałasznikowem bardzo mało wspólnego.

– Mówię, że to karabinek szturmowy Hugo Schmeissera! Hitlerowcy takie mieli pod koniec drugiej wojny!

Stieczkin wziął do ręki nieznaną broń i zaczął się jej przyglądać z zainteresowaniem. To było rzeczywiście dziwne.

W okolicy było pełno broni palnej, ale tylko produkcji sowieckiej. W jednym ze składów artyleryjskich były także PPSz, diegtariowy, SWT, a nawet legendarne cekaemy „Maxim". Wszystko trzymano na wszelki wypadek, żeby w razie wojny uzbroić całą okoliczną ludność. Przez pierwsze lata resztki owej ludności chętnie wyjaśniały sprawy przy pomocy tego, jak i bardziej nowoczesnego sprzętu. Spotkanie człowieka z rosyjską bronią z czasów drugiej wojny światowej nie byłoby właściwie takie zdumiewające. Oczywiście, gdyby nie brać pod uwagę, że poza Piątym Fortem i Krasnotorowką już od wielu lat nigdzie w okolicy nie było żadnych ludzi. I samo w sobie spotkanie człowieka poza tymi strefami było co najmniej dziwne. W lesie, na terenie jednostki wojskowej, gdzie bazował morski Specnaz GRU, który w swoim arsenale miał także próbki broni palnej krajów NATO, i ta broń również miejscowych nie zdziwi. Ale sturmgewehr 44?… Skąd? Wykopali go spod ziemi? Ale przecież jest w świetnym stanie. Sądząc po lakierowanej drewnianej kolbie, w żaden sposób nie da się powiedzieć, że ten karabin szturmowy ma ponad osiemdziesiąt lat.

Major zwrócił broń Borysowi i uchylił drugi luk kabiny łączący ją ze skrzynią.

– Ej! Ptaku!

– Tak? – odezwał się Skworcow.

– Szybciej nie możesz?

– Dawno nie wymienialiśmy oleju. Nie możemy tak katować silnika.

– Do dupy…

– Co?

– Do dupy, mówię, że zostawiamy ślady! Idąc po nich, szybko dotrą do naszej samotni.

– W takim razie po co kropnąłeś tego typa? – Kolesnikow rozłożył ręce. – Teraz tak czy owak, jesteśmy wrogami. A gdybyś nie strzelał?

– On sam do nas walił – machnął na niego ręką Stieczkin.

– Przestraszony był i tyle.

– A swastyka? Miał swastykę na rękawie!

– I to jest powód, żeby kogoś zabić?

– Boria, po jaką cholerę mi trujesz?! Jeśli chcesz wiedzieć, pozostali otworzyli ogień z lasu. Nijak nie mogli widzieć, że zabiłem ich koleżkę. Tak więc o ich zamiarach i przyjaznym nastawieniu możemy nawet nie wspominać.

– Dowódco – odezwał się jeden z żołnierzy – a dlaczego „koleżkę"? A nuż on właśnie uciekał przed tymi, którzy byli w lesie? A ci uznali, że jesteśmy razem?

– A krab? – prychnął Stieczkin.

– Ale mogło nie chodzić o kraba…

– A chrzanić ich! To już nieważne. Musimy teraz zorganizować obronę. Jedno jest pewne: zjawili się u nas nieproszeni goście, którzy nie mają oporów przed używaniem broni. I jeszcze coś… Zatknęli tę flagę nad moim poligonem. – Major nieco się podniósł, spoglądając w stronę ODR-u. – Nie będę sobą, jak tej szmaty w końcu nie zerwę!…

* * *

Aleksander się nie mylił. W jego mieszkaniu faktycznie był ktoś obcy. Kiedy nieproszony gość zapalił pochodnię, Kret od razu rozpoznał w ciemnowłosym, wyraźnie siwiejącym mężczyźnie swojego sąsiada. Ten patrzył na Zagorskiego, jak zawsze mrużąc oczy i drapiąc gęstą siwą szczecinę na podbródku.

– Tigran? Co ty tu robisz, do cholery? I jak tu się w ogóle dostałeś? Przecież na drzwiach wisiała kłódka! – powiedział z oburzeniem Aleksander.

W odpowiedzi Tigran tylko się uśmiechnął i kiwnął ręką w stronę ściany. Dopiero teraz Zagorski zauważył ziejącą w niej dziurę.

– Co to za... Po jaką cholerę zburzyłeś ścianę?!

– Ale nie trzeba wrzeszczeć, jakbym nie miał nic innego do roboty, tylko rozwalać mury fortu – skrzywił się Tigran.

– Więc co się stało?

– Chciałem powiesić sobie półkę w chałupie. Wziąłem majzel, solidny młotek i zacząłem dłubać dziurę na kołek rozporowy. A ściana bach! – zawaliła się. I za jednym zamachem posypała się też trochę u ciebie.

– A ja myślałem, że za tym murem jest grunt... – burknął Aleksander, studiując swoje mapy. Jeśli im wierzyć, w tym miejscu nie były planowane żadne pomieszczenia.

– Wszyscy tak myśleliśmy. Przecież to ty jesteś mózgiem w tych kwestiach.

– A co tam jest? – Kret wycelował latarkę w dziurę i naciskając przycisk, włączył światło.

– Mały pokoik ze skrzynkami – wzruszył ramionami Tigran.

– A w skrzynkach?

– Konserwy.

– Konserwy?! – krzyknął Aleksander.

– Uspokój się, Kret. Już od siedemdziesięciu lat nie nadają się do jedzenia. Albo i osiemdziesięciu.

– No tak – westchnął Zagorski. – Faktycznie...

Kret wstał z łóżka i niespiesznie przeszedł przez ziejącą w ścianie dziurę. Skrzywił się i burknął:

– A co to za zapach?

– Grzyb. Przeżarł w tym miejscu cegły, a szczególnie zaprawę – wyjaśnił Tigran, podążając za nim. – Przez to właśnie zawaliła się ściana. Stałaby dalej, ale wystarczyło postukać... Krótko mówiąc, rezultat mamy przed oczami.

– Jasne... Poczekaj no! – Kret obrócił się, wodząc wokół siebie smugą światła latarki. – Czegoś tu nie rozumiem. W tym pomieszczeniu nie ma drzwi?

– I to jest właśnie ciekawe. Ułożyli tu te skrzynki, a wejście zamurowali cegłami. Przy czym z powodu grzyba nie można się zorientować, w którym miejscu mur jest nowszy. Chociaż murowali chyba tak, żeby z zewnątrz nie było widać.

Aleksander podszedł do przegniłych drewnianych skrzyń. Było ich tu kilkadziesiąt. Dosyć duże. W każdej mógłby się zmieścić człowiek, pod warunkiem, że zgiąłby się w paragraf. Na ściankach dało się jeszcze dojrzeć czarne znaki z nazistowskim orłem, swastyką i napisem „VERBOTEN”[9]. Były jeszcze jakieś mniejsze litery, ale nie dało się już zrozumieć, co znaczą.

Kret otworzył jedną ze skrzynek. Gęsto ułożone metalowe puszki, każda starannie zawinięta w natłuszczony papier. Nieliche puszeczki – każda miała chyba ze trzy litry pojemności, jeśli nie więcej. Zagorski spróbował wyciągnąć jedną z nich, ale omal jej nie upuścił.

– Cholera! Ale ciężka! Co w nich właściwie jest?

---

9 *Verboten* (niem.) – zabronione.

Z trudem, ale jednak wyciągnął puszkę i zerwawszy z niej papier, przyjrzał się znalezisku. Smar zrobił swoje. Mimo że leżały tu tak długo, rdza zaatakowała tylko krawędź pokrywki i dna, i to nieznacznie. Na puszce nie było etykietki, a jedynie wybity na wieczku znak w kształcie koła zębatego ze swastyką w środku. – Jakieś dziwne to oznaczenie jak na prowiant…

– Bo u tych fryców wszystko było jakieś dziwne… Patrz, ktoś zostawił płaszcz.

W dalszym kącie na stojącej samotnie skrzynce rzeczywiście leżało coś, co kiedyś było płaszczem. Ubranie tak przegniło, że przypominało teraz raczej zmięty kłąb gazy. Do tego charakterystyczny mysi kolor munduru Wehrmachtu dawno przybrał odcień zgniłej zieleni. Na płaszczu leżał stwardniały pasek z blachą. Aleksander podszedł i poświecił na nią. Metal był zardzewiały, ale kółko z orłem i swastyką w środku było jeszcze wyraźnie widoczne. Nad orłem widniał półkoliście wygięty napis „GOTT MIT UNS".

– Co tu jest napisane? – zapytał Tigran.

– Bóg z nami – powiedział posępnie Kret.

– A. Coś w stylu tego, co pisali na dolcach? „In god we trust"?[10]

– Nie dosłownie, ale sens jest chyba ten sam… Ktokolwiek to tu zostawił, zdaje się, że bardzo się spieszył. Pewnie żołnierz zgrzał się, wlokąc tu te skrzynki, i zdjął płaszcz i pas. A potem oficer głośno i natarczywie rozkazał mu się stąd zabierać i skrytka została zamurowana.

---

10 *In god we trust* (ang.) – „W Bogu pokładamy ufność". Oficjalna dewiza Stanów Zjednoczonych. Na narodowej walucie umieszcza się ją od 1864 roku (monety) i 1957 roku (banknoty).

Aleksander przymknął oczy, wchodząc w ten błogi trans, w który wprawiał go kontakt z tajemniczą historią Trzeciej Rzeszy. Zupełnie jakby widział, jak żołnierze Wehrmachtu taszczą tu te ciężkie skrzynie. Jak dookoła panuje niezdrowa gorączkowa krzątanina i wszędzie słychać szczekliwą niemiecką mowę. Jakby znalazł się w tamtych czasach, niewidzialny dla zmęczonych i popędzanych ostrymi okrzykami dowództwa żołnierzy.

– Ej, co z tobą? – Tigran szturchnął Diggera bezceremonialnie.

– Zamyśliłem się – wzruszył ramionami tamten. – Może otworzymy jedną puszkę? Coś tu jednak jest nie tak. Jakie jedzenie…

– Aha, otworzymy – uśmiechnął się krzywo jego sąsiad, nie dając mu skończyć. – Ale najpierw powiedz mi, przyjacielu, co to za historia ci się przydarzyła z Kolesiem i Gazą?

– Nie rozumiem – Aleksander utkwił wzrok w sąsiedzie. – Co masz na myśli, Bagramian?

– Nawiasem mówiąc, po to właśnie do ciebie wstąpiłem. Co z Kolesiem?

– Utonął. – Kret sposępniał.

– Aha, i z tej okazji zafundowałeś Gazie masaż twarzy? Bo po tym, co mu zrobiłeś, nie zaszkodziłby mu masaż serca.

– Wszystko już wyjaśniłem Samochinowi. Czego ode mnie chcesz?

– Koleś miał mój nóż. Nie mam teraz czym otworzyć puszki. Nie zgubił go przypadkiem, zanim zginął?

– Nie. Mówisz o tym specnazowskim nożu?

Tigran skinął głową.

– Właśnie.

– A po jaką cholerę dałeś go temu ćpunowi?

– Od razu dałeś – prychnął Bagramian. – Ukradł mi go. Ksiucha się przyznała. Niedawno wychodzili razem na powierzchnię, zbierać mech. I ten bydlak zeskrobywał to swoje świństwo moim nożem. Gdzie on się utopił?

– A co, chcesz go wyciągnąć? – teraz to Aleksander się uśmiechnął.

– A dlaczego by nie?

Zagorski westchnął i wrócił do swojego pokoju.

– Dobra. Pokażę ci tę studnię. Tylko nie dzisiaj.

– Aha. Dzięki, sąsiedzie. Dziś i tak biorę udział w rajdzie na powierzchnię.

– Do tego miejsca, gdzie utonął, długo się idzie. Lepiej odpocznij przez ten czas przed rajdem. Powiedz, co mamy teraz zrobić z tą dziurą?

– Jak to? Będziemy mieli większe mieszkanka – zaśmiał się Tigran.

– A grzyb?

– No, znajdę gdzieś chlorek, wapno i karbid i obrobię to jak trzeba...

– Odbiło ci? Trzeba będzie ewakuować cały sektor!

– To nic, przekoczują tydzień na walizkach. Mamy dużo miejsca, gdzie można ich przenieść na jakiś czas. Co nie?

– Nie obawiasz się ich reakcji?

– Mam tu autorytet. Nikt nie będzie szemrać – machnął ręką Tigran.

– No, no, autorytet – mruknął Aleksander.

Sąsiad zmrużył oczy i popatrzył na niego.

– O co chodzi?

– Komendant jest z ciebie bardzo niezadowolony.

– A to dlaczego?

– Przez twoją nieskrywaną sympatię do lidera Kolonii Krasnotorowskiej.

Tigran nic nie powiedział, tylko uśmiechnął się złowieszczo. Potem zagadkowo pokiwał głową.

– Dobra, zobaczymy... Potrzeba ci czegoś z powierzchni?

Aleksander popatrzył z zadumą w zaokrąglony sufit z czerwonej cegły i nie wiedzieć czemu pomyślał, że przez ten grzyb sklepienie runie kiedyś mieszkańcom na głowy. Potem z głębin jego pamięci wypłynęły surowe kanciaste kształty żelbetowych tuneli. Wnęka na rozdzielnicę elektryczną. Obrotowa podłoga. Jegor. Rusłan. Lena...

– Znajdź mi fotoramkę – powiedział cicho Kret.

– Co?

– Cyfrową ramkę na zdjęcia. Pamiętasz takie coś?

– Pamiętam. A do czego jest ci teraz potrzebna?

– Po prostu mi ją przynieś. To przecież nieskomplikowane, w Kenigu sklepy z całym tym elektronicznym chłamem były na każdym rogu. Tylko koniecznie w opakowaniu. Jest szansa, że układy scalone się nie utleniły i będzie działać. Elektryczność przecież mamy...

– Dobra. Nie mogę obiecać, ale postaram się. – Tigran klepnął Aleksandra po plecach i przez dziurę skierował się do swojej kwatery.

Kret podszedł do szafki u wezgłowia łóżka. Wysunął szufladę. Pogrzebał w papierach i z głębi wyciągnął stare zdjęcie z wizerunkiem jakiejś stalowej kraty z kutymi literami „Jedem das Seine".

– Każdemu to, co mu się należy – przeczytał nieobecnym głosem. Potem w jego ręce znalazł się niewielki okrągły znaczek niemieckiej partii nazistowskiej ze swastyką w środku. I ostatnia rzecz, którą wyciągnął – srebrzysty cyfrowy aparat fotograficzny. Ten sam, który Lenka Berger wzięła ze sobą na ich ostatnią wyprawę.

ROZDZIAŁ 4

KONTAKT

– Jakie znowu żarty, Edik! – Stieczkin odprowadził wzrokiem kolejnych pięciu żołnierzy idących śpiesznie do śluzy przeciwgazowej, pobrzękując bronią. – Kto mógł coś takiego zrobić? W Bałtyjsku nie ma ludzi. W Primorsku i Jantarnym też nie. Tym bardziej w Diwnoje. W ogóle nigdzie nie ma ludzi, nie licząc nas, Fortu Piątego i Pionierskiego.

– A ci to skąd się według ciebie wzięli? – rozłożył ręce Szestakow.

– A skąd ja mam wiedzieć? – Paweł wzruszył ramionami z rozdrażnieniem. – Z morza!

– Z morza? – uśmiechnął się chorąży. – Niby z naszego morza?

– No, przecież nie z powietrza, Edik. Łódka tych z Pionierskiego jakoś przypłynęła. I to jeszcze w latach, kiedy było znacznie gorzej i z powietrzem, i z opadami.

– Więc może to oni?

– Edik, ja znam ich przywódców. To normalni, poczytalni ludzie. Nawet lepsi niż ci od Samochina. To nie oni.

– Trzeba by zasięgnąć języka. Wziąć jeńca, który nam wszystko opowie.

– Też o tym myślałem. Bardzo by się przydało. A na razie obrona… Ptaku! Hej!

Na korytarzu dał się słyszeć tupot i pojawił się Skworcow, tym razem nie w skafandrze ochronnym, lecz w codziennym stroju mieszkańców bunkra: panterka, pas z manierką, odznaka gwardyjska i pagony porucznika.

– Towarzyszu majorze gwardii! Dwa transportery opancerzone gotowe. Ludzie też.

– Doskonale. Wsiadaj i zasuwaj pełną parą do Kaliningradu. Do Piątego Fortu. Daj im znać, co się tutaj dzieje. Byłoby dobrze, żeby Samochin załadował ci na pakę swoich żołnierzy – i wracaj, na odsiecz. Nie wiadomo, ilu gości możemy się spodziewać, ale tak czy owak, muszą się dowiedzieć, że na naszej ziemi pojawił się wróg. Zrozumiano?

Skworcow zrobił zdziwioną minę.

– Pawle Wasiliewiczu. Myślałem, że my…

– Obrona poradzi sobie i bez ciebie, bohaterze. Twoje zadanie jest nie mniej ważne. Wykonać rozkaz!

– Tak jest!

– Stój!

– Tak?

– Radiostacje w wozach działają?

– Na pewno działały. No ale przecież z nich nie korzystaliśmy…

– A więc tak: upewnij się, że sprzęt działa. Jakby co, weź inny. Drobot zaraz podłączy zewnętrzną antenę. Dobrze się orientujesz według mapy, więc pamiętaj:

radio powinno łapać sygnał od Kumaczowa albo z porzuconego lotniska Dunajewka. Pamiętasz sygnały wywoławcze?

– Oczywiście.

– No, to tyle. Z Bogiem! I postaraj się wrócić jak najszybciej!

Skworcow ruszył do wyjścia.

– Tak. Edik. Odpowiadasz za bezpieczeństwo wewnętrzne.

– Całkiem mnie już w poczet staruszków wpisałeś? – pokiwał głową Szestakow.

– Przyjacielu, może nie teraz, co? Mamy mało czasu… – skrzywił się z niezadowoleniem Stieczkin.

– No dobrze. Mów.

– Czyli tak. Jak tylko wyjdziemy, zamknij wszystko na głucho. Przy czym wewnętrzne zapory hermetyczne też. I żeby wszyscy byli na swoich miejscach. Dalej. Będziemy tam minimum cztery godziny. Nawet jeśli nikt nie przyjdzie. Jeśli wciąż będzie spokojnie, zacznę odsyłać po jednej drużynie co godzina. Weź to. – Stieczkin podał mu kartkę papieru. – Jest tu sekwencja cyfr. Spytaj o nią każdego, kto przyjdzie z powierzchni. Jeśli nie wyrecytuje – poślij go do diabła albo zastrzel. Jeśli wywiąże się walka i ktoś wróci wcześniej niż po czterech godzinach, to tylko ranni. Druga sekwencja cyfr jest dla służby medycznej. To ich hasło. Zrozumiano? Jeszcze jedno. Wyłączymy wiatraki, więc nie będziecie mieli prądu. Tylko akumulatory do radiostacji u Drobota. Maszty oczywiście i tak zauważą, ale jeśli wirniki nie będą się kręcić, to może nie przyciągną uwagi strzelców. Inaczej je rozwalą.

– Coś w ciemnych barwach to wszystko widzisz. – Nachmurzył się Szestakow, przeglądając linijki cyfr na kartce.

– Lepiej się przygotować, czekać i nie doczekać, niż być nieprzygotowanym i dać ciała.

Stieczkin wyszedł na słabo oświetlony korytarz z niskim sufitem i ruszył w stronę wyjścia. Pod śluzą przeciwchemiczną stało już trzydziestu ludzi w skafandrach ochronnych, z bronią w ręku. Kapitan Kolesnikow nie założył jeszcze maski ani kaptura i wciąż jeszcze trzymał w rękach sturmgewehra.

– A ty co, zamierzasz nim wojować? – uśmiechnął się Stieczkin.

– Kałasznikow lepszy. Ale co zrobić z tym trofeum?

– Oddaj na razie Mendelejewowi. A więc żołnierze, wszystko rozumiecie?

– Tak jest! – głośnym chórem odpowiedziały maski przeciwgazowe.

– Dowódcy, zabierajcie drużyny i zajmujcie stanowiska obronne. Odmaszerować!

Oddział obrócił się w prawo i ruszył gęsiego w stronę wyjścia. Do majora podszedł chemik i podał mu jego zwinięty skafander. Stieczkin zaczął pospiesznie zakładać ochronny kostium. Odsuwając na bok maskę przeciwgazową, powiedział:

– Daj mi sam respirator.

– Respirator? – zdziwił się Mendelejew. – Ale...

– Nie trać czasu! Mówię, dawaj respirator! W masce z wizjerem niewygodnie się strzela z SWD!

– A jak będzie mgła?! Wypali ci oczy!

– Mgłę zwiało do Bałtyjska. No, co tak stoisz?! Biegiem po respirator!

* * *

Suchy chrust i martwe krzaki pękały pod szerokimi kołami dwóch transporterów opancerzonych. Byłoby teraz bez sensu tracić czas na poszukiwanie optymalnej trasy i wozy pędziły przebojem, wypełniając chrzęstem gałęzi i hukiem silników ponury las, usłany martwymi krzewami z przeszłości i dziwnymi roślinami z ostatnich lat. Skworcow wychylał się z luku dowódcy, jedną ręką przyciskając do gardła laryngofon[11], a drugą trzymając się włazu, starając się nie potłuc od jazdy w takim tempie i po takim terenie. Czuł wielką pokusę, by zerwać i wyrzucić w diabły maskę przeciwgazową. Pot zalewał okulary i dowódca grupy wciąż potrząsał głową.

– W lewo. Jeszcze. Tak – powiedział, przyciskając laryngofon do szyi.

– Zrozumiałem – odparł kierowca mechanik.

Transporter dał nura w jakieś trzęsawisko i spod opancerzonego kadłuba wzbiła się potężna fontanna. Koła zaczęły rozpylać krople błotnistej wody. Wyminął go drugi pojazd. Kierowca zaczął wyprowadzać maszynę z bagna. Na początku mu się to udawało, ale potem z tyłu pokazał się obłok pary i wóz, mimo że ryczał coraz głośniej, poruszał się coraz wolniej.

– Co się dzieje, Dima?! – zawołał porucznik.

– Ugrzęźliśmy, dowódco!

– Jak to ugrzęźliśmy?! Przecież to terenówka!

– I co z tego? Przecież nie helikopter! Siedliśmy na brzuchu!

11 Laryngofon – urządzenie komunikacyjne w hełmofonach. Pełni rolę mikrofonu, przekształcając wibracje gardła w mowę.

– Dawaj do tyłu!

– Zaraz spróbuję!

Skworcow nachylił się i zerknął na koła. Silnik ryczał. Spod pogrążonego w brudnej cieczy kadłuba wydobywały się kłęby pary. Koła kręciły się jak oszalałe, rozsiewając wokół błoto i wodę. Ale pojazd tkwił w miejscu.

– Cholera! Dima! Nie męcz silnika! Rozkładaj wyciągarkę!

Tymczasem drugi transporter zawrócił i podjechał do nich.

– Dowódco! – zawołał sierżant Michiejew, wysuwając się z luku drugiego pojazdu. – Zaraz was wyciągniemy!

– Nie ma czasu! Utknęliśmy, a ty jesteś ciągle na chodzie! Mam w tej kwestii wyraźne instrukcje! Zasuwaj do Piątego Fortu jak najszybciej! Dogonimy was! Tylko zostawiaj jak najmniej śladów, bo tamci i fort szybko odnajdą!

– Zrozumiałem! Powodzenia!

– Szerokiej drogi!

Drugi transporter cofnął się, wykręcił i pomknął po wyznaczonej trasie.

Tymczasem kierowca wozu Skworcowa otworzył pokrywę w dziobie i porucznik pociągnął do siebie linę holu.

– Ustaw neutralne położenie! Nie chce się wyciągnąć! – zawołał.

– Już się robi! Gotowe!

Lina zaczęła się rozwijać. Skworcow ciągnął, napierając całym ciałem i wciąż przeklinając swoją zalaną potem maskę. Do najbliższego drzewa, które wyglądało na dość mocne, żeby owinąć je liną, i zdolne do utrzymania niemal czternastotonowej maszyny, było jeszcze około dziesięciu metrów. Ale te przeklęte dziesięć metrów trzeba było przejść, rozwijając nieposłuszną linę. Po prawej w zaroślach coś się poruszyło. Porucznik znów potrząsnął głową. Przez wilgotne szkła wydało mu się, że widzi podkradających się kilku ludzi. I jeden z nich trzyma...

– O w mordę! – Skworcow puścił linę i rzucił się z powrotem do transportera. – Dima! Automat! Weź automat!

– Co? – Kierowca wysunął się ze swojego luku i odsunął gumę maski, żeby lepiej słyszeć.

– Strzelaj! Mają panzerfausta...

W krzakach rozległ się trzask i ogromna chmura dymu zasnuła miejsce, w którym skrywali się nieznajomi. Zaraz potem oślepiający rozbłysk oświetlił pojazd i rozległa się eksplozja, bezlitośnie rzucając porucznika w błoto. Zawył z palącego żywym ogniem bólu w prawej nodze. Ręka w trójpalczastej gumowej rękawicy na próżno próbowała ją namacać. Nogi nie było. Skworcow zerwał wreszcie z siebie maskę przeciwgazową i wziął głęboki wdech wilgotnego powietrza o kwaśnawej woni butwiejących liści.

– Boże! – wydyszał, widząc, że jego noga leży obok przedniego koła transportera. Boczny luk desantowy był rozpruty, a jego dolna sekcja w ogóle oderwana. To chyba właśnie jej odłamek odciął Borysowi kończynę. – To niemożliwe... – Ściągnął z dłoni rękawice i krzycząc z bólu, przekręcił się na brzuch, a potem zaczął pełznąć w stronę swojej nogi.

W zaroślach trzasnęły gałązki pod czyimiś krokami. Rozbrzmiały zniekształcone maskami głosy. Cokolwiek to było, nie była to ojczysta mowa porucznika.

Skworcow wsunął ręce pod siebie, do torby z filtrem do maski przeciwgazowej. Miał tam dwa granaty.

Co z Dimą? Gdzie on jest?

Tymczasem zbliżyła się do niego trójka ludzi na ugiętych nogach. Byli ubrani tak samo jak tamten, którego zabił nad morzem Stieczkin. Dwaj mieli MP 44, jeden karabin maszynowy MG 42 z bębnem w kształcie baby wielkanocnej.

– Gzie twój zolniez, Rus?! – zawołał ten z karabinem.

– *Töte es!* [12] – rozległ się okrzyk drugiego.

– Niemcy? – wyjęczał w malignie Skworcow. – Co za bzdury… – Podniósł głowę i zamglonym od bólu wzrokiem zobaczył swastyki na rękawach kombinezonów. – Faszyści. Rozumiem. To tylko zły sen. Przecież dawno was pokonaliśmy, ścierwa…

– *Was?*[13] – Człowiek z karabinem pochylił się.

Porucznik przewrócił się na plecy i wyprostował ręce.

– A macie!…

Dwa wybuchy zlały się w jeden. Dwóch naszpikowało odłamkami tak, że padając na ziemię, byli już martwi. Trzeci padł w błoto i zaczął wrzeszczeć, trzymając się za rozpruty brzuch.

Tymczasem kierowca transportera opancerzonego ostrożnie wyjrzał z luku. Natychmiast rozległy się wystrzały. Kule zadzwoniły o pancerz i Dima znów skrył się w pojeździe. W stronę transportera biegło już czterech ludzi, w biegu zasypując go deszczem ołowiu. Przez hałas własnych strzałów nie usłyszeli warkotu silnika po swojej prawej stronie. A kiedy odezwał się KPWT,

12 *Töte es!* (niem.) – „Zabijcie go!”

13 *Was?* (niem.) – „Co?”

było już za późno: pociski kalibru 14,5 milimetra roz- niosły na strzępy głowę jednemu i urwały rękę kolej- nemu. Drugi BTR-80 jechał dalej, prowadząc ostrzał ze swojego głównego karabinu. Dwaj wrogowie rzucili się do ucieczki, ale seria natychmiast przecięła jedne- go z nich na pół. Ostatni obrócił się i zamachnął, żeby rzucić w wóz granatem, ale kolejna porcja wielkokali- browej śmierci odrzuciła mu rękę na bok i rozpruła klat- kę piersiową. Transporter przez jakiś czas kręcił jeszcze wieżyczką w poszukiwaniu celów, ale więcej ich nie znalazł. Sierżant Michiejew wyskoczył z wozu i rzucił się w stronę ciała porucznika. W biegu dobił strzałem z automatu wciąż jeszcze krzyczącego rannego wroga.

– Skworcow! Poruczniku! Cholera jasna! – Nachylił się nad trupem towarzysza pozbawionego nogi i obu rąk. – Mitia! Gdzie jesteś?! Koszewoj!

Kierowca pierwszego transportera ostrożnie wyszedł przez właz. Michiejew spojrzał na niego zaskoczony.

– Dima! Po jaką cholerę zdjąłeś maskę?!

– Musiałem zwymiotować… Cholera… – Koszewoj utkwił wzrok w martwym dowódcy i nagle zaczął pła- kać. – Michiej, ja stchórzyłem! Zastrzel mnie! Zrzygałem się i stchórzyłem!

Sierżant przyskoczył do kierowcy i wymierzył mu policzek.

– Uspokój się! Weź się w garść! Co z puszką?!

– Z czym?

– Co z transporterem?!

– Przebili pancerz z prawej strony. Zdaje się, że jedno koło odpadło. Poza tym cały… Michiej, co tu się wypra- wia? Kto to jest?

– Zamknij jadaczkę! Zbierz broń, załóż maskę i marsz do naszego transportera, żywo!

– Jak to, a dowódca?! Zostawimy go zwierzętom na pożarcie?

Sierżant spuścił głowę i westchnął. On też miał wielką ochotę zdjąć tę przeklętą maskę.

– Tak, trzeba by pochować Ptaka jak oficera... Dobra, zrobimy tak. Zaraz cię wyciągniemy, załadujemy do ciebie porucznika – i wal do bazy, ile fabryka dała. Tylko proszę cię, dojedź. Opowiedz o wszystkim, co się stało. Słuchasz mnie?!

– Tak... Tak...

– Ja podczepię twój transporter, a ty w tym czasie zbierz broń tych śmierdzieli. Sprawdź, może mają jakieś blachy albo dokumenty. I rozglądaj się na boki. Może ktoś jeszcze siedzi w tych krzakach.

– Tak. Tak zrobię...

* * *

Wiatr szumiał w koronach okaleczonych drzew. Gwizdał między znieruchomiałymi łopatami trzech prądotwórczych wiatraków, które sterczały przymocowane do ściany na wpół zburzonego budynku mieszkalnego. Pędził przed sobą opadłe suche liście, sprawiając, że źdźbła wysokiej trawy ocierały się o siebie. Zmierzchało. Zachodzące nad morzem słońce oświetlało ziemię poprzez pianę sunących po niebie obłoków, co i rusz wynurzając się w przebłyskach i kłując w oczy.

Stieczkin rozproszył swoich żołnierzy wokół hangarów i wejścia do bunkra. Zrobił to tak, żeby każdy mógł widzieć najbliższych dwóch i wymieniać się informacjami za pomocą gestów. W trzech miejscach ukryto po jednym transporterze opancerzonym. Stieczkin co chwila spoglądał ze wzgórza, na którym zajął pozycję, na każdego z nich, chcąc jeszcze raz upewnić się, że suche zarośla i zwisające gałęzie skutecznie maskują pojazdy.

– Zaraza, jeszcze z pięć minut i słońce będzie świecić prosto w celowniki – warknął major po tym, jak oślepiające światło kolejny raz zabłysło między obłokami.

– Co? – szepnął Kolesnikow, odwracając się do niego.

– Potrzebna mi będzie osłona przeciwsłoneczna, i to jakaś dłuższa. Inaczej będę puszczał takie zajączki, że możemy równie dobrze przywitać ich orkiestrą i balonikami…

Borys zdjął rękawicę i zaczął manipulować przy niej nożem. Już po paru chwilach założył na celownik optyczny SWD dowódcy wycięty z niej gumowy cylinder.

– Tak lepiej?

– Po kiego grzyba zniszczyłeś element służbowego ekwipunku?

– Służbowego? – Borys zaśmiał się cicho pod maską. – Niezły z ciebie żartowniś, Wasilicz! Ale to nic. Położymy gości pokotem, to wezmę od nich. Mają takie z pięcioma palcami.

– Dopiero by było ciekawie, gdyby mieli z sześcioma, co? – uśmiechnął się krzywo major i natychmiast umilkł, wsłuchując się w odległy dźwięk. – Słyszałeś to, kapitanie?

– Co?

– Zdejmij no ten kaptur. Nie słyszałeś wybuchu?

– Chyba nie… Myślałem o dłoni z sześcioma palcami i…

Stieczkin zauważył, że jeden z żołnierzy leżący w krzakach na zboczu obrócił lekko głowę w tamtym kierunku. Czyli, że też usłyszał.

Nie wydawało mu się.

– Kiepska sprawa. Przecież to tamtędy pojechał konwój Skworcowa. A tu wybuch.

– Myślisz, że…

– Boję się nawet myśleć.

Umilkli, wsłuchując się w szum wiatru i wszystkie inne dźwięki, które mogły przebić się przez wilgotne powietrze bursztynowego wybrzeża.

– O! – szepnął głośno Borys. – Rzeczywiście! Kolejny wybuch. Albo nawet dwa naraz.

– Ciszej! Twój szept nawet w masce słychać lepiej od tych eksplozji.

– Chłopaki wpadły w zasadzkę…

– To oczywiste. Cicho… Strzelają. O… KPWT. Tak… Wszystko ucichło.

– Ostatni strzelał chyba KPWT?

– Właśnie. A więc nasi przedarli się przez zasadzkę. Taką mam nadzieję. Tak, to koniec. Wracaj na swoje stanowisko. Teraz porozumiewamy się już tylko gestami.

– Słuchaj, Wasilicz…

– No, co jeszcze?

– Może… rzeczywiście niepotrzebnie załatwiłeś tamtego gościa na plaży?

– To może do nich pójdę i przeproszę, co? – rzucił ze złością Stieczkin.

– No nie… Ale…

– Przyszli do nas. Ukrywali swoją liczebność, idąc gęsiego. Przyszli z bronią. Otworzyli do nas ogień. Mieliśmy wystosować do nich notę protestacyjną, nadstawić drugi policzek oraz zadek i odstąpić im całe terytorium?

– Słyszałeś kiedyś o instynkcie palca wskazującego?

– Że co? Jakiego znowu palca, do ciężkiej cholery?

– No, przez całe życie byłeś wojskowym. Na twoich oczach przetoczyła się wojna światowa. A ty w końcu nikogo nie zabiłeś. I tu pojawia się możliwość. Broń, palce na spuście. Jest do kogo strzelać... Zabijasz i dorabiasz do tego uzasadnienie...

– Słuchaj, Kolesnikow, nie palisz czasem żółtego mchu, jak ci w Piątym Forcie? Instynkt palca wskazującego, powiadasz? A o efekcie skopanego tyłka nie słyszałeś?

– Ale co się tak gorączkujesz, dowódco...

– Spadaj na swoją pozycję! Też mi się znalazł, Mahatma Gandhi!

– Kto?

– Powiedziałem, wynocha stąd!

– Idę, idę – burknął Kolesnikow i przeczołgał się piętnaście metrów w dół prawym zboczem.

Żołnierz leżący na lewym zboczu zdjął z dłoni rękawicę i uniósł pięść. To znaczyło „uwaga". Żołnierz sygnalizował do następnego, że dostaje informacje. Rozwarł palce i wskazał dłonią w bok. A więc to z tamtej strony... Podniósł cztery rozcapierzone palce. Z tamtej strony idzie czterech ludzi. Znów zacisnął pięść i „strzelił" palcem wskazującym... Czyli tych czterech ma broń.

Stieczkin przylgnął do okularu lunety. Wkrótce on też dostrzegł czwórkę, która wyszła z zarośli. Po tym, jak znaleźli się na otwartej przestrzeni, nieznajomi przykucnęli, pozostając w granicach podchodzących do bazy zarośli. Długo się rozglądali, wpatrując się w ślady PTS-a. Decyzja, by wyjść ze skrywającego ich lasu nie była łatwa i przeciwnik przez dłuższy czas tego nie robił. Wyraźnie zaniepokoiło go wzgórze nad bunkrem i pozostałości budynków. To właśnie wzgórze, na którego szczycie ulokował się Stieczkin, a na zboczach – kilku jego podwładnych. Jednak raczej nie mieli szans ich zauważyć. Do tego ich maski mocno pogarszały widoczność. Zresztą tak jak i aparaty obrońców.

Wreszcie nieprzyjaciel zaczął ostrożnie wychodzić. Teraz stało się jasne, że obcych jest nie czterech, lecz przynajmniej kilkudziesięciu. Ruchy wroga były zgrane. Przy czym, kiedy jedni kucali, rozdzielając między siebie sektory ostrzału, pozostali natychmiast zaczynali posuwać się naprzód. Potem kucali i role się zmieniały. Major zauważył, że są ubrani tak samo jak tamten, którego zabił, wliczając w to swastykę na lewym rękawie skafandra. Na prawych rękach też mieli opaski. Jedni czarne, drudzy białe. Tak. Jasne. To jedynki i dwójki. Kiedy jedynki kucają, dwójki idą. I na odwrót. Tak. A kto nimi dowodzi? Po krótkiej obserwacji Paweł zauważył, że dwaj mają czarne rękawice, podczas gdy pozostali – szare, pod kolor skafandrów. I właśnie ci dwaj dają reszcie jakieś znaki rękami. Jasne. To oficerowie. Stieczkin zacisnął pięść. Potem podniósł rękawicę i ostrożnie pokiwał nią przed sobą. Następnie opuścił ją i palcami środkowym i wskazującym trzy razy popukał się w ramię, jakby wskazując na pagon, którego na skafandrze oczywiście nie było. To sygnał do pozostałych: zwrócić uwagę na rękawice. Ci, którzy mają je różne od reszty, są oficerami. To priorytetowe cele.

Na razie jednak nikt nie strzelał. Żołnierze wiedzieli, że pierwszy wystrzał należy do dowódcy. I dopiero potem… Ale Stieczkin zwlekał. Palec wskazujący gładził język spustu karabinu snajperskiego.

„Cholerny Boria – myślał major. – Pacyfista chromolony". I miał powód. Poczuł nagle, jak jego zimny i zawsze trzeźwo oceniający sytuację umysł waha się. Myślał o tym, co powiedział Kolesnikow. Może nie warto teraz strzelić, żeby zabić? Może najpierw ich ostrzec? A nuż po prostu doszło do nieporozumienia, a tamto zabójstwo na plaży było właśnie zabójstwem, a nie aktem samoobrony? Przecież po raz pierwszy od wielu lat w świecie, w którym nie było nikogo poza społecznością Piątego Fortu, Kolonii Krasnotorowskiej z Bloku-6 i nieszczęsnych mieszkańców Pionierskiego z ich bezużytecznym teraz okrętem, pojawił się ktoś jeszcze. I pierwsza rzecz, która wydarzyła się podczas tego kontaktu, to wymiana strzałów i trup. Pozwolił sobie na błąd? Fatalną pomyłkę? Może teraz zawołać: „Stójcie, porozmawiajmy, opuśćcie broń, albo będziemy strzelać?". A te swastyki… To po prostu swastyki. Stare symbole niemające żadnego związku z nazistami, którzy wyrządzili tyle krzywd jego narodowi i ojczyźnie? Ale… Nie. Podstawową rzeczą, którą zrobili nieznajomi, kiedy stanęli na tej ziemi, było zatknięcie swojej flagi na pierwszym napotkanym budynku. Na ODR-ze. Swojej flagi. To demonstracja ich zamiarów. Ogłosili tę ziemię swoją, nie racząc nawet sprawdzić, czy są tu ocalali i co o tym myślą. Nie. Nie mogło być żadnych wątpliwości. Przed nim, w celowniku SWD, byli agresorzy. Najeźdźcy. Wrogowie.

Ręka zacisnęła się mocno na rękojeści. Zimna lufa bezlitośnie skierowała się na pierwszego właściciela czarnych rękawic. Palec zaczął płynny ruch, dając karabinowi do zrozumienia, że przyszła jego kolej, by wypełnić swój bezwzględny obowiązek: pozbawiać życia. To, co było mu przeznaczone przez twórcę, wykonał bez zarzutu. Podobny do trzaśnięcia biczem wystrzał rozerwał delikatną ciszę i kula trafiła cel w głowę.

Podwładni Stieczkina natychmiast otworzyli ogień. Efekt zaskoczenia zrobił swoje. W pierwszych sekundach zdjęli ośmiu ludzi. Pozostali żołnierze, którzy obserwowali inne kierunki na wypadek, gdyby wróg chciał to miejsce okrążyć, nie uczestniczyli w rzezi, cierpliwie czekając na swoją kolej.

Nie trwało to długo. Kiedy awangarda przywitana ogniem obrońców Bloku-6 zaczęła pospiesznie wycofywać się w zarośla, od strony dawnego Jantarnego zaczął się huraganowy ostrzał z broni automatycznej. Stieczkin przewidział jednak podobny rozwój wypadków – w końcu nie od parady był oficerem. Wybrane przez niego stanowiska strzeleckie nie były zbytnio odsłonięte od prawej flanki, skąd zaczęła ostrzał druga grupa intruzów. Odpowiadający za ten sektor żołnierze zanotowali w pamięci położenie przeciwników dzięki rozbłyskom wystrzałów w zaroślach i otworzyli w odpowiedzi precyzyjny ogień, wzbogacając porcje ołowiu „przesyłkami" z podlufowych granatników. Wróg wyraźnie nie oczekiwał tak gorącego przyjęcia i na przegrupowanie oraz zmianę taktyki potrzebował sporo czasu, ponosząc straty. Jednak w końcu sytuacja zaczęła się zmieniać. Na zbocze wzgórza padły dwa granaty. Potem z prawej strony pojawiła się ściana płomieni. Chmura ognia wgryzła się w prawe zbocze, rozbryzgując płomienie i podpalając suchą trawę i krzewy.

– Wycofujemy się! – ryknął Kolesnikow. On i czterech żołnierzy rzucili się w stronę szczytu, by szukać schronienia po drugiej stronie wzgórza. Skafander jednego z nich płonął. Kanonada karabinów szturmowych wroga natychmiast się nasiliła.

Przed bitwą Stieczkin poinstruował swoich ludzi: jeśli coś pójdzie nie tak, obrońcy mają zmieniać pozycje na linii blok–sztab–koszary–hangary–wzgórze, a odwód wycofa się na teren za linią frontu, gdzie kiedyś mieścił się park maszynowy. To, że wróg zabrał się do rzucania granatów i użył miotacza płomieni, było znakiem: coś poszło nie tak. Nieznajomi nie odstąpili i nie zostali złamani, jak oczekiwano. Nadal napierali na obrońców. A więc działamy zgodnie z najbardziej pesymistycznym wariantem. Nie czekając na rozkaz, żołnierze zaczęli wycofywać się na drugą linię obrony. Wtedy do walki włączył się ukryty odwód, zajmując pozycje na dolnych, ocalałych kondygnacjach bloku mieszkalnego i budynku koszar. Osłaniali odwrót. Zasada była prosta: spadający na wroga deszcz ołowiu nie powinien ustawać nawet podczas odwrotu. Upewniwszy się, że płonący żołnierz został ugaszony i ostatnia grupa kryjąca prawą flankę i dowodzona przez Borysa wycofała się z powodzeniem na drugą linię, major jako ostatni zaczął odwrót. Teraz trzeba natychmiast umocnić się na nowej linii obrony i otworzyć ogień, w czasie gdy odwód, który właśnie ostrzeliwuje zarośla, zacznie wycofywać się w stronę parku maszynowego. Następnie należy dać wrogowi możliwość zajęcia szczytu wzgórza. Wzgórze to nie zwykły wysoko położony punkt, lecz placówka strategiczna. A więc dogodne miejsce, aby prowadzić ogień i likwidować stanowiska ogniowe w budynkach, do których teraz nie sięgają miotacze płomieni ani granaty. Przeciwnik musiał zdawać sobie z tego sprawę. Na pewno będzie szturmował szczyt i zajmie go. I właśnie wtedy do gry włączy się główny argument...

* * *

Nie założył w końcu maski przeciwgazowej. Po prostu o niej zapomniał. I gorzki smak, który czuł teraz w ustach, oraz ból przy każdym wdechu nie przypomniały mu o tym. Nie było na to czasu. Dopiero teraz zatrzymał transporter opancerzony. Dmitrijowi wydało się, że oprócz ryku silnika słyszy coś jeszcze. Wysunął głowę z luku i wsłuchał się w odgłosy bitwy.

– Słyszysz, dowódco? – zwrócił się do martwego ciała Skworcowa, leżącego na siedzeniu przy lewej burcie. – Jednak zaatakowali naszą bazę. To nic, dowódco. To nic – znów schował się w kabinie i nie zamykając włazu, gwałtownie ruszył z miejsca. – Zaraz im pokażemy. Zaraz cię pomścimy, dowódco.

Koła pojazdu z niezwykłą zaciekłością pokonywały każdą nierówność pagórkowatego, wyboistego terenu, po którym pędził transporter, z każdym swoim obrotem wbijając się w gorączkowo ściskające kierownicę dłonie Dmitrija.

– Jeszcze chwilę, dowódco! Pomożemy naszym! Zdążymy! I zapłacą nam za ciebie z nawiązką!

Teraz odgłosy walki były już wyraźne i ryk silnika wozu pancernego ich nie zagłuszał. Przed nim zamajaczyły kłęby czarnego dymu. Transporter był coraz bliżej rodzimej bazy.

* * *

Plan się sprawdzał. Nieprzyjaciel rzeczywiście starał się pospiesznie zająć opuszczony przez obrońców szczyt wzniesienia. Trzeba jednak było docenić napastników. Część z nich pozostawała rozproszona w zaroślach; nie skupiali wszystkich swoich sił w jednym miejscu, gdzie wystarczyło raz uderzyć, by ich zniszczyć. Stieczkin właściwie nawet nie podejrzewał, że wszyscy jak jeden mąż pobiegną w pułapkę. Jeśli w dzisiejszych warunkach nieznajomi zdołali nie wiadomo skąd dotrzeć do kaliningradzkiego wybrzeża, to musieli mieć jakieś pojęcie o bojowym rozproszeniu sił i wiedzieć, czym to się różni od bojowej koncentracji. Teraz najważniejsze było to, że wciągnęli na wzgórze całe swoje ciężkie uzbrojenie. Cekaemy, by skutecznie prowadzić ostrzał na wszystkie strony. Miotacz płomieni, by ognista śmierć mogła pokryć jak największą powierzchnię. Kolejni dwaj nieśli na plecach po jednej potężnej rurze. Do rur przymocowane były lekko wygięte metalowe osłony z przeszklonym wizjerem. Oczywiście pierwsze, co przyszło do głowy wojskowemu na widok tych przedmiotów, to…

– Panzerschreck! Dowódco! Mają panzerschrecki! – Borys pociągnął Stieczkina za łokieć.

– Panzerschreck?! Boria, co ty pieprzysz?! Może jeszcze panzerosioł?! – odgryzł się ze złością Paweł.

– Nie rozumiesz! Granatniki!

– Taka twoja mać, zrozumiałem, że to granatniki! Więc mów, granatniki, a nie jakieś schrecki, niech cię licho!

– Ja przecież…

– Starczy tej paplaniny, Boria! Dosyć ich już weszło na wzgórze! Uruchamiaj karuzelę! Żywo!

– Tak jest!

Kolesnikow wyciągnął rakietnicę z kabury przy pasku i czerwona flara wzbiła się z trzaskiem nad pole bitwy.

Trzy wozy BTR-80 plunęły dymem z rur wydechowych i wyskoczyły ze swoich kryjówek, szybko zajmując pozycje wokół wzgórza, po czym skierowały w stronę wierzchołka lufy KPWT. Transportery zaczęły wspomnianą karuzelę. Poruszając się dookoła wzgórza z jednakową prędkością w czymś w rodzaju korowodu, ostrzeliwały wzniesienie, ścierając w pył ziemię, krzaki i wszystkich tych, którzy próbowali się w nich umocnić.

– Uwaga! Odciąć tych w krzakach od wozów! Nie żałować amunicji!

Obrońcy wciąż prowadzili ostrzał, był jednak sektor, którego nie mogli pokryć: widząc, że ich towarzysze na wzgórzu są już straceni, wróg zaczął wycofywać się w las. Agresorzy zbierali się przy tym w jednej strefie, osłoniętej przed ogniem z bazy przez wzgórze. Kiedy w tej strefie pojawił się jeden z transporterów opancerzonych, przerwali odwrót i zabrali się do ostrzału. Okazało się, że pancerz BTR-80 dobrze znosi trafienia pocisków sturmgewehra MP 44. Do tego, oprócz strzelca obsługującego główny kaliber, za osłoną siedziało jeszcze kilku żołnierzy prowadzących ostrzał z automatów przez specjalne otwory w burtach. Wtedy w rękach dwóch napastników pojawiły się podobne do tłuczków do mięsa przedmioty w kolorze piasku: długa rękojeść i spora głowica na jednym końcu. To były Faustpatrone. Wystrzał. Uderzenie w korpus. Eksplozja. BTR stanął. KPWT wciąż jednak ostrzeliwał szczyt wzgórza. Mimo to kałasznikowy w strzelnicach rozerwanej burty umilkły.

– Co tam się stało?! – zawołał Stieczkin.

– Chyba unieruchomili jeden wóz, Pasza! – krzyknął Kolesnikow.

– Ożeż!... Boria! Rzuć do walki „maszynę do szycia"! Czwarty oddział! Za mną! – Major zamienił SWD na AK-74M i popędził w stronę wzgórza.

Po jego prawej rozległ się ryk silnika i Stieczkin kątem oka zauważył, że pojawił się tu jeszcze jeden transporter opancerzony. Skąd? Numer 113 na burcie mówił o tym, że był to wóz Skworcowa. Nie zmniejszając prędkości, transporter popędził za wzgórze. Zasłonił swoim kadłubem unieruchomiony pojazd i teraz cała uwaga wroga skupiła się na nim.

– Już, dowódco! Zajechaliśmy! – wrzasnął Koszewoj, szybko przenosząc się z miejsca kierowcy mechanika do wieżyczki z głównym karabinem, starając się przy tym nie zahaczyć o ciało poległego Skworcowa. – Teraz im pokażę!...

Zadudnił cekaem, roznosząc w drzazgi zarośla pełne nieprzyjacielskich żołnierzy. Trafienie Faustpatrone. Brzęczenie w uszach. Dmitrij dalej strzelał i wrzeszczał z szeroko otwartymi ustami. Kolejne uderzenie Faustpatrone. Pociemniało mu w głowie. Wszystkie dźwięki stały się jakieś odległe i głuche. KPWT przestał reagować na próby prowadzenia ostrzału przez rannego strzelca...

Z pośpiesznie otwartej bramy jednego z hangarów, wyjąc silnikiem, wyskoczyła „maszyna do szycia". Był to opancerzony ZSU Szyłka z poczwórnie sprzężonym działkiem Amur kalibru 23 milimetrów.

Ogłuszony Koszewoj potrząsał głową. Jak najszybciej potrafił, wydostał się z pierwszej dziury w swoim transporterze i zaczął strzelać z biodra z automatu w stronę, gdzie według jego przypuszczeń był nieprzyjaciel. Niczego już właściwie nie widział – czy to przez uraz, czy to przez zatrucie powietrzem, czy to przez łzy i szok.

– Niedługo się zobaczymy, dowódco – wymamrotał Dmitrij, zwracając się do martwego Skworcowa. Dziesiątki kul z karabinów szturmowych wroga zaczęły przebijać jego ciało, zanim jeszcze opustoszał magazynek kałasznikowa. Ostatnią rzeczą, jaką zobaczył żołnierz, było słońce, które mignęło mu wreszcie w pęknięciu między obłokami. Koszewoj wydał z siebie ostatnie ochrypłe westchnienie i padł w suchą trawę na gorące łuski po pociskach.

Huraganowy ogień z czterech luf szyłki dosłownie ściął szczyt wzgórza wraz z kryjącymi się na nim ostatnimi przeciwnikami. Zaś kiedy pojazd bojowy wyjechał za wzgórze, ku dwóm trafionym BTR-om, zaczął po prostu kosić znajdujący się przed nim las łącznie z tymi, którzy w nim byli. Ostatni w tej bitwie wystrzał Faustpatrone zniszczył szyłce gąsienicę i unieruchomił pojazd, nie powstrzymał jednak ognia. Widocznie wrogowi wyczerpały się środki do walki ze sprzętem pancernym, gdyż jeden ze zdesperowanych żołnierzy nieprzyjacielskich podpełzł do szyłki, będąc poza zasięgiem czterech szybkostrzelnych działek Amur. Podniósł się tuż przed pojazdem, próbując zarzucić na łoskoczące i buchające rozpalonym powietrzem zmieszanym z gazami prochowymi lufy torbę z materiałem wybuchowym. W tym momencie wprost przed nim otworzył się luk kierowcy mechanika. Ukazały się w nim dwie lufy obrzyna ze strzelby myśliwskiej. Podwójny wystrzał z przyłożenia i luk zatrzasnął się równocześnie z upadkiem martwego wroga naszpikowanego śrutem.

– Gwardia! – ryknął Kolesnikow, zrywając maskę przeciwgazową. – Za mną! Do ataku!

Od strony wzgórza rozległo się gromkie „Uraaa!" i cała kompania, która prowadziła obronę, ruszyła, by dobijać agresorów, prowadzona przez Stieczkina i Kolesnikowa i osłaniana przez dwa ocalałe transportery opancerzone.

ROZDZIAŁ 5

GDY DŁUGO SPOGLĄDAMY W OTCHŁAŃ

– Ależ siadaj, pokrzep się po podróży. Co tak sapiesz jak lokomotywa? – Samochin wskazał na krzesło i miskę z małymi kartofelkami, znad których unosiła się aromatyczna para. – A może nalać ci czegoś mocniejszego?

– Nie mamy czasu, towarzyszu majorze! – uciął starszy sierżant gwardii Andriej Michiejew.

Swój skafander ochronny, tak jak i broń, zostawił na pierwszym posterunku wewnętrznym Piątego Fortu i stał teraz w gabinecie przywódcy kolonii w piaskowym kombinezonie z czarnym rombem i wizerunkiem czołgu na piersi.

– Potrzebujemy pomocy!

Major utkwił wzrok w nisko sklepionym suficie z czerwonej cegły, westchnął i obrócił palcami pokrytą sadzą szklaną kolbę stołowej lampy naftowej, obserwując złowieszczy cień własnej ręki.

– Słuchaj, a nie macie tam w magazynie jakichś dobrych przewodów elektrycznych? Do dziś nie mogę dociągnąć sobie prądu do gabinetu. Szmelc jakiś... – Samochin uśmiechnął się, mrużąc oczy.

– Towarzyszu majorze, co pan, nie słuchał mnie pan, czy jak?! – zirytował się czterdziestoletni, krótko ostrzyżony Michiejew.

– Czemu podnosisz głos, sierżancie? – komendant fortu lekko zmarszczył brwi. – Wszystko świetnie słyszałem. A dlaczego Stieczkin sam nie przyjechał?

– Przecież on dowodzi obroną!

– No tak, no tak. – Samochin pokiwał głową i zjadł kartofelka. – Czyli zostaliście zaatakowani...

– Ponieśliśmy już straty! Porucznik Skworcow, który jechał tu ze mną! Wpadł w zasadzkę...

– Mówiłeś już. Aha... – tamten znów pokiwał głową, udając współczucie. – A wszystko zaczęło się od tego, że Stieczkin zastrzelił kogoś na plaży. Tak?

– Bo tamten pierwszy otworzył ogień...

– Ależ oczywiście... A więc prosicie o dziesięciu strzelców?

– Przydałoby się i więcej, ale jeden transporter wrócił do bazy. I jeszcze ciężki sprzęt. Macie przecież w spadku po siódmym pułku dwa czołgi T-72 i BMP.

– Ach tak? Hmm... A paliwo? Oleju napędowego starczy na jeden przejazd. Towar deficytowy, sam chyba wiesz. Dlatego też pytam o kable. Ileż można palić paliwem w lampach naftowych? A moi zwiadowcy znajdują ciągle tylko krótkie kawałki. Żaden pożytek z tego lutowania...

– Ależ zwrócimy wam paliwo! Z naddatkiem! Mamy w zasięgu składy paliwa batalionu inżynieryjnego i bazy bałtyckiej. Pierejasławka z jej zbiornikami jest w końcu niedaleko. Wszystko wam wyrównamy. Kabel też się znajdzie, choćby tysiąc metrów, w magazynach portowych. Tylko pomóżcie!

– Cóż, sam rozumiesz, że takich kwestii nie rozstrzyga się na chybcika. To jednak działania wojenne. Kto ma ochotę ginąć po tym, co tu przeżyliśmy?

– Przecież to wspólne zagrożenie…

– Czyżby? – uśmiechnął się Samochin. – My przecież nie zabiliśmy nikogo na plaży.

– Co pan chce przez to powiedzieć? – zaniepokoił się Michiejew.

– Nic takiego. Mówię, że trzeba zwołać radę wspólnoty. Nie mogę przecież sam podejmować takiej decyzji. Tylko w Kolonii Krasnotorowskiej za wszystkich myśli Stieczkin – tutaj jest pieprzona demokracja, wiesz?

– Czegoś tu nie rozumiem…

– To po prostu zmęczenie podróżą i napięcie – uśmiechnął się Samochin, wstając. – Chodź, mój adiutant zaprowadzi ciebie i twojego kierowcę gdzieś, gdzie będziecie mogli odpocząć. A my tu podejmiemy decyzję. Nie bój się, nie będziemy zwlekać z odpowiedzią.

Major wysunął szufladę z biurka, wyjął z niej dzwonek i potrząsnął nim kilka razy. Drzwi uchyliły się i pojawiła się w nich ruda, niemal pozbawiona brwi twarz Borszczowa.

– Zaprowadź towarzysza i jego kierowcę na miejsce odpoczynku. Nakarm. Daj im wodę do mycia.

– Zrozumiałem, towarzyszu majorze – skinął głową Borszczow.

* * *

Zagorski doszedł jednak do tego miejsca. Przy czym zrobił to sam. Wysilając całą wolę i odpędzając przeklęty strach przed ciemnością i podziemiami, który zamieszkał w jego duszy podczas tamtej ostatniej wyprawy z przyjaciółmi. Poświecił latarką dookoła. Tak. Ten sam prosty betonowy korytarz szeroki na jakieś trzy metry i wysoki ledwie na dwa, może nieco więcej. Mocowania przewodów w lewym rogu. Po prawej szeroki otwór i pomost z balustradą. Kręte schody znikąd donikąd. Woda w studni. Jest i niedopałek skręta z żółtym mchem, który palili Koleś i Gaza.

Aleksander wyciągnął z plecaka i postawił na ziemi kaganek zrobiony z łuski po 23-milimetrowym pocisku, którą podarował mu kiedyś Tigran. Zapalił wciśnięty do środka natłuszczony knot. Miał szczęście, sąsiedztwo i dobre stosunki ze stalkerem pozwalały mu nie tylko zdobyć taką lampkę, ale i regularnie uzupełniać zapasy paliwa. Tigran mógł wrócić z wyprawy na powierzchnię z niczym, ale zawsze miał spuszczoną z jakiegoś zniszczonego samochodu benzynę albo olej napędowy. Zawsze też przynosił z wyprawy jakąś piękną pocztówkę. Nawet najbardziej bezowocne wyjście nie smuciło go, jeśli udało mu się zdobyć widokówkę z kwiatami, pięknymi krajobrazami czy też rozczulającymi zwierzątkami. Można było pomyśleć, że tak naprawdę ma gdzieś w mieszkaniu skrytkę z setkami lub nawet tysiącami tych kartek i wyciąga po jednej na wyjście, mówiąc potem, że znalazł ją w mieście. Kto wie. Przecież nie bez powodu w kolonii mówili żartobliwie o Tigranie: „Który w sprycie z każdym wygra? To nasz brat, Bagramian Tigran". Widokówki przynosił sąsiadce, uroczej brunetce Ricie Gżel. Była lekarką wspólnoty. Nie jedyną, ale jedną z najbardziej doświadczonych. W końcu uczyła się swojego rzemiosła nie tutaj, na tak zwanej prowincji, lecz na prestiżowej uczelni w Moskwie, skąd też pochodziła – w Kaliningradzie znalazła się dosłownie w przeddzień globalnej apokalipsy.

Dla nikogo nie było tajemnicą, że Rita podobała się Tigranowi, a najprawdopodobniej chodziło nawet o coś więcej. Sam tego zresztą nie ukrywał. Starał się zalecać pięknie. Na tyle pięknie, rzecz jasna, na ile pozwalały obecne warunki. Na przykład, przynosząc w prezencie po jednej pocztówce z każdego wyjścia do miasta. Często też twierdził, że jest chory, aby znaleźć się u niej w gabinecie. Ta oczywiście wymyślała mu w takich przypadkach od najgorszych. Ale tym właśnie Rita Gżel różniła się od wielu innych kobiet, że nawet ochrzaniała ludzi czule i z wdziękiem. Jednak ten fakt w żaden sposób nie uspokajał Aleksandra Zagorskiego, którego czekała jeszcze nieprzyjemna rozmowa z Ritą na temat pobitego Gazy. Po pierwsze, lekarka żałowała nawet takiego bezużytecznego narkomana, a po drugie, ów ledwo żywy ćpun sprawiał, że trzeba było opiekować się nim i marnować materialne zasoby działu medycznego kolonii. Nie to, żeby dobra i serdeczna Rita nie chciała opiekować się chorym. Ale po co robić sobie nawzajem krzywdę, dostarczając i bez tego zawalonym robotą medykom nowych kłopotów? Przecież zdrowie ludzi wiodących życie w wilgoci, pod ziemią, i tak pozostawiało wiele do życzenia. A były jeszcze niebezpieczeństwa świata zewnętrznego i inne przyjemności życia wiele lat po globalnej katastrofie...

Zagorski ciężko westchnął, spoglądając w czarną studnię, która stała się ostatnią przystanią Kolesia. Potem wyciągnął latarkę na dynamo i poświecił w wodę. Ani dna, ani tym bardziej ciała jeszcze niedawno żywego i mocno nierozgarniętego towarzysza, jak się można było spodziewać, nie dostrzegł. Woda była czarna. To znaczy, oczywiście, przezroczysta, lecz głębia studni nadawała jej ten nieprzenikniony mrok, w którym nie pozostał nawet ślad po niedawno połkniętym człowieku. Aleksander jeszcze przez jakiś czas wpatrywał się w tę beznamiętną otchłań, wyczuwając zapach wilgoci z posmakiem sadzy z łuskowego kaganka. I nagle, od tego uważnego wpatrywania się w studnię, poczuł lekki niepokój. Ciemna woda zaczęła go jakby przyzywać, podszeptując głębokiej podświadomości szalony pomysł, by pochylić się nad otchłanią jak można najniżej i po prostu dać w nią nura. Zagorski odskoczył.

– Tfu, cholera! – wypuścił powietrze. – A to... Jak to się mówi? Gdy długo wpatrywać się w otchłań, otchłań zaczyna wpatrywać się w człowieka? No właśnie, w mordę...

Rozmowa z samym sobą nieco go uspokoiła i pomogła mu uporządkować myśli, odpychając ten szalony, uwierający świadomość pomysł, który zniknął jak sól w wodzie. Kret otarł z czoła zimny pot, pogrzebał w chlebaku i wyciągnął z niego ciężki magnes pierścieniowy z jakiegoś rozwalonego głośnika. Zawczasu starannie przywiązał do niego sznurek. Mniej więcej co metr widniał na nim supeł pozwalający ocenić głębokość.

Zagorski ostrożnie przysiadł na brzegu szybu i znów poświecił w wodę. Co dziwne, na ścianach studni widniały świeże ślady wilgoci, zupełnie jakby woda zakołysała się, kiedy na nią nie patrzył. Chociaż może były to ślady po rozbryzgu spowodowanym upadkiem Kolesia? W tak wilgotnym powietrzu utrzymają się pewnie jeszcze długo, a on po prostu nie od razu je zauważył. Najważniejsze, że diabelski głos szepczący to ohydne „skacz" już go nie kusił.

Aleksander stanął przy samej krawędzi i zaczął niespiesznie luzować sznurek, opuszczając magnes do wody. Jeśli nawet nie uda mu się odzyskać noża Tigrana, który zwędził mu zmarły idiota Koleś, to warto by było przynajmniej sprawdzić głębokość studni. Linka zanurzyła się na metr. Spuszczał ją dalej, świecąc sobie latarką. Dwa metry. Dna jeszcze nie ma. Trzy metry. Dna ciągle nie ma. Cztery. Pięć.

– Cholera, to jakaż tu jest ta głębokość?

Dziesięć metrów! Ale przecież sznur nie jest nieskończony. Zostało jeszcze tylko…

I wtedy Sasza Zagorski wzdrygnął się: linka gwałtownie się napięła. Ale przecież gdyby występujący w roli obciążenia magnes dosięgnął dna, to sznurek przeciwnie, powinien się rozluźnić. Kret zaczął gorączkowo wyciągać sznur, czując jak przyspiesza mu puls i zimny pot spływa po plecach.

– Kurde! Co się ze mną dzieje? – westchnął Zagorski i zamarł. – Serio, co się ze mną dzieje? Tam jest pewnie jakiś kawałek metalu. No to linka się napięła, przez magnes. No właśnie.

Zaczął znowu opuszczać sznurek, kontynuując sondowanie dna, gdy nagle linka ostro szarpnęła, wzbudzając kręgi na wodzie. I znów się napięła. Szarpnęła. I pociągnęła w dół.

– Co tu się dzieje?!

Aleksander odłożył latarkę i zaczął szybko wybierać sznur dwiema rękami. Na szczęście nic już nie ciągnęło go w dół. Ale nerwy Kreta i tak były napięte do granic możliwości. Na ręce nawija się mokra już linka i ta wilgoć sprawia, że napięcie jeszcze rośnie, przywołując myśli o Kolesiu, który w tej wodzie zginął. O tym, jaka to bezdenna otchłań. I oczywiście o tym, że jakieś diabelstwo ciągnęło go w dół. Aleksander ciężko oddychał od nieprzyjemnego uczucia, że opuścił znacznie mniej sznura, niż musiał teraz wyciągać z tej zaczarowanej wody. I oczywiście patrzył w dół. W tą bezdenną czarną studnię. Teraz do zimnego potu na plecach i przyspieszonego pulsu doszły miliony włosków na całym ciele, które zaczęły się podnosić. Nastroszyły się, próbując jakby przebić ubranie i upodobnić człowieka do przestraszonego jeża. Fale przerażenia przechodziły po całym jego ciele. Przecież stamtąd, z ciemniej otchłani, zaczęła wyłaniać się niewyraźnie jakaś szara sylwetka! Jest już ledwo rozróżnialna straszna twarz – wielka, okrągła, z ogromnymi otworami nieistniejących oczu kierujących swój nieobecny wzrok wprost w niego, tego, który siedzi na skraju otchłani. I ten wzrok wydawał się jeszcze bardziej bezdenny niż ta straszna studnia.

Zagorski chwycił gorączkowo za leżącą na zimnej podłodze latarkę. Nacisnął na dźwignię dynama, wzywając na ratunek elektryczne diody i skierował ich światło na wodę. Tam naprawdę COŚ BYŁO! I TO COŚ powoli wyłaniało się z otchłani!

– Mamo!!! – wrzasnął Aleksander i odskoczył od brzegu studni. Usiadł na gorącej łusce i w jednej chwili oparzył się i zgasił ją własnym ciałem. Wypuścił sznur, który wpadł do wody. Upuścił latarkę, która, bez nacisku na dynamo, od razu zgasła. Nieprzeniknione ciemności okryły człowieka. Rzucił się na pamięć w stronę korytarza prowadzącego do kolonii. Tam, gdzie jest światło i ludzie, i nie ma tej piekielnej studni. Lecz ciemność sprawiła, że zakuty w beton podziemny świat stał się zupełnie nie do poznania. Już po kilku krokach Zagorski potknął się o coś i upadł, uderzając się boleśnie w przedramię. Do tego wydało mu się, że w czasie gdy biegł, wśród odgłosów własnego głośnego, urywanego oddechu i szalejącego bębnienia serca, usłyszał głośny plusk. Zagorski przycisnął się do ściany i znieruchomiał, zaciskając mocno oczy. Chociaż po co? Nawet zaciśnięcie powiek nie przemoże tej ciemności, która go teraz otaczała. A jakim wsparciem dla mroku był ten wszechogarniający strach!

„Stop, stop, stop! – szepnął sobie w myślach Aleksander. – Czemu ja tak robię w gacie ze strachu, co? No tak, magnes przyciągnęło coś metalowego. Może nawet same schody. A potem zaczął wypływać trup tego tępego ćpuna Kolesia. Wszystko logiczne. Więc czego ja się właściwie tak przestraszyłem? Chlupotu? Słyszałem przecież tylko własny strach. Dyszałem z przerażenia jak zakatarzony słoń. Szeleściłem nogami po pokruszonym betonie. Co ja tam mogłem usłyszeć? No, a jeśli nawet był jakiś plusk, to może tylko łuska wpadła do wody. Albo latarka. Albo jedno i drugie. Kurde! Do kitu byłoby stracić latarkę...”

Gorączkowo sięgnął do torby i namacał zapałki myśliwskie. Wyjął je, ale nie spieszył się z ich zapalaniem. Przyczaił się, zaciskając nawet usta, żeby nie oddychać. Nie. Cały czas było cicho. Wtedy Kret w końcu zapalił drżącymi rękami zapałkę i wstał. Ostrożnie ruszył wzdłuż ściany. Doszedł do rozszerzenia korytarza.

Oto i brzeg studni. W półmroku widać było i kręte schody znikąd donikąd. Oto i lampa z łuski. Oto i latarka. Leżą przy brzegu. Zagorski ostrożnie podszedł do łuski. Chwycił ją. Cholera! Jeszcze gorąca. Parząc sobie palce, wsunął lampę do osobnej kieszeni torby. Podniósł latarkę, zanim jeszcze zgasła zapałka – nie miał ochoty tracić źródła światła. Dopiero po tym, jak naciśnięcie dźwigni uruchomiło diody, wyrzucił dogasającą zapałkę i spojrzał w stronę studni. Pomimo strachu, Sasza czuł palące pragnienie, by znów w nią zajrzeć. Ostrożnie zbliżył się do krawędzi i powoli przykucnął. Woda falowała. Jeszcze jeden atak strachu. Ale żadnego strasznego oblicza z nieprzeniknionym spojrzeniem. Trupa Kolesia też nie było widać. Zniknął również sznurek, który, naturalnie, poszedł na dno w ślad za magnesem. A więc studnia ma więcej niż piętnaście metrów głębokości. Ale o ile więcej? Chociaż teraz nie to było najważniejsze. Najważniejsze, że nie ma tu niczego strasznego. Po prostu falująca czarna woda, leniwie oblizująca ściany studni. Ale dlaczego ona faluje, niech ją licho?!

Zagorski odszedł na kilka kroków od brzegu i rozejrzał się, podążając wzrokiem za światłem latarki. Jakieś cztery metry dalej, przy dalszym brzegu studni, zobaczył coś, co przeraziło go nie mniej od strasznej widmowej twarzy w wodzie. Były to mokre plamy na suchym betonie korytarza. I plamy te nie mogły być niczym innym, jak tylko śladami prowadzącymi dalej, do wnętrza podziemi, dokąd Kret – ani w ogóle żaden z kolonistów – jeszcze nie chodził. Aleksander gotów był przysiąc, że kiedy zjawił się tu pół godziny wcześniej, żadnych śladów nie było. KTOŚ dopiero co wyszedł z WODY! I poszedł tam, gdzie sam diabeł mówił dobranoc!

Otrzymawszy bezlitosnego kopniaka od własnej, targanej bezgranicznym strachem świadomości, Sasza Zagorski rzucił się do ucieczki.

* * *

Wasilij Borszczow należał do tego typu ludzi, którym nie było dane wydorośleć. Niemało lat minęło, odkąd powołano go do wojska i wydarzyło się to, co nie pozwoliło mu już nigdy wrócić do domu. Domem stały się dla niego podziemia Piątego Fortu, a jedynym rodzicem – major Samochin, którego dawno temu był etatowym kierowcą. Szeregowy Borszczow utknął tak w swoich dwudziestu latach – wieku żołnierza z poboru, gdzieś w głębi świadomości czekającego na przeniesienie do rezerwy i bezgranicznie oddanego swojemu przełożonemu. Tego ostatniego nie tylko woził dawno już utraconym UAZ-em, ale przy okazji donosił mu absolutnie o wszystkim, co działo się w oddziale. Już wtedy zdawał sobie sprawę, że go za to nienawidzą. Ale najważniejsze było, że ceni to SZEF. I właśnie ta psia wierność trzymała go zawsze na powierzchni. Przed kataklizmem, który ogarnął cały obłąkany świat, i po nim. Przecież dopóki jest SZEF, istnieje i on.

Ściskając w ręku pochodnię, Borszczow przykucnął, żeby przecisnąć się pod zawaloną konstrukcją sufitu. Cztery metry niewygody i walki z klaustrofobią. Potem kolejny korytarz, który kończył się ścianą z masywnymi drzwiami. Kilka lat wcześniej poświęcono długie miesiące, żeby ożywić ten ciężki stalowy monolit i sprawić, by znów się otwierał. Za drzwiami też był zawał, poważny, nie do przebycia. Kolejny rok minął, zanim go uprzątnięto i zainstalowano podpory. Potem wyjaśniło się, że dalej zaczyna się korytarz z mnóstwem odnóg. Jakieś pomieszczenia. Może magazyny albo dawne archiwum, przypuszczalnie tajne. W tej pajęczynie pomieszczeń słynny na całą kolonię Digger Kret znalazł właśnie ten korytarz, którego badaniu poświęcał od niedawna cały swój czas. Wprawdzie początek tych badań odznaczył się niezbyt pomyślnymi wydarzeniami: jeden pomocnik Kreta zginął, a drugi dostał od Zagorskiego takie lanie, że leżał teraz w fatalnym stanie w szpitalu. Historia była mętna, ale dotąd Samochin kłopotał się zupełnie innymi problemami. I dopiero dziś, po wizycie transportera opancerzonego z Kolonii Krasnotorowskiej, towarzyszowi majorowi najwidoczniej zmieniły się priorytety…

– Wasia! Borszczow!

– Tak, towarzyszu majorze!

– Jak tam nasi goście?

– No więc przydzieliłem im apartamenty, tak jak pan polecił. Dałem im jeść i tak dalej…

– Mam nadzieję, że nie zapomniałeś, czego należało im dosypać?

– Oczywiście. Proszek z żółtego mchu. Obaj już kimają. Nieprędko przyjdą do siebie. Jak pan kazał.

– Brawo, Wasia. I o to chodziło. Mam dla ciebie jeszcze jedno odpowiedzialne zadanie.

– Słucham...

– Ten przygłup Zagorski znów poszedł do tamtego korytarza, w którym doszło ostatnio do wypadku. Tym razem sam. Dogoń go i zawróć. Jest mi pilnie potrzebny. I postaraj się, żeby przyszedł prosto do mnie. Jest pewna nadzwyczaj ważna sprawa, w której na niego liczę.

– Zrozumiałem, towa...

– Nie stawaj jeszcze na baczność, Borszczow. Nie dokończyłem. Zrób to bez zbędnego zamieszania. I ani mru-mru. Zrozumiano? Nie wolno ci nikogo po niego wysyłać. Wiem, że wiele moich poleceń przekazujesz miejscowym bezużytecznym młodym frajerom. Ale to zrobisz sam. Osobiście, zrozumiano?

– Tak jest...

– Spójrz na mnie! To wszystko. Czekam z niecierpliwością. Jeszcze tu jesteś?...

I oto teraz Borszczow był już za tymi masywnymi drzwiami, oświetlając sobie pochodnią drogę prowadzącą przez plątaninę korytarzy i pomieszczeń. Można by tu było zabłądzić w pięć minut. Na szczęście Kret oznaczył ściany strzałkami, rysując je pastelowymi kredkami i nad każdą dodając sekwencję cyfr, co jeszcze bardziej ułatwiało orientację w tym labiryncie.

Wasilij kroczył niespiesznie, krzywiąc się od chrzęstu tynku pod stopami. Posadzka była też usiana pozostałościami jakichś drewnianych skrzynek i potłuczonymi żarówkami. Trafiło się nawet parę podartych gazet. Podniósłszy jeden taki strzępek, Wasilij niczego nie zrozumiał. Wszystko było po niemiecku. Można było tylko rozpoznać datę. Tak jakby styczeń 1945 roku. Odrzucił fragment pożółkłego papieru, tak starego, że gotów był się rozsypać jak przesuszona roślina z zielnika. „Kolejna strzałka. Nad nią liczba pięćdziesiąt dwa. Dalej. Strzałka, pięćdziesiąt trzy. Dalej. Zdaje się, że wychodzimy na ostatnią prostą".

Rzeczywiście, strzałki nie zapraszały już do skręcania za róg. Prowadziły naprzód długim korytarzem, w którym coraz rzadziej zdarzały się boczne odnogi i pomieszczenia, a teraz zniknęły już całkowicie. Tylko długa prosta z widocznym nachyleniem w dół. Strzałka numer osiemdziesiąt sześć. Przed nim zamajaczyły jeszcze jedne masywne, lekko uchylone drzwi. Zawiasy były na tyle zardzewiałe, że nie udało się ich do końca otworzyć. Ale widocznie niespecjalnie też próbowali, wiedząc, że w przejściu może się zmieścić człowiek.

Borszczow podszedł do czerniejącej szczeliny niedomkniętych drzwi i zatrzymał się. Stamtąd, z ciemności, słychać było jakieś rytmiczne, narastające odgłosy. Wasilij wsłuchał się. No tak! Zbliżający się tupot i wtórujące mu straszne ryki. Co to było?!

Cofnął się, wysuwając przed siebie pochodnię. Tymczasem tupot był coraz bliżej.

* * *

Nie miał już zupełnie tchu. Zdawało mu się, że wdycha betonowy pył i protestujące przeciw temu płuca wywali mu na zewnątrz razem z podchodzącą do gardła treścią żołądka. Nie zaniepokoiło go majaczące przed nim światło w szczelinie, która w zasadzie powinna była być czarna. Po prostu o tym nie myślał. Wszystko pochłonął strach przed tym, co było za nim. Studnia. Schody znikąd donikąd. Straszne spojrzenie spod wody. Plusk i mokre ślady. Niech to diabli! Naprzód! Jak najdalej od tego wszystkiego!

Zagorski wpadł w prześwit, uderzając się boleśnie o krawędź masywnych, zardzewiałych żelaznych drzwi. Torba zaczepiła o klamkę i urwało się ramiączko. Kret machinalnie złapał spadającą torbę i... Jaskrawe światło, gorąco, straszny krzyk czegoś miękkiego, z czym właśnie się zderzył.

Upadli na fragmenty tynku odpadłego z sufitu korytarza. Tuż obok ktoś wył z przestrachu. Aleksander wziął zamach i z całej siły wyrżnął go torbą w głowę.

– Kret, ty gnido, to ty?! – pisnął z bólu ów ktoś. – Co ty, do cholery, wyprawiasz, bydlaku?!

Digger zamarł i utkwił wzrok w rozciągniętym na ziemi człowieku, ściskającym w drżącej dłoni palącą się pochodnię. Był to Wasilij Borszczow.

– Co?! – wrzasnął Zagorski.

– To ja cię pytam, cholerny idioto! Co tu się dzieje?! Dlaczego mnie uderzyłeś?!

– Co ty tu robisz?!

– Szukam cię, głąbie jeden!

Aleksander zerwał się na nogi i całym ciężarem rzucił się na zardzewiałe drzwi.

– Pomóż! – zawołał, ze wszystkich sił starając się je zawrzeć.

– Po co?!

– No, pomóż!

– Co tam jest?

– Nie wiem i nie chcę wiedzieć! Pomóż mi, no!!!

Naparli na drzwi we dwóch, ale wszystkie ich starania były daremne. Wtedy Kret zaryczał ze złości i chwyciwszy torbę, rzucił się do ucieczki. Borszczow popędził w ślad za nim.

– Czekaj! Co to było?! Wyjaśnij to jak człowiek!

Jednak Zagorski nie odpowiadał. Biegł, ciężko dysząc i zerkając na pozostawione przez siebie na ścianach znaki. „Siedemdziesiąt osiem, siedemdziesiąt siedem, siedemdziesiąt sześć… czterdzieści cztery?!… Cholera! Nie tędy! O! siedemdziesiąt pięć, siedemdziesiąt cztery, siedemdziesiąt trzy…”

W końcu dotarli do pierwszych drzwi, zaczepiając o drewniane podpórki postawione w miejscu uprzątniętego osuwiska. Wyskoczyli z labiryntu i Zagorski znów rzucił się na drzwi. Te poddały się i zamknęły. Wtedy Kret naparł ze wszystkich sił, żeby opuścić masywną zasuwę – podniósł spory kawał betonu i zaczął nim tłuc w oporny rygiel.

– Co ty wyprawiasz?! – zawołał wciąż niczego nie rozumiejący Borszczow. – Przecież potem nie będzie się dało ich otworzyć!

– I dobrze!

Wreszcie zamknął drzwi i opadł bezsilnie na posadzkę, opierając się o drzwi plecami, wzdychając z ulgą:

– No i już!…

– Cholerny świr! Możesz mi w końcu wyjaśnić, co tam jest?! – wrzasnął Borszczow.

Zagorski potrząsnął głową, czując, że nie jest w stanie czegokolwiek powiedzieć.

– Po co mnie szukałeś? – wychrypiał po długiej pauzie.

– Komendant chce cię natychmiast widzieć.

– Po co? W końcu niedawno…

I wtedy potężne uderzenie z drugiej strony zatrzęsło dopiero co zamkniętymi drzwiami. Zagorski krzyknął ze strachu, czując, że za moment straci resztkę zmysłów. Zerwał się i rzucił w stronę podobnie krzyczącego i przerażonego Borszczowa. Ze strachu aż się objęli i razem spojrzeli na drzwi.

– Jasny gwint, co tam jest?! – pisnął Wasilij.

– To… To… Pppewnie… Podpora upadła… Ta, którą pppotrąciliśmy… I w dddrzwi… – wymamrotał jąkający się Kret, starając się ze wszystkich sił uwierzyć w tę wersję.

– A jeśli nie? – wyszeptał drżącym głosem Borszczow. – Przecież te drzwi otwierają się też z drugiej strony…

ROZDZIAŁ 6

ZADANIE SPECJALNE

Cztery zrobione w pośpiechu tabliczki nagrobne. Na trzech prawosławne krzyże. Na jednej – półksiężyc. To był grób Musajewa. Muzułmanina. A pozostałe... Skworcow, Koszewoj, Wielisow... Nic ich nie dzieliło. Jedna przysięga. Jedna Ojczyzna. Jedna przebyta straszna ogólnoświatowa katastrofa na jednej, wspólnej wszystkim planecie. I jedna data śmierci, kończąca się rokiem – 2033.

Oddział biorący udział w pogrzebie skierował w niebo lufy automatów. Rozległa się salwa. Jeszcze jedna. Trzecia. I czwarta. W Kolonii Krasnotorowskiej było dużo nabojów. Znacznie więcej niż ludzi. Być może więcej niż ludzi na całej Ziemi. Po co ich żałować? Mowa oczywiście o nabojach. Nie o ludziach...

Stieczkin spoglądał ponuro na świeże kopczyki grobów za dawnym parkiem maszynowym. Można oczywiście myśleć, że czterech zabitych i dziewiętnastu rannych przy stratach przeciwnika dochodzących do pięćdziesięciu samych martwych to sukces. Można tak uznać. I pocieszać się tym. Ale major gwardii Paweł

Stieczkin tak myśleć nie mógł. Znał tych chłopaków tyle lat. I tylko Bóg, który porzucił swoje grzeszne dzieci, wiedział, przez co musieli przejść, kiedy cała cywilizacja spadła w straszną otchłań apokalipsy. Zapewne sami do końca nie zrozumieli, co przeżyli przez te wszystkie lata i jak ważni stali się dla siebie nawzajem. To była ich pierwsza prawdziwa bitwa. I pierwsze straty nie z powodu chorób i całej tej zarazy otaczającej ich kruchy zamieszkały światek. Major Stieczkin po raz pierwszy spotkał się z tym, że po zbiorowym samobójstwie ludzi znów zabijali ludzie. Nie promieniowanie. Nie kraby. Nie toksyczne mgły. Nie głód. Ludzie!

I chyba po raz pierwszy w całej rozciągłości poczuł ciężkie brzemię odpowiedzialności za życie powierzonych mu przez los istnień. I za ich śmierć.

Cały czas myślał o tym, czy dało się tego wszystkiego uniknąć. Myślał też oczywiście o swoim fatalnym wystrzale tam, na plaży, przy poligonie. Może to właśnie on, przez zbyt pospieszną decyzję, zgubił tych chłopaków? Instynkt palca wskazującego, tak powiedział Boria Kolesnikow? Mamy pełno broni. A broń, wcześniej czy później, pójdzie w ruch. I zacznie się karnawał śmierci. Chociaż jakie znaczenie może mieć ta potyczka po tym, co lata temu przetoczyło się przez cały świat? A z drugiej strony, może teraz dwie ostatnie grupy ocalałych spotkały się, żeby dobić się wzajemnie i uwolnić wreszcie ten świat od istot ludzkich…

– Wasilicz – odezwał się cicho Kolesnikow, podchodząc do niego.

– Tak, Boria, czego chcesz? – nie odrywając wzroku od grobów, burknął major.

– Adiutant przyszedł z dołu. Powiedział, że ludzie zebrali się w auli. Powinieneś wystąpić.

– Wiem. Są wieści od Michiejewa?

– Na razie nie. Ale sam wiesz, że tego Samochina nie tak łatwo przekonać.

– Taa… Cholerny biurokrata. Do tego z pagonami… Dobra, przejmij dowodzenie. Idziemy do bunkra…

Grabarze, asysta honorowa i ci, którzy wyszli na powierzchnię, żeby pożegnać się z poległymi żołnierzami, zaczęli opuszczać cmentarz. Niektórzy odwracali się po drodze, rzucając ostatnie spojrzenia na groby towarzyszy. Major odszedł jako ostatni. Przedtem wcisnął sobie na głowę swój czarny beret, stanął na baczność zasalutował mogiłom.

– Kiedyś na pewno się spotkamy, braciszkowie – powiedział, odchodząc.

* * *

„Coś za często tu bywam ostatnimi czasy. Czuję, że nie wyjdzie mi to na dobre…"

Takie myśli o gabinecie Samochina, przywódcy społeczności Piątego Fortu, wbijały się klinem w rój strasznych obrazów, które wciąż jeszcze niepokoiły umysł i mroziły duszę.

Sasza Zagorski siedział zgarbiony na krześle i ściskał złączone dłonie między kolanami. Pewnie gdyby tego nie robił, ręce znów zaczęłyby mu zdradziecko drżeć. Z dłońmi jest prosto. Ale co robić z zastygłym na twarzy przerażeniem i rozbieganymi oczami za szkłami okularów?

– Co tak się znowu guzdrałeś? – Samochin patrzył na Diggera ponuro, składając przed sobą ręce na biurku. – No, co tak milczysz?

– A co tu mówić... – wydusił Aleksander po wzięciu głębokiego oddechu, starając się ukryć drżenie głosu. – Cóż, nic się właściwie nie stało...

– Co ty powiesz? – uśmiechnął się krzywo Samochin.

Powoli wysunął szufladę biurka, wyciągnął z niej resztki jakiejś książki. Urwał fragment stronicy. Przez jakiś czas oglądał wyrwany tekst. Potem zaczął sypać tytoń z woreczka. Teraz Zagorski uważnie obserwował ruchy majora. Odciągało go to trochę od tamtego strachu, który na dobre zawładnął jego świadomością w przeklętym korytarzu obok studni.

„Jak jednak łatwo myśli i wiedza zamieniają się w popiół i dym..."

– Fiodorze Siemionowiczu. Nie podoba mi się to, jak pan postępuje z książkami – powiedział ostrożnie Aleksander.

– To tylko konstytucja – zmarszczył brwi przywódca społeczności. – Prawo nieistniejącego kraju, które utraciło już sens.

Wypuścił kłąb dymu i splunął do stojącego przy biurku kosza na śmieci.

– No więc, co się tam w końcu wydarzyło w tych kazamatach, co?

– Mówię przecież, że nic...

– Za to Borszczow mówi, że wręcz przeciwnie. Powiedział, że jak cię zobaczył, byłeś podobny... Że w ogóle do niczego nie byłeś podobny. Czego ty się tak tam przestraszyłeś?

– Ciemności i samotności – burknął Aleksander. – Wie pan przecież, że mam fobię. Po tej wyprawie z kolegami z klasy.

– To czemu byłeś taki odważny jeszcze niedawno? Tylko ja! Mam wszystko gdzieś! Sam pójdę! I co?

– Palnąłem głupotę, co tu dużo mówić...

– A wiesz, rozczarowałeś mnie. Bardzo na ciebie liczyłem w pewnej sprawie. Ale skoro tak się boisz tych podziemi...

– Fiodorze Siemionowiczu, pan jak zwykle lubi owijać w bawełnę i mówić niezrozumiale – przerwał mu Zagorski. – Nie mógłby pan od razu przejść do rzeczy? Zaczyna mnie skręcać z głodu.

– Nie pyskuj, chłopcze! – syknął Samochin, gwałtownie pochmurniejąc. – Bo najstraszniejszą fobią będzie dla ciebie mój gniew. Zrozumiano?

– Ale ja nie pysz... nie pus... nie pyskuję... Tylko źle mnie pan zrozumiał.

– Ależ wszystko świetnie zrozumiałem. Podburza cię ten twój koleżka, sąsiad wątpliwego pochodzenia.

– O czym pan mówi? – Zagorski podniósł wzrok i popatrzył w rozeźlone oczy Samochina.

– O czym? O kim! O tym góralu, Bagramianie!

– Tak w ogóle, to on nie jest góralem. Co za głupstwa...

– Zamknij się, Kret! Co ty, przestałeś się nagle bać?!

„Przestałem się bać?... Ach, gdyby tylko. Ten przeklęty strach wywraca mnie wprost na lewą stronę" – myślał Digger. I teraz, po tamtym doświadczeniu, cały ten pokaz pogróżek prostego łysego człowieka wyglądał wręcz komicznie. Przerażenie wywołane tym, co przeżył nad studnią, nie pozostawiało miejsca na jakiekolwiek inne, mniej znaczące lęki.

– Fiodorze Siemionowiczu, może powie pan jednak, czego pan ode mnie wymaga? Naprawdę źle się czuję i…

– Ty to masz życie, Sania. Żadnych obowiązków. Żadnych prac. Łazisz tylko po tych kazamatach, a pożytku…

– Elektryczność – przypomniał Zagorski.

– No tak, oczywiście – Samochin jakby złagodniał. Albo zrobił taką minę. A może zarówno gniew, jak i łagodność były udawane. Najprawdopodobniej to ostatnie. – Tylko widzisz, Kret, potrzebuję więcej. Znacznie więcej. I jak już tak bronisz swojego koleżki Bagramiana, to zajmij się poszukiwaniami razem z nim. Przy okazji nie będzie ci tak strasznie w tych krecich norach i ciemności.

– Ale o czym pan mówi? – westchnął Aleksander.

– Słyszałeś o metrze? – Przywódca społeczności wstał i skrzyżował ręce na piersi, patrząc uważnie na Diggera.

– To znaczy o tej książce? – Zagorski podniósł głowę i popatrzył na gospodarza.

– Bez wygłupów, Sania. Mówię o kolejce podziemnej. Tunel. Szyny. Pociąg. Łapiesz?

– No, słyszałem. Kiedyś nawet w jednym byłem, w Moskwie. Miałem wtedy pewnie pięć lat. A co?

– A po cholerę mi moskiewskie! Mówię o tutejszym metrze.

– Bzdura! – Aleksander w końcu uwolnił jedną dłoń i machnął ręką.

Samochin zmrużył oczy.

– A to dlaczego?

– Tak, była taka legenda, że Niemcy mieli w Prusach Wschodnich sekretne metro. Sam go nawet szukałem. Tylko, że to była tylko legenda. Grunt się tutaj do tego nie nadaje. Bagna. Kurzawka. Wody gruntowe. Piasek.

– Aleś ty mądry! A orientujesz się, że w Leningradzie, to jest w Piterze, też jest metro? No, dokładniej, to było.

– Tak, wiem.

– A wiesz, jaki tam jest grunt? Jest jeszcze gorszy niż tutaj. A ty mówisz, że bagna i kurzawka. W takim razie dlaczego nie wierzysz w metro, a wierzysz w podziemne miasto?

– Nie mówiłem, że wierzę w podziemne miasto. Wierzę, że pod ziemią były tu tajne fabryki. I laboratoria. Są miejsca, gdzie mogły być zbudowane. Grunt nie wszędzie jest jednakowy. I łączyły to wszystko wąskie korytarze, które w naszych warunkach łatwiej zbudować i utrzymać. I elektrownia wodna działająca dzięki wodom gruntowym, którą znalazłem, jest tego dowodem.

– No tak… – gospodarz skinął głową, zgadzając się. – A pamiętasz może tamtych dwóch Niemców, którzy pomagali w poszukiwaniach, kiedy zabłądziliście tuż przed końcem?

Oczywiście, Aleksander pamiętał przedstawicieli niemieckiego konsulatu, którzy przy pomocy archiwalnych map i planów podziemi wspierali miejscowe władze w poszukiwaniach zaginionych uczniów: Rusłana Machiejewa, Jegora Chrustaliowa, Leny Berger i jego – Saszy Zagorskiego.

Potem i Niemcy, i on, i Samochin ze swoim kierowcą znaleźli się w mrokach podziemia, ratując się przed wybuchem. Przed śmiercią ziemskiej cywilizacji.

Niemieccy staruszkowie nie pożyli długo – podeszły wiek, świadomość tego, że nigdy już nie zobaczą domu i mnóstwo innych czynników szybko zakończyły ich życie.

– Jasne, że pamiętam. Jestem tu jednym z nielicznych, którzy prawie swobodnie władają niemieckim. Co prawda, nie bardzo mnie lubili. Może dlatego, że znaleźli się tu z mojej winy i nie zginęli ze swoimi rodzinami, co byłoby pewnie bardziej pożądane. A może dlatego, że to jacyś byli hitlerowcy, a ja wyglądałem na Żyda.

Samochin zaśmiał się.

– No, prawie trafiłeś. Klausa pamiętasz?

– To ten, który był cały siwy? I nawet brwi miał białe?

– Ten. Otóż... Wiesz, kim on był w młodości? W czterdziestym piątym...

– Nie mam pojęcia – Zagorski wzruszył ramionami.

– Untersturmführerem[14] SS – powiedział z pewnym patosem Samochin. – W końcu ja też co nieco po niemiecku rozumiem.

– Tak, wiem.

– Otóż – ciągnął gospodarz – pogadałem z nim, zanim umarł. Można powiedzieć, że się wyspowiadał. I proszę, Kret, jakiej ciekawej rzeczy się dowiedziałem. Powiedział, że on w tym metrze był...

* * *

14 *SS-Untersturmführer* (niem.) „młodszy dowódca szturmowy”– stopień paramilitarny wprowadzony w 1934 roku. Odpowiadał wojskowemu stopniowi porucznika.

Czterej wartownicy na zewnątrz fortu spoglądali ze smutkiem na pochmurne niebo widoczne przez zwieńczone łukiem wejście, porosłe pokracznymi splotami jakichś kolczastych krzewów. Wierzchołki drzew, ubogich ostatnimi laty w zieleń liści, kołysały się w delikatnych powiewach leniwego wiatru. Panowała nieprzyjemna cisza. Dawno już nie słyszeli śpiewu ptaków. Chociaż nie... Dwaj z tej czwórki nie słyszeli go nigdy. I oto w tej sennej atmosferze, w której na tle ukrytego za chmurami słońca kołysały się ciemne sylwetki olbrzymich drzew, w której wciąż nie można było oddychać bez masek przeciwgazowych, a wskutek ciągłego życia w mrocznych podziemiach oczy trzeba było osłaniać czymkolwiek, co chroniło przed oślepnięciem w świetle dnia, czterech mężczyzn patrzyło nieobecnym, pozbawionym nadziei wzrokiem.

Dowódca zrobił kilka kroków w górę po kamiennych schodkach, szeleszcząc butami o przebijającą się w narożnikach trawę. Przysiadł na leżącym przy wejściu fragmencie zewnętrznego muru. Lekko odsunął aparat oddechowy od twarzy i zaczął węszyć, ostrożnie wdychając powietrze. Potem, dochodząc do wniosku, że dziś, po nocnym wietrze, powietrze jest z grubsza bezpieczne, zdjął maskę i zawiesił ją sobie na szyi. Potem złożył ręce na karabinku i zaczął nasłuchiwać. Jak na złość dwaj młodzi wartownicy zaczęli zeskrobywać żółty mech z cegieł przy wejściu. Prawie wcale go tu już nie było, bo to pierwsze, najbliższe miejsce, w którym można go było zbierać. Ale ci chłopcy znaleźli jednak jakieś resztki.

– Ej, ciszej tam! – burknął dowódca z niezadowoleniem i skrzywił się. Jego głos na powierzchni, w tej grobowej ciszy, brzmiał jakoś nienaturalnie.

Żołnierze zaczęli skrobać delikatniej, starając się nie hałasować. Czwarty wartownik usiadł na schodkach i chyba drzemał.

Jakieś czterdzieści metrów dalej, w gęstych zaroślach podchodzących pod fort od strony miasta, rozległ się urywany gwizd. Raz, drugi. Dowódca wytężył uwagę i słuch. Teraz dały się słyszeć głośne uderzenia młotkiem w pustą łuskę po pocisku artyleryjskim, która wisiała tam, na gałęzi suchego drzewa. Trzy stuknięcia z krótkimi przerwami, trzy – z długimi, i kolejne dwa z krótkimi. Był to ustalony na dziś umowny sygnał grupy zwiadowców. Po sześciogodzinnej nieobecności wracali z miasta. Dowódca podniósł do ust pustą karabinową łuskę i dmuchnął w nią tyle razy i z takimi samymi przerwami, jak dźwięczne uderzenia w zaroślach.

Pokazała się grupa zwiadowców. Ponieważ podstawowym rodzajem ich działalności było przeczesywanie ruin miasta, czasem nazywano ich też urbanami. Najwidoczniej od łacińskiego *urbanus*, to znaczy „miejski". Było ich czterech. Czterech? Ale przecież wychodziło pięciu. Dowódca zewnętrznej warty wytężył wzrok, przypatrując się pochodowi. Jednak nie. Chyba wszystko było w porządku. Pokazał się i piąty. Po prostu został jakieś trzydzieści kroków w tyle za swoimi towarzyszami.

Zwiadowcy byli ubrani w ogumowane peleryny z kapturami, do tego aparaty oddechowe i okulary, wszystko jak należy. Każdy z nich miał na ramieniu broń, a na plecach – plecak z łupami. Dwaj ciągnęli dwukołowy wózek z kanistrami i ładunkiem o większych gabarytach.

– Ej, nasi wrócili! Idźcie, pomóżcie im – rozkazał dowódca warty młodym podwładnym. Ocknął się i trzeci, ten, który zasnął na schodach.

Wartownicy wyszli naprzeciw urbanom. Pomogli wyładować wózek i zanieśli zdobycz do podziemia.

– Jak tam? – zapytał dowódca mijających go zwiadowców.

– Tak jak zwykle – odezwali się ponuro urbani, zanurzając się z powrotem w półmroku fortu. Ten, który szedł na końcu, komicznie zasalutował dowódcy zmiany rozcapierzoną dłonią, zupełnie po szwejkowsku.

– A, Tigran! To ty?

– A Tigran to ja – mruknął zwiadowca, ściągając maskę z twarzy. – Nieźle się dziś oddycha, tak?

Strażnik skinął głową.

– Tak, znośnie. A jak tam? Nie napotkaliście tych wielkich os co w zeszłym roku?

– Nie, chwała Bogu, nie było ich! A co to za transporter opancerzony stoi w krzakach? – Bagramian wskazał na zarośla, z których wyszli.

– No jak to? Wysłannicy z Kolonii Krasnotorowskiej, jasna rzecz.

– Stieczkin przyjechał?

– Nie, jacyś młodsi. Dwaj. I mocno czymś zatroskani. Mówią, że sprawa jest pilna.

– A dawno?

– Chyba jakieś trzy godziny temu. Jeszcze przed moją zmianą. – Dowódca nagle obejrzał się i zbliżywszy się do Tigrana, zaczął szeptać: – To w ogóle jakaś mętna sprawa. Jeden z tych z piechoty morskiej miał na kombinezonie świeżą krew. I podobno radził chłopakom z poprzedniej zmiany, żeby wzmocnić posterunki i w ogóle twierdził, że zapowiadają się kłopoty. Ale nic konkretnego. Rozumiesz? Spieszył się do Samochina.

– A szef co?

– Tu z kolei – wartownik znów się obejrzał – mówią, że po rozmowie z naczelnikiem spili tych posłańców napojem z tego przeklętego mchu i zamknęli w pokoju.

Beztroska zniknęła z twarzy Bagramiana jak za podmuchem wiatru. Spochmurniał i pokiwał głową w zadumie.

– No, majorze, masz u mnie przerąbane... – warknął cicho. – Co to za dziwna sprawa, hę, Pietrowicz?

– Weź go zrozum, tego naszego Samochina. Zresztą ci z Krasnotorowki też nieźli. Cholera wie, czego chcieli.

– Dobra – mruknął Bagramian i ruszył dalej. – Zorientujemy się...

* * *

Zagorski patrzył na Samochina z niedowierzaniem. W końcu mowa była o tym, o czym opowiadał niegdyś jego pradziadek, który szturmował wschodniopruską cytadelę. Większość legend, które zafascynowały jeszcze ojca Aleksandra i sprawiły, że zajął się swego rodzaju amatorską archeologią, pochodziło właśnie z ust pradziadka. O bunkrach ze zmyślnymi pułapkami. O wylatujących spod ziemi myśliwcach. O nieuchwytnym pociągu pancernym, który nagle pojawiał się na wąskiej mierzei między morzem a zatoką i napsuł wiele krwi czerwonoarmistom na przedpolu bazy marynarki wojennej Pillau, później przemianowanej na Bałtyjsk.

Opowiadał też o tajnym metrze. Co prawda, sam staruszek go nie widział i tylko od kogoś o nim słyszał. Ale wszystkie te historie pradziadka nie przyniosły żadnych konkretnych wyników w jego poszukiwaniach. Zdecydowały tylko o przekazywanym z pokolenia na pokolenie zainteresowaniu tym tematem.

– Chce pan powiedzieć, że to metro naprawdę istnieje? – zapytał w końcu Aleksander.

– To słowa Klausa. Posłuchaj tego. W czterdziestym piątym, kiedy nasi zbliżali się już do Königsberga, panowała tu oczywiście panika i chaos. Młody esesman Klaus Habicht dopiero co awansował. Mieli wtedy dużą płynność kadr, sam rozumiesz. Snajperzy skutecznie kasowali kadrę dowódczą, zwłaszcza dotyczyło to „czarnego zakonu". I jeśli do generała trudniej było się dobrać, to niżsi rangą oficerowie na linii frontu szybko spotykali swoją kulę. Więc choć jako tako przygotowani podoficerowie otrzymywali zwolnione przez kolejny wystrzał stanowiska. Tak się też stało z naszym staruszkiem. Pewnego razu razem ze znajdującą się pod jego dowództwem grupą otrzymał specjalne zadanie. Pierwsze zadanie na jego nowym stanowisku. Zabezpieczyć załadunek pewnego pociągu towarowego. Chodziło o towar różnego rodzaju: tajne archiwa dywersyjno-wywiadowczych szkół Abwehry i szóstego departamentu RSHA[15] plus archiwa kadrowe pododdziałów SS, rekrutowanych z niższych rasowo podbitych narodów. Zasadniczo wszystkie archiwa, które zdążyli ewakuować z rejonu

---

15 RSHA (skrót od: *Reichssicherheitshauptamt*) – Główny Urząd Bezpieczeństwa Rzeszy. Departament VI był strukturą wywiadowczą w ramach tej instytucji Trzeciej Rzeszy.

nadbałtyckiego. Jako dodatek wysyłano zagrabione w ZSRR dzieła sztuki i wiele różnych innych przedmiotów. Oczywiście ładować miał nie sam Klaus, podlegli mu podoficerowie i zwykli schütze[16]. Pracą zajmowali się niewolnicy: sowieccy jeńcy wojenni, Polacy, Litwini i tak dalej. Zadaniem Habichta było zapewnienie porządku podczas załadunku – ochrona i temu podobne. Nasz dobry przyjaciel Klaus bardzo się zdziwił, kiedy pociąg, który mieli załadowywać, okazał się być… pod ziemią. Weszli na podziemną stację przez jakieś korytarze prowadzące stąd, z Piątego Fortu. Wąskotorówka. Tunel. Dziesięć wagonów. I do tego jakiś oddział SS bez oznaczeń. Tylko jeden z nich miał pagony i naszywki. Jakiś oberführer. No, taki stopień. Już nie pułkownik, ale jeszcze nie generał.

– Wiem – skinął głową Zagorski, słuchający tej historii z zainteresowaniem.

– Więc tak – kontynuował major. – Klausowi powiedziano, że na czas operacji ma się całkowicie podporządkować temu oficerowi. Pięćdziesięciu niewolników ładowało różnych rozmiarów skrzynie. Załadowali siedem wagonów. Pozostały trzy. W dwóch zamknęli niewolników, do ostatniego wsiedli ci dziwni uzbrojeni ludzie w esesmańskich mundurach bez oznaczeń i ten oberführer, natomiast Klaus i jego ludzi dostali rozkaz wrócić na powierzchnię i pojechać do Pillau. Widocznie to metro było na tyle tajne, że nawet jemu i jego ludziom nie ufano na tyle, by dać im się przejechać. Na powierzchni czekały już ciężarówki, w których oddział

16 *SS-Mann, SS-Schütze* – najniższe (szeregowe) stopnie wojskowe w oddziałach SS.

Klausa zawieziono prosto do Bałtyjska, to znaczy do Pillau.

– Tak, rozumiem.

– Po drodze zostali, zdaje się, zbombardowani, ale dotarli. No i przyjechali do bazy okrętów podwodnych, która się tam znajdowała. I zgadnij, co widzą? Te same wagony tego samego pociągu. Tych samych dziwnych ludzi i pułkownika. Ci sami niewolnicy rozładowywali transport i nosili skrzynie. Część ładowali na okręt podwodny – na marginesie, też bez oznaczeń – część na dwa morskie transportowce. Na tym samym nabrzeżu. A z okrętu do pociągu nosili jakieś skrzynki. Według słów Klausa bardzo ciężkie. Jedną nawet upuścili. Dziwne było to, że po upadku wytoczyły się z nich zwykłe puszki konserw…

Zagorskiemu rozszerzyły się oczy i utkwił wzrok w Samochinie. Skrzynki z puszkami konserw! Czyżby to te, które znalazł Tigran za zawaloną ścianą?!

– Ej, Kret, co z tobą? Wszystko w porządku? Nie napaskudzisz mi tu z tym twoim bolącym brzuchem? – zmarszczył brwi major.

– Nie, nie. Ja tylko… No, powiedział pan o konserwach z okrętu podwodnego bez oznaczeń i po prostu przypomniał mi się taki film. Pamięta pan? Szubin, „Latający Holender" i tak dalej[17].

– A co to ma do rzeczy? – Samochin rozłożył ręce zdziwiony.

---

17 Mowa o wieloodcinkowym filmie *Tajny farwater* na podstawie powieści Leonida Płatowa pod tym samym tytułem. W swoim czasie film ten był kultowy, szczególnie dla nastolatków z obwodu kaliningradzkiego, ponieważ duża część akcji tego utworu toczyła się właśnie w tym rejonie.

– Tak tylko. Po prostu przypomniało mi się w tym kontekście. Przepraszam, że przerwałem. Co było dalej?

– A nic. Wszystko zostało załadowane. Pociąg z konserwami i ludźmi pod bronią, którzy mu towarzyszyli, ruszył z powrotem, pewnie na podziemną stację. Statki odbiły od brzegu i wyszły w morze. Oberführer odpłynął okrętem podwodnym. Zaś Klausowi przydzielono trzech oficerów gestapo, którzy mieli za zadanie skontrolować wykonanie ostatniego rozkazu w tej operacji.

– Jakiego rozkazu?

– Nie domyślasz się? W ciągu godziny mieli uśmiercić wszystkich jeńców, którzy brali udział w załadunku.

– I zrobił to?

– Naturalnie. Przecież był oficerem SS. A za jego plecami stali ludzie z gestapo. Zrobił to.

– I wszystko to sam panu opowiedział?

– Oczywiście, że sam, przecież go nie torturowałem. Pokajał się na łożu śmierci. Mówił, że przez całe życie bardzo go męczyło to, co zrobił. Ta egzekucja. Prosił o wybaczenie za to, co przynieśli na naszą ziemię podczas tamtej wojny. I umarł. Ale z jego słów zrozumiałem, że interesował się potem tym tunelem kolejowym. Ciągnął się rzekomo przez cały Półwysep Sambijski i obejmował także bunkry nieopodal Krasnotorowki. I prowadził prosto do Bałtyjska. A może nawet i pod kanałem, do Mierzei Wiślanej. Albo i dalej, chociaż niby dokąd? Ale szybko dano Klausowi do zrozumienia, żeby zapomniał o swojej ciekawości. Potem był front, zranienie, niewola, obóz na północ od Magadanu. Ogólnie rzecz biorąc, do domu wrócił dopiero po śmierci Stalina.

– Proszę zaczekać. Ale bunkier Kolonii Krasnotorowskiej zbudowali nasi, już po wojnie. Był projektowany już pod kątem ataku jądrowego...

– O dziwo, wszystkie osobiste bunkry Hitlera też były w stanie znieść atak jądrowy, chociaż żadnej bomby atomowej wtedy nie było. To pierwsza rzecz. Druga: tam były też niemieckie kazamaty i podziemia. Część z nich Niemcy zatopili albo wysadzili w powietrze, część nasi przerobili na dodatkowe pomieszczenia nowego bunkra przeciwatomowego. Właśnie tam siedzi teraz nasz dobry przyjaciel major Stieczkin ze swoją piechotą morską.

– A czego pan chce ode mnie?

– Czyżbyś nie rozumiał? Potrzebuję tego tunelu. Znajdź mi to metro. A do pomocy dam ci twojego koleżkę Tigrana, żebyś się nie bał i nie nudził. Tylko znajdź mi je szybko.

– Tak, ale...

– I jeszcze jedno, Sania – Samochin oparł się o stół pięściami i pochylił nad Zagorskim. – To nie jest prośba. To rozkaz.

CZĘŚĆ II

TWIERDZA

ROZDZIAŁ 7

WIDMA PRZESZŁOŚCI

Paweł Stieczkin w zadumie zagryzał filtr żarzącego się w ustach papierosa, obracając w rękach zmiętą paczkę ze swoich zapasów, z ostrzeżeniem Ministra Zdrowia w złowieszczej czarnej ramce. Major spoglądał posępnie przez dym na starszych oficerów zebranych w „mesie" bunkra. Światło było przyćmione – jeden z wiatraków ucierpiał w czasie bitwy od zabłąkanych kul i jeszcze go nie naprawiono.

– Oczywiście jesteście świetni… strzelcy, taka wasza mać, wyborowi. Ale choć jednego trzeba było wziąć żywcem. Piekielnie mnie świerzbi w pewnym miejscu, żeby się dowiedzieć, co to za szatańskie pomioty? Skąd i po co się tu wzięli? I jakie mają w ogóle plany? Rozumiecie?

Oficerowie pokiwali głowami.

Ktoś boleśnie wzdychał albo tarł dłonią tył głowy. Że to niby jego wina.

– Dowódco – podniósł rękę Borys Kolesnikow. – Zdaje mi się, że to wszystko nie takie proste. Ci, którzy zdołali uciec, zabrali rannych. A tych w ciężkim stanie sami dobili po drodze. W każdym razie ja widziałem cztery trupy ewidentnie dobite strzałem w głowę. I to nie z naszej broni.

– Milutkie chłopaczki – mruknął siedzący obok Stieczkina chorąży Szestakow.

– Dobra – westchnął dowódca. – Jakie są nasze dalsze plany?

– Potrzebna nam pomoc – dał się słyszeć czyjś głos.

– Pomoc? I kto nam pomoże? Samochin, taka jego mać?!

– Wyślemy gońców do Pionierskiego.

– I co dalej? – uśmiechnął się Stieczkin. – Przyciągną tu swoją łódkę czy co? Sami cierpią na brak ludzi, którzy potrafią strzelać. Orientujecie się w ogóle, że nawet dziewczyna chodzi u nich na polowania? Mają wysyłać baby na pomoc piechocie morskiej? To jest według was w porządku?

– Potwierdzam. Jest tam taka jedna ochotniczka, Lera[18] – westchnął z rozmarzeniem Kolesnikow. – Widziałem ją. Ruda czarodziejka. A oczy jak u diablicy!

– Słuchaj, huzarze – podniósł głos major – myślisz nie o tym, co trzeba.

– Może przeczeszemy las i plażę? Poszukamy niedobitków? – zaproponował jeden z młodszych dowódców.

– Ja oczywiście też wolałbym przypuszczać, że główne siły wroga zniszczyliśmy tutaj, koło bunkra. I pozostała ledwie garstka przerażonych baranów, wiejących w podskokach tam, skąd przyszły. A co, jeśli jest inaczej? – pokiwał głową Stieczkin. – Będziemy przeczesywać i okaże się nagle, że to my jesteśmy w kiepskim

18 Lera – bohaterka powieści Igora Wardunasa *Mietro 2033: Ledianoj plen* (Astrel, Moskwa 2011).

położeniu. Teraz oni urządzą na nas zasadzkę i poniesiemy większe straty niż dotąd, rozumiecie? Przecież zapewne też nie są głupi. Mogą się domyślić, że zaczniemy ich szukać i przygotują nam ciepłe powitanie.

– Ale to my lepiej znamy okolicę!

– I co z tego? Kiedy tam ostatnio zbierałeś grzyby i jagody? Skworcow też znał okolicę, a jednak wpadł w błoto, a do tego w zasadzkę. Nie. To zły pomysł.

– Trzeba wystawić przy plaży ukryte stanowisko. Bliżej poligonu. Tutaj! – Kolesnikow odsunął porcelanową popielniczkę i puknął palcem w rozłożoną na stole mapę.

– A co, jak zmieni się kierunek wiatru i przywieje mgłę znad morza w naszą stronę? – odezwał się drugi oficer.

– To wszystkim damy odpowiedni ekwipunek. I trzeba ich wsadzić do BTR-a. Zamaskują się w krzakach i będą obserwować morze i plażę. Jestem więcej niż pewny, że tamci muszą mieć okręt. Jakoś tu przecież dotarli? Damy tam najbardziej rozgarniętych żołnierzy. Prowiant. Wodę. Amunicję. No i najlepszą radiostację z zapasem akumulatorów.

– Ale tamci wybiją wszystkich, jak ich zauważą – zaoponował Szestakow.

– No, a od czego jest BTR? – rozłożył ręce Kolesnikow i dodał: – Jak coś się posypie, to gaz do dechy – i z powrotem. Na razie przeciwnik korzystał tylko z piechoty. Nie widzieliśmy żadnych pojazdów ani ich śladów. Powiemy chłopakom, żeby obyło się bez zbędnej bohaterszczyzny. Jeśli coś pójdzie nie tak, od razu mają spadać. A jak będziemy mieli farta, to może i weźmiemy języka.

– Ale z was wszystkich spryciarze – znów sceptycznie mruknął Szestakow. – A któryś z was łapie coś po niemiecku, żeby języka przesłuchać?

– Trzeba go jeszcze w ogóle pojmać – burknął Stieczkin po przerwie. – I dlaczego po niemiecku?

– A swastyki? Ich broń?

– No i co? W Piterze raz też widziałem takiego jednego naszego ze swastyką na rękawie – machnął ręką dowódca.

– A ja we Lwowie. I to nie jednego – pokiwał głową starszy sierżant Sztemienko.

– Słuchajcie, a może to… jak to się nazywa – powiedział z przejęciem porucznik siedzący obok Kolesnikowa. – Może to portal? No, otworzył się portal czasoprzestrzenny i hop… Naziści z przeszłości znaleźli się w naszej teraźniejszości.

Wszyscy cicho się zaśmiali, słysząc tak niewiarygodną wersję.

– Dostaliby od tej naszej teraźniejszości takiego kręćka, że zbiorowo strzeliliby sobie w łeb – powiedział ze śmiechem Kolesnikow.

– I nie zaczęliby z nami walczyć – dodał Szestakow.

– Dlaczego?

– Dlatego że na naszych pojazdach są namalowane rosyjskie trójkolorowe flagi.

– I co?

– A to, że pod tą flagą generał Własow walczył u boku Hitlera, ot co![19] – powiedział ze złością Szestakow. Był

19 Andriej Własow (1901–1946) – generał Armii Czerwonej, podczas II wojny światowej wzięty do niewoli przez Niemców przeszedł na ich stronę (przyp. tłum.).

prawdopodobnie jedynym ocalałym człowiekiem, który ślubował jeszcze czerwonej fladze z sierpem i młotem.

– No, można podejrzewać, że szybko się w tym zorientowali – odparował porucznik.

– Dajcie już spokój z tymi bzdurami o portalach czasoprzestrzennych – zmarszczył brwi Stieczkin. – Zaraz wam się przypomną ufoludki, wampiry, hobbity i Czarnoksiężnik z Krainy Oz do kupy.

– Zapomniałeś o rusałkach – prychnął Borys. – Ach, gdyby to rusałki nas zaatakowały. Ja bym je...

– No, uspokój się w końcu, Kolesnikow! – ryknął Stieczkin. – To poważna sprawa.

– Czekamy na twoją decyzję, dowódco – powiedział Szestakow.

– Zgadzam się na plan z ukrytym stanowiskiem nad morzem. Choć to niebezpieczne. Kto się tego podejmie?

– Ja – podniósł rękę Kolesnikow. – Nawarzyłem piwa, to je wypiję.

Paweł skinął głową.

– W porządku. Tylko, Boria...

– Ależ wszystko rozumiem. Będziemy ostrożni jak z żoną przy porodzie.

– Jakbyś był ostrożny, to by żona nie musiała rodzić – zażartował Szestakow.

– Boria, mówię poważnie – spochmurniał Stieczkin. – Wiem, że jesteś kozak i ryzykant...

– Ale przecież nie jestem samobójcą – uśmiechnął się Borys.

– Tak, a kto po całej tej katastrofie próbował się zastrzelić z granatnika? – wyszczerzył rzadkie zęby Szestakow.

– Ale to było dawno. I byłem młody i głupi. A teraz nawet jestem ciekaw, czym to się wszystko skończy.

– Wszystko się już skończyło dawno temu – odpowiedział ponuro dowódca. – A dla chłopaków dopiero co...

– Majorze – Szestakow zmarszczył brwi i popatrzył bacznie na dowódcę.

Paweł zrozumiał to spojrzenie. Dowódcy nie wolno się rozklejać, wpadać w melancholię. Żadnych lirycznych wzruszeń! Ale jak by się, cholera jasna, chciało ulec tej guli w gardle i temu bólowi gryzącemu go przez te długie lata, odkąd nastało piekło na ziemi! Ale Edik ma rację. Nie wolno.

– Zacznij natychmiast przygotowywać oddział – twardym głosem rozkazał Kolesnikowowi major gwardii Stieczkin. – Eduard?

– Tak? – chorąży skinął głową z zadowoleniem.

– Sprawdź, czy Michiejew nie wrócił. Coś mnie niepokoi ta jego długa nieobecność.

– Robi się, dowódco.

* * *

Margarita Gżel podeszła do drzwi swojej klitki w sektorze szpitalnym Piątego Fortu. Zmęczenie po obchodzie szpitala i założeniu nowych szwów pobitemu przez Saszę Zagorskiego Gazie ciągnęło ją do własnego maleńkiego azylu. Położyć się na kozetce i pospać choćby pół godziny. A potem nowy obchód przed końcem zmiany.

Pomimo całego koszmaru, który przeżyła, lat walki o przeżycie i przytłoczenia mieszkaniem w ciemnym podziemnym świecie, Rita Gżel zachowała kobiecy wdzięk młodej studentki, która trafiła do Kaliningradu ostatniego dnia istnienia cywilizacji. Pochodziła z Moskwy. Przyleciała samolotem do przyjaciółki, z którą studiowała na akademii medycznej, a która mieszkała teraz w Kaliningradzie. A następnego dnia świata już nie było. Tego samego dnia, kiedy przyjaciółka wzięła od męża stareńki zagraniczny samochód i zabrała gościa ze stolicy na wycieczkę po lokalnych atrakcjach turystycznych, których w Kaliningradzie było niegdyś dużo. Wśród nich był też osławiony Piąty Fort...

Trzymając w jednej ręce kaganek, drugą Margarita otworzyła drzwi i weszła do niewielkiego pomieszczenia. To nie było jej mieszkanie, a po prostu miejsce, w którym czasem spędzała wolne chwile podczas dyżurów w bloku medycznym kolonii. Stała tu stara prycza. Biurko z przyrządem mierzącym ciśnienie tętnicze i mikroskopem medycznym oraz innymi drobnymi instrumentami we wnętrzach szuflad. Szafka z lekarstwami i większa szafa z całą masą literatury medycznej. Do tego dwa krzesła i metalowy wieszak na ubrania przy zbitych z desek drzwiach.

Rita powiesiła lampkę na wieszaku, ciężko westchnęła i zaczęła ściągać z siebie stary biały kitel założony na liliowy golf, chcąc umieścić go obok lampki. Przez cały ten czas była plecami lub bokiem do biurka i stojącego przy nim krzesła dla gości. Ale kiedy jej zmęczone ręce zatknęły kitel na najbardziej oddalony od lampy hak, kobieta nagle poczuła, że w tym pomieszczeniu ktoś jest. Na ułamek sekundy znieruchomiała. Potem szybko się odwróciła i krzyknęła, gdy nagłe przeczucie nieoczekiwanie się potwierdziło. Na krześle drzemał ubrany w mundur polowy mężczyzna, który natychmiast podskoczył i również krzyknął.

Teraz Gżel poznała, kogo ma przed sobą.

– Tigran?! Jesteś niemożliwy! – zawołała z oburzeniem Rita. – Wiesz, jak się przestraszyłam?!

– Na wielkiego Noego, ja też się przestraszyłem! – wypuścił powietrze Bagramian, wybałuszając na nią swoje czarne oczy.

– Co ty tu robisz? – oburzała się dalej Gżel.

– Ech... Zaczekaj... Daj mi dojść do siebie i znaleźć serce... – urban zaczął obmacywać swój mundur we wszystkich miejscach, tak jakby jego serce naprawdę mogło skryć się ze strachu w jednej z licznych kieszeni kurtki i bojówek. Potem nagle zmienił się na twarzy, rozpływając się w lśniącym wśród niedogolonego zarostu uśmiechu. – Znalazłem! – oznajmił z przebiegłym spojrzeniem i wyciągnął zza pazuchy pocztówkę.

– Margarito Kazimirowna – powiedział uroczyście Tigran. – To dla ciebie!

I podał jej starą kartkę z pogniecionymi i sfatygowanymi rogami. Na wyblakłym zdjęciu widniał uroczy niedźwiadek obejmujący wielką aksamitną poduszkę w kształcie serca.

– Ach, ty zarazo – odpowiedziała Rita, zmieniwszy ton na czuły i uśmiechnęła się, przyjmując kartkę. – Och, jaki milutki! Dziękuję.

Nigdy mu tego nie mówiła, ale wszystkie te pocztówki z zajączkami, kociakami, misiami i szczeniaczkami sprawiały, że boleśnie ściskało jej się serce. Zasmucały ją miliony i miliardy zabitych ludzi, wśród których mnóstwo było zakochanych, którzy mogli dawać sobie wzajemnie te pocztówki w zupełnie innej sytuacji, gdyby nie… I zasmucały ją równie liczne zwierzęta, które zgubił ludzki obłęd. Te kartki sprawiały jej ból, ale nigdy się do tego nie przyznawała. Przecież człowiek, który je przynosił, robił to z serca. A wreszcie ten ból przypominał jej, że ona, Margarita Kazimirowna Gżel, wciąż żyje. Pomimo wszystko.

– To ty już wróciłeś z miasta? – Podeszła do swojego biurka, trzymając w ręku wzruszający prezent.

– Nie. Jeszcze tam jestem. To tylko moja dusza przyszła tu, żeby zaświadczyć o moim oddaniu – uśmiechał się dalej Tigran.

– Oj, dobra już. Napijesz się wywaru z dzikiej róży? Zostało mi trochę w termosie. Jeszcze gorący.

– Jakoś mi niezręcznie. – Mężczyzna zaczął udawać zmieszanie i niezdecydowanie.

– Niezręcznie to się spodnie przez głowę zakłada – mrugnęła do niego wielkooka Rita. – Nalewam. Niegrzecznie odmawiać.

– Dziękuję. – Bagramian znów usiadł na krześle, na którym zasnął ze zmęczenia po wyprawie do zburzonego Kaliningradu.

– Ależ nie ma za co. Sam przecież tę różę zbierałeś. – Kobieta usiadła przy biurku. Wyjęła z niego duży termos i dwa kubki. Nalała sobie i gościowi. – Trzymaj, Tigro. Pij, na zdrowie.

Czasem nazywała go Tigro. Trudno było zrobić z tego imienia jakieś pieszczotliwe zdrobnienie. Nie można było mu mówić Tigrik – brzmiało to jak nazwa mongolskiej waluty. Tigranik jakoś razi słuch, jakby ktoś drapał po szkle. Co tu mówić, to imię nie dopuszczało żadnych czułości. Drapieżne i dźwięczne w swojej brutalności. Jak tygrys to tygrys. Ale Rita wymyśliła: Tigro. I on zdawał sobie sprawę, że to jest właśnie to pieszczotliwe zdrobnienie. Zwiadowca był zresztą gotów pozwolić jej nazywać się jakkolwiek. Choćby manulem[20]. Ostatecznie choćby kotem Schrödingera!

– Mmm, pyszne – skinął głową Bagramian, upiwszy łyk parującego napoju.

– No i świetnie. – Rita objęła swój kubek dwiema rękami, pochyliła głowę i też wzięła ostrożny łyk. Termos, choć stary, wciąż doskonale utrzymywał ciepło.

Tigran popatrzył uważnie na kobietę, korzystając z chwili, kiedy ta tego nie widzi. Wiedział, że ona nie lubi badawczych spojrzeń. Krótko ostrzyżone ciemne włosy. Wąskie, rażące w samo serce strzały brwi nad parą dużych brązowych migdałowych oczu...

– Ależ ty jesteś piękna! – powiedział cicho Tigran.

– Nie mów tak – gwałtownie podniosła głowę. – Nie mów.

Bagramian odwrócił się i utkwił wzrok w parującym kubku.

– Jak to? – powiedział z mieszanką dumy i żalu.

– Po prostu, nie mów – westchnęła Rita. – Ja oczywiście wszystko rozumiem, Tigran. Ale... Nie mogę. Dobry z ciebie chłopak. To prawda. I nie tylko to widzę, ale i czuję, tak po kobiecemu. I jesteś wesoły. A w naszych czasach, to, jak wiesz, bardzo cenna cecha. Ale... Rozumiesz... W moim sercu jest ON. I nie mogę, a zresztą i nie chcę o nim zapomnieć. Chcę ci nawet podziękować

20 Manul – gatunek niewielkiego dzikiego kota występującego na Kaukazie i w Azji Środkowej (przyp. tłum.).

za to, że swoją wesołością mi o nim przypominasz. On też taki był...

Rita nagle się skrzywiła. Jakby wypowiedziane przez nią słowo „był", okazało się jakimś niewybaczalnym błędem.

– Cóż, teraz nawet nie wiem, jak po tych słowach mam się do tej swojej wesołości odnosić. – Tigran pokiwał głową ponuro.

– Przestań.

– Tak, oczywiście... Wybacz – uśmiechnął się z przymusem i znów spojrzał na swoją rozmówczynię. – To po prostu egoizm z mojej strony. Ale to, że przez tyle lat jesteś wierna swojemu mężczyźnie, to naprawdę coś cudownego i godnego szacunku. Bywało, że wiele dziewczyn nie potrafiło doczekać powrotu chłopaka z wojska. A ty tyle lat... Jesteś świętą, Rita.

– Jeszcze czego. – Teraz uśmiechnęła się i ona.

– Mówię poważnie. I szanuję twoją pamięć o nim.

– Dziękuję. Mam nadzieję, że tak jest. Nie chcę, żebyś był ze mną nieszczery. W ogóle nie lubię nieprawdy.

– Jak się nazywał?

– Nazywa – lekko podniosła głos, jakby starając się zrehabilitować za to niewybaczalne „był".

– Co? – Tigran popatrzył ze zdziwieniem na kobietę i natychmiast zrozumiał swój błąd. – Przepraszam.

– Nazywa. Nazywa się Siergiej. – Znów podniosła kubek do ust i przechyliła głowę. Wzięła łyk. – Sieriożka – Margarita wymówiła to imię z ledwie hamowanym drżeniem w głosie.

Gość patrzył na nią uważnie. Milczał, szukając właściwych słów, takich, które w żaden sposób nie mogłyby jej zranić. Bo ona już dość dawno, sama tego nie podejrzewając, zraniła go w samo serce i wbiła się w głowę, zdawało się, na zawsze, zmuszając go, by wciąż o niej myślał. By odczuwał lekki dreszcz podniecenia, kiedy ktoś wspomniał o niej w rozmowie. Po prostu ją kochał.

– Wiesz, co mnie najbardziej boli, Tigran? Bardzo się z nim pokłóciłam. I to o głupotę. Ale byliśmy młodzi i mieliśmy gorące temperamenty. Tak jak mocno się kochaliśmy, tak samo szaleńczo się czasem kłóciliśmy przez głupie drobnostki. Tamtym razem zwymyślaliśmy się tak, że nie mówiąc nikomu ani słowa, po prostu… Chociaż nie. Zadzwoniłam do swojej przyjaciółki. Mieszkała tutaj, w Kaliningradzie. Razem studiowałyśmy. Wysłuchała mnie i powiedziała tylko jedno zdanie: „Rzucaj wszystko i przyleć". I oto ja, nikomu nic nie mówiąc, od razu zabukowałam sobie bilet przez internet. Następnego ranka wsiadłam w Moskwie do samolotu i przyleciałam do przyjaciółki. A dzień później… – Ricie wyrwało się drżące westchnienie. – I oto jestem tutaj. W forcie. Żywa. A tam, w Moskwie, przecież też jest gdzie się ukryć. Tam jest metro. Ogromne. Piękne. A on mieszkał obok stacji. Zdążył, wiem to. On taki jest. Dlatego nie chcę o nim myśleć w czasie przeszłym. Ale jak ja żałuję tamtej kłótni! – W tym momencie jednak nie wytrzymała i rozpłakała się. – Jakie to było głupie, Tigran! Jak głupio wszystko wyszło. Inaczej bylibyśmy razem. Na zawsze. W metrze albo śmierci. No bo gdyby wtedy zginął, to zginęlibyśmy razem! A on przecież nawet nie wie, co się ze mną stało! Pewnie mnie szukał! Pewnie myśli, że obróciłam się w popiół, tak jak miliony innych! A jeśli nie skrył się w metrze, lecz popędził za mną i przez to zginął?!

Bagramian szybko wstał z krzesła. Obszedł stół i kucnął przed Ritą. Ostrożnie uwolnił jej dłonie od kubka i delikatnie ujął je we własne.

– Kochana, uspokój się – powiedział cicho. – Co było, to było…

Zrobiło mu się bardzo przykro z powodu jej łez. Ale co teraz powiedzieć, tego nie wiedział. Czy warto było ją uspokajać, mówiąc, że jej Siergiej żyje, dlatego że jest tam metro? Warto było budzić nadzieję, która, być może, okaże się płonna? A jeśli jednak żyje? Jak dostać się do Moskwy w dzisiejszych warunkach? A jeśli nawet, to jak go znaleźć? Niech to licho, co jej teraz w ogóle powiedzieć? Był gotów wyciągnąć tego Sieriożkę spod ziemi, żeby tylko Rita tak gorzko nie płakała, żeby była szczęśliwa. Ale czy ten impuls ma cokolwiek wspólnego z rzeczywistością i jego możliwościami?

– Nie wolno płakać, Ritoczka. No, jeśli jest szansa, choć minimalna… A biorąc pod uwagę, jakie jest tam metro, to ta szansa jest całkiem niemała…

Rita nagle drgnęła i uśmiechnęła się. Wyswobodziła jedną dłoń z silnego, choć czułego uścisku Tigrana i otarła łzy. Cicho zachichotała.

– Co jest? – Bagramian uśmiechnął się do niej w odpowiedzi, ale nijak nie mógł zrozumieć, co tak na nią podziałało.

– No, to słowo, które powiedziałeś…

– Które słowo?

– Minimalna.

– I co z nim?

– Wiesz, gdybym zdążyła wyjść za Sieriożkę za mąż, to nosiłabym teraz takie nazwisko.

– Nie rozumiem. – Teraz Tigranowi zdawało się, że ma kompletnie idiotyczny uśmiech.

– Ale czego nie zrozumiałeś, Tigrosza? Tak się nazywał – Siergiej Minimalny[21].

Tigran potarł dłonią nieogolony podbródek.

– Gdzieś już słyszałem to nazwisko – mruknął w zadumie.

* * *

Wróciwszy po audiencji u Samochina do swojej klitki, Aleksander Zagorski odkrył na łóżku pudełko. Kiedy wziął je do rąk, zdał sobie sprawę, że jest to właśnie elektroniczna fotoramka, o którą prosił Tigrana. A więc Bagramian wrócił z miasta. I dotrzymał słowa.

Kret westchnął i przysiadł na łóżku, trzymając opakowanie z modnym niegdyś gadżetem. Całkiem nowa. W nienaruszonym opakowaniu próżniowym. Powinna zadziałać. Tylko trzeba poczarować z lutownicą przy układzie zasilania i dopasować go do możliwości miejscowej sieci elektrycznej produkującej pewnie nie więcej prądu niż przeciętny kamaz. Aleksander wyjął z biurka lutownicę i podpiął ją do własnoręcznie wykonanego gniazdka, zamontowanego sprytnie tuż przy stole. Niech się na razie rozgrzewa. Znów usiadł na łóżku. Zdawało się, że cała niepojęta groza jego ostatniej przechadzki po podziemnych labiryntach minęła i zdawała się teraz

[21] Ci, którzy czytali powieść *Mietro 2033: Strannik*, wiedzą, że Siergiej Minimalny rzeczywiście żyje i też pamięta Ritę. Uważa ją jednak za zmarłą, podobnie jak jej ojciec, Kazimir Gżel, mentor i przyjaciel Siergieja.

jakąś idiotyczną bzdurą. Bo przecież dla wszystkiego można było znaleźć sensowne wyjaśnienie. Chociaż... Te cholerne mokre ślady. A może mu się zdawało?

Myśli wirowały w jego głowie i jakby się ze sobą spierały. Podawały swoje argumenty. W nich tkwiły kolejne myśli. Właśnie te. O sekretnym metrze. Do czego jest nagle potrzebne Samochinowi? I jak go szukać, jeśli w labiryntach tuneli i korytarzy kryje się jakieś diabelstwo? Czego ma się spodziewać po tej zbliżającej się wyprawie w nieznane i czy można w ogóle wymyślić coś, żeby jej uniknąć?

Umysł Zagorskiego wypełniały ruchy Browna myśli, pytań, przypuszczeń, a ciało, działając jak automat, wyjęło z szuflady blaszane pudełko z narzędziami i lutowiem. Usiadł przy biurku i otworzył opakowanie z drogocennym prezentem od Tigrana. Rozkręcał już układ zasilania. Rozłożył obok rozmaite stare urządzenia elektryczne, których części mogły się przydać przy przerabianiu zasilania fotoramki. A myśli wciąż wirowały i wirowały.

Nos szczypał go od oparów cyny i kalafonii. Oczy łzawiły od gryzącej mgiełki. Poniekąd pomogło mu to trochę uwolnić się z niewoli całego tego wewnętrznego chóru głosów i wrócić do rzeczywistości. Chociaż, fakt, rzeczywistość ta była jak zawsze ponura i pozbawiona perspektyw...

Działa!

Aleksandra ogarnęła ekscytacja, kiedy po długich manipulacjach z lutownicą i różnymi częściami zapasowymi zamienił w gniazdku wtyczkę lutownicy na układ zasilania ramki. Ekran urządzenia, które tyle lat przeleżało w zapomnieniu wśród miejskich ruin i zdawało się, że nie będzie już nikomu i nigdzie potrzebne, ożył. Zamigotał. Pojawił się logotyp producenta. Potem elektroniczne menu. Kret drżącymi rękami ostrożnie chwycił ramkę i popatrzył na kolorowe ikonki złożone z mnóstwa pikseli. Teraz zdawało się to najprawdziwszym cudem. Kiedyś, w całkiem innym świecie i innej epoce, ludzie stworzyli ten przedmiot, by zwiększyć komfort życia. A potem wszystko obróciło się w pył. I oto teraz jaskrawe kolory elektronicznego menu jakby drażniły, świecąc z utraconej na zawsze przeszłości.

„Wprowadź aktualną datę".

Jaka sucha i beznamiętna prośba. A czy teraz w ogóle istnieją jakieś daty i czy mają sens? W urządzeniu miesiąc i dzień były wyzerowane. Natomiast rok był ustawiony na 2010. Widocznie wtedy właśnie wyprodukowano to urządzenie. Wspominając, jak kiedyś posługiwał się takimi urządzeniami, jakby to rozumiało się samo przez się, Zagorski ostrożnie dotknął palcem klawiszy nawigacji. 2011... Jeszcze raz. 2012... 2013... Przymknął oczy i wziął głęboki wdech. Czy ktokolwiek myślał o tym, co ich czeka w przyszłości? Kto widział siebie pozbawionego wszystkich tych gadżetów i innych udogodnień cywilizacyjnych, kryjącego się przed rzeczywistością w podziemnych norach? 15, 16, 17...

„Gdzie są kalendarze ze wszystkich tych zmarnowanych, pokrytych popiołem, złych lat? Gdzie są ci, którzy wymyślili wszystkie te fajne gadżety? Gdzie ci, którzy z nich korzystali i nimi handlowali? Gdzie jest nasze życie?..."

2033.

– Masz swoją aktualną datę – szepnął do ramki Aleksander. – Zadowolona? Rozejrzyj się dookoła. Podoba ci się to wszystko? Nie? Mnie też nie.

Ale to jeszcze nie wszystko. Pozostała najważniejsza rzecz. Wyjął z martwego srebrzystego aparatu fotograficznego Leny Berger kartę pamięci. Zbliżył ją do gniazda czytnika ramki i zastygł. Czy jego umysł i serce zniosą to, że, być może, ta karta nie zadziała i jego nadzieja na chwilową podróż w przeszłość runie? Albo nie... Czy jego serce zniesie obrazy tej przeszłości, która spłonęła i na zawsze zastygła w lawie powstałej w epicentrach eksplozji termojądrowych?

Zacisnął usta i wsunął kartę pamięci do ramki.

„Wykryto zewnętrzny nośnik pamięci – oznajmiła ramka. – Trwa ładowanie. Proszę czekać".

– Tyle lat czekałem – wyszeptał Aleksander. – A teraz jakby ich wszystkich nie było...

I przeszłość spadła na niego jasnym i bezlitosnym strumieniem różnobarwnych, podświetlonych pikseli, tworzących mozaikę tego, co utracone. Niewiarygodnie żywe, niezwyczajne, zapomniane tony. Soczysta zieleń! Błękitne niebo! Rumiane, uśmiechnięte twarze! Obrazy niedostępnego raju drażniące grzeszników strąconych w piekło teraźniejszości. Patrzcie, grzesznicy! To raj! I gdybyście byli pobożniejsi, lepsi, uczciwsi, żylibyście w raju! Lecz wy wszystko to zniszczyliście! A więc patrzcie i płaczcie!

I Sasza zapłakał. Dopiero teraz zdał sobie sprawę z pełną jasnością, jak obłąkańczo masochistyczna była jego chęć ożywienia karty pamięci z zachowanymi na niej kadrami spalonego raju i tamtego szczęśliwego życia, w którym ludzie nawet nie podejrzewali, że to raj i że są szczęśliwi i żywi. I dopiero teraz wszystko było na swoim miejscu.

Przeglądał kadry i nie mógł się zatrzymać, chociaż nie było w tych nowych czasach spalonego świata jeszcze niczego, co sprawiłoby mu tak straszny, przenikający całe ciało i rozdzierający serce ból, jak te nieznośnie jasne i barwne obrazki z tamtego życia.

Jego szkoła nr 2 przy ulicy Gagarina. Fontanny na placu Zwycięstwa. Świątynia i jej lśniące kopuły. Są i oni, jego zaginieni koledzy z klasy. Oto Rusłan Machiejew i Lena Berger fotografują się razem przy podwodnym okręcie muzeum przed Pałacem Sportu „Młodość". A tu Lenka podniosła ręce i uśmiecha się, pozując na estakadzie na tle kościoła katedralnego. A to cała ich klasa przed Bramą Królewską. Sasza uświadomił sobie z przerażeniem, że zupełnie nie może rozpoznać na tych fotografiach siebie. Ten chłopaczek w okularach z zawsze poważną miną? Prawie bez uśmiechu? Tak, to on, ale… To przecież niewiarygodne, że to on w ów jasny słoneczny dzień pod błękitnym niebem wśród szczęśliwych i wcale nie bladych ludzi, którzy znajdują się na powierzchni. A tu przy Epicentrum – kompleksie handlowym o nazwie, która tak bezlitośnie okrutna stała się dopiero teraz. I znów nie może rozpoznać samego siebie. A to piękna, wyraźnie przypominająca o dawnym Königsbergu, zrekonstruowana wioska rybacka na brzegu rzeki Pregel[22]. A to jego przyjaciele obok pamiątki z zupełnie innej przeszłości. Pod pomnikiem Kalinina,

22 Pregel – dawna nazwa rzeki Pregoły przepływającej przez Kaliningrad.

który stał przy Dworcu Południowym. A oto i Piąty Fort. Lena fotografowała jedną z wielu rekonstrukcji szturmu miasta. Roześmiani uczestnicy inscenizacji w sowieckich mundurach i uniformach Wehrmachtu. Wszyscy pozują objęci. Wreszcie przyszła kolej na zdjęcia, które Lena robiła tego dnia, kiedy zeszli do podziemi fortu. Jak się okazało, na zawsze. Ciemne i mroczne fotografie o skąpej gamie kolorów. Ale o ile jaśniejsze i piękniejsze od tego, co jest dziś! Chociaż świat miał wtedy przed sobą ledwie kilka dni. A to co za gęba? Przecież to Jegorek Chrustaliow! Tak! Zagorski przypomniał sobie, jak chłopak świecił latarką na tyłek Lenki, jak ta obróciła się i, nacisnąwszy przycisk aparatu, błysnęła mu fleszem prosto w twarz. A fotografia została…

Sasza zasłonił usta dłonią, bo czuł, iż jeśli tego nie zrobi, rozbeczy się tak głośno, że będzie go słychać w całym podziemiu zamieszkiwanym przez ostatnich ludzi – ludzi nawet nie podejrzewających, że tuż obok nich z ekranu cyfrowej ramki trysnęła jasna i szczęśliwa przeszłość.

Fizjonomia Chrustaliowa zajmowała większą część zdjęcia i była kompletnie prześwietlona przez bliski rozbłysk lampy. Widać było tylko jego wytrzeszczone zaskoczone oczy z ciemnymi studniami źrenic i kropki piegów na zniekształconej i rozciągniętej przez bliską perspektywę twarzy. Zaś tło było całkowicie czarne. Ale…

Aleksander zaczął nagle gwałtownie ocierać obiema rękami lejące mu się z oczu łzy i znów przyjrzał się zdjęciu. Tam, w ciemności, za plecami Jegora… Można tu chyba powiększyć zdjęcie? Tak, to chyba ten przycisk… Powiększenie. Jeszcze. Co?!

Nagle zerwał się, jakby wybuchła pod nim bomba. Podskoczył, jednym ruchem przewrócił swoje krzesło i padł na łóżko. I teraz wszyscy wokół rzeczywiście usłyszeli, jak wrzasnął. Bo za plecami prześwietlonego przez flesz Jegora Chrustaliowa w mroku podziemi było TO! To samo straszne szare oblicze z ogromnymi otworami pustych oczodołów, podobne do czaszki... To samo coś, co powoli wypływało z głębi studni, przed czym całkiem niedawno uciekał, ogarnięty graniczącym z obłędem przerażeniem.

ROZDZIAŁ 8

ZMOWA

Trudność tkwiła w skrytości. Po tym jak burzany i ośmielone nieobecnością ludzi krzewy i drzewa przystosowały się do nowych warunków życia oraz wypełniły i bez tego niełatwe do przejechania bezdroża poligonu, trudno było zdecydować się na to, co zrobił kapitan Kolesnikow z grupą doborowych żołnierzy. Względnie małą odległość pokonywali praktycznie przez całą noc. Czterej ludzie, wliczając samego Borysa, szli daleko przed transporterem opancerzonym i wyszukiwali optymalną trasę dla pojazdu. Pomagali mu znaleźć drogę między drzewami. Wchodzili na wzniesienia, długo obserwując okolicę przy pomocy noktowizorów. Szli dalej, ciągnąc za sobą BTR obwieszony w niektórych miejscach przemoczonymi materacami dla stłumienia hałasu silnika. W ślad za pojazdem szła kolejna czwórka żołnierzy, mierzwiąc przygnieconą przez koła trawę. Starali się przywrócić wcześniejszą dziewiczą bujność rozsuniętym krzakom. Robili wszystko, żeby zminimalizować ślady tego, że całkiem niedawno jechał tędy wóz pancerny. Kiedy BTR wjeżdżał w rejon błotnisty lub piaszczysty, opuszczali zamontowany na tylnym pancerzu trał, który zacierał wyraźnie zaznaczone w tych miejscach odciski masywnych kół.

Na wschodzie zapłonęła już ognista zorza świtu, kiedy oddział dotarł wreszcie do dogodnej pozycji na niewielkim przylądku czterysta metrów od stanowiska saperów. Kiedyś żołnierze batalionu inżynieryjnego zajmowali się tu utylizacją starej amunicji.

Transporter opancerzony zajął pozycję w zaroślach, przy czym wybrali krzewy, jakie rosły też w pobliżu bunkra Krasnotorowki. Zgromadzili zawczasu dość świeżych gałęzi, żeby skutecznie zamaskować wóz, tak by miejsce jego postoju zlało się z tłem. Nie mogli ich zebrać bezpośrednio na miejscu – zbyt łatwo byłoby się w ten sposób zdemaskować, dlatego wiązki jeszcze w kolonii ułożyli wprost na transporterze, za wieżyczką.

Po zakończeniu maskowania pojazdu czterej członkowie oddziału pospieszyli w stronę wody. Tam widniała już spłaszczona sylwetka drugiego transportera. Ostatnie kilka kilometrów poruszał się drogą wodną, żeby nie zostawiać śladów na plaży. Kolesnikow mrugnął do niego latarką, której światło zostało specjalnie przytłumione filtrem wyciętym z ciemnej plastikowej butelki, w której niegdyś, jeszcze w innym życiu, był kwas chlebowy. Płynący wzdłuż brzegu transporter opancerzony zwolnił. Szybko opuszczono drewniany trap, by żołnierze nie musieli wchodzić do brudnej wody Bałtyku. Czterej ludzie szybko wdrapali się po nim do wozu, wciągnęli za sobą trap i zniknęli w lukach. BTR zawrócił w wodzie i ruszył z powrotem, w kierunku dawnego miasta Jantarnyj. W stronę swojej kolonii.

Wszystko udało się przeprowadzić bez strat i nie szkodzi, że cała operacja wymagała sporo czasu, nie mówiąc już o oleju napędowym. Najważniejsze, że cel został osiągnięty. Na szczęście oddział Kolesnikowa nie napotkał podczas rajdu ani ludzi, ani krabów.

Borys zamknął właz, odcinający swój maleńki światek przedziału bojowego od świata zewnętrznego, ściągnął z głowy kaptur skafandra ochronnego, zdjął maskę i otarł spoconą twarz. Potem przylgnął do peryskopu obserwacyjnego.

– Kiepsko, że nie wieje – burknął z niezadowoleniem.

– Dlaczego? – dał się słyszeć głos kierowcy mechanika.

– Chłopaki, odchodząc, narobili śladów na plaży. Woda ich nie zaleje. Chociaż…

– Co?

– Kilka krabów wylazło na brzeg. Widać zaniepokoił je nasz BTR. Łażą po śladach. No i niech łażą. Nam to jest tylko na rękę.

* * *

Tigran wracał do swojego mieszkania w nocy, kiedy przeważająca część mieszkańców spała. Co i rusz schylał się i poprawiał wiszący mu na jednym ramieniu plecak, przechodząc pod kolejnym niskim łukiem. Oto skręt w lewo. Tam jest jego dom. Z korytarza biło słabe światło. Ciekawe dlaczego?

Bagramian wyłączył latarkę i sprawdził. W końcu korytarza na odwróconym wiadrze siedział Sania Zagorski z rękami złożonymi na kolanach i opuszczoną na nie głową. Przed nim stała lampa naftowa o osmalonym szkle, w które w jakichś niestrudzonych próbach samobójczych rzucał się rój meszek.

– Sania! Co tu tak siedzisz?

Zagorski wzdrygnął się i uniósł głowę. Wyglądał kiepsko: zaczerwienione oczy, bledsza niż zwykle twarz i pozagryzane wargi.

– Cześć, Tigran. Już wróciłeś?

– Wróciłem, a jakże. A ty co, nie widziałeś swojego zamówienia? Zostawiłem je u ciebie na wyrku.

– Że co?

– Fotoramka – brwi Tigrana się podniosły. – Zapomniałeś?

Zagorski znów się wzdrygnął, a potem skulił.

– Ach… Tak, tak… Oczywiście…

– Ej, co się z tobą dzieje? – Tigran położył plecak na ziemi i przykucnął, patrząc badawczo na sąsiada. – Ramka nie działa?

– Co ty! – Twarz Aleksandra skrzywiła się w jakimś nieprzyjemnym uśmieszku. – Wszystko działa.

– W takim razie co się stało?

– A nic. Koszmar mi się przyśnił.

– Jaki?

– Kaliningrad. Ulice. Słońce. Spacerują przechodnie. Piszczy sygnalizacja świetlna. Muzyka z hipermarketów. Powiewają flagi nad merostwem. Fontanny na placu. Wszystko żywe. Wszystko żyje. I wszyscy żyją.

– I co w tym koszmarnego?

Zagorski spojrzał uważnie na Bagramiana.

– Obudziłem się.

Tigran skinął głową.

– No, taaak... Jasne, trudno sobie wyobrazić coś gorszego... Słuchaj, nie wiesz czegoś o gościach z Kolonii Krasnotorowskiej?

– Nie – potrząsnął głową Sasza.

– Szkoda. Nasz niezrównany Samochin coś mąci...

– *À propos*. – Zagorski nagle się ożywił. – To ty jeszcze nie wiesz?

– Czego nie wiem?

– Samochin zlecił mi zadanie specjalne.

– Tobie? Zadanie specjalne? – Bagramian uśmiechnął się sceptycznie. – Bracie, wybacz, ale...

– A ty masz być moim partnerem. Tak powiedział – przerwał rozmówcy Aleksander.

– Co? – Tigran spochmurniał. Uśmiech spełzł z jego twarzy i zwiadowca wstał. – I co to za robota?

– Mamy znaleźć stare nazistowskie metro.

– Co to za bzdura! W całym obwodzie nie ma żadnego metra. Była pod ziemią kolej z Bałtyjska do Primorska, ale już dawno zawalona. Co to zresztą było, z dziesięć kilometrów, może trochę więcej.

– Też tak sądziłem. Ale... Mój ojciec na przykład w nie wierzył.

– Ależ co to za brednie? To ty przekonałeś majora, że metro istnieje?

– Nie – Zagorski potrząsnął głową. – Przeciwnie, starałem się go przekonać, że jest odwrotnie. Ale wyszło tak, że to on mnie przekonał. Podobno to metro istnieje. Sięga aż do Bałtyjska.

– No, cholera je wie. Tylko co ja mam do tego?

– Powiedziałem przecież. Masz być moim partnerem.

– Ale z jakiej racji, bracie? – Bagramian zaczął się złościć. – Chodzę do miasta po łupy. Te kazamaty mnie w ogóle nie interesują.

– Dajcie pospać, dranie! – rozległ się przytłumiony głos z pobliskiej klitki.

– A co proponujesz? – Sasza przeszedł na szept. – Kogo mi starosta da do pomocy? Idiotów w rodzaju Gazy i Kolesia? Wszyscy rozsądni ludzie są zajęci swoją pracą.

– Aha, czyli ja według ciebie nie jestem niczym zajęty? – warknął ze złością Tigran.

– Tego nie powiedziałem. Ale… – Zagorski wstał i podszedł blisko. – Słuchaj, zrozumiałem to tak, że Samochin chce usunąć cię na jakiś czas z kolonii. Bo do miasta wychodzisz na pół dnia, maksimum na dzień. A to zlecenie zapowiada się na dłużej.

– Usunąć mnie z kolonii? – spochmurniał Bagramian. Teraz on też szeptał.

– Właśnie.

– Ma u mnie przerąbane! – powiedział zwiadowca z udawanym ormiańskim akcentem, choć tak naprawdę wcale nie miał takiej wymowy. – Po kiego diabła?

– Nie wiem. Ale ma to wyraźnie związek z twoim stosunkiem do Stieczkina. I zdaje mi się, że Samochin ma jakieś wredne pomysły. Skąd miałby sobie nagle przypomnieć tę legendę o niemieckim metrze? Pójdziesz ze mną i razem będziemy mieli większą szansę zorientować się, co wymyślił.

– A co ty tak chcesz, żebym z tobą poszedł?

– Mówiłem już. I… boję się, Tigran – Sasza nagle wybałuszył oczy.

– Boisz? Podziemia cię przerażają czy jak?

– Tak…

– A to nagle skąd? Jesteś przecież najlepszym diggerem. Nigdy się tych podziemi nie bałeś.

– Po prostu… – Aleksander nie zdążył skończyć. Za plecami Tigrana pojawiła się zaspana rudowłosa fizjonomia Wasilija Borszczowa.

– A więc tutaj jesteś, Ormiańcu – wymamrotał wierny sługa swojego pana.

Tigran skrzywił się i odwrócił głowę. Borszczow nigdy mu się nie podobał. I rzecz nawet nie w tym, że szeregowy z poboru pozwalał sobie na różne poufałe i graniczące z chamstwem odzywki, a Bagramian był jednak wyższy stopniem i starszy wiekiem. Po prostu z Borszczowa był kapuś i wszyscy o tym wiedzieli. A jeszcze to, że tkwiący mentalnie na etapie nastolatka, choć na pierwszy rzut oka dorosły już mężczyzna, zawsze przypominał mu szakala Tabaqui u boku złego tygrysa Shere Khana ze znanej książki Kiplinga o ludzkim dziecku wychowanym przez wilki.

– Czego chcesz, Bulion? – nieprzyjaźnie, ale cicho, żeby nie przeszkadzać śpiącym sąsiadom, odpowiedział Bagramian.

– Cały dzień cię szukam. Mówią, że niby wróciłeś. Pozostałych widziałem. Ciebie nie. Pewnie znów się zalecałeś do Kazimirowny, co? – Borszczow wyszczerzył zęby. I chociaż w jego słowach nie było nic jawnie wulgarnego, to z samego tego uśmiechu podtekst dosłownie bił.

Tigran przesunął z szelestem dłonią po swojej szczecinie, spoglądając uważnie na rudego.

– No więc czego ci potrzeba?

– Chciałem ci przekazać polecenie naczelnika. A może Kret zdążył się już podzielić nowinami, co? – Pomocnik Samochina zerknął na Zagorskiego przez ramię Bagramiana.

– Tak, wszystko mu już powiedziałem – burknął z niezadowoleniem Sasza, którego niezbyt cieszyła wizyta Borszczowa.

– No i dobrze. Bo nie chce mi się już niczego wyjaśniać. – Rudy zmarszczył nos. – Pójdę lepiej spać.

Borszczow odwrócił się i zrobił pierwsze kilka kroków w stronę swojego mieszkania, kiedy nagle zawołał go Bagramian.

– Zaczekaj no!

– Co? – odwrócił się tamten.

Tigran wyraźnie chciał o coś pomocnika Samochina spytać. O coś ważnego. I było zupełnie jasne, że interesował go transporter opancerzony z Kolonii Krasnotorowskiej. W końcu zanim poszedł do domu po długiej rozmowie z Ritą specjalnie wychodził na powierzchnię. BTR stał dalej, tak jak rano. A więc goście nie odjechali. Ale we wspólnocie nikt niczego nie wiedział o tajemniczej wizycie ludzi Stieczkina.

– Nie masz ochotę na kielonka? – spytał nagle Tigran.

– Co? – Borszczow się ożywił. – A co masz?

– Koniak.

– Oho! Kto by odmówił? A co się taki hojny zrobiłeś?

– Pić samemu to w ogóle nie wchodzi w grę. Ludzie śpią. A z Sańki marny kompan od butelki. Więc jak?

– Ja tego…

– Będziesz pić, jatego? – przedrzeźniał go Tigran.

– Pytanie! Jasna sprawa.

– Dobra – Tigran pospiesznie wcisnął swój plecak Zagorskiemu. – Pilnuj. Zaraz wracam. Dwie minuty. Przyniosę jakąś zakąskę.

Bagramian oddalił się pospiesznie.

– A co on tam ma? – Bagramian chrząknął i wyciągnął rękę po plecak, który teraz trzymał Aleksander.

– Zabieraj grabie! – odgryzł się Kret.

– Ha, myślałby kto – prychnął Borszczow. – Słuchaj, więc co to było w tym labiryncie?

– Minotaur… – burknął Zagorski.

– Że co?

– Mówię, że Minotaur.

– A co to jest?

– Potwór, który strzeże labiryntu.

Borszczow zmrużył senne oczy, skrzywił się i z trudem przełknął ślinę, od czego jego ostro zarysowana grdyka drgnęła nerwowo.

– Ale serio? – wypuścił powietrze.

– Wasia, czyś ty zidiociał? Minotaur to postać z antycznej mitologii. Tam było tylko osuwisko.

Po tym, jak to powiedział, Sasza złapał się na myśli, że sam nie wierzy w osuwisko i myśli o Minotaurze nie jak o czymś baśniowym, a wręcz przeciwnie… Chociaż… To, co przywidziało mu się w wodzie i na ekranie ramki cyfrowej, zupełnie nie przypominało olbrzyma z ludzkim torsem i głową byka. To było coś mniejszego, ale ze straszniejszym obliczem…

– To co mnie wkręcasz, baranie?!

– Niech was szlag, dacie w końcu spać czy nie! – znów rozległ się rozeźlony i ochrypły głos z jakiegoś mieszkania.

* * *

Rita miała piękny sen. Nieczęsto cokolwiek jej się śniło. Chyba na szczęście… Lecz długa i szczera rozmowa z Tigranem z poprzedniego dnia poruszyła w niej mroczne fale wspomnień, a te wywołały marzenia senne.

Jest młodziutką studentką wydziału medycyny. Późny wieczór. Za oknem ciemno. Tylko światła okien innych domów przebijają się matowymi gwiazdkami przez firankę. Siedzi na krześle, z nogami podwiniętymi pod siebie i książką na kolanach. Zdaje się, że to Dan Brown. W słuchawkach odtwarzacza gra The Human League, jej ulubiona piosenka *Tell me when*, którą pamiętała z dzieciństwa. Jeszcze kiedy ojciec był z nimi, zanim zostawił rodzinę. Górne światło jest wyłączone i pali się tylko nocna lampka, co sprawia, że w pokoju jest jeszcze przytulniej.

I nagle za oknem coś rozbłyska. Rita odwraca głowę i widzi mnóstwo różnokolorowych ogników rozchodzących się w regularne koło na poziomie jej okna i malujących drzewa na podwórku w pstrokate barwy. Odkłada książkę i zdejmuje słuchawki. Podchodzi do okna i odsuwa firankę. Na podwórku jakiś człowiek odpala kolejny fajerwerk. Wysoki jasnowłosy chłopak w dżinsach i białej koszulce z założonym na wierzch czarnym bezrękawnikiem. Jakaś baba wymyśla mu z balkonu, a on wygląda na takiego szczęśliwego i zadowolonego ze swojego psikusa… Posyła babie całusa, co wywołuje u sąsiadki jeszcze większy gniew. Rita uśmiecha się. Wie, kto to jest. Ostatnimi czasy często go widzi. A dzisiaj w końcu odważył się do niej podejść i powiedzieć:

– Panienko! Od pół roku staram się nabrać śmiałości, żeby podejść do pani i wreszcie spotkał mnie ten zaszczyt. Proszę, niech pani doceni mój heroiczny czyn i powie mi, jak ma na imię.

– Rita – uśmiechnęła się w odpowiedzi.

– Piękne imię! A ja jestem Siergiej. Jak już się poznaliśmy, to może wymienimy się numerami telefonów?

– W tym celu musi pan dokonać kolejnego heroicznego czynu – odpowiedziała, śmiejąc się i poszła dalej. Do domu.

I oto ten chłopak wypuszcza pod jej oknem kolorowe fajerwerki. Widząc dziewczynę, Siergiej macha rękami, ciesząc się zupełnie jak mały chłopiec. Siergiej Minimalny. Sieriożka…

Macha mu dłonią, zanosząc się od dźwięcznego śmiechu. Chyba jednak zasłużył na poznanie numeru jej telefonu…

– Rita – rozległ się szorstki męski głos tuż obok. – Posłuchaj, Rita, potrzebuję proszku.

– Co?

– Potrzebuję proszku. Natychmiast.

I Rita otworzyła oczy. Nad jej łóżkiem pochylał się Tigran. To całkiem inny świat. Bez odtwarzacza i popowej muzyki w słuchawkach. Bez bab na balkonach i fajerwerków. I bez ukochanego człowieka. Tylko ze słabym światłem lampy naftowej, którą przed chwilą zapalił Bagramian.

– Siostrzyczko, wybacz, że tak wszedłem. Ale pukałem dwa razy i nie odpowiedziałaś.

– Tigrosza, to pewnie dlatego, że jest noc i spałam. Nie pomyślałeś o tym? – westchnęła z rozczarowaniem.

Chociaż może to i lepiej, że przepędził taki sen? Im bardziej zagłębiasz się w bajkę, tym bardziej boli powrót do rzeczywistości. Boli już teraz. A gdyby wyśniła ten sen do końca?

– Pomyślałem, kochana. Ale to kwestia życia, śmierci i reinkarnacji – rozłożył ręce.

– Coś się stało? – Gżel usiadła, otulając się w kołdrę.

– Potrzebuję proszku. Natychmiast.

– Jakiego znowu proszku?

– Tego z żółtego mchu. Masz go przecież pełno w aptece.

Spojrzała na niego ze zdziwieniem.

– Boże! Tigro, co ty, zacząłeś brać to świństwo?

– Nie, no co ty. Po prostu jest mi pilnie potrzebny.

– Po co, i do tego w nocy?

– No, potrzebny jest, daj mi.

– Wiesz przecież, że proszek wydaje się tylko na receptę od lekarza.

Zwiadowca skinął głową.

– Wiem. Ale wiem też, że masz klucz. I jesteś lekarzem.

– Słuchaj, gdyby to był ktoś inny, dałabym mu po głowie. Ale ty... Tigran, ty mnie przerażasz.

– Wybacz – przykucnął i uśmiechnął się. Wziął jej dłoń w swoją i pocałował. – Po prostu zaufaj mi. Daj mi, proszę. No, chodzi o proszek, nie to drugie... – I puścił do niej oko.

– Jak Boga kocham, ty jednak jesteś zasraniec!

– Gotów jestem się zgodzić – znów zdecydowanie przytaknął. – Bezwarunkowo.

– Odwróć się, ubiorę się.

– Dobrze. – Bagramian wstał i obrócił się tyłem. – Aha, jeszcze jedno. Pożycz mi trochę suszonego mięsa. Oddam na dniach.

– Ty to jednak jesteś całkiem bezczelny! – mruknęła, zakładając ubranie. – O co jeszcze poprosisz? Może żeby dzieci ci rodzić?

– Byłbym najszczęśliwszym człowiekiem na planecie.

– Co to, to nie. Bądź jak wszyscy. Nieszczęśliwy…

* * *

Znów sama w pokoju, Rita nie mogła zasnąć. Siedziała na łóżku i patrzyła na lampę olejową, w której szybkę uderzał pojedynczy mól. Kobieta nie wiedziała już, czy ma teraz przeklinać Tigrana, czy dziękować mu za przerwany sen. Było jej w nim słodko i ciepło. Ale też ból był silniejszy.

Rita westchnęła, pozazdrościwszy molowi, który nie miał chyba innych trosk poza pragnieniem, by spłonąć w tej lampie. A co? Może to optymalne wyjście? Wyciągnęła spod poduszki swój stary portfel. Dawno już nie było w nim żadnych pieniędzy. Teraz i tak byłyby na nic. Kilka kart kredytowych, które straciły wszelki sens już wiele lat temu, karta pokładowa samolotu, który rozłączył ją z jej Siergiejem. Właściwie, to sama zrobiła ten krok. I jego zdjęcie… Zdaje się, że fotografował się do jakiegoś kwestionariusza… Albo do paszportu. Albo może do prawa jazdy? Rita już nie pamiętała. Ale pamiętała już dawno odnotowany przez nią fakt – nawet robiąc sobie zdjęcia do poważnego dokumentu, Siergiej łobuzersko się uśmiechał…

A co, jeśli żyje? Jaki teraz jest? Kobieta zamknęła oczy i znów przypomniała sobie, jak wypuszczał fajerwerki pod jej oknem, radośnie machając rękoma. I nagle wyraźnie ujrzała, jak samotny, brudny, utraciwszy wszystko, brnie przez zburzoną Moskwę do jej domu. I stoi przed ruinami. A może i dom ocalał. I wtedy patrzy w jej puste, martwe okno. I przecież nawet nie wie, że ona wyjechała. Że żyje, ale gdzieś daleko...

Rita szybko schowała portfel, skryła twarz w dłoniach i cicho zapłakała, przeklinając tamtą fatalną kłótnię, siebie i wojnę...

Minęło niemało czasu, zanim się wypłakała i przyszła pozorna ulga. Podniósłszy powoli głowę, Rita spojrzała na lampę. Mól wciąż uderzał w szybkę.

– Uciekaj! – Niedbale przegoniła owada dłonią i biorąc lampkę do ręki, wyszła z mieszkania. – Co ty tam wykombinowałeś z tym proszkiem, Tigran? – powiedziała cicho, idąc ponurym, wilgotnym i ciemnym korytarzem.

* * *

Bagramian coraz bardziej pochmurniał. Dużo wysiłku kosztowało go, żeby za każdym razem niepostrzeżenie dosypać żółty proszek do kubka Borszczowa. Substancja miała skłonność do niemal natychmiastowego rozpuszczania się w cieczach, szczególnie w alkoholu, i Tigran o tym wiedział. Wiedział też, że alkohol plus żółty mech, czy też jego pochodna w postaci takiego właśnie proszku, to mieszanka piorunująca. Jednak przeklęty wierny szakal Samochina wciąż był przytomny. Tak, wyraźnie pijany. Z trudem bełkocze. Ale dało się jeszcze zaobserwować oznaki świadomości.

Tigran nie zdążył wtajemniczyć w swoje plany Saszy Zagorskiego. Szepnął tylko:

– Cokolwiek byś zobaczył, nie daj tego po sobie poznać.

I tyle. Kret z zainteresowaniem obserwował rozwój wypadków. Ledwo umoczył usta w koniaku i nie chodziło o to, że Zagorski obawiał się, że Bagramian spije również jego. Po prostu nie przywykł do tego rodzaju trunków.

– Słuchaj, szłowieku, czemu nie pijesz?... – wymamrotał Borszczow, spoglądając mętnym wzrokiem na Sanię i wodząc przed sobą sflaczałą ręką. Wyglądało na to, że kolejna dawka diabelskiej mieszanki przeniosła Wasię za pewną granicę. Ludzkie oblicze zaczął tracić dosłownie w oczach.

– Przecież pije, co ty, nie widzisz? – powiedział siedzący obok Borszczowa Bagramian i puszczając oko Zagorskiemu, niepostrzeżenie podniósł dłoń.

Sasza zrozumiał jego gest, przytknął kubek do ust i udał, że pije. Potem skrzywił się i „zakąsił" suszonym mięsem.

– A dzie szyscy? – czknął Wasilij.

– Wszyscy są tutaj, brachu! – Tigran poklepał ze śmiechem kompana po plecach. – W końcu nie opowiedziałeś. Co to za goście z Krasnotorowki?

– Aaa – Borszczow machnął ręką i omal nie spadł z krzesła. Bagramian złapał go jednak na czas i przywrócił do położenia wyjściowego.

– Tam są. Piechy. Dwaj. A kan bazalbekurba...

– Co? – zmarszczył brwi Tigran.

– Dwóch. Piechów[23]. Z Trefnokorowki. Wraźnie wówię, no so ty…

Bagramian dolał koniaku do kubków. Przy czym sobie znacznie mniej niż Wasilijowi, a Zagorskiemu wcale – tylko zamarkował. Borszczow rozpłynął się w idiotycznym uśmiechu, spoglądając, jak gospodarz pokoiku nalewa alkohol. Tym razem Tigran nie dosypał proszku. To chyba było na nic.

– Jesteś w porządku, Teheran… chociaż pastuch z Kaukazu… – wymamrotał pijany ordynans, nie przestając się uśmiechać.

Saszy wydało się, że zwiadowca zaraz skręci Borszczowowi kark, tak gwałtownie zmienił się na twarzy. Ale nie. Powstrzymał się.

– No, i co z tymi piechami? – zapytał.

– Ktoś zaatakował Krewnokurowkę… ik…

– Co?

– Chodź chluśniemy, co?

– No, dawaj.

Stuknęli się kubkami i wypili. Po kolejnej porcji odurzającego napoju Borszczow całkiem odpłynął.

– A gdzie szyscy…

– Tu są wszyscy. Kto zaatakował?

– A cholewa wie… A ci… że bracza… pomóżcie… że amba… ambastado…

– Że co? – ściągnął brwi Tigran.

– Zaatakowali Prasnopupowkę… A ci, żeby… pomóżcie… A pan… Znacie mojego pana, hę?

23 Piech – żargonowe określenie członka piechoty morskiej.

– Znamy, znamy.

– To jest facet… ja go naprawdę szanu… szanu… Jestem jego… prawa rę… ręka… Jaki, do cholery, rękaw, co wy? – Popatrzył nagle oszołomionym wzrokiem na rozmówców. – Wkręcacie mnie? A ty! – Borszczow zrobił złą minę i wyciągnął słabą rękę w stronę Aleksandra. – Ty, Zagret…

– No, uspokój się! – usadził go Tigran, kładąc pijanemu rękę na ramieniu.

– A, to ty, Gruzinie… Major mi ich, że dosyp proszku do jezenia. Ci że pomóc, a tu takiego. Rozumisz? Sieczkin… to jes bydlę… chse nas podbiś… A pan… Meteo… metro… mówi… miemieckie… asztam… przejś… a my znajziemy tych, so zaatakował… i zawrzemy pakt… i Stiełoczkinowi wtedy… ambasador… a… że… to nie on… to Leon… la la la…

– Czyli dosypałeś im proszku?

– A jak? – Borszczow chrząknął i uśmiechnął się. – Tu ich mam… – Poklepał się po pęku kluczy przy pasie. – A so tak paczysz? E? Nalywaj…

– Co?

– Nalywaj…

Tigran wziął butelkę i zmierzył ją wzrokiem.

– To wszystko. Skończyło się – skonstatował.

– Jak… skońszyło? – Wasia wydął usta. – Bierz drułą… So się gapisz… Drułą bierz…

– Dobra. Zaraz.

Bagramian wstał z miejsca, nie wypuszczając pustej butelki z rąk. Zaszedł Borszczowa od tyłu. Popatrzył badawczo na niewiarygodnie ubzdryngolonego pomocnika Samochina. I nagle machnął ręką i z całej siły walnął go butelką po ciemieniu. Szkło bryznęło na wszystkie strony, a głowa Borszczowa wystartowała w stronę stołu z niezwykłą dla tak pijanego człowieka prędkością. Mało tego, że biedaczysko oberwał butelką, to jeszcze mocno walnął twarzą o stół i… głośno zepsuł powietrze.

– Tigran, co ty, zgłupiałeś? – Zagorski wytrzeszczył na niego oczy.

– Ciszej bądź!

– Ale dlaczego ciszej? Po co?!

– Pamiętasz serial o Stirlitzu? – uśmiechnął się Bagramian.

– Jaki serial?! Porąbało cię?! Nie dość, że dosypałeś mu tego świństwa…

– Jezus Maria! – rozległ się kobiecy okrzyk.

Tigran i Aleksander skierowali wzrok na drzwi. Stała w nich Rita.

– Co wyście narobili, cholerni idioci?

– Rita, ciszej! Bo zaraz wszyscy mieszkańcy się tu zbiegną i zapytają o to samo…

– Co wy tu w ogóle wyprawiacie w środku nocy? – syknęła kobieta. – To dlatego prosiłeś mnie o proszek, draniu?

– Rita, to zupełnie nie to, co myślisz – machnął ręką Bagramian.

– Nie to, co myślę? – wzburzyła się tamta. – Przychodzę tu i widzę pijane mordy, a potem posiadacz jednej z nich wali właściciela drugiej butelką w łeb. I powiedz mi, na miłość boską, co ja mam pomyśleć? Wziąłeś ode mnie proszek, żeby szybciej się nawalić i zaoszczędzić na alkoholu? Tak?

– Ależ skąd…

– I teraz mam się nim zaopiekować w szpitalu? To taki bonus do tego ćpuna, którego mi podrzucił Kret? – złościła się dalej Rita.

– A co ja w ogóle mam z tym wspólnego? – burknął Zagorski. – Ja jestem akurat trzeźwy... Kurna, Tigran! Naprawdę! Jak teraz wyjaśnimy to, co zrobiłeś?

– A co ja zrobiłem? – Bagramian uśmiechnął się. – Ten osioł sam niczego nie będzie pamiętał. Gwarantowane. A my powiemy, że szedł pijany i uderzył się łbem o sufit.

– Jak to? – zapytał Aleksander.

– Zupełnie zwyczajnie. Sufity są u nas niskie, półokrągłe sklepienia jeszcze niższe. A ten przygłup jest wysoki. Proszę, zaraz pokażę.

Tigran chwycił bezwładne, jakby wypchane watą szmaciane ciało pod pachy i gwałtownie podniósł, waląc jego i bez tego obitą głową o niski sufit.

– O Boże, przestań no! – wydała stłumiony krzyk Gżel. – Spowodujesz u Borszczowa wstrząs mózgu, jeśli już tego nie zrobiłeś!

– Rito, moja droga, nie uważasz, że użycie w jednym zdaniu słów „Borszczow" i „mózg" jest jakby nielogiczne?

– Przestać pajacować, Bagramian!

– Ależ ja... Zaczekaj no. – Tigran jakoś dziwnie się skrzywił i odsunął od siebie wiszące mu na rękach ciało. – A co tu tak śmierdzi? Ach ty, no niech cię dunder świśnie!

– Co? – podniósł się Zagorski.

– Przecież on się obes... narobił w gacie!

– Fuuu...

– A co ja mówię? – Bagramian rzucił ciało na ziemię.

– Co ty wyprawiasz, sadysto! – syknęła Gżel. Potem obróciła się do Zagorskiego: – Sania, może ty mi wyjaśnisz, co tu się stało? Za co on mu to w ogóle zrobił?

Aleksander popatrzył pytająco na Bagramiana. Potem przeniósł spojrzenie z powrotem na Ritę i bezradnie rozłożył ręce.

– Bo ja... jakby sam nie zrozumiałem...

– No, czego nie zrozumiałeś, brachu? Przecież wszystko opowiedział.

– Że co? Przecież gadał tylko jakieś bezładne bzdury i nie umiem nawet stwierdzić, po jakiemu to było!

– Po pijacku. W języku pijackim, brachu. A ja ten język dobrze znam. Jestem w końcu z floty bałtyckiej, do licha.

– No i co? Co z tego zrozumiałeś?

– Stieczkin przysłał posłańców po pomoc. Ktoś napadł na jego kolonię.

– Na Krasnotorowkę? – zdziwiła się Rita. – Kto mógł ich zaatakować i po co? Wśród wszystkich ocalałych są najlepiej uzbrojeni i mieszkają na najbardziej skażonym terenie. Komu to potrzebne?

– To absolutnie nie są tutejsi. I Samochin dobrze to zrozumiał. Zamiast pomóc, nakazał tej mendzie – Tigran lekko kopnął leżące na podłodze ciało – nafaszerować ich proszkiem z żółtego mchu i zamknąć na kłódkę. A Sańce i mnie polecił znaleźć sekretny niemiecki tunel, który prowadził z Königsberga przez cały Półwysep Sambijski aż do Pillau, czyli Bałtyjska. I tunel ma też niby przechodzić przez rejon Krasnotorowki. Tak, Sania?

– No, Samochin powiedział, że tak – skinął głową Zagorski.

– Czyli Samochin chce nawiązać kontakt z napastnikami. To znaczy chce zlikwidować Kolonię Krasnotorowską, wchodząc w zmowę z tymi przybyszami, kimkolwiek są. To właśnie w tym celu potrzebuje tunelu.

– A skąd takie dziwaczne wnioski? – zmarszczyła brwi Rita.

– Z wieloletnich obserwacji, siostrzyczko. Samochin boi się Stieczkina. Boi się jego autorytetu, który liczy się nawet tutaj, daleko od ich kolonii. I boi się jego siły. Ze Stieczkinem została najbardziej zahartowana, doborowa i lojalna część piechoty morskiej we flocie bałtyckiej. To jest właśnie ta siła. I tu Samochin ujrzał cień szansy, by pozbyć się niebezpiecznego konkurenta, który do tego nie porzuca prób dogadania się w sprawie przesiedlenia jego kolonii ze swojego skażonego terenu tutaj. Rozumiesz?

– No, przypuśćmy. Chociaż wszystko to zdaje mi się naciągane. No, ale co to może ciebie obchodzić, Tigro?

– Do diabła, Rita, jestem sierżantem Sił Zbrojnych Rosji! I mowa o moich towarzyszach broni!

– Słuchaj, ale przecież Samochin jest majorem tej samej armii? – wzruszył ramionami Zagorski.

– Ależ daj spokój! – Bagramian skrzywił się i machnął ręką. – Wszyscy wiedzą, że jako oficer to on jest... no... to, co właśnie wyleciało z tego złamasa. – I znów kopnął leżącego na ziemi.

– I co teraz zamierzasz robić? – Rita skrzyżowała ręce na piersi.

– Jak to co? – Tigran pochylił się i z obrzydzeniem na twarzy odpiął pęk kluczy od paska Borszczowa. – Zaraz wypuścimy chłopaków i pojedziemy ich transporterem do Krasnotorowki, ostrzeżemy Stieczkina. Przy okazji, może przyda mu się moja pomoc.

– Rozumiesz chociaż, że możesz sprowokować wojnę między naszymi koloniami? – spochmurniała kobieta.

– Wcale nie. Właśnie jeśli przejmę inicjatywę, to tego unikniemy. Wszystko skończy się usunięciem Samochina i jego aresztowaniem. Dawno już czas zaprowadzić tu porządek. A ten major przekroczył granicę, do której nie należało się nawet zbliżać.

– A wiesz, gdzie są zamknięci? – zapytał Aleksander.

– Oczywiście. To są klucze od składzików i pokojów gościnnych dla delegacji z zewnątrz. A te pomieszczenia są daleko od mieszkalnej części kazamatów. Zresztą, bardzo wygodnie trzymać tam jeńców w tajemnicy przed wszystkimi. Rita!

– Co?

– Wiesz, jak przywrócić do przytomności ludzi, których nafaszerowali żółtym mchem?

– No... – wzruszyła ramionami. – Zależy od dawki. Może pomóc amoniak. I zimna woda.

– A masz amoniak?

– Oczywiście.

– Tak. A więc idziemy do ciebie, a potem uwalniamy jeńców. No i budzimy ich.

– A co zrobimy z nim? – Zagorski wskazał na Borszczowa, który zabełkotał coś w swoim transie.

– Trzeba go przenieść na łóżko. Na kamiennej posadzce jeszcze się rozchoruje – westchnęła Rita.

– Na łóżko? – głos Bagramiana wyrażał nieopisany protest. – Przecież nie możemy go zostawić w tym pomieszczeniu! Wszystko prześmierdnie.

– A co proponujesz?

– Mam pomysł.

Tigran podszedł do ściany naprzeciw drzwi i zerwał wiszący tam materiał.

– Oj, a gdzie jest ściana? – zawołała ze zdziwieniem Rita, spoglądając na świeży wyłom czerniejący w starym ceglanym murze. – Chłopcy, co się z nią stało?

– Zawaliła się – odparł Tigran, chytrze się uśmiechając. – Tak, Sanczo. Bierz go za nogi, a ja za ręce i przeniesiemy go tam. Niech sobie tam śmierdzi.

– A dlaczego to ja za nogi? Tam śmierdzi.

– Niech cię diabli! Dobra, ja złapię za nogi.

Zanieśli przeraźliwie śmierdzącego Borszczowa do ukrytego pokoju. Rita świeciła lampą, podniósłszy ją wyżej.

– A co jest w tych skrzynkach? – zdziwiła się, kiedy słabe światło lampki padło na wyłaniające się z gęstego mroku drewniane opakowania, starannie ułożone w kryjówce.

– A, jakieś niemieckie konserwy. Jeszcze z czasów wojny. No, mam na myśli Wielką Ojczyźnianą... Tak, Sania, nieśmy go w tamten kąt. Jak najdalej, żeby nie śmierdziało mi w chałupie...

– No co wy? – znów oburzyła się Rita. – Nie kładźcie go na wilgotną posadzkę!

– No dobrze. Sańka, na skrzynki go...

– A jeśli będzie się wiercić i spadnie stamtąd, i jeszcze coś sobie złamie? – wystękał Zagorski.

– No, niech mnie licho, przyjaciele, co wy tak ciągle robicie z igły widły, co? – westchnął Tigran. – I tak źle, i tak niedobrze.

– Trzeba było go nie bić do nieprzytomności – pokiwała głową Rita.

– On już był nieprzytomny. No więc, co proponujecie z nim zrobić?

– Zaczekaj. – Aleksander opuścił swoją część ładunku na ziemię. – W mojej klitce był stary materac. Rozłożymy go na podłodze i niech na nim leży.

– A nie szkoda? – mruknął Bagramian.

– Będzie przecież na materacu. Jest gruby. Nie przeziębi się – rozłożył ręce Kret.

– O materacu mówię, głuptasie. Czy materaca ci nie szkoda?

– Czego tu żałować? Jest stary i brudny. Tylko mole przyciąga. Jeszcze jaja tam złożą... Dawno zamierzałem go wyrzucić.

– No, to przynieś. Czas leci – przerwał mu Tigran.

ROZDZIAŁ 9

DIGNIDAD

Zza pancernych płyt wozu bojowego dochodził leniwy szum fal przyboju. Pogoda była sprzyjająca. Ale nawet ona nie wróżyła niczego dobrego komukolwiek, kto postanowiłby przejść się przed świtem po plaży bałtyckiego wybrzeża Półwyspu Sambijskiego.

Od morza ciągnęła nieprzenikniona żółtordzawa mgła. Zdawało się, że stanęła gęstą ścianą nad linią brzegu. Ale była to tylko iluzja optyczna. Mgła dawno wpełzła też i na brzeg. Na wschodzie horyzont zapłonął już purpurową łuną, lecz nic było stąd widać wzejścia słońca. Tylko szkarłatny blask na spodzie chmur mówił o jego powrocie z nocnych wędrówek po drugiej stronie kuli ziemskiej. Plaża była jeszcze w cieniu. Cudaczne czarne sylwetki drzew wychylały się z mgły niczym złowieszcze cienie.

– Piekielnie malowniczy pejzaż, niech go licho! – burknął Kolesnikow, spoglądając przez peryskop transportera.

– A kraby już poszły? – szepnął jeden z żołnierzy.

– Nie. Łażą po piasku. Zadeptują ślady chłopaków. To dobrze. Niech zadeptują.

Słońce wznosiło się coraz wyżej. Szkarłatne obłoki zaczęły różowieć. Niebo jaśniało w oczach, a mgła była jakby coraz niższa i bardziej żółta. Nawet nieco bardziej przejrzysta.

– Dowódco, a my tu na długo? – dał się słyszeć niezadowolony głos drugiego żołnierza.

Kolesnikow obrócił głowę i obrzucił wzrokiem przedział bojowy wraz ze swoimi podwładnymi.

– Zaraz, nie rozumiem, gwardziści, co to za pogaduszki? Ile będzie trzeba, tyle będziemy siedzieć. Jasne? Nie słyszę!

– Tak jest!

– No więc właśnie.

Kolesnikow wrócił do obserwacji. Teraz we mgle było widać coś jeszcze. W morzu rysowała się jakaś ogromna czarna sylwetka. I nie był to wcale cień przybrzeżnego lasu.

– Tak, chłopaki, widzę coś.

– Co tam jest? – ożywili się żołnierze.

– Na razie sam do końca nie wiem. Coś...

Sylwetka zbliżała się i stopniowo wyłaniała z oparów mgły. Teraz Kolesnikow zrozumiał...

– To okręt!

– Okręt?

– Tak. I to duży. Większy od naszych BDK[24].

– Może dryfuje? Dawno porzucony?

– Może... Jednak nie. – Borys potrząsnął głową. – Z komina leci chyba dym. No dobrze, a to co?

---

24 Mowa o BDK (ros. *bolszoj diesantnyj korabl*), czyli dużych okrętach desantowych zapewniających przerzut wojsk i ładunków, a także desant piechoty morskiej na nieprzyjacielskim brzegu. Rozmiary BDK projektu 775 to 112,5 na 15 metrów.

Z okrętu, teraz już wyraźnie widocznego, zaczął się wznosić jakiś inny, kulisty kształt. I coś ciągnęło się w stronę dziobu.

– Cholera!

– Co to? Co się dzieje, dowódco?!

– Podnoszą balon na linie. Pewnie obserwacyjny. A my jesteśmy zamaskowani po bokach, ale nie od góry. Jeśli mgła się rozproszy, od razu nas zobaczą! Cholera, kto mógł przypuścić, że trzeba też maskować dach... Zaraza...

– A może to wcale nie są wrogowie? – zabrzmiał pełen nadziei głos.

– Kiriucha, co ty, zostałeś pacyfistą? – warknął ze złością Kolesnikow. – Kogo się tu spodziewasz po tej rzezi pod bunkrem? Dziadka Mroza z prezentami?

* * *

Przez jakiś czas Aleksander został sam. Przyzwyczajony do samotności od dzieciństwa Kret nigdy nie sądził, że nastaną czasy, kiedy będzie się tak bał zostawać sam. Wprawdzie w sąsiednich kwaterach śpią mieszkańcy społeczności Piątego Fortu. I kaganek jeszcze się pali. Ale poczucia ludzkiej obecności nie było. Zniknęło od razu, jak tylko Tigran i Rita wyszli po amoniak, by potem uwolnić krasnotorowców z niewoli.

Po wejściu do swojego mieszkania Zagorski długo patrzył na walającą się na ziemi fotoramkę, którą zgubił, wyskakując stąd z przerażeniem. Przez jakiś czas nie mógł się zdecydować, by wziąć ją do rąk. Ramka już nie działała – przy upadku odłączył się kabelek przyczepiony w pośpiechu do zasilacza. A może gadżet w ogóle się potłukł, uderzając o ziemię, i już nigdy nie zadziała.

W końcu Zagorski szybko się schylił, chwycił ramkę niczym rozgrzany węgielek i pospiesznie włożył ją do szafki. I natychmiast odskoczył, wycierając dłonie w ubranie, jakby wziął w nie coś brudnego. W końcu zaczął szybko wkładać swoje rzeczy do plecaka.

Kret sam wyraził chęć pójścia z Tigranem. Zadania Samochina bez Bagramiana nie tyle nie chciał wykonać, co panicznie się tego bał. A nie było jeszcze wiadomo, jak się skończy cała ta historia z Borszczowem, który teraz głośno chrapał w sekretnym składziku. Sasza zdawał sobie sprawę, że nawet jeśli tu wróci, to nieprędko. Pospiesznie wrzucał do plecaka swoje papiery, nieco jedzenia, zapasową latarkę. Jednym słowem niemal cały swój mizerny dobytek.

Czy to plecak był bardzo pojemny, czy może miał rzeczywiście bardzo mało rzeczy, ale zostało w nim jeszcze dużo miejsca.

Z sąsiedniego pomieszczenia dało się słyszeć mamrotanie Borszczowa. Zagorski wszedł tam ostrożnie, świecąc sobie kagankiem. Zausznik Samochina dalej spał na starym materacu. Z jakiegoś powodu brakowało mu buta na prawej nodze. Ach tak… Ten but nie wiedzieć czemu wziął ze sobą Tigran. Ciekawe, do czego mu on potrzebny? I zdaje się, że Borszczow do tego wszystkiego jeszcze się zsikał. Aleksander skrzywił się i obrzucił spojrzeniem drewniane skrzynki. Szkoda, że w końcu nie dowiedzieli się, co to za dziwne konserwy w nich leżą. Chociaż…

Szybko podszedł do nich, wyciągnął dwie puszki i rzucił się z powrotem do mieszkania. Pospiesznie wcisnął konserwy do plecaka. Bardzo go korciło, żeby dowiedzieć się, co jest w tych puszkach, jeśli tylko jedna z nich okazała się być cięższa od wszystkich jego rzeczy: waga plecaka wzrosła ponad dwukrotnie. Ciekawość była jednak silniejsza.

Zagorski zarzucił tornister na ramię i skrzywił się od uderzenia puszek w kręgosłup. Wyciągnął z kieszeni klucz do jednego z nieużywanych wyjść z Piątego Fortu, który dał mu Tigran, zanim opuścił swoją klitkę.

* * *

Właściwe pomieszczenie znaleźli za trzecim razem. Według obecnych standardów pokój był całkiem przyjemny. Dwa łóżka wzdłuż ścian, przy każdej szafka nocna. Przy łóżkach wojłokowe dywaniki. Pod ścianą umywalka, a obok dodatkowe wiadro z czystą wodą. Za to źródeł światła nie było.

Tigran miał jednak latarkę. Ostrożnie podszedł do jednego z chrapiących ludzi, który spał w wojskowych buciorach i nie zdjął nawet z głowy beretu żołnierza piechoty morskiej.

– To na pewno oni… – szepnął Bagramian. – Tego znam. Sierżant Michiejew.

Rita uśmiechnęła się.

– Ale dlaczego szepczesz? Przecież mamy ich obudzić.

– No tak. Właśnie – Tigran też się uśmiechnął i zaczął potrząsać Michiejewa za ramiona. – No, pobudka. Ej, żołnierzu! Był rozkaz pobudka! Michiej!

– Daj, teraz ja. – Gżel odsunęła Bagramiana, otworzyła flakonik z amoniakiem i zbliżyła go do twarzy śpiącego. Ten przestał chrapać. Skrzywił się. Oblizał i… przewrócił się na drugi bok. Znów zachrapał.

– Świetna robota, Rita – westchnął Bagramian.

– Nie marudź. To przecież nie od razu zadziała.

– Daj, spróbuję jeszcze raz. – Złapał Michiejewa za klapy i mocno potrząsnął. – Gwardia! Uwaga! Dowódca batalionu sprawdza, czy łóżka posłane! Pobudka! Ruchy, rannych przywieźli! Gdzie są kluczyki do czołgu?! Kto rano wstaje, temu Pan Bóg daje! Spada śmigłowiec, skacz!

Michiejew trząsł się w rękach Bagramiana jak kukła i nie zdradzał żadnych znaków rychłego przebudzenia. Tylko beret zsunął mu się z głowy i upadł na poduszkę. Tigran uwolnił jedną rękę, wziął zamach i wymierzył śpiącemu siarczysty policzek.

– No, wstawaj, żołnierzu! Kible trzeba pumeksem szorować! Szczoteczką do zębów będziesz wychodek zamiatać! – i uderzył go jeszcze kilka razy w twarz.

– Ależ co ty robisz?! Co to za maniera u ciebie, ludzi bić?! – oburzyła się Rita.

– Przecież to dla jego dobra! Pobudka!

Po kolejnym policzku prawa ręka Michiejewa gwałtownie się poruszyła. W sposób niewątpliwie ukierunkowany i celny. Po ciosie w szczękę Tigran odskoczył i upadł. Potem usiadł na ziemi, rozcierając dłonią miejsce uderzenia.

– No, wreszcie. Cholerny idiota…

Michiejew usiadł na łóżku i błędnym wzrokiem spoglądał to na Ritę, to na Bagramiana.

– Co… Co się stało? Gdzie ja jestem? – wymamrotał.

– Powiedziałbym ci gdzie. Tylko nie przy damach – mruknął Tigran, wstając.

– Że co? Co się dzieje?…

– Samochin zamknął w areszcie ciebie i twojego towarzysza. Jesteś w Piątym Forcie. W niewoli.

– Co?! – Żołnierz zerwał się na nogi i zacisnął pięści.

– Spokojnie, brachu… Przyszliśmy was stąd wydostać. Swojego ziomka obudź sam. Mnie już na dzisiaj wystarczy…

* * *

To było straszne uczucie – wyjść ze swojego azylu na powierzchnię. Aleksander dawno przywykł do tego, że włóczęga po podziemnych kazamatach to była, można powiedzieć, jego karma. Jego przeznaczenie. Dziecięca fascynacja, która stała się ciężkim brzemieniem na całe życie. Wychodził już oczywiście na powierzchnię po tamtym razie, kiedy wyczołgał się z podziemnego labiryntu po haust powietrza i zobaczył, jak świat idzie w diabły. A potem popędził z powrotem do mrocznego świata kaliningradzkich podziemi jak przez portal do innego wymiaru. Ale teraz Zagorski czuł, że tym razem jego wyjście na powierzchnię nie jest jednym z tych nielicznych, które zdarzały się wcześniej. Czuł, jakie to ważne. Czuł doniosłość tego czynu. Ale i ulgę, bo oddalił się od… Co tam było pod ziemią? Co było w studni? Co było na zdjęciu?

Zagorski skulił się. Wspomniawszy o tym, zrozumiał nagle, że nawet wyjście nie uwolni go od samego sedna tego, co tam zobaczył. To coś jakby szło za nim wszędzie i zawsze.

– Co to za brednie?! – wyszeptał sam do siebie Kret, spoglądając w niebo zabarwione krwawym rumieńcem świtu. – To tylko strach – westchnął i natychmiast zaczął sobie przeczyć: – Ale co go spowodowało? Co zobaczyłem? Albo… co mi się ukazało… Jakie przedmioty mogły wywołać te wizje i mnie przestraszyć? Ale zdjęcie… Niech to licho…

Z czasem niektórzy ocalali w kolonii wpadali w obłęd. To zjawisko nie było masowe i nie dotykało nieodwracalnie wszystkich, ale występowało regularnie. Ludzie wariowali wskutek różnych czynników – struktury swojej psychiki, warunków wegetacji i poczucia beznadziei. Mało to było powodów? Może i on popada teraz stopniowo w szaleństwo? Choroba psychiczna to straszna rzecz. Szczególnie kiedy czujesz, że obłęd jest tuż, tuż. Pół kroku z tyłu, ale nieubłaganie idzie za tobą. Może to właśnie to?…

Wewnątrz fortu dały się słyszeć ciche kroki. Sasza obrócił głowę i spojrzał w ciemny otwór włazu, który otworzył, a który od zewnątrz gęsto porastała trawa i żółty mech.

Jako pierwszy pokazał się Tigran.

– Ty już tutaj, Sania? Zuch! Kurna no, już świta. Daj klucz.

– A wy co tak długo?

– Trzeba było jeszcze załatwić parę spraw. Zostawić notatkę, no i jeszcze co nieco…

W ślad za nim wyszli żołnierze piechoty morskiej z Krasnotorowki i Rita.

– Rita? – zdziwił się Zagorski. – To ty też idziesz z nami?

– Ci żołnierze powiedzieli, że mają straty i zapewne rannych. Moja pomoc może im się przydać.

– Ale oni mają swoich lekarzy…

– A co ty się tak wystraszyłeś, Sania? – Gżel zmarszczyła brwi.

Tigran szybko zamknął właz, przez który niepostrzeżenie wyszli, i pobiegł w stronę dalekich zarośli, pociągając za sobą żołnierzy. Transporter opancerzony, wedle jego słów, znajdował się właśnie tam.

– Nie wystraszyłem. – Zagorski wzruszył ramionami. Ruszyli za trójką wojskowych. – Po prostu mnie to zdziwiło.

– Nie wyobrażasz sobie, jaka jestem znużona tymi ciemnymi podziemiami. Mogę choć raz w życiu stąd wyjść? – westchnęła kobieta.

– Ale Kolonia Krasnotorowska… Przecież to skażony teren.

– Tigran zabrał dla mnie skafander ochronny – uśmiechnęła się Rita.

– Cholera! – Po szybkim przeglądzie swojego transportera Michiejew wyskoczył z bocznego luku desantowego.

– Co jest? – zapytał go kierowca mechanik.

– Kanistry! Zwędzili, sukinsyny!

– Kanistry? – spojrzał na niego Tigran.

– Tak! Cztery po czterdzieści litrów! Nasza ropa! – warknął ze złością sierżant.

– Samochin, ty mendo! Kij ci w oko! – zmarszczył brwi Tigran.

– Powiesić by trzeba tego waszego szakala! – ryknął żołnierz. – Knysz! Sprawdź szybko baki!

– Tak jest! – Mechanik rzucił się wykonać rozkaz.

– A co z bronią? – spytał Bagramian.

– Automaty są na miejscu. Mamy tu skrytkę. Przecież nie mogliśmy z nimi wejść do środka, a gwardia nie zostawia broni bez opieki. Więc zamontowaliśmy schowki w transporterach, które regularnie jeżdżą do was w gości. Taśma z amunicją do KPWT też jest na miejscu. Tylko ta cholerna wacha! Wracamy!

– Ni wała jej nie znajdziemy – skrzywił się Tigran. – Samochin na pewno zamelinował ją nie gorzej niż wy wasze automaty. No i jest już ranek. Zaraz zaczną się tam budzić, będzie kołomyja, że proszę siadać.

Z luku wysunęła się głowa mechanika.

– Michiej, w bakach paliwa nie brakuje. Widać nie zdążyli go spuścić.

– A starczy na drogę powrotną? – zapytał sierżant.

Knysz pokręcił głową przecząco.

– Bardzo wątpię.

– Słuchaj, bracie – Bagramian poklepał Michiejewa po plecach. – Mam w mieście parę skrytek z paliwem. Olej napędowy też się znajdzie. Pojedziemy i możecie brać, ile wlezie. Starczy, żeby do kanału La Manche dojechać.

– A dlaczego nie przeniosłeś tego paliwa do kolonii? – zdziwił się Zagorski.

– A czy ja przypominam tankowiec? Znosiłem po jednym kanistrze na każdy wypad. A opowiadać nie chciałem. Ludzie Samochina od razu zawłaszczyliby wszystko dla siebie, oligarchowie pieprzeni...

– Słuchaj, Michiej... – Znów pokazał się mechanik.

– Co?

– Zdaje się, że akumulatory też chcieli wyjąć. Ale z jakiegoś powodu tego nie zrobili. Zdjęli tylko zaciski.

– A to... – Michiejew wyraźnie chciał bluznąć grubymi przekleństwami, ale w porę zerknął na Ritę i zamilkł. – Dobra. Załóż z powrotem zaciski, tylko szybko. Nie grzeb się. – Potem odwrócił się do Tigrana. – Dobrze, stary, pojedziemy po tę twoją ropę. A na razie włączę radiostację. Może słychać naszych.

– Przecież akumulator jest odłączony – rozłożył ręce Bagramian.

– Ale radiostacja ma swój... – Michiejew wlazł do środka.

– A co, macie tu łączność?

– No, mamy w bazie dobry przekaźnik. My możemy stąd usłyszeć nasz bunkier. Ale oni nas nie.

* * *

Czterech ludzi w ciężkich szarych kombinezonach i dziwnie wyglądających aparatach oddechowych, zasłaniających całą twarz, utworzyło tyralierę i otworzyło ogień do dwóch ogromnych krabów, które wylazły na brzeg.

Pancerze strasznych potworów okazały się wytrzymałe, mimo że sturmgewehry strzelały ciężkimi karabinowymi nabojami. Większość kul nie przebiła chitynowych pancerzy krabów. I nawet te, które przeniknęły do ciał tych pomiotów skażonego morza, nie wyrządziły im poważniejszej krzywdy, za to porządnie je rozzłościły.

Ociężałe i powolne stwory ruszyły wprost na ludzi niczym groźne czołgi.

– Nasi klienci – mruknął Kolesnikow, patrząc przez peryskop. – Tak samo ubrani. Broń… Tak, sturmgewehry, podobne do AK-47. Ciekawe kto kogo – oni kraby czy kraby ich?…

Ludzie zaczęli pospieszny odwrót, ale w ich kierunku biegła kolejna czwórka. Tymczasem rozładunek okrętu szedł pełną parą i Borys bacznie go obserwował, dopóki starcie ludzi i krabów nie odwróciło jego uwagi.

Okręt podszedł bardzo blisko brzegu. Zdawało się, że nikt go nie kontroluje i zaraz po prostu osiądzie na mieliźnie. Jednak pierwsze wrażenie Kolesnikowa było mylne. Jednostka zbliżała się powoli i przy burcie z czasem dało się dojrzeć szalupę z grupą ludzi w strojach ochronnych. Wiosłowali nieco z przodu i ciągle mierzyli głębokość przed dziobem za pomocą długiej żerdzi z przeplatającymi się białymi i czarnymi znaczkami na całej długości. Balon unosił się już nad pokładem na wysokości około czterdziestu metrów. Widać na wyższy pułap nie pozwalała długość liny. Jednak mgła pozwalała żołnierzom piechoty morskiej siedzącym w transporterze nadal pozostawać w ukryciu.

Okręt podpłynął do brzegu. Znacznie bliżej, niż mogły sobie pozwolić w dawnych czasach okręty desantowe Floty Bałtyckiej podczas planowych ćwiczeń w zdobywaniu nieprzyjacielskiego wybrzeża, które przed globalną katastrofą odbywali regularnie właśnie tutaj. Widocznie okręt miał płaskie dno i bardzo małe zanurzenie. Wynikało to z faktu, że był to desantowiec, chociaż z wyglądu bardziej przypominał jakiś przedpotopowy i bardzo duży drobnicowiec. Gdy w części dziobowej rozwarła się paszcza rampy desantowej, wątpliwości natychmiast się rozwiały. Na pokładzie ładunkowym od razu zawrzało. Kapitan Kolesnikow był porażony zgraniem, z którym działali nieznani przybysze. Jedna grupa natychmiast zaczęła wbijać tuż przed rampą okrętu drewniane pale, a druga – przybijać do nich kładkę z grubych desek. Jeszcze zanim skończyli, pierwsza grupa, stojąc już na kładce, wbijała nowe pale. Tymczasem na trzech łodziach do brzegu ruszył oddział złożony z czterech żołnierzy z automatami. To właśnie oni wszczęli walkę z krabami. Nadchodząca odsiecz była już wyposażona w faustpatrony. Salwa. Eksplozje. Jednego kraba zabiło od razu, rozwalając jego cielsko na kawałki. Drugiemu urwało trzy kończyny i rozdarło brzuch. Skorupiak zaczął grzebać w piasku pozostałymi łapami, bryzgając na wszystkie strony gęstą krwistą cieczą. Żołnierze ostrożnie zbliżyli się i otworzyli ogień, celując w rany jeszcze żywego stwora, póki ten nie zdechł.

– O cholera! Zdaje się, że nie mają specjalnych limitów na amunicję. Strzelają od serca. Do bani, chłopaki – burknął Borys, kontynuując obserwację.

Tymczasem strzelcy z granatnikami pospiesznie skierowali się na ten fragment wybrzeża, do którego miał sięgać pomost z okrętu. Przez ostatnie kilkadziesiąt metrów nie trzeba już było wbijać pali. Układali po prostu faszyny. Czterej ludzie z automatami, którzy jako pierwsi zaczęli strzelać do krabów, zostali w tym samym miejscu i zaczęli oglądać martwe stwory.

– Zdaje się, że w stronach, z których przypłynęli, nie ma takich zwierzątek. Popatrz no, z jaką ciekawością im się przyglądają... Cholera! Zaraz znajdą ślady naszych ludzi!

– Przecież kraby je zadeptały, dowódco...

– Zadeptały, ale nie wszystkie... Tak. Przygotować się. Broń przy otworach strzeleckich. Strzelec, zajmij pozycję. Tylko nie kręć wieżyczką i nie szarp lufą przedwcześnie. Strzelnic też na razie nie otwierajcie. Tylko na mój rozkaz. W pierwszej kolejności, jak tylko powiem, zdejmijcie ten cholerny balon. Jasne?

– Jasne, dowódco.

Żołnierze ożywili się i powoli, starając się nie wydawać zbędnych dźwięków, zaczęli zajmować przepisowe stanowiska bojowe.

Tymczasem Borys włączył radiostację i założył słuchawki.

– Baza. Baza. Tu kordon. Jak mnie słychać. Odbiór. Baza. Baza. Tu kordon. Odbiór.

W słuchawkach zaszumiało, a potem dał się słyszeć głos:

– Kordon. Tu baza. Słyszę cię dobrze. Odbiór.

– Jest pudło. Duże. Powtarzam. Pudło. Duże. Płaskodenne. Postawili most faszynowy w okolicach byłej stacji saperskiej. Dystans pięćset. Trwa rozładunek. Piechota. Dużo ich. Pojazdów na razie nie widzę. To ci sami goście. Jak mnie zrozumiałeś? Odbiór.

– Kordon. Zrozumiałem was dobrze. Jest pudło. Płaskodenne. Trwa lądowanie. Rejon stacji saperskiej.

– Wszystko się zgadza. Widzę... tak... ponad dwa razy po pięćdziesiąt ołówków[25]. I wychodzą kolejni. Jak mnie zrozumiałeś?

---

25 Ołówek – w komunikatach radiowych określenie żołnierza piechoty.

– Zrozumiałem cię dobrze! Dwa razy po pięćdziesiąt. I jest ich więcej.

– Zgadza się. Mgła się rozprasza. Niedługo będziemy widoczni. Mają w powietrzu obserwatora w balonie!

– Zrozumiałem.

– Widzę nazwę pudła! – Kolesnikow utkwił wytężony wzrok w ukazujących się w rozpraszającej się mgle ciemnych literach z rdzawymi zaciekami na burcie okrętu.

– Słucham!

– Alfabetem łacińskim. D... I... DIG... tak, chyba... DIGNA... nie... DIGNIDAD... Tak, na pewno! DIGNIDAD!

* * *

Knysz zamykał już przedział akumulatorowy transportera i podłączał uziemienie, kiedy Michiejew poruszył się nerwowo, odsuwając od ucha słuchawkę radiostacji, i wydusił ze złością:

– A nnniech ich!

– Co się stało? – zaniepokoił się Tigran niecierpliwie oczekujący, kiedy wreszcie uda im się wyjechać.

– Te bydlaki wysadzają desant na naszym brzegu! Już ponad setka mord. Cały desantowiec podpłynął.

– Gdzie?

– Na Chmielowce. Sprowadzili też most. Czyli mają również sprzęt.

– Ale kto to w ogóle jest? – spytała trwożliwie Rita, przenosząc wzrok z Tigrana na Michiejewa.

– A licho ich wie! Broń mają niemiecką, jeszcze z tamtej wojny. Swastyki. I okręt... Jak mu tam... Jakiś... chyba degenerat. Czy... A, Dignidad.

Stojący z boku i pogrążony w myślach Zagorski nagle wzdrygnął się i wytrzeszczył na żołnierza oczy.

– Co? – wydusił.

– Sańka, co z tobą? – Tigran popatrzył ze zdziwieniem na Aleksandra, nie mogąc zrozumieć, co nagle sprawiło, że ten tak się zmienił na twarzy.

– Powiedział pan, że jak się nazywa okręt? – wyszeptał z przejęciem w głosie Aleksander.

– Zdaje się, że Dignidad… – Michiejew wzruszył ramionami i też, nie skrywając zdziwienia, utkwił wzrok w Zagorskim. – A co?

– Spokojnie, Michiej! – Tigran podniósł rękę. – Sania, ta nazwa coś ci mówi? Dobrze zrozumiałem?

Aleksander nagle złapał się za głowę i masując skronie, jakby stymulując jakieś blokady pamięci w głowie, przykucnął.

– Ojciec… Ojciec… – cicho powtórzył Zagorski. – Był nawigatorem na morzu. W marynarce handlowej… Tak… Wtedy wrócił z rejsu…

– Co on tam mamrocze? – zdziwił się jeszcze bardziej Michiejew.

– Sańka, ale o co chodzi? – Bagramian kucnął obok i kilka razy pstryknął mu palcami przed nosem.

– Słyszałem tę nazwę od ojca – powiedział Zagorski. – Wrócił z rejsu. Tak. Wyłowili jakiegoś faceta. Wprost z morza. Bardzo daleko. Nie tutaj. I nawet nie w Europie. Zdaje się, że w ogóle za równikiem… Wyglądał, jakby uciekł z Buchenwaldu. A facet coś mówił i ciągle powtarzał słowo „dignidad”. Wezwali straż przybrzeżną najbliższego kraju, ale zanim przybyli, ocalony już nie żył. Nie zdążyli… A ojciec… Wygooglał potem to słowo w necie. Dokładnie pamiętam… Tak! Dokładnie! Drukował coś! Miał dużo wydruków! – Zagorski podniósł się gwałtownie. Teraz wyglądał na skrajnie podekscytowanego, jakby dokonał jakiegoś wielkiego odkrycia. – Ojciec, tak jak i dziadek, pasjonował się wszystkimi tymi podziemiami, podobnie jak ja. I miał mnóstwo dokumentów. Ale mnie ich nie dawał. Chował je przede mną. Nie chciał, żebym ja też się tym zajmował. Nie wiem, dlaczego… I ma coś o tym Dignidadzie… Coś… I z jakiegoś powodu trzymał te wydruki razem z dokumentami o podziemiach… Tigran!

– Co? – Bagramian aż odsunął się od Zagorskiego, jak od obłąkanego.

– Mówiłeś przecież, że ulica Gagarina bardzo nie ucierpiała?! Tak?!

– No, tak. Była daleko od epicentrum i cała zabudowa jest tam niska. Fala uderzeniowa wcześniej zanikła. Pożary tylko były… No, i wysokościowiec na skrzyżowaniu z Kujbyszewa oczywiście się zawalił.

– A co z tymi czteropiętrowymi blokami przy starym lotnisku Dewau?!

– No, niektóre stoją. A co?

– No bo… Wiesz, gdzie była kiedyś pętla tramwajowa? Ostatni przystanek? Dokładnie naprzeciwko był czteropiętrowy budynek. Po tej stronie, gdzie był sklep mięsny Almak.

– A! Chyba pamiętam. A z drugiej strony jest taki placyk. W lecie zawsze sprzedawali tam kwas chlebowy z beczki, różne warzywa, arbuzy…

– Tak, tak, tak! Co jest z tym blokiem?

– Chyba ocalał.

– To mój dom, Tigran! Musimy tam pojechać!

– Ale po co, bo nie łapię?!

– Chcecie się przecież dowiedzieć, kim są ci ludzie? A więc potrzebujemy zapisków mojego ojca.

Tigran spojrzał na Michiejewa. Ten, zagryzając wargi, powiódł po wszystkich wzrokiem i rozłożył ręce.

– No, jeden pies, i tak jedziemy do miasta po to twoje paliwo...

ROZDZIAŁ 10

MIASTO

Transporter opancerzony powoli przedzierał się przez dawny obszar ogródków działkowych i domków jednorodzinnych Dzielnicy Centralnej. Dziwne jednak, dlaczego tak się ten rejon nazywał. Było to północno-zachodnie przedmieście Kaliningradu. Dzielnica położona najbliżej lotniska Czkałowsk, w które trafiła jedna z głowic jądrowych. Ten fakt nie dał żadnych szans niepozornym zabudowaniom otaczającym rejon Piątego Fortu. Niewiele pozostało teraz po dawnych budynkach: czego nie zmiotła fala uderzeniowa, spłonęło na skutek promieniowania cieplnego. A potem utonęło w dzikiej roślinności.

W końcu BTR wyjechał z wąskich, zarośniętych zaułków na szeroki Prospekt Sowiecki i powoli skręcił w prawo. Właściwie nie było tu pojazdów. Bliskość epicentrum sprawiła, że samochody zmiotło z jezdni. Na drodze trafiały się co najwyżej przerdzewiałe i dziwacznie powyginane słupy oświetlenia ulicznego i znaków drogowych.

Obserwacja przez otwory strzelnicze tego, co dzieje się na zewnątrz, była dość utrudniona. Jakby Zagorski się nie starał, jakby nie wytężał wzroku, przed oczami migały mu tylko pokraczne zarośla, powyginane słupy i wystające zza okaleczonych drzew ruiny. I nawet to ukazywało się jego oczom tylko we fragmentach. Dziwacznych obrazach, które wzrok zdążał uchwycić przez niewielki otwór w burcie wozu bojowego.

– A można wyjść na dach? – nie wytrzymał w końcu Aleksander.

– Czego tam nie widziałeś? – burknął Michiejew. – Siedź, nie wierć się.

– Niczego tam nie widziałem! – zawołał Zagorski.

– To znaczy? – odwrócił się żołnierz. – Chcesz powiedzieć…

– Właśnie – przerwał mu Kret. – Ostatni raz widziałem miasto, gdy żyli w nim ludzie. Jeździły trolejbusy. Pracowały sklepy…

– A, takie kwiatki… – westchnął Miechiejew. – No, w takim razie tym bardziej. Nie ma tam czego oglądać. Jeszcze, nie daj Boże, coś ci się w głowie przestawi…

– Nie przestawi. Po tylu latach nic już nie poczuję. Ale to moje miasto…

– Dobra, Michiej, niech popatrzy – Tigran klepnął wojskowego po plecach. – Wyjdę z nim.

Sierżant zmarszczył brwi. Zupełnie mu się ten pomysł nie podobał, ale spieranie się z Bagramianem nie miało sensu. Mimo wszystko jest tutejszym stalkerem i to wyraźnie pewnym siebie.

– No dobrze. Tylko załóżcie maski. Powietrze nie jest tu oczywiście takie, jak u nas w Krasnotorowce, ale i tak… Na wszelki wypadek, jak to się mówi. I tego… Miejcie oczy dookoła głowy. Żeby jakiś konar albo wygięty słup nie zrzucił was z wozu. Jasne?

– Jasne, brachu – Tigran puścił mu oko i podając Zagorskiemu aparat oddechowy, zaczął otwierać jeden z luków w dachu transportera, za wieżyczką.

– I jeszcze jedno – kontynuował Michiejew. – Żyją tu u was jakieś stwory?

– Niewiele – potwierdził Tigran. – W większości małe. W mieście te większe niespecjalnie mają co jeść. Większość zwierząt wyemigrowała na północ, bliżej wybrzeża i Pionierskiego. Tam jest i lepsze powietrze, i bujniejsza roślinność, i zwierzyny do upolowania pod dostatkiem. A tutaj zdarzają się, oczywiście, nieprzyjemne osobniki, ale są płochliwe. Na człowieka może i by napadły, ale nie na transporter. Boją się hałasu. W mieście już od tylu lat panuje grobowa cisza i spokój. Wasz transporter to dla nich dopiero stwór…

* * *

Z prawej strony przesuwały się zwały gruzu w otoczeniu powalonych i poczerniałych masywnych płyt, które kiedyś były ogrodzeniem. Te ruiny różniły się od zburzonych i zmiecionych przez falę uderzeniową domów tym, że ciągnęły się nieprzerwanie po obu stronach drogi na sporej długości.

– Zaraz – wymamrotał Zagorski, po raz pierwszy patrząc na to, co stało się z jego miastem wiele lat temu. – To jest… Tu przecież był areszt? Więzienie?

Tigran skinął głową.

– Właśnie. Dla półtora tysiąca ludzi.

– I co się stało z więźniami? Uciekli? – zapytał Aleksander z lękliwym drżeniem w głosie.

– Mocno wątpię – pokręcił głową Bagramian. – Jak widzisz, wybuch zdewastował tę dzielnicę dokumentnie. Myślę, że większość aresztantów, no i oczywiście strażników, nawet nie zdążyła zdać sobie sprawy, co się właściwie stało.

– O, a tam była przetwórnia ryb! – zawołał Zagorski, podnosząc się i wskazując drżącą ręką w lewo. – Mama Lenki Berger tam pracowała...

Tigran chwycił go za łokieć i zmusił, żeby znów usiadł.

– Posłuchaj, Sania. Jesteś pewien, że chcesz to wszystko widzieć? Może wrócimy do środka, co?

Bagramian widział, że Kret jest na skraju załamania nerwowego i już żałował, że uległ jego życzeniu wyjścia i popatrzenia na dzisiejszy Kaliningrad.

– Tak, tak, wszystko w porządku. – Pokiwał szybko głową Zagorski. – Dobrze się czuję, Tigran. Po prostu... W końcu to moje miasto. Rozumiem, że pewnie na całym świecie tak jest. Ale... Powinienem przez to przejść. To po prostu mój obowiązek. Nie mogę przecież całe życie kryć się przed rzeczywistością w wilgotnych fortowych kazamatach.

– Ależ ja wszystko rozumiem, bracie. Tylko że ty tak jakoś...

– Nie, nie, nie przejmuj się! – Aleksander znów szybko pokiwał głową. – Wszystko w normie. Chociaż... Nie no, oczywiście nie da się tego nazwać normą... Ale na pewno mnie rozumiesz...

– No dobra. – Tigran z wahaniem popatrzył na Zagorskiego. Z przodu otworzył się luk dowódcy i pokazał się w nim Michiejew.

– Daleko jeszcze do tego twojego paliwa? Dobrze jedziemy? – zapytał Bagramiana.

– Dobrze. Zaraz będzie rondo – skrzyżowanie Prospektu Sowieckiego, Borzowa i Leonowa. Jedziemy w lewo, Sowieckim. Pamiętasz Akademię Marynarki Wojennej?

– Masz na myśli Instytut? BWMI[26]?

– Tak, właśnie ten.

– Oczywiście, pamiętam. To chyba gdzieś niedaleko?

– Tak – kiwnął głową Tigran. – Będzie po lewej. Dojedź do szerokiej wyrwy w płocie i skręć w lewo. Jest tam wolny przejazd, nie pomylicie się. A obok niego jest wywrócony trolejbus. I od razu za nim skręćcie. Potem pokażę, dokąd jechać dalej.

– Dobra – machnął ręką Michiejew i skrył się wewnątrz transportera.

Na drodze coraz częściej trafiały się szczątki pojazdów i wóz zaczął poruszać się wolniej.

– A jak ty sobie z tym poradziłeś? No, na samym początku? – zapytał cicho Aleksander. Wydało mu się już, że jego rozmówca nie usłyszał go przez maskę. Ale Bagramian milczał nie dlatego, że pytanie nie dotarło do jego uszu. Po prostu się zamyślił.

– Nawet nie wiem – wzruszył ramionami po długiej chwili milczenia. – Czas jest jak morskie fale. Wrzucisz do morza odłamek szkła z ostrymi krawędziami i po jakimś czasie stanie się pięknym, gładkim i matowym kamykiem. Nie zostanie nawet ślad po ostrzu, o które można się było pokaleczyć. Nie pamiętam już

26 BWMI (ros. Bałtijskij Wojenno-Morskoj Institut) – Bałtycki Instytut Wojskowo-Morski (przyp. red.).

swoich pierwszych wrażeń. Niby zdaję sobie sprawę, że musiało być ciężko. Ale wszystko jakoś... Człowiek do wszystkiego się przyzwyczaja. Ze wszystkim się godzi. I żyje dalej. Gorsza jest oczywiście nasza zdolność do depresji. Cena za rozum. A tak... – znów wzruszył ramionami. – Wrażenia utonęły w rutynie. Rozmyły się. Tak jak i wszystkie wrażenia. Pierwszy raz z kobietą. Pierwszy skok ze spadochronem. Pierwszy widziany na własne oczy trup. Pierwszy moment świadomości, że ze wszystkim koniec... Wszystko unosi czas i szlifuje swoimi falami. Pozostaje tylko tu i teraz. Chwilowość. Zdobyć coś do żarcia. Odespać po tym, jak zdobyłeś coś do żarcia. I tak dalej. To aż przykre: do czego się sprowadziła nasza ewolucja! Stwórca na pewno nie tego od nas oczekiwał.

– A czego, według ciebie?

– Nie wiem. Może na nas czekał? Siedział gdzieś tam, na dalekiej planecie, i czekał, aż przylecimy. To jest – zdołamy. Dotrzemy tam. Nauczymy się. A my nie daliśmy rady. I tę tu, naszą jedyną planetę, zamieniliśmy w cholera wie co... Dobra, Sania! Ta rozmowa prowadzi mnie na tak grząski grunt, że chrzanić to!

– Zmieńmy temat – westchnął Zagorski.

Transporter ostrożnie wyminął zgnieciony korpus przewróconego trolejbusu i wjechał na teren dawnej uczelni marynarki wojennej.

* * *

Samochin stał w odkrytym przed chwilą pomieszczeniu i z rękami skrzyżowanymi na piersi przyglądał się posępnie skrzynkom z dziwnymi puszkami konserw. Na jednej ze skrzyń postawił kaganek, który oświetlał skrytkę.

Z tyłu dał się słyszeć pełen skruchy kaszel i cichy szmer. Komendant fortu odwrócił się gwałtownie.

W świeżo przebitej dziurze w ceglanej ścianie, która prowadziła do kwatery Bagramiana, stał, chwiejąc się, rozczochrany i bledszy niż zwykle Borszczow.

– Spodnie zmieniłeś, cholerna pokrako?! – ryknął Samochin.

– Tak. To znaczy tak jest, towarzyszu majorze – urywanym głosem, przełykając ślinę, wybąkał Wasilij. Wyglądało na to, że w jego głowie tańcowały: dziki kac, okrutne mdłości, zgaga i niepisany wstyd graniczący z nastrojem samobójczym.

– Więc co się tu, kretynie, stało, taka twoja mać?!

– Ja... nie pamiętam... Ktoś uderzył mnie w głowę... chyba...

– Chyba?! – zaryczał naczelnik Piątego Fortu. Zbliżył się nagle do kulącego się podwładnego. – Czyli ktoś uderzył cię w głowę? A potem dla żartu narobił ci w gacie wielką kupę, tak?!

– N...nie... raczej nie... – Borszczow zwiesił głowę.

– Ośle, ciebie nie ma sensu bić po głowie! Wiesz o tym, ty tępy bydlaku?! A wiesz, dlaczego?!

– N...nie...

– A dlatego, że oprócz kości nic w niej nie ma! – wykrzyczał Samochin i wymierzył Wasilijowi policzek, od którego ten padł na wyszczerbioną krawędź zawalonej ściany i zaczął wymiotować.

– Popatrz tylko na siebie, ty świnio!

– Przepraszam – wyjęczał Borszczow, wstając powoli.

– No więc przypomniało ci się, co się stało?

– Ja... nie... nie mogę... nic nie pamiętam...

– A pamiętasz, co ci wczoraj kazałem robić? Hę?! Odpowiadaj!

– Chyba... pilnować... tych z Krasnotorowki...

– Chyba?! Ty kupo łajna, nie jesteś teraz nawet pewien moich rozkazów?

– Nie... po prostu... moja głowa...

– I gdzie oni są?!

Borszczow wytrzeszczył oczy na swojego dowódcę.

– To znaczy?

– To ty mnie pytasz, baranie?! Kazałem ci dosypać im żółtego mchu! A ty co zrobiłeś?!

– Tak właśnie zrobiłem, towarzyszu majorze...

– A ja myślę, szmaciarzu, że ty ten proszek podgrandziłeś. Część wziąłeś dla siebie, bydlaku! A tamci przyszli w nocy do siebie i dali nogę! Kłódka złamana! Transportera brak! Wybili cegły w jednej ze starych dziur, które zamurowaliśmy, i wyleźli na zewnątrz, tak żeby posterunki ich nie zauważyły! A co ty przez ten czas robiłeś? Leżałeś tu i śmierdziałeś, pokrako jedna!

– Nie pamiętam... – rozpłakał się Borszczow.

– No, to ja ci przypomnę, ścierwo. To jest notatka tego Bagramiana, którą zostawił u siebie na stole. Wszystko tu stoi czarno na białym: „Digger i ja idziemy szukać tunelu, który rozkazał znaleźć naczelnik. W Zagorskiego wprost diabeł wstąpił, kipi entuzjazmem. Widać to wypity z Borszczowem alkohol tak na niego podziałał. Rita Gżel powiedziała jednak, że oprócz alkoholu wzięli coś jeszcze. Sądząc z wszelkich oznak, żółty mech. Poszła z nami, bo Digger musi być teraz pod obserwacją lekarza. I tak nie daje się go uspokoić. Borszczow leży nieprzytomny". No i co, ścierwo, przypominasz sobie?! – Samochin zaczął potrząsać kartką papieru przed twarzą Wasilija.

– Nie... nie pamiętam... – drżącym głosem powiedział Borszczow.

– Ale mało ci było tego, co przede mną ukryłeś, a miałeś dać tym z Krasnotorowki. Włamałeś się jeszcze do apteczki Gżelowej!

– Nie...

– Nie?! Wyłamano tam drzwiczki do szafki z preparatami i wala się twój but!

– Nie... – Borszczow chwycił się rękami za głowę i przykucnął. – Nie... To nie może być... nie mogłem... ktoś mnie wrobił...

– Gnida! – Samochin z rozmachu kopnął Borszczowa w brzuch.

Nieszczęśnik padł na bok, zwinął się w kłębek i zaszlochał:

– Niech pan wybaczy! Niech mi pan wybaczy!

Cały świat, który tak precyzyjnie zbudował, walił się teraz na jego oczach. Zawsze zdawało mu się, że kluczem do przeżycia jest dla niego bezgraniczna, psia wierność swojemu panu. I to działało. Przeżyli tę straszną katastrofę. Przeżyli najchudsze lata. I Wasilijowi dobrze szło, na tyle, na ile pozwalały obecne warunki. Zawsze był cieniem i prawą ręką swojego pana. I nagle teraz, przez jakiś dziki, niewydarzony przypadek, którego nie mógł nawet ogarnąć, wielkoduszność i sympatia jego pana rozpłynęły się w mroku tej wilgotnej piwnicy. A sam Wasilij Borszczow z wyjątkowo zaufanego giermka przemienił się w żałosnego szczura, którego ów pan miał ochotę rozdeptać…

* * *

Na terenie wojskowo-morskiej uczelni znajdowała się niewielka, do bólu sztampowa architektonicznie cerkiewka. Dosłownie kamienne pudełko z pionowymi szczelinami okien i cylindryczną wieżyczką na dachu, zwieńczoną „cebulą" prawosławnej kopuły. Teraz ostały się tylko wypalone mury, których kredowa biel zmieniła się w płaty czarnej sadzy.

W zburzonym skrzydle uczelni rzeczywiście mieścił się schowek z półtuzinem metalowych beczek. W pięciu była benzyna, którą Tigran musiał latami zlewać z rozbitych samochodów, zaś szósta okazała się w jednej czwartej wypełniona olejem napędowym.

– A co tej ropy tak mało? – skrzywił się rozczarowany Michiejew.

– No, w miarę możliwości nosiłem ją od razu do fortu – rozłożył ręce Bagramian. – Tam benzyna jest mniej potrzebna niż oleje i ropa: lampy naftowe, kilka agregatów prądotwórczych… A co, pięćdziesiąt litrów to dla ciebie mało?

– No, przydałoby się trochę więcej. W końcu tę maszynkę projektowano jeszcze za Sowietów. Wtedy ani naftowych oligarchów, ani wojny atomowej nie było. Paliwa było ile dusza zapragnie. Silnik, oczywiście, jeszcze nie jest z tych najbardziej żarłocznych, ale apetyt ma porządny. Masz więcej takich skrytek?

– Mam. Bierzcie te pięćdziesiąt litrów i jedźmy dalej.

Zagorski stał nieco z boku i ze smutkiem rozglądał się wokół. Nie ostało się tu praktycznie nic poza korpusem cerkwi. A przecież niegdyś budynki uczelni wydawały mu się bardzo solidne.

Aleksander myślał o oficerach marynarki wojennej, którzy rok za rokiem opuszczali te mury, otrzymując złote pagony porucznika. Niektórzy z nich zginęli jeszcze długo przed wojną, w atomowych okrętach podwodnych „Komsomolec" i „Kursk". A niektórzy dożyli tego fatalnego dnia. Nie odeszli jeszcze na emeryturę albo dopiero co zaczynali służbę. Któryś z dawnych absolwentów tej uczelni na pewno służył na okrętach podwodnych i brał udział w termojądrowym korowodzie śmierci. Po szkole chciał tu też zdawać jego kolega z klasy, rudy chłopaczek z ulicy obok, Jegorka Chrustaliow. I być żołnierzem, jak jego ojciec, starszy brat i dziadek. Nad spustoszoną przez wybuch bomby atomowej dzielnicą miasta panowała grobowa cisza. Tak jak powinno być w królestwie umarłych. Lecz cisza ta jakoś nie pasowała do opowieści stalkerów o dziwnych stworach, które pojawiły się w mieście i okolicach wiele lat po końcu świata. Tigran, co prawda, niczego takiego nie mówił. W ogóle nie lubił opowiadać o swoich wyprawach i świecie za murami katakumb Piątego Fortu. Pewnie rzeczywiście wszystkie stwory, które pojawiły się tu po Katastrofie, wystraszyły się niezwykłego w martwym mieście warkotu transportera opancerzonego i dlatego nie było ich w zasięgu wzroku.

Rita też stała z boku i z nieopisanym smutkiem patrzyła na spaloną cerkiewkę. Rozcierała i masowała zziębnięte dłonie – dzień był pochmurny i dość chłodny.

– No to już, do wozu – klasnął w dłonie Bagramian, kiedy Michiejew i Knysz przelali olej napędowy ze skrytki do baku transportera. – Sania, chodź, jedziemy! Margarito Kazimirowna! Zapraszam, kareta czeka…

* * *

W miarę jak oddalali się od epicentrum wybuchu termojądrowego, zniszczenia budynków były mniejsze. Niektóre z tych niższych zachowały nawet wszystkie ściany, utraciwszy jedynie dach. Było tu jednak więcej śladów długotrwałych pożarów. Budynki, które stały bliżej eksplozji, obróciły się w gruzy i dlatego zwyczajnie nie zdążyły się spalić. Oczywiście ich szczątki zaczynały płonąć z powodu promieniowania cieplnego, ale potem fala uderzeniowa, gnając przed sobą wszystko, w tym i powietrze, dusiła płomienie. Te zabudowania, które nie zostały w całości starte w proch, paliły się jednak potem przez wiele dni, a może nawet tygodni.

Oto powyginana, zardzewiała konstrukcja kaliningradzkiej wieży telewizyjnej. Ma się rozumieć, nie ostała się.

Droga też zmieniała się w miarę oddalania od epicentrum. Jeśli na samym początku była praktycznie wolna od wraków, gdyż zdmuchnęła je fala uderzeniowa, to teraz najrozmaitsze pojazdy trafiały się coraz częściej. Zatrzymał je impuls elektromagnetyczny, a następnie zapalił impuls cieplny. Niektóre mimo wszystko wyleciały z drogi, stąd co i rusz można było wypatrzyć sterczący ze ściany częściowo zburzonego domu powyginany złom.

Transporter opancerzony zmniejszył prędkość, zmuszony omijać powstałe na drodze zatory.

– Tigran, a tu był chyba sklep Arsenał? – Zagorski wskazał ręką narożnik jednego z budynków po ich lewej. – Tam przecież jest broń, naboje, noże. Różne rodzaje amunicji. Nie przyda nam się to?

– Naiwny jesteś, Sania – uśmiechnął się Bagramian. – Wymietli stąd wszystko już w pierwszych dniach. Łącznie z haczykami do spinningów, żaluzjami i szyldem.

Przecisnąwszy się ze zgrzytem przez przeszkodę ze splątanych, zdeformowanych od ognia i upływu czasu wraków samochodów, transporter ruszył dalej, w stronę Dworca Północnego. Po prawej i z przodu, na rogu skrzyżowania Prospektu Sowieckiego i ulicy Haendla, wśród ruin pojawiła się mroczna bryła budynku. Kiedyś mieścił się w nim sąd cesarski, potem, po włączeniu Prus Wschodnich do ZSRR, ulokowano tam siedzibę KGB, a u schyłku cywilizacji – FSB. Budynek ocalał, utraciwszy jedynie pokrycie pochyłego dachu, charakterystycznego dla europejskiej architektury. W oknach widać było liczne ślady pożarów.

– Właź do środka, Sania! – rzucił ostro Tigran, otwierając właz.

– A co się stało?

– Szybko! Później będziesz zadawać pytania!

Zagorski posłusznie dał nura do wnętrza wozu. Tigran poszedł w jego ślady i zatrzasnął luk.

– Michiej! – zawołał sierżanta.

– Co? – Odwrócił się ten na przednim siedzeniu.

– Postarajcie się tu nie zatrzymywać. Najlepiej, żebyśmy plac i całą tę okolicę minęli z prędkością światła.

– A co tu takiego jest? – Michiejew zrobił zaniepokojoną minę. Wrócił do swojego peryskopu i uśmiechnął się. – Aha! Obwodowe FSB. Boisz się, że każą ci pokazać zameldowanie?

– Debil z ciebie, Michiej, a wcale się nie leczysz.

– Ale co się tak wściekasz, staruszku? Wyjaśnij normalnie, nie ciskaj się – Michiejew znów się odwrócił.

– Jakieś diabelstwo tam siedzi. Dlatego zatrzymywać się tutaj to duże ryzyko.

– Diabelstwo? – Michiejew się roześmiał. – Gdyby cię teraz słyszał nasz efesbowiec, obraziłby się nie na żarty. Sam popatrz, jakie tu pogorzelisko. Kto tam niby został?

– Ależ nie chodzi o efesbowców. A to pogorzelisko, jeśli chcesz wiedzieć, nie ma nic wspólnego z bombą. Sami pracownicy palili tam archiwa i niszczyli różne inne dokumenty. Spodziewali się inwazji. Sam przecież wiesz – w którąkolwiek stronę rzucić kamieniem, na pewno trafisz w natowskie państwo. No więc palili. No a potem kto ocalał, ten uciekł. Dokąd – tego nie wiem. A po kilku latach w okolicy zaczęło się dziać coś dziwnego.

– Co dokładnie? – Michiejew już się nie śmiał. Cały napięty, słuchał Tigrana uważnie.

– Słyszałeś o wspólnocie spod Bramy Frydlandzkiej?

Żołnierz pokręcił głową.

– Nie.

– No, trudno się dziwić…

– Ja słyszałem – odezwał się nagle Zagorski. – Oni zniknęli. I to bardzo dawno.

– Otóż to… Knysz, nie hamuj, no! Taranuj ten samochód i jedź dalej na Prospekt Lenina… O, tak. Nie bardzo im się podobało przy tej Bramie Frydlandzkiej. Koszary są tam bardzo stare, do niczego się nie nadają. No więc postanowili osiedlić się w tej dzielnicy, kiedy spadł już poziom promieniowania. To w końcu centrum, miejsce pod każdym względem wygodne. A najlepiej zachowany z tutejszych budynków to właśnie siedziba byłej komendy policji Königsberga. Tym bardziej, że jak mówią, ocalały tam obszerne, piętrowe podziemia. Przyszli tu. Urządzili się. I już ich nie ma. Nikogo. Potem dwóch naszych tam przepadło. Jeszcze z dziewięć lat temu. Przy czym jeden z nich nawet nie wchodził do środka. Szedł nocą obok budynku. Został w tyle za grupą. Schował się za rogiem przed wiatrem i tyle go widzieli. I jeszcze dwie grupy poszukiwaczy z Trzeciego Fortu, kiedy ten był zamieszkany. Weszli tam i też nie wrócili.

Kierowca odwrócił się do nich.

– A gdzie jest ten Prospekt Lenina? Gdzie mam teraz skręcać?

– W lewo. Tylko objedź plac bokiem. Słyszałem, że nawierzchnia niedługo się zawali na parking podziemny. Budowało się w naszych czasach do bani…

Michiejew utkwił wzrok w wizjerze. Teraz obserwował uważnie przesuwającego się z prawej strony kolosa z czerwonej cegły z czarnymi smugami pożarów nad oknami. Budynek groźnie zwieszał się nad toczącym się w jego cieniu transporterem, jakby potwierdzając tą milczącą pogróżką mroczną opowieść Bagramiana.

– A co, tam naprawdę są lochy? – cicho spytał żołnierz.

– Są – odezwał się Zagorski. Skulił się nagle na myśl, że jeśli w budynku rzeczywiście zalęgło się jakieś diabelstwo, to przyszło z dołu. Z podziemi. – Pod placem przechodził tunel kolejowy, prosto na Dworzec Północny. W tym tunelu, jeszcze za Niemców, był peron. Ale nie zatrzymywały się tam pociągi pasażerskie. Przywozili tu oskarżonych, a wywozili skazańców. Potem podziemnymi korytarzami prowadzili ich z peronu prosto pod budynek sądu. Albo na odwrót, wyprowadzali z budynku do pociągu i wieźli gdzieś do obozu albo na egzekucję. Robiono tak, żeby nie wozić ich przez centrum miasta, tylko kryć przed wzrokiem postronnych. A pod budynkiem, podobno, były cele dla oskarżonych albo nawet izby tortur. Nie wiem, czy prowadzące z tunelu drzwi i podziemne korytarze były wykorzystywane do tych samych celów, kiedy budynek przejęły KGB i FSB, ale sam te drzwi widziałem. Wprawdzie wydało mi się, że są na głucho zaspawane, i to bardzo dawno. Stąd do tego tunelu jest jakieś sto metrów. Ale może kiedy rekonstruowano plac i budowano parking podziemny, to naruszono te stare połączenia. Chociaż pewności nie mam…

Jechali dalej, pozostawiając za sobą mroczny budynek i lęki ludzi, którzy przeszli przez niego. Chociaż lęki ludziom zawsze towarzyszą. Po prostu te z nich, które dotyczyły wielkiego budynku z rudych cegieł, tkwiły w pociemniałych od spalenizny oknach. Po prawej było zburzone merostwo, a po lewej plac Zwycięstwa z obaloną kolumną, którą w dawnych czasach niektórzy miejscowi obdarzyli nieprzyzwoitym mianem przez skojarzenie z jej fallicznym kształtem. Drugi co do wielkości rosyjski sobór Chrystusa Zbawiciela także nie ocalał. Przypominała o nim tylko ogromna sterta gruzów i szerokie, monumentalne schody, które kiedyś prowadziły do wejścia do świątyni. Jeśli przyjrzeć się uważnie, można było dojrzeć na schodach zastygłe na zawsze cienie spopielonych ludzi. Nadłamane wzdłuż linii prostych, jakby symbolizujące przerwanie całej epoki, które dokonało się kiedyś dawno w jednej krótkiej chwili. Aleksander przestał wyglądać przez otwory strzelnicze transportera. Nie mógł więcej na to patrzeć.

ROZDZIAŁ 11

CUDZOZIEMIEC

– Jeszcze jeden wóz opancerzony! – Kolesnikow odkleił się na moment od peryskopu, żeby otrzeć z twarzy pot, a potem powrócił do obserwacji. – Tak, balon nas chyba jeszcze nie zauważył. Ale ci tutaj powoli, ale nieuchronnie nadchodzą. Cholera!

– Dowódco, a co to za wozy pancerne? Broń mają jakby przedpotopową, ale za to pojazdy wyglądają na współczesne. To nie strykery? – zainteresował się główny strzelec BTR-a 80, który też obserwował sytuację.

– Nie. Strykery mają cztery osie, jak nasz wózek, a te są trzyosiowe. Ale to coś z zagranicy. I z kształtu kadłuba zdaje się, że to, tak jak i nasze, amfibie. Tak, chłopaki. Ich transportery uruchomiły już silniki. Otwórzmy może drzwi desantowe, póki robią tyle hałasu. Może ten oddział, który idzie w naszą stronę, tego nie usłyszy.

– Co zamierzasz, dowódco?

– To, co i wcześniej. Weźmiemy jednego z nieproszonych gości, a reszta zostaje według planu: zaciągamy turystę do środka, seria w balon i chodu do bazy. Ich transportery mają małokalibrowe działka szybkostrzelne. Nasz pancerz to dla nich tektura.

Żołnierze ostrożnie, starając się nie hałasować, zaczęli otwierać boczne dwuskrzydłowe drzwiczki pomiędzy drugą o trzecią osią transportera.

– Cholera! Usłyszeli, ścierwa! Przyspieszyli kroku i idą prosto na nas. Uwaga, brachy. Chwila prawdy. Potrzebujemy jednego żywego pasażera. Inaczej, jako gwardziści, nie będziemy warci funta kłaków.

Czterej ludzie, ubrani w solidne szare ogumowane skafandry, szli w stronę gęstych zarośli zaczynających się na szczytach wydm. Był tu wysunięty jęzor piachu i pas krzaków schodził kilka metrów bliżej morza. Wejście było strome. Pod ciężkimi butami zgrzytały ziarenka sypkiego piasku. Wydma osypała się, jakby nie chciała wpuścić czterech intruzów na swój wierzchołek, gdzie rozległ się jakiś dziwny, wyraźnie nienaturalny głuchy szczęk. Twarze obcych skrywały filtry masek przeciwgazowych. Ramiona oraz górną część torsu i pleców przykrywała peleryna z grubej czarnej gumy wzmocnionej stalową siatką. W rękach mieli MP-44. Na głowach czarne hełmy świetnie rozpoznawalnego kształtu. Były to M-35, używane kiedyś w hitlerowskim Wehrmachcie, pomalowane na wyzywająco błyszczący czarny kolor. A po bokach białe tarcze z czarnymi swastykami, które nie pozostawiały żadnych wątpliwości, że to tych „gości" spotkali niedawno przy Kolonii Krasnotorowskiej.

Czterej ludzie utworzyli wachlarz, szturmując podejrzany piaszczysty klin. Ten, który szedł z prawej flanki, wspiął się jako pierwszy. Rozsuwając lewą ręką i lufą sturmgewehra kłujące krzaki, ostrożnie ruszył dalej. Starannie zamaskowany, pękaty pancerny kadłub i masywne, grubo pokryte gliną i piaskiem koła pojawiły się zupełnie nagle dosłownie pół metra od niego. W tym samym momencie czyjeś silne ręce złapały lufę broni obcego, umiejętnie wykręcając rękę ściskającą rękojeść MP-44. Mężczyzna ani się obejrzał, kiedy w maskę wbiła mu się kolba automatu Kałasznikowa tak podobnego do sturmgewehra. W głowie mu zadzwoniło, a w oczach zobaczył wszystkie gwiazdy. Krew z nosa zaczęła zalewać mu maskę. Kolejne kilka par rąk nie dało przybyszowi upaść. Natychmiast zaczęli wciągać go w jakiś półmrok i uświadomił sobie, że niosą go do tego skrytego w zaroślach wozu pancernego. Ze wszystkich sił, które pozostały mu po uderzeniu kolbą, starał się temu przeciwstawić, zapierając się pozbawionymi już broni rękami i nogami. Jednak wieloręki potwór, który zdradziecko na niego napadł, był znacznie silniejszy. Szarpnął i mężczyzna dosłownie wleciał do transportera. Natychmiast wyciągnął zatknięty u szerokiego pasa nóż, ale ktoś wyłamał mu rękę. W tym samym momencie zerwali mu hełm i walnęli go nim po głowie. Znów dzwonienie w uszach i iskierki w oczach. Potem wprost nad jego uchem rozległ się wrzask:

– *Willkommen, meine Freunde*, poznałem się z twoją *Mutter*!

I zadudnił wielkokalibrowy karabin maszynowy...

Dwaj obserwatorzy znajdujący się w koszu balonu przycumowanego długą liną do pokładu okrętu dostrzegli, że oddział piechoty, który wcześniej zetknął się z nieznanym im dotąd gigantycznym krabem, zwrócił się ku czemuś w pobliskich zaroślach. Jednak według instrukcji obaj nie mogli obserwować jednocześnie tego samego sektora. Stąd tylko jeden z nich zaczął się tym krzakom przyglądać, starając się pojąć, czym tak przyciągnęły uwagę jego towarzyszy. Dopiero kiedy ci weszli na sam szczyt wydmy, dojrzał, że w zaroślach jest coś o zbyt regularnych kształtach, by zaliczyć to do miejscowej flory. Obserwator wyciągnął stalowy pręt i trzy razy uderzył nim w wiszącą w koszu pustą łuskę po pocisku artyleryjskim, zwracając uwagę tych, którzy byli na dole. Potem przygotował się, żeby zamachać czerwoną chorągiewką, dając do zrozumienia, że widzi nieprzyjaciela, ale w tym samym momencie w podejrzanych zaroślach pojawił się błysk. Spóźniony odgłos serii z cekaemu dobiegł ich, kiedy wielkokalibrowe kule rozerwały już balon i kosz wraz z jego strzępami poleciał w dół. Jeden z obserwatorów roztrzaskał się o pokład. Drugi wpadł do morza, ale w takiej wodzie i w takim skafandrze jego szanse na przeżycie były prawie żadne…

Po serii z KPWT oddanej w stronę balonu, silnik zaryczał i BTR wyrwał do przodu, rozrzucając na boki niepotrzebne już gałęzie maskujące. Przejeżdżając kołami po jeszcze jednym przybyszu z automatem, transporter zsunął się z wydmy na plażę, ściągając za sobą całą piaskową lawinę. Dwaj pozostali nieprzyjacielscy żołnierze odskoczyli na boki.

– Dawaj, Ahmet! Chodu, chodu! – wrzasnął Kolesnikow do kierowcy.

– Koła buksują, dowódco!

– Zmniejsz ciśnienie do dwóch atmosfer! Żywo!

Zasyczał system dopompowywania kół, pozbywając się zbędnego powietrza z opon i zmiękczając je, co było bardziej pożądane na piasku. Dziesięć sekund później BTR czuł się już na tej nawierzchni znacznie pewniej i nabierając prędkości, pędził jak najdalej od dawnego poligonu.

– Dowódco! Ich transportery wysuwają działka! – krzyknął główny strzelec.

– Obracaj wieżyczkę i strzelaj! Ahmet! A szybciej się nie da?!

– Do licha, dowódco, nie mam tu rakiety balistycznej Satan, a tylko silnik od kamaza na czternaście ton żelaza i mięsa!

Silne uderzenie i huk wstrząsnął pojazdem. Gdzieś z tyłu prysnął snop iskier. Zapachniało spalenizną i prochem.

– Trafili, niech ich szlag! – krzyknął ktoś.

– Chrońcie języka, niech go szlag, bydlaka jednego! – ryknął, kaszląc, Kolesnikow. – Jura, taka twoja mać chromolona, zamierzasz strzelać?!

– Już!

Znów zadudnił KPWT.

– Ahmet! Przed nami obniżenie, skręcaj w krzaki!

– Tak jest!

* * *

Samochin zgodnie ze zwyczajem rzucił pożegnalne spojrzenie na litery wyrwane z tekstu wraz ze strzępkiem papieru na skręta. Potem nasypał tytoń i skręcił, zlepiając śliną papierową tutkę. Zapalił od kaganka i wrócił do dwóch puszek z konserwami z tej dziwnej skrytki, która, jak się okazało, była za zawaloną ścianą i gdzie spędził minioną noc nieludzko skotłowany Borszczow. Blacha puszki była grubsza niż zwykle, dlatego otwieracz do konserw okazał się całkowicie nieskuteczny. Teraz major obracał w dłoniach bagnet od AK-74, to kręcąc nim w palcach, to przerzucając go z ręki do ręki, z rzadka przerywając tę zabawę, żeby strzepnąć na ziemię popiół ze skręta.

– Dobra. No to zaczynamy. Co wy tam za cholerstwo jadaliście w czasie wojny, panowie Niemcy…

Major wbił nóż w wieczko i zaczął ciąć dookoła, poruszając nożem jak piłką. Pomęczył się parę minut, aż wreszcie otworzył puszkę. Ku jego zdziwieniu w środku znajdowała się warstwa wojłoku między ścianką puszki a jakimś ołowianym walcem. Walec był w środku pusty i przykryty okrągłym krążkiem tej samej średnicy, również ołowianym. Na krążku widniał niezrozumiały znaczek ze swastyką. Samochin podważył go końcem bagnetu i strącił na ziemię. W wydrążonym walcu znajdowało się coś starannie zawiniętego w papier do czyszczenia broni.

– To ni wała nie jest żarcie – zmarszczył brwi zdziwiony major. Wyciągnął zawinięty w papier przedmiot i rozpakował go. Metalowy walec. Dość ciężki – zwykła stal jest znacznie lżejsza. Jasny. Można go z łatwością pomylić ze wspomnianym ołowiem. Jednak jeśli mu się przyjrzeć, jego struktura jest nieco inna. Nie ma charakterystycznych dla ołowiu porów. Metal jest błyszczący. Jasny, lekko się nawet srebrzy. I… czyżby nie był zimny? Zgadza się. Jest nieco cieplejszy, niż można się było spodziewać. Co to jest? Srebro? Ale po co chować je w fałszywych konserwach? I srebro jest mimo wszystko lżejsze.

Samochin poobracał bryłkę w dłoniach, potarł ją i powąchał, po czym postawił dziwny metal na stole. Zrobił sobie nowego skręta i chciwie się zaciągnął. Potem otworzył drugą puszkę. To samo: wojłok, cylindryczny ołowiany pojemnik i metal podobny do srebra, ale ciężki jak ołów. Jeśli nie cięższy.

– No, co to za cholerstwo? – Z irytacji major stuknął jednym walcem o drugi. Na powierzchni została niewielka rysa. A więc to to jest miększe od stali. Samochin dotknął wgłębienia i ze zdziwieniem odkrył, że w tym miejscu zagadkowy metal stał się jeszcze cieplejszy.

Ktoś zapukał do drzwi.

– Tak! Otwarte! – zawołał nerwowo major.

Do apartamentu naczelnika Piątego Fortu wszedł jeden z jego przybocznych.

– Szefie, dokładnie zbadaliśmy ślady.

– I co? Nie rób pauz, tylko mów od razu! – burknął Samochin, nie spuszczając wzroku z dziwnych cylindrycznych kawałków metalu.

– BTR pojechał nie całkiem tam, gdzie przypuszczaliśmy.

– To znaczy?

– Nie pojechali w stronę kolonii. Pojechali do miasta.

– Do miasta? Po jakie licho? – zdziwił się major.

– Nie wiem. Ale... Są tam jeszcze ślady...

– Jakie ślady?

– Transporterem odjechało nie dwoje, a czworo ludzi. Albo nawet pięcioro. Przy czym, sądząc z rozmiaru butów, jednym z nich jest kobieta. No, albo dzieciak.

Samochin oparł się na krześle i zaczął trzeć sobie w zadumie czoło dłonią, którą dopiero co pocierał nieznany metal. Nagle gwałtownie wstał i utkwił w swoim pomocniku wściekły wzrok.

– Niech go szlag! To ta pokraka! Ten czarnuch! Nabrał nas! Odegrał scenę z tym kretynem Borszczowem, a sam wypuścił ludzi Stieczkina i dał z nimi nogę! I wychodzi na to, że wziął też z sobą Kreta i Gżel?!

Adiutant milczał. Powoli opuścił wzrok na brezentową torbę, którą miał zawieszoną na prawym ramieniu. Dobiegał z niej ledwie słyszalny terkot. Teraz ten dźwięk dosłyszał również Samochin.

– Co tam u ciebie tak brzęczy, niech cię licho?!

Adiutant ostrożnie wyjął z torby dozymetr.

– Szefie, to…

– Dozymetr? W co wy tam wdepnęliście na zewnątrz?!

– Dopiero co milczał, szefie. W nic nie wdepnęliśmy… To coś, co jest tutaj. – Mężczyzna wyciągnął przyrząd przed siebie, czujnikiem w stronę stołu i trzeszczenie się nasiliło.

– Co tu się dzieje? – w tonie głosu Samochina było już nie rozdrażnienie i władcza złość, lecz wyraźnie słyszalna nutka przerażenia.

– Szefie, co to jest? – Adiutant zwrócił uwagę na dziwne walce stojące na stole i powoli podszedł, kierując na nie dozymetr. Terkot stał się jeszcze głośniejszy i intensywniejszy. – Szefie!!! – Mężczyzna z przyrządem gwałtownie odskoczył i cofnął się do drzwi. – Skąd pan to wziął?!

– A co to takiego?!

– Nie wiem, ale jest bardzo radioaktywne!

„Znaczek na wewnętrznej ołowianej pokrywce!" – w sam środek mózgu użądliła go nagle myśl i Samochin rzucił się w stronę stołu. Chwycił ołowiane wieczko i uważniej przyjrzał się znaczkowi.

235U... Niepozorny napis na końcu jakiegoś słowa pod swastyką w kole zębatym...

URAN DWIEŚCIE TRZYDZIEŚCI PIĘĆ!

Z ust Samochina wyrwało się przekleństwo i major odrzucił ołów, tak jakby ten zamienił się w ogromnego, strasznego i jadowitego pająka.

– Z drogi! To uran! – wrzasnął, rzucając się do wyjścia z tego nagle przeklętego pomieszczenia.

* * *

Paweł Stieczkin usiadł okrakiem na krześle z rękami złożonymi na jego oparciu. Obracając w palcach starą benzynową zapalniczkę, patrzył badawczo na jeńca siedzącego naprzeciwko. Dosłownie parę metrów od niego.

Po tym, jak zdjęli z tego człowieka skafander, ukazało się pod nim ubranie z kamuflażem o wzorze znanym jako „plamka". Mężczyzna był brunetem. Na oko miał trochę ponad trzydzieści lat. Głowę miał zabandażowaną. Ale bandaże założono już tutaj, w bunkrze, podobnie jak plaster na stłuczoną nasadę nosa. Ręce nieznajomego były skute kajdankami za oparciem krzesła.

– Edik, myślałem, że Aryjczycy wyglądają... jakby to... ciut bardziej aryjsko – mruknął Stieczkin, obracając nieco głowę w lewo, w stronę Szestakowa, który siedział na łóżku z nogą założoną na nogę.

– W jakim sensie? – Chorąży dalej oglądał zdobyczny nóż zabrany jeńcowi.

– A w zwykłym. Spójrz na niego. Śniady. Brunet. Czarne oczy. Gdzie ta blond bestia, co?

– Wasilicz, a ty Goebbelsa z Göringiem to widziałeś? Oni to co, pasowali do szablonu? – kaszlnął Szestakow.

– Nie, Edik, nie widziałem... Nie jestem taki stary jak ty.

Przez twarz nieznajomego przeleciał delikatny uśmieszek. Poza tym nadal patrzył w ścianę obok majora i pociągał rozwalonym nosem.

– Dobra, chorąży gwardii, jak będziemy go przesłuchiwać?

– Mam u siebie lampę lutowniczą – wzruszył potężnymi ramionami siwy Edik.

– No nie – skrzywił się Stieczkin. – Ktoś u nas zna niemiecki?

– Alftan. W końcu sam jest Niemcem.

– No, ale to rosyjski Niemiec. Jego przodkowie mieszkają na Rusi chyba jeszcze od czasów Piotra Wielkiego.

– Tak, ale niemiecki zna. Zdaje się, że jego ciotka po gorbostrojce[27] urządziła się w Hanowerze.

– Tak? – zdziwił się major. – A dlaczego ja o tym nie wiedziałem?

– Cóż... – chrząknął Szestakow – jakoś do dzisiaj nie miało to znaczenia.

– No dobra. – Stieczkin odwrócił się za siebie, w stronę drzwi, i zawołał: – Boria! Kolesnikow! Kapitanie!!!

27 Gorbostrojka – sarkastyczne, lekceważące określenie pieriestrojki od nazwiska Michaiła Gorbaczowa (przyp. tłum.).

Drzwi uchyliły się i pokazał się w nich Borys, dzięki któremu jeniec się tu teraz znajdował.

– Tu jestem, dowódco.

– Narysowałeś już ten ich transporter?

– Tak. – Kolesnikow podał kartkę papieru chorążemu. Szestakow zerknął na rysunek i skrzywił się.

– Co to w ogóle jest, do jasnej anielki? Boria, to już moja wnuczka lepiej rysuje.

– Kurde, wybacz. Riepin ze mnie żaden – rozłożył ręce z irytacją kapitan.

– Za to Picasso jak najbardziej – pokiwał głową Eduard.

– Potrafisz rozpoznać, co to za wóz?

– Z tych bazgrołów? To psychiatrze trzeba pokazać, żeby rozpoznał twoją chorobę, kapitanie.

– A idź do diabła, naprawdę…

– Dobra, starczy tego – z niezadowoleniem zmarszczył brwi Stieczkin. – Boria, wezwij kaprala Alftana. Migiem go tu!

– Zrozumiałem – Kolesnikow kiwnął głową i skrył się za drzwiami.

Paweł wrócił do uważnej obserwacji jeńca. Gotów był przysiąc, że w czasie dyskusji o rysunku Borysa tamten znów się uśmiechnął. Stieczkin wyciągnął papierośnicę z kieszonki na piersi. Wyjął z niej papierosa i zapalił od wspomnianej zapalniczki. Jeniec zatrzymał wzrok na przyborach do palenia należących do rosyjskiego oficera.

Majorowi wydało się, że zrozumiał to spojrzenie. Znów otworzył papierośnicę i pokiwał nią przed jeńcem. Nieznajomy ledwie zauważalnie skinął głową.

– Palić się chcę naszemu postrzałkowi – mruknął Paweł i wstał z krzesła.

– Uważaj, żeby cię w rękę nie ugryzł – powiedział ostrzegawczo Szestakow – Mój dowódca kompanii w Afganie prawie stracił w ten sposób palec.

– Przecież moja pięść ma rozmiar jego głowy – pokiwał głową major. – To chyba nie samobójca, chociaż pali.

Paweł wetknął jeńcowi papierosa do ust, dał zapalić od zapalniczki i wrócił na swoje miejsce. Facet nie wykręcał żadnych nieprzyjemnych numerów.

W końcu do pomieszczenia wszedł kapral Alftan. Uznawszy, że w obecności nieproszonego gościa najlepiej będzie zademonstrować mu dyscyplinę i ścisłą subordynację, strzelił obcasami, przyłożył rękę do głowy w czarnym berecie i chciał już zacząć meldować, ale Stieczkin machnął ręką:

– Nikita, porozmawiaj z naszym gościem.

– Z tym tutaj? – Nikita uśmiechnął się i podszedł do jeńca. – Czołem, kolcś. Wybacz, żo ci zdefasonowałem kolbą buźkę. Ale w końcu nie na darmo powtarzamy wam już od ośmiuset lat: Kto z mieczem do nas przyjdzie, temu to bokiem wyjdzie.

– Alf, kurde! – Stieczkin na moment zakrył twarz dłonią. – Po niemiecku z nim rozmawiaj.

– A, więc o to chodzi. Coś w rodzaju *Haende hoch, Hitler kaputt, das ist fantastisch*? – roześmiał się kapral.

– Coś w tym rodzaju, ale bez tych wygłupów – skinął głową major i znów zwrócił uwagę na przelotny uśmieszek jeńca. – Chociaż... Zaczekaj no! Coś mi mówi, że nasz drogi przyjaciel i tak rozumie nasz język.

Przelotne spojrzenie rzucone przez nieznajomego na komendanta Kolonii Krasnotorowskiej tylko ten domysł potwierdziło.

– Tak, Edik. Przynieś tu tę swoją lampę lutowniczą. Przerwa na papierosa skończona.

Nieznajomy wypluł dopalającego się papierosa, pociągnął nosem i powiedział po rosyjsku, choć z wyraźnym akcentem:

– To wszystko bezproduktywne. Tracimy tylko czas. Czego ode mnie chcecie?

* * *

– Ile tam jest tych puszek? – Samochin chodził nerwowo po korytarzu, całkiem nieświadomie odmierzając tam i z powrotem po dziewięć kroków.

Adiutant w skafandrze ochronnym wyszedł z klitki Bagramiana, z której prowadziło przejście do ukrytego pomieszczenia ze skrzyniami. Ściągnął z twarzy maskę.

– Takich, jak pan otworzył, jest jeszcze trzydzieści sześć. I sądząc po opakowaniach, było ich czterdzieści. Dwie wziął pan. Kolejne dwie nie wiem, gdzie się podziały.

– Może te bydlaki zabrały je ze sobą? – warknął ze złością Samochin.

– Może i tak. A może już dawno ich nie ma. Jest tam jeszcze z pięćdziesiąt mniejszych puszek.

– Co w nich jest? – Przywódca wspólnoty poruszył głową.

– To samo, ale w formie sześcianów. I mniejszych rozmiarów.

– To wszystko jest przecież niemieckie, jeszcze z czasów Hitlera! Po jaką cholerę był im potrzebny uran?

Adiutant rozłożył ręce.

– Fiodorze Siemionowiczu, nie wiem. Ale jeśli mnie pamięć nie myli, sześciany z uranu są potrzebne do zbudowania prymitywnego reaktora jądrowego.

– A walce? Do czego one są potrzebne?!

– Nie wiem. – Tamten znów rozłożył ręce.

– Może do produkcji bomby, hę?!

– Bomby? No, w bombie jest sfera. Efektywny jest kształt kuli. Najmniejsza powierzchnia i największa energia podczas reakcji. Tym bardziej metoda implozyjna[28] zakłada właśnie ten kształt i żaden inny. Może to półprodukty? Albo po prostu surowiec do przetwarzania albo eksperymentów?

– Jakieś bzdury! Skąd oni to wszystko mieli w tamtych czasach?

– Tak w ogóle, to Niemcy w czasie drugiej wojny przodowali w badaniach.

– To dlaczego nie skorzystali z tego przodownictwa? Hitler się wahał? Nawet Truman się nie wahał, kiedy podsmażał Japońców!

– Pewnie nie zdążyli... Może to dlatego Armia Czerwona tak się tu spieszyła i tak szybko chciała zdobyć Berlin. Może Stalin coś o tym wiedział i po prostu nie dał faszystom czasu... Nie wiem... Ale fakt jest faktem, że trzeba z tym teraz coś zrobić. I z pańskim gabinetem również.

---

28 Metoda implozyjna – osiągnięcie masy ponadkrytycznej ładunku bomby jądrowej drogą ściśnięcia sfery przez równomierną falę uderzeniową uwolnioną przez wybuch trotylu.

– Fiodorze Siemionowiczu... – Z odnogi korytarza wyłonił się ponury Borszczow. – Woda jest zagrzana. I proszek przygotowany.

– Doskonale! – Samochin klasnął w dłonie i szybkim krokiem skierował się w stronę pralni. – Borszczow, upierz jak należy moje ciuchy i niech stalkerzy dobrze je potem sprawdzą dozymetrami. A ja natychmiast muszę wziąć prysznic.

– Upiorę... pańskie ciuchy... jak należy – mruknął Borszczow, idąc w ślad za nim i złym wzrokiem patrząc Samochinowi w tył głowy.

* * *

– Jak się pan nazywa?

– Paul Rojes.

– Imię jakby niemieckie, a nazwisko?

– Moja mama była Niemką. Ojciec – Hiszpanem.

– Ach tak? – Stieczkin podniósł brwi. – Skąd pan pochodzi?

– Urodziłem się w Ameryce Południowej.

– Konkretniej, do cholery!

– W Chile.

– Tak? Z pozdrowieniami od Pinocheta? – wyszczerzył zęby Szestakow. – To nam teraz, bydlaki, i za Víctora Jarę[29] odpowiecie. Moja mama trzy dni płakała, jak się dowiedziała, co mu zrobiliście.

---

29 Víctor Lidio Jara Martínez (1932–1973) – chilijski poeta, pieśniarz i działacz teatralny. Podczas puczu wojskowego 11 września 1973 roku został aresztowany i po czterech dniach, po długotrwałych torturach, stracony na stadionie w Santiago przekształconym przez puczystów w obóz koncentracyjny.

– My? – Paul spojrzał wyniośle na chorążego. – Nie było mnie jeszcze wtedy na świecie. I, o ile wiem, na cześć tego waszego męczennika nazwano potem stadion.

– Dobra – zmarszczył brwi Stieczkin. – Cienie martwych niech nie zasłaniają żywym światła słońca. Przybyliście tu na okręcie. Skąd?

– Z Chile – odpowiedział niewzruszonym głosem cudzoziemiec.

ROZDZIAŁ 12

DOM RODZINNY

Woskowa świeca. Nie zwykły słupek z knotem, tylko jakaś ozdobna, do tego aromatyczna. Lena Berger takie lubiła. W domu, wzdłuż półki z książkami, między jej brzegiem a grzbietami tomów ciągnął się rządek najrozmaitszych świeczek. W klasie tę jej pasję uważano za bardzo użyteczną dla bliskich i przyjaciół. Bo przecież tak łatwo było wybrać prezent, gdy zbliżały się jej urodziny albo inne święto. Tę akurat świecę dziewczyna kupiła sama w jakimś sklepie, kiedy robili zapasy wody pitnej i baterii do latarek, po drodze na kolejną eksplorację opuszczonych podziemi. Świeczka leżała w jej plecaku razem z pękiem kluczy obciążonych garścią breloczków – maleńkich pluszowych zwierzaczków, komórką, która nie miała tu zasięgu, no i w ogóle już padła, aparatem fotograficznym i innymi dziewczęcymi drobiazgami.

Lena planowała oczywiście, że postawi ją na półce, uzupełniając kolekcję. Ale świecy był pisany inny los...

Stała teraz na wilgotnej betonowej posadzce i rozpraszała słabym światłem wieczny mrok tajemniczego korytarza w tym przeklętym labiryncie przeszłości, z którego dzieci na próżno próbowały znaleźć wyjście.

– Rusłan, boję się – zrezygnowanym głosem wyszeptała dziewczyna, patrząc na świecę bezradnym wzrokiem.

Lena siedziała na kolanach Machiejewa, który z kolei siedział z wyciągniętymi nogami wprost na ziemi. Przytuliła się do swojego chłopaka, szukając w nim ostatecznej ochrony przed nieuniknionym i ostatniej nadziei na ocalenie.

– Nie bój się, maleńka, jestem przy tobie – wyszeptał w odpowiedzi Rusłan, ostrożnie odsuwając kosmyk splątanych włosów od oczu dziewczyny.

– I co... – westchnęła.

– Wydostaniemy się. Uwierz mi... Tylko trzeba iść dalej.

– Gdzie dalej?

– Dalej, dziecino. Szukać wyjścia.

– Ale wyjścia nie ma...

– Przestań. Musimy iść.

– Zmęczyłam się. Nie mam już sił. Trzy doby... Albo cztery? Czas się tu zatrzymał. I życie...

– Trzeba iść, kochana – westchnął Rusłan.

– A co, jeśli Sańka ma rację? Powiedział przecież, że kiedy Chrust... Kiedy Jegorka nadepnął na tę pułapkę, to zadziałał jakiś mechanizm. Zamknął jedne przejścia i otworzył inne... I jesteśmy w labiryncie...

– A więc trzeba wrócić i znów włączyć tę obrotową podłogę. Wtedy mechanizm znów zadziała i droga powrotna się otworzy.

– Nie chcę wracać do tamtej dziury. Boję się.

– Trzeba, Lena…

Ciekawe, czy Rusłan zdawał sobie sprawę, że nie mogą już znaleźć nawet drogi do tamtej pułapki? Trzeba oddać sprawiedliwość Machiejewowi. Przez cały ten czas trzymał się dzielnie. Dlatego właśnie Lenka Berger zakochała się w nim bez pamięci. Dlatego, że był silny. Nie tylko fizycznie, ale też moralnie. Natomiast on, Sańka Zagorski, przez te dni w podziemnej pułapce był strasznie słaby. Wpadał w panikę. Krzyczał na przyjaciół. Przeklinał Chrustaliowa i jego głupotę, która doprowadziła go do śmierci. I teraz, kiedy rozjaśniło mu się w głowie, wstydził się swojego zachowania i starał się trzymać w cieniu. Być niezauważalnym. Dlatego, że jest tu ona, Lena, którą zawsze kochał. I oto patrzy na tę parę. Z ciemności, odsunąwszy się od światła dekoracyjnej świecy. A tych dwoje chyba całkiem zapomniało o jego istnieniu. Ale on istniał. Patrzył, jak Lena siedzi tamtemu na kolanach i tuli się do niego. A on ją obejmuje. Głaszcze palcami jej kolana przez potargane w ciągu tych kilku dni błądzenia dżinsy. A teraz całuje ją w skroń. I w policzek.

Sasza Zagorski płonął z zazdrości. Nienawidził ich teraz i gotów był po raz kolejny wpaść w histerię. Gotów był porzucić ich tu i odejść, by w pojedynkę szukać wyjścia z jedyną działającą latarką. A oni niech sobie gruchają w blasku świeczki, której płomień rozświetli resztę ich życia.

Ale oto płomyk świecy się zachwiał. Przeciąg? Podmuch powietrza z pobliskiego wyjścia na powierzchnię? Ale tamci nie dostrzegli, że ognik zadrżał. Złączyli się już w rozpaczliwym pocałunku, jakby w gwałtownej erupcji swoich nastoletnich hormonów próbowali znaleźć chociaż jakąś pociechę przed rychłą śmiercią. I nawet nie pojmowali, jak ta śmierć była bliska. Oto ona. Albo on. Albo... ONO!

Straszne bladoszare oblicze pojawiło się na granicy słabego światła i wiecznego mroku. Potworny grymas, w którym zamiast oczu ziały ogromne wyrwy prowadzące w otchłań. W nieopisany strach. Jak w tamtej studni. Jak na tamtym zdjęciu.

Sasza Zagorski chciał do nich krzyknąć: „Uważajcie! Uciekajcie! Śmierć jest tutaj! Jest z nami! Zabierze was!". Chciał, ale nie mógł. Nie mógł nie tylko krzyczeć, ale nawet się poruszyć. Po prostu patrzył na to, co będzie dalej. Czy to paraliżujący strach, czy to zazdrość nie pozwalała mu ocalić przyjaciół. Milczał. Patrzył i czekał...

I ktoś wymierzył mu policzek...

* * *

– Co jest, do cholery! – Kret szeroko otworzył oczy i popatrzył na pochylonego nad nim Tigrana, który przyglądał się Zagorskiemu z niepokojem.

– Kurde, Sania, co się z tobą dzieje? – mruknął.

W tym samym momencie pojawiła się kształtna ręka Rity Gżel z wacikiem nasyconym amoniakiem. Aleksander szarpnął głową, skrzywił się i odsunął od źródła ostrego zapachu.

– Tigro, to ty mnie uderzyłeś? – spytał Zagorski, prychając.

– Kompletnie nie dało się ciebie dobudzić. I krzyczałeś we śnie.

– Krzyczałem? Co takiego krzyczałem?

– Śmierć z nami...

Zagorski potrząsnął głową i zacisnął powieki. Znów otworzył oczy i potoczył wzrokiem po wszystkich. Bagramian. Rita. Żołnierz piechoty morskiej odwrócony do tyłu i patrzący na to, co się dzieje w przedziale desantowym transportera. Wygolony tył głowy kierowcy mechanika w skupieniu prowadzącego wóz do miejsca przeznaczenia.

– Rita, zabierz to, proszę. Niedobrze mi już od tego zapachu.

Kobieta rzuciła wacik na podłogę i wróciła na swoje siedzenie. Tigran usiadł obok niej. Wciąż patrzył na Aleksandra z wahaniem.

– Brachu, tak żeś wrzasnął, że sami o mało nie zaczęliśmy krzyczeć...

– Po prostu przyśnił mi się koszmar – westchnął Zagorski, masując sobie skronie.

– No, tego to jakby się domyśliliśmy. Ale to, że nijak nie mogłeś się obudzić, było ciut dziwne.

– Po prostu mocno spałem... A gdzie my w ogóle jesteśmy?

– A w ogóle jesteśmy na ulicy Gagarina – uśmiechnął się Tigran. – Przejeżdżamy obok Liceum nr 2.

Słysząc to, Aleksander rzucił się do górnego luku i go otworzył.

– Co on wyprawia? – burknął sierżant Michiejew.

– Ej, Sania, co ty?! – zawołał Tigran, przeciskając się przez właz w ślad za nim.

– To moja szkoła – wyrzucił z siebie Zagorski. – Uczyłem się w niej. I Jegor. I Rusłan. I Lena... Moi przyjaciele.

Koledzy z klasy… – Utkwił wzrok w szkole numer dwa miasta Kaliningrad.

Z całego budynku ocalały tylko dwie dolne kondygnacje. Wszystko, co było wyżej, leżało porozrzucane dookoła w formie odłamków i stosów tłuczonej cegły. Część pozostałości górnych pięter leżała też w niewielkim jabłoniowym sadzie, który oddzielał budynek szkoły od jezdni ulicy Gagarina. Zagorski wspomniał, jak po lekcjach rzucali się tymi jabłuszkami z dzieciakami z innej klasy… W uszach zabrzęczał mu dzwonek na przerwę. Hałas dzieciarni… Aleksander zacisnął powieki, znów potrząsnął głową i spojrzał na swoją szkołę.

– Sania, wiesz co… – Bagramian klepnął go po plecach. – Wszystko rozumiem. Ale trzymaj się. Podjeżdżamy już do twojego domu.

– Tak, dziękuję – kiwnął głową Zagorski. – To po prostu moja szkoła. Której zresztą nie zdążyłem ukończyć. Tyle że moja klasa nie ocalała. Była na czwartym piętrze. Już, Tigran. Po prostu daj mi chwilę.

– Dobrze, bracie. – Poszukiwacz wrócił do wnętrza transportera.

Sasza przymknął oczy i znów zobaczył, jak straszne blade oblicze zbliża się do zrozpaczonych Rusłana i Leny.

– A więc ty zawsze byłaś obok… Przez całe moje życie… Kim jesteś, albo czym?

– Śmierć z wami… – usłyszał wibrujący diabelski szept. Szeptało jakby samo powietrze spowijające zburzone miasto i przenikające puste oczodoły okien ocalałych budynków. Zagorski wzdrygnął się i wrócił do środka, zatrzaskując za sobą właz.

* * *

Uderzenie jądrowe rzeczywiście oszczędziło tę część miasta. W każdym razie, jeśli porównać ją z innymi dzielnicami Kaliningradu, przez które dziś przejeżdżali.

Stare budynki częściowo straciły dachy. W czteropiętrowych blokach wykrzywiły się betonowe płyty na górnych kondygnacjach, w każdej chwili grożąc upadkiem. Niektórych domów nawet nie tknął pożar. Krzewy i młode drzewa bezczelnie przeciskały się przez asfalt i płyty chodnikowe, odbijając terytorium dawnych władców przyrody.

Aleksander Zagorski stał niezdecydowany, spoglądając na szary dom o czterech piętrach. Bliższa ściana szczytowa budynku pochyliła się i jakimś cudem jeszcze nie runęła. Za krzakami, na drugim końcu budynku, tam, gdzie zaczynała się ulica Młodej Gwardii, prowadząca wprost na lotnisko Devau[30], widniały szczątki samolotu An-2, jednego z tych, które tam bazowały. Na suchych gałęziach starego martwego drzewa kołysały się na wietrze strzępy materiału. Wszystko, co zostało ze spadochronu.

– To twój dom? – zapytał Tigran.

– Tak – odparł cicho Zagorski, powoli rozglądając się dookoła. To mój dom. O, tam zwykle ojciec stawiał samochód. A teraz go nie ma. Widać gdzieś pojechał…

---

30 Königsberg-Devau – pierwsze w Niemczech i jedno z pierwszych na świecie lotnisk pasażerskich, powstało w 1919 roku. Pierwsza w ZSRR międzynarodowa trasa lotnicza prowadziła właśnie tutaj, z Moskwy przez Rygę. Po wojnie i do niedawna lotnisko było bazą młodzieżowego aeroklubu DOSAAF.

– Sasza, dobrze się czujesz? – spytała Rita.

– Szczerze? Nie. – Aleksander potrząsnął głową. – Idziemy.

– Koledzy, ja zostanę z Knyszem w transporterze. Mamy tu coś do zrobienia – powiedział Michiejew. – Tigran, weź automat. Na wszelki wypadek…

Wyciągnął do niego AKM z pełnym magazynkiem.

– Mam PM – machnął ręką Bagramian.

– Stary, tą zabawką można co najwyżej straszyć małoletnią dresiarnię. Weź. A nuż przylecą dzikie psy. Albo jakieś inne stwory.

– Psy to bardziej w nocy… Dobra, dzięki. – Tigran oddał PM Ricie i wziął automat. Ruszyli w ślad za byłym mieszkańcem tego domu, kierującemu się w stronę środkowej klatki.

Zagorski wchodził ostrożnie. Tynk, który osypał się z sufitów, chrzęścił pod nogami. Kurz i obfitość pajęczyn dowodziły, że bardzo dawno nikt tędy nie chodził. Po wejściu na pierwsze piętro, Aleksander zatrzymał się przed drewnianymi drzwiami, w których niegdyś wyłamano oba zamki i wykręcono wizjer. Po prostu stanął i patrzył na nie, ciężko oddychając.

Tigran i Rita zatrzymali się z tyłu i obserwowali go uważnie.

Trudno było wyobrazić sobie, czego teraz doświadczał Zagorski. Jakie uczucia targały jego sercem i umysłem. Wiele lat temu, będąc jeszcze w zasadzie dzieckiem, wyszedł przez te drzwi. Spotkał się z przyjaciółmi i wybrał do Piątego Fortu, słuchając głosu swojej pasji. Na pewno myślał, że wieczorem znów przestąpi ten próg. Zje kolację po powrocie z ekscytującej wycieczki – mama oczywiście zrobi pyszną kolację. Potem weźmie prysznic, zmywając z siebie brud podziemi, i usiądzie przy komputerze. Będzie grał w jakąś grę. Albo gadał z kimś na fejsie. Ale nie wrócił. Spędził nieskończenie długie dni w podziemnej pułapce i wyszedł stamtąd tylko na chwilę, żeby poznać straszną wiadomość: świat, w którym żył, za chwilę zniknie. I jego domem stanie się to straszne podziemie, które zabrało mu przyjaciół i możliwość powrotu do domu...

– Słuchajcie, nie mogę tam wejść – powiedział cicho po długiej pauzie. – Co, jeśli oni wciąż tam są?

Tigran westchnął i przysiadł na schodkach. Potem pociągnął Zagorskiego za nogawkę.

– Usiądź no obok, brachu. Opowiem ci coś.

Aleksander posłusznie usiadł i utkwił wzrok w sąsiedzie.

– Co dokładnie?

– Pamiętasz, spytałeś mnie dzisiaj, jak sobie radzę. Jak zmuszam rzeczywistość, by nie miażdżyła mi psychiki. Więc tak. Była wojna. Mała w porównaniu z tym, co stało się później. Biorący w niej udział kraj nawet niespecjalnie ją dostrzegał. Ludzie żyli tak, jak zwykle. Robili zakupy. Oglądali telewizję. Pili piwo. Świętowali Nowy Rok. Co ich obchodziło coś, co działo się gdzieś na peryferiach kraju? A nasza wojna zniszczyła duże miasto. Byli tam bandyci, przeciwko którym walczyliśmy, i pokojowo nastawieni mieszkańcy, których wszyscy zostawiali w spokoju. I oto nasza kompania idzie na nowe pozycje. Ze starych wyparł nas nieprzyjaciel. A z kompanii mało co zostało. Idziemy przez piekło, w które zamieniło się to miasto. Zburzone kwartały.

Płonące drzewa na podwórkach. Spalone czołgi, które nie zdążyły ani razu wystrzelić. Wszędzie trupy. Wrogowie. Nasze chłopaki. I pokojowi mieszkańcy. Starsza kobieta leży, zabita przez bombę. Obok siatki ze słoikami przetworów, które niosła. A my idziemy i wszystkiego tego nie dostrzegamy. W głowie dzwoni po niedawnej bitwie. W gardle ucisk i nudności od smrodu gnijących ciał. I nagle widzę małego miejscowego chłopaczka. W zakrwawionym płaszczyku. Twarz ma w sadzy. Ma jakieś siedem lat. Stoi, patrzy na nas i płacze. To nie był zwykły płacz. To w ogóle najstraszniejszy dźwięk, jaki w życiu słyszałem. Nie wybuch miny o metr od ciebie, nie świst kuli snajpera przy skroni. Nie. Najstraszniejszy był jego krzyk. I do tej pory tak jest. Podbiegł do mnie i krzyknął jeszcze głośniej: „Wujaszku, niech mi wujaszek pomoże, proszę!". A ja wlokę się i nie mogę oderwać od niego wzroku. A on cały czas krzyczy. I nagle uświadamiam sobie, że gdzieś obok leży pewnie jego zabita matka. Albo cała rodzina. I on jest tak porażony tym, jak niewiarygodnie przerażająca rzecz mu się przytrafiła, że nie wierzy w to, co się dzieje i myśli, że jakiś dorosły wujek może jeszcze wszystko naprawić. Ja i wszyscy moi żołnierze przechodzimy obok w milczeniu. Wszystko nam jedno. A mnie jego krzyk doprowadzał do szaleństwa. Próbowałem znaleźć usprawiedliwienie dla swojej bezczynności. Myślałem, że to pułapka. Pójdę z nim, a on rozerwie nas obu granatem. Albo zaprowadzi do bojowników. Albo wsadzi mi nóż w plecy. Nienawidziłem sam siebie za taką małoduszność, ale mimo to szukałem dla niej uzasadnienia. I w końcu odeszliśmy. Nie wiem, co się stało z tym chłopczykiem. Najprawdopodobniej nie przeżył tamtego dnia. Wkrótce przyleciały samoloty szturmowe i zaczęły bombardować tę dzielnicę. Zrzucali bomby na wroga, miasto, a nawet na nas. Ale tego chłopczyka mam wciąż przed oczami. I słyszę jego krzyk. I kiedy wszystko dookoła jest paskudne i zaczynam czuć, że się poddaję, przypominam go sobie znowu i znowu. I wtedy rozumiem: jakkolwiek źle by mi było… Jemu było sto razy gorzej. I nie może mi być tak źle jak jemu, dlatego że nie jestem bezbronnym małym chłopcem, w którego życie tak wcześnie wtargnęła śmierć. I dlatego nie mogę się martwić. To pewnie straszne i cyniczne, że tak mówię. Ale chłopczyk, mimo że w końcu mu nie pomogłem, stał się moim aniołem stróżem. Sam tego nie wiedząc. Nie może mi być tak źle jak jemu. A teraz, Sańka, pomyśl o jednej rzeczy. Na całym świecie doszło do apokalipsy. Ale, co ważniejsze, apokalipsę przeżył też każdy z osobna. Każdy swoją. Niektórzy – na długo przed tą naszą. Ten chłopiec wcześniej niż my wszyscy zrozumiał, co to takiego śmierć, piekło i najprawdziwszy koniec świata. Rozumiesz? Tak więc pozbieraj się. Weź się w garść. Albo ci przyłożę.

Zagorski, który słuchał tego wszystkiego uważnie, przełknął ciężką gulę, która utkwiła mu w gardle. Wstał, wziął głęboki wdech i otworzył drzwi. Postał chwilę niezdecydowany i wszedł do swojego mieszkania.

Tigran popatrzył na Ritę. W jej oczach były łzy. Nie spuszczała wzroku z Bagramiana.

– To prawda? – szepnęła.

Tigran skinął głową.

– Tak.

– I to, że nie pomogłeś temu dziecku? To też prawda?

– Także...

Zdecydowanym krokiem pokonała pozostałe schodki i podążyła w ślad za Aleksandrem.

Tigran zerwał się na nogi.

– Rita, posłuchaj, ja...

– Zostaw mnie! – szarpnęła gwałtownie ręką i weszła do mieszkania.

Bagramian patrzył za nią z zakłopotaniem. Potem machnął ręką z niezadowoleniem:

– Ech, te baby...

* * *

Mieszkanie odwiedzili oczywiście szabrownicy. I to nie raz. Jednak większe rzeczy zostały. Widocznie najbliższe schronienie ocalałych znajdowało się tak daleko, że nie próbowali zaciągnąć tam szafy, kanapy, czy czegoś w tym rodzaju. Wszystko, co zostało w mieszkaniu, walało się w totalnym nieładzie. Przedmioty pokrywała imponująca warstwa zbutwiałych liści, które przynosiły tu wiatry w ciągu wielu jesieni. Pojawienie się jednego z byłych mieszkańców tego domu wzburzyło obecnych lokatorów. Stado wielkich szczurów wyrwało ze wszystkich kątów, szukając ustronniejszej i solidniejszej kryjówki przed nieproszonymi gośćmi. Zagorski powoli obszedł pokoje i kuchnię. Zajrzał do łazienki. Przy tym cały czas ściskał w garści swoją kurtkę na piersi, jakby próbując chwycić własne serce, gotowe pęknąć na widok tego, w co zmienił się jego dom. W tym chaosie absolutnego bałaganu zupełnie nie dało się zorientować, czy mogą się tu znajdować szczątki rodziców. I bał się nawet szukać jakiejkolwiek wskazówki, że byli tu w tym fatalnym momencie, w którym cywilizacja zapadła się w otchłań.

Może rodzice szukali go i nie było ich w domu. W końcu na podwórku nie ma samochodu ojca. A to znaczy, że śmierć dosięgła ich w jakimś innym miejscu. Ale nie tutaj. Wtedy czułby się lepiej. Dorosły Sasza zdawał sobie przecież sprawę, że nie wytrzyma, jeśli natknie się tu na szczątki matki lub ojca. Po prostu pęknie mu serce i umrze.

Zagorski wszedł do sypialni rodziców i zaczął rozgrzebywać śmieci obok ich łóżka. Pod łóżkiem, tak jak się spodziewał, zawalona zbutwiałymi liśćmi i szczurzym łajnem, leżała stara czarna aktówka. Wyciągnął ją i ostrożnie otworzył.

Badaniem podziemnego dziedzictwa dawnych panów tej ziemi zaczął się zajmować jeszcze jego dziadek. Potem ojciec przejął od niego tę fascynację, która dostała się widocznie Aleksandrowi w spadku razem z genami taty. Jednak ojciec nigdy nie popierał pasji Saszy. Beształ go nawet i nie pozwalał mu ruszać jego zbioru zapisków, wydruków i kserokopii jakichś dokumentów. Rzecz w tym, że jeszcze będąc studentem, jego ojciec tak samo wyprawił się z przyjaciółmi, by badać jakieś stare niemieckie kazamaty. Dwaj jego koledzy zniknęli w nich bez śladu…

I oto teraz, po tym całym chaosie, który ogarnął świat, po tylu długich latach i wszystkim tym, co trudno było sobie nawet wyobrazić, młody Zagorski dorwał się do ojcowskiej kolekcji dokumentów, zapoczątkowanej jeszcze przez dziadka. I wierzył, że kryje się tu klucz do wielu tajemnic podziemi.

Sasza zaczął ostrożnie przeglądać plik papierów. Jest i wydruk z internetu…

– Tigran! – zawołał i odwrócił się. Za nim była Rita, dziwnie surowa i zamyślona. W głębi, w korytarzu, opierając się łokciami o ścianę, stał Bagramian.

– Co? – zapytał cicho.

– Powiedzieli, że okręt nazywa się Dignidad?

– Chyba tak.

– Mój ojciec wydrukował o nim artykuł z internetu.

– To wszystko, czego szukałeś?

– Zdaje się, że tak. Wszystkie papiery, których potrzebuję, są w tej aktówce.

– W takim razie idziemy na dół. Opowiesz tym z piechoty morskiej, co to za Dinigad.

– Dignidad.

– Jeden pies. Idziemy.

* * *

Andriej Michiejew palił papierosa przy transporterze opancerzonym i obserwował, jak Zagorski, po wyjściu z domu, przetrząsa teczkę z papierami.

– Nie rozumiem, co ma z tym wspólnego Chile? – odezwał się w końcu.

– Czyżby to nie było jasne? – mruknął Aleksander. Zdawało się, że papiery przeniosły go do innego świata, gdzie nie ma żadnego zburzonego Kaliningradu i spustoszonego rodzinnego gniazda. Gdzie nie ma myśli o umarłych rodzicach. Zanurzył się po uszy w tym, co pasjonowało go przez całe życie. – Kiedy Trzecia Rzesza upadła, bardzo wielu nazistów, bojąc się kary, uciekło.

W tym bardzo wielu – do Ameryki Południowej. Dignidad to była kolonia w Chile. Ściśle zamknięta. Niewiele było o niej wiadomo. Tym bardziej, że przez długie lata w Chile rządził Pinochet i wspólnota międzynarodowa w ogóle nic nie widziała o osiedlach nazistów w tym kraju.

– Chcesz powiedzieć, że ci dziwni przybysze są z Chile?

– Chcę powiedzieć, że ich okręt nazywa się tak, jak kolonia Paula Schäfera[31].

– A to kto? Jakiś znany nazista?

– O jego nazistowskiej przeszłości nic tu nie ma. Ale wiadomo, że Schäfer stracił oko na froncie wschodnim. Ten facet, którego wyłowił statek, na którym pracował mój ojciec, był zbiegłym niewolnikiem z tej kolonii. I to dlatego mój ojciec zainteresował się tą historią.

– A po co oni tu przyleźli?

Zagorski umilkł i znieruchomiał, wpatrując się w jakąś kserokopię, która zatrzymała się w jego rękach.

– Sańka, słyszysz? Co tak ucichłeś? – zaniepokoił się Michiejew. – Co tam wykopałeś?

– To jest kopia jakiejś notatki służbowej majora SMIERSZ[32] Jeremiejewa.

– A kto to taki?

---

31 Paul Schäfer – założyciel osady Dignidad (obecnie Villa Baviera). W 2006 roku został skazany na 20 lat więzienia za przestępstwa seksualne wobec dzieci oraz ich torturowanie. Oskarżany także o liczne uprowadzenia i zabójstwa przeciwników politycznych reżimu generała Pinocheta.

32 Kontrwywiadowcza struktura „Smiert szpionam" (ros. „Śmierć szpiegom"), utworzona w ZSRR podczas drugiej wojny światowej. Podporządkowana osobiście Józefowi Stalinowi.

– Mój pradziadek… Tu jest napisane… Oberführer Konrad… Przy próbie zatrzymania jego samochodu pancernego oblał siebie i przewożone dokumenty benzyną i podpalił…

– Nie pofarciło się kolesiowi. I co?

– Oprócz spalonych zwłok Konrada, jego kierowcy i niższego rangą oficera SS, prawdopodobnie ochroniarza, w pojeździe odkryto trupa cywila… Po strzępach nadpalonych dokumentów ustalono, że był to akredytowany zagraniczny dziennikarz… – Zagorski umilkł i podniósł wzrok na żołnierza. – Obywatel Republiki Chile.

Michiejew patrzył na Aleksandra w zadumie. Potem wzruszył ramionami.

– Tak czy inaczej, nie widzę związku. Minęło dziewięćdziesiąt lat.

– Mój pradziadek zajmował się poszukiwaniem tak zwanego obiektu Walhalla, znajdującego się przypuszczalnie w Prusach Wschodnich. Potem to śledztwo zamknięto. Pojawiły się informacje od agentury w Berlinie, że obiekt ten był dezinformacją odciągającą znaczne siły sowieckiego wywiadu i kontrwywiadu. A operacja zatrzymania Konrada była związana właśnie z poszukiwaniami Walhalli. Ale podczas ucieczki zlikwidował tak archiwum, jak i siebie. Przy czym, jak wynika z tego dokumentu, spalone ciała miały przestrzelone czaszki. Kierowca i Chilijczyk mieli w głowie kule pochodzące z jednego pistoletu. Znaleźli go u Chilijczyka. Ochroniarz i oberführer zginęli od kuli z pistoletu Konrada. A więc Konrad i Chilijczyk zastrzelili świadków i sami siebie, widząc, że nie mają wyjścia otoczeni przez naszych. A samochód pancerny spłonął, bo w środku było bardzo dużo paliwa. Za dużo jak na taki wóz. I dokumenty były z jakiegoś specjalnie natłuszczonego papieru, żeby nie zachował się nawet fragment.

– A po co miał się w to mieszać zagraniczny dziennikarz? Chroniło go prawo międzynarodowe – rozłożył ręce Andriej. – Wyszedłby i podniósł ręce do góry.

– Richard Sorge[33] też był dziennikarzem – uśmiechnął się Tigran. – W tamtych czasach była to najbardziej rozpowszechniona przykrywka dla tajnych agentów.

– A czy Chile było w tamtej wojnie sojusznikiem Niemiec?

Zagorski potrząsnął głową.

– Nie. Ale od dziewiętnastego wieku w Chile osiedliło się bardzo wielu imigrantów z Niemiec, a szczególnie z Prus Wschodnich. Mieli stare kontakty.

– A po co ci tu teraz przypłynęli?

– Obiekt Walhalla – rozłożył ręce Aleksander.

– Ale przecież sam mówiłeś, że to był mit. Dezinformacja.

Zagorski wstał i spojrzał uważnie na żołnierza.

– A co jeśli nie?

---

33 Richard Sorge (1895–1944) – sowiecki agent wywiadu pochodzenia niemieckiego. Pracował w Japonii. Stracony przez Japończyków w 1944 roku.

ROZDZIAŁ 13

ROZMOWNY JENIEC

– I jakiż to zabłąkany wiatr cię tu przywiał? – Zły uśmiech pojawił się na twarzy Stieczkina, przyglądającego się uważnie Paulowi Rojesowi.

– Przepraszam, nie całkiem rozumiem…

– Jak się tu znaleźliście, jeśli naprawdę jesteście z Chile?

– Przypłynęliśmy okrętem.

– Słuchaj, kolego sympatyczny, ty tu z nami nie pogrywaj. Nie rżnij głupa…

– Wiem. Dużo nam mówili o barbarzyńskim okrucieństwie Rosjan w stosunku do jeńców – powiedział posępnie Paul.

– Co? Coś ty powiedział? – Major aż wstał. – Kto ci takich głupot nagadał, bydlaku?

– Ochłoń, Wasilicz – uspokoił go chorąży. – Zanim ich tu wysłali, ani chybi zrobili im tam pranie mózgu. Propaganda, rozumiesz.

Sapiąc ze złości, Stieczkin spojrzał na swojego towarzysza i znów usiadł za biurkiem.

– Możesz być spokojny: jak będzie trzeba, zacznę cię torturować. Jak będzie trzeba, połamię ci kości i powyrywam paznokcie. Tak więc mów jasno i precyzyjnie. Po co tu przypłynęliście?

– Po dziedzictwo założycieli.

– Jakie dziedzictwo?

– To wie tylko nasze dowództwo.

– Kim są założyciele?

– Założyciele zamkniętych kolonii Trzeciej Rzeszy. Wychowałem się w jednej z nich.

– No i kim oni są? – sposępniał jeszcze bardziej Stieczkin.

– Powinien pan przecież rozumieć… Kiedy klęska Trzeciej Rzeszy była tylko kwestią czasu i władze to rozumiały, zaczęła się realizacja przygotowanych na ten szczególny moment planów ewakuacji majątku Rzeszy. Jednak ludzie kierujący tymi projektami nie byli w pewnych kwestiach zgodni. Na przykład byli tacy, którzy chcieli zawrzeć odrębny pokój z Wielką Brytanią i Stanami Zjednoczonymi, aby otworzyć wspólny front przeciwko Sowietom. Byli tacy, których rozczarował Adolf Hitler jako przywódca narodu i jego błędy, które doprowadziły do katastrofy. Ale byli i tacy, którzy na zawsze pozostali wierni führerowi. Między frakcjami zaczęły się intrygi i wrogość. To nie najlepiej odbiło się na ewakuacji wielu ważnych obiektów. W rezultacie nosicieli idei, wiedzy i tajemnic Rzeszy porozrzucało po całym świecie.

– Na przykład? No, o Chile już wiem. Gdzie jeszcze?

– Mówią panu coś takie nazwiska jak Wernher von Braun? Albo Otto Skorzeny? Von Braun z grupą swoich inżynierów i oficerów SS osiedlił się w USA i później stał się ojcem i szefem całego amerykańskiego programu rakietowego i kosmicznego.

– Jankesi go złapali – uśmiechnął się Stieczkin.

– Gdyby tego nie chciał, nie udałoby im się. Po prostu von Braun uznał, że praca dla Amerykanów będzie dla niego lepsza. I wtedy pozostali stracili wiedzę, która dotyczyła programu rakietowego Rzeszy. Skorzeny uciekł do Hiszpanii. W tym czasie rządził tam Franco. Potem Skorzeny dogadał się z izraelskim wywiadem. W ten sposób nie tylko zabezpieczył się przed ich zemstą, ale też dostarczał ważne informacje tym założycielom, którzy osiedli w Argentynie i Chile. Ale byli i tacy, którzy praktycznie zerwali z pozostałymi i osiedlili się na Antarktydzie.

– Aż tak?

– Proszę sobie wyobrazić. Najliczniejsze osady i kolonie Rzeszy mieściły się właśnie w Ameryce Południowej. I wiele z nich funkcjonuje po dziś dzień. Na przykład nasza. W ostatnich latach przed wielką wojną chilijskie władze próbowały wprawdzie z nami skończyć. Ale przez te długie lata mocno się tam zakorzeniliśmy. W czasach generała Pinocheta ściśle współpracowaliśmy z jego tajną policją DINA. Dało nam to siłę i przydatne kontakty, które nie zawiodły nas również po dojściu do władzy w Chile zgniłych liberałów.

– W jaki sposób współpracowaliście? – zmrużył oczy major.

Paul umilkł, opuściwszy wzrok.

– Czemu milczysz, Gomez?

– Nazywam się Rojes. U nas na przykład albo w willi Grimaldi, istniały tajne ośrodki tortur dla więźniów politycznych. Podejście przemysłowe do uśmiercania ludzi i likwidacji szczątków.

– A to sukinsyny! – ryknął Szestakow.

– Cicho, Edik. – Teraz to major uspokajał towarzysza. – Spójrz na niego, jemu się to chyba nie podoba. Wstyd ci, tak, Pedro?

– Mam na imię Paul. Nie mogę powiedzieć, że takie rzeczy sprawiają, że jestem dumny z przodków. Jestem legionistą, ale nie fanatykiem. Chociaż muszę przyznać, że doświadczenia doktora Mengele, które u nas kontynuował, wpłynęły na naszą medycynę w sposób pozytywny.

– Mengele? – podskoczył Szestakow. – Chyba nie Josefa Mengele?

– Słyszał pan o nim? – zdziwił się Rojes.

– Ależ o tym potworze cały świat słyszał!

– Tak, po tamtej wojnie ukrywał się u nas przez jakiś czas.

Chorąży wycedził kilka grubych przekleństw i znów usiadł.

– Skąd macie taką broń i hełmy? To też przywieźli założyciele? – zapytał Stieczkin, zapalając papierosa.

– Jeśli chce pan wiedzieć, hełmy M-35 wprowadzono na wyposażenie w armiach niektórych południowoamerykańskich krajów i używano ich aż do końca. Jest ich tam dużo i dostawaliśmy je. Tym bardziej, że przypominały nam o utraconej Rzeszy. A broń… Cóż, w niektórych koloniach, w tym i u nas, na początku zorganizowano produkcję na niewielką skalę, kopiując to, co udało się ewakuować z Niemiec. Potem zaprzestano, ale wyprodukowaną broń długo trzymano w naszych magazynach.

– A sprzęt pancerny?

– Pojazdów pancernych nie mieliśmy. Dopiero po katastrofie udało nam się zdobyć pewną ich liczbę dla swoich celów. Należały wcześniej do wojsk argentyńskich i chilijskich.

– Gdzie się tak nauczyłeś mówić po rosyjsku?

– W ośrodku szkoleniowym. Obowiązkowy był angielski i niemiecki, a dodatkowo były zajęcia z francuskiego albo rosyjskiego, do wyboru. Zaczęło się to jeszcze wtedy, gdy próbowaliśmy, udając chilijskich komunistów i socjalistów prześladowanych przez Pinocheta, przerzucać przez Kubę agentów do waszego kraju. Słyszałem, że uczestniczyli w tym nawet ludzie z wywiadu amerykańskiego i służby specjalne. Ale wciąż przeszkadzali nam agenci z komunistycznych Niemiec, kiedy jeszcze istniały. Cały czas pojawiali się w pobliżu naszych kolonii. I przenikali do środka. Ale kiedy Niemcy Wschodnie zostały połknięte przez Zachodnie, archiwa Stasi[34] dotyczące naszych baz na szczęście od razu zniknęły. Nawet w Niemczech Zachodnich mieliśmy wysoko postawionych przyjaciół. No, a potem przestaliśmy się tym zajmować. Odszedł Pinochet i mieliśmy większe problemy. Ale naukę języków wciąż kontynuowano.

– A dlaczego wybrałeś właśnie rosyjski?

– Zawsze chciałem przeczytać Dostojewskiego w oryginale.

– Patrzcie go!

– A dlaczego nie? – uśmiechnął się Rojes.

---

34 *Stasi* – Ministerstwo Bezpieczeństwa Państwowego NRD.

– Ładnie śpiewasz – skinął głową Szestakow. – Ale to wszystko tylko dygresje. Najważniejsze – jaka jest wasza liczebność? Tylko nie waż się kłamać!

– Kłamać? Rozumie pan, że mogę wymienić dowolną liczbę i nie będziecie mieli absolutnie żadnej możliwości, żeby sprawdzić jej wiarygodność? Nie jest tak? Wasi obserwatorzy na brzegu raczej nie zdołają czegokolwiek ustalić. Po dzisiejszej zasadzce nasi ludzie z pewnością podjęli dodatkowe środki ostrożności i wątpię, żeby wasi zwiadowcy zdołali jeszcze raz podejść tak blisko, jak tego ranka.

– A jeśli przyniosę zaraz lampę lutowniczą, to powiesz, ilu was jest? – wyszczerzył zęby chorąży.

– Możecie oczywiście mnie torturować. Łamać kości. Zgodnie z groźbami, wyrywać paznokcie. Ale nawet w takim wypadku wątpliwości dotyczące dowolnej liczby, jaką wskażę, i tak pozostaną…

– Taki jesteś pewny siebie, Gomez? – zmrużył oczy Stieczkin. – Dobra, Edik, przynieś tę twoją lampę. I młotek szewski. Będziemy rozmawiać inaczej. A na miejscu zobaczymy, co robić z twoimi zeznaniami. Jak bardzo będą wątpliwe…

Szestakow skinął głową, wstał ze skrzypiącego krzesła i skierował się do drzwi.

– Zaczekajcie! – podniósł głos jeniec. – Popełniliście już jeden błąd. Nie róbcie nowego!

– Błąd? O czym mówisz? – Major lekko skłonił głowę.

– Mówię o bojowym starciu, do którego doszło między nami i wami.

– Czyli popełniliśmy błąd, odpierając atak uzbrojonego wroga? To chcesz powiedzieć, Pedro? – zaśmiał się Stieczkin.

– Popełniliście błąd wcześniej, zabijając naszego człowieka na brzegu. Nie przybyliśmy, by prowadzić wojnę. Przyszliśmy po dziedzictwo założycieli. To wy się wmieszaliście i pierwsi przelaliście krew.

– Przyszliście uzbrojeni po zęby. Zatknęliście swoją flagę na moim poligonie. Na naszym terytorium. To tak się teraz przeprowadza misje humanitarne?

– Jesteśmy uzbrojeni, bo taka jest dzisiejsza rzeczywistość. Nie wyobraża pan sobie, z jakimi stworami mieliśmy okazję się zetknąć. Widać słabo się pan orientuje, jakie monstra zrodziła ziemia po katastrofie.

– A niektóre potwory, jak tak patrzę, pozostały z dawnych czasów. Tak?

– Niech pan posłucha. Jest jeszcze czas, żeby naprawić sytuację. Nie uczestniczyłem w tej niedawnej bitwie. Ale ci, którzy mieli szczęście ujść z niej z życiem, mówili, że biliście się jak prawdziwi legioniści narodowego socjalizmu…

– Jak powiedziałeś? – zmarszczył brwi Stieczkin. – Legioniści narodowego socjalizmu? Moi chłopcy bili się tak, jak wypada rosyjskiej piechocie morskiej. Zrozumiano, *muchachos*?

– Szanujemy silnego i mężnego przeciwnika. Ale nie wypowiadaliśmy wam wojny. Mamy jeszcze szansę się porozumieć. Poniesione przez nas straty są bolesne i niepowetowane. Ale przyłączenie się do nas będzie właściwym krokiem, korzystnym tak dla nas, jak i dla was.

Major i chorąży spojrzeli po sobie. Stieczkin podrapał się w podbródek.

– A kim ty jesteś, żeby proponować nam alians? Kto ci dał pełnomocnictwa?

– Nikt. I nie zajmuję na tyle wysokiej pozycji w hierarchii legionu. Ale znam potrzeby naszego bractwa. I wiem, że sojusze z tymi, którzy zdołali dowieść swoich zdolności w boju i w obecnych warunkach, są dla nas znacznie ważniejsze niż konfrontacja.

– A jeśli powiem wprost w twoją nazistowską gębę, że w mojej kolonii, oprócz Słowian, których wasz dziadek Adolf uważał za niepełnowartościowych, są też przedstawiciele osiemnastu narodowości? I nawet jeden Żyd. Od razu zaczniesz się krzywić czy dalej będziesz grać misjonarza?

Jeniec uśmiechnął się i pokiwał głową.

– Czyżby myślał pan, że chwytamy się obecnie teorii ras jak powietrza? Mówiłem panu przecież, oficer SS Otto Skorzeny współpracował z izraelskim wywiadem. W naszym legionie są ludzie będący w jednej czwartej, a nawet jednej trzeciej Indianami. Teoria ras w dużym stopniu się przeżyła. Nieważne, kim jesteś: Rosjaninem, Niemcem czy Filipińczykiem. Dowiedliście swojej siły przeżycia przez te lata. To jest najważniejsze.

Po tym, jak Rojes skończył mówić, Szestakow głośno kaszlnął w kułak. Stieczkin zrozumiał ten sygnał: chorąży chce z nim o czymś pomówić. Niezwłocznie i sam na sam.

– Dobra, zaczekamy z tymi torturami, kolego. – Paweł skinął potakująco głową i zawołał w stronę drzwi: – Boria! Kapitanie!

Po sekundzie pojawił się Kolesnikow.

– Jestem...

– Wyprowadź naszego gościa, zamknij i czekaj na rozkazy. No i daj mu coś do żarcia.

– Tak jest!

Major odprowadził wzrokiem osoby, które były w tej rozmowie zbędne, a kiedy został z Szestakowem sam, spojrzał na chorążego.

– Edik, o co chodzi? Nasz informator chyba nie na żarty się rozgadał, nawet bez twojej lampy lutowniczej, a ty nagle przerwałeś rozmowę. Coś jest nie tak?

– No... – Szestakow zmierzwił siwe włosy na potylicy. – Jak by to powiedzieć...

– Mów, jak jest.

– Co sądzisz o jego propozycji, dowódco?

– O tym, żeby zawiązać z nimi sojusz?

– Tak.

– Bzdury jakieś, przyjacielu.

– A to dlaczego?

– Cóż, po pierwsze, kim on jest, żeby podnosić podobne kwestie i składać takie propozycje? To zwykły knecht. Szeregowy pionek. Po drugie, Edik, nawet jeśli nie próbuje nam mydlić oczu, jaki my, do licha, możemy mieć z nimi sojusz? Widziałeś ich symbolikę? Poza tym stoczyliśmy już z nimi bitwę. Nasi chłopcy zginęli!

– Dowódco, teraz ja coś powiem – westchnął Szestakow. – Po pierwsze. Nie jesteśmy na tyle zorientowani w ich hierarchii, żeby ocenić, czy to szeregowy knecht, czy też jego słowo ma jakąś wagę. Po drugie. Wybacz, ale ta bitwa wywiązała się z jednego powodu: zdjąłeś na plaży ich żołnierza. Pierwsi otworzyliśmy ogień.

– Do diabła, Edik, ty też?! To tamten żołnierz pierwszy otworzył ogień!

– Ale pierwszą krew przelaliśmy my. To była ich krew. Ja również, tak jak i ty, boleję nad śmiercią naszych ludzi... Ale w końcu ich żołnierzy stuknęliśmy znacznie więcej.

– I co? Mamy się wstydzić, że wyszkolenie naszych jest lepsze niż ich? Prosić o wybaczenie? A może pozwolimy im wyrównać rachunki?!

– Ależ nie gorączkuj się tak, dowódco. Chodzi mi o to, że to nie są czasy na wybrzydzanie. Szczególnie dla nas tu i teraz.

– Wyjaśnij.

– A co tu wyjaśniać? Teren od Bałtyjska do Jantarnego jest skażony truciznami z morza. Jesteśmy tu w piekle. I zasoby, które czerpiemy z ocalałych magazynów bazy w Bałtyjsku i batalionu inżynieryjnego nie są przecież odnawialne. Wspólnota z Pionierskiego ma znacznie czystsze powietrze, nawet tam polują. Ale nie możemy się do nich przyłączyć. Mają ograniczoną przestrzeń, im samym ledwie starcza. Piąty Fort? Miejsca jest dużo, ale nas tam nie chcą. Na razie możemy handlować i z jednymi, i z drugimi. Ale przecież wcześniej czy później paliwo i reszta gratów z magazynu się skończą. I w zamian za żywność nie będziemy im mieli co zaproponować. A tu pojawia się możliwość, żeby zmienić równowagę sił. Jeśli jest choć cień szansy, żeby zawrzeć sojusz z tymi przybyszami, to trzeba na to spojrzeć jak na optymalny wariant. Myślisz sobie, swastyki. Myślisz, nazistowska kolonia. Wiesz, nad czym się zastanów? Żyjemy na tej ziemi już niejedno pokolenie. Ale zdaje się, że w tej samej ziemi zostało coś, co jest na tyle ważne w obecnych warunkach, że zmusiło tych ludzi do opłynięcia praktycznie połowy globu. I to w naszych czasach! Raczej nie dla zabawy przepłynęli przez ocean i równik, prawda? Czy byłoby źle, gdybyśmy też mogli coś z tego dziedzictwa mieć?

– Mówisz o zmianie równowagi sił w naszym regionie przy ich pomocy? – zmrużył oczy major.

– Właśnie. Ale niekoniecznie siłą. Być może również przy pomocy tych środków, które kryją się za tym tajemniczym dziedzictwem założycieli.

– Przyjacielu, nie mogę uwierzyć, że mówisz to poważnie! Tak, znaleźliśmy się w bardzo trudnej sytuacji i przekroczyliśmy wszystkie wyobrażalne realia przetrwania przewidziane dla tego bunkra. Ale niech cię diabli, i Piąty Fort, i Pionierskij... To przecież nasi ludzie! Przecież jesteśmy jednym narodem.

– Dowódco, może by tak bez patosu, co?

– Co masz na myśli?

– Te słowa o jednym narodzie, Pasza. Kiedy my byliśmy jednym narodem? Kiedy byliśmy razem? Może nasi dziadowie, którzy poświęcali życie i zdrowie dla wspólnej świetlanej przyszłości, to widzieli. Tylko co z tego pozostało? Najpierw rozpad kraju. Wszyscy się podzielili. Na biednych i bogatych. Białych, czerwonych, czarnych, niebieskich. Na stolicę i prowincję. Każdy był drugiemu wilkiem. Nawet bez różnic narodowościowych i religijnych. Jeden drugiego oszukiwał. Chciał naciąć. Okraść. Od byłego taksówkarza do prezydenta z jego cholernym parlamentem. A co się potem stało, kiedy zaczęło się całe to diabelstwo? To z nimi tworzymy jeden naród? Z tymi z Piątego Fortu? Z tymi z Pionierskiego? Ty, ja i gwardziści, wierni tobie do końca – to jest jedyny naród. I powinniśmy myśleć o tym, jak mamy przetrwać. Jeśli uda nam się w tym celu wykorzystać jakichś południowoamerykańskich Mohikanów ze swastykami zamiast piór, to dlaczego nie?

– Znamy się niejedną dekadę, chorąży. Ale kiedy słyszę od ciebie coś takiego, mam wrażenie, że widzę cię pierwszy raz w życiu.

– Wasilicz, ja to rozumiem. Jesteś oficerem. Przywykłeś zawsze iść na wprost i na przebój. Ale w naszej sytuacji trzeba być też politykiem. A polityka to elastyczność i szukanie wszelkich alternatyw. Rachunek zysków. Pomyśl o tym.

Stieczkin przez jakiś czas patrzył z niedowierzaniem na swojego towarzysza broni. Człowieka mądrego życiowym i wojskowym doświadczeniem. W kolonii był najstarszy wiekiem i liczyli się z nim wszyscy. W tej liczbie również ci, którzy formalnie byli ponad nim. Starsi w hierarchii wojskowej.

– Edik, mój drogi... – uśmiechnął się major. – A nie pomyślałeś, że on nas po prostu wpuszcza w maliny? Nie pomyślałeś, że jeśli taki układ jest możliwy, porzucą nas przy pierwszej okazji? Porzucą i, co bardziej prawdopodobne, wbiją nam nóż w plecy. Nie pomyślałeś o takiej możliwości?

– Oczywiście, że pomyślałem, dowódco – pokiwał głową stary chorąży. – A kto ci powiedział, że przy pierwszej okazji, porzucić i wbić im w plecy noża nie będziemy mogli my?

ROZDZIAŁ 14

W LABIRYNCIE

Transporter parł naprzód. Teraz przejeżdżał przez stare trawiaste lotnisko Devau. Asfaltową nawierzchnię placyku przed głównymi zabudowaniami lotniska dawno już przebiła trawa i krzewy. W różnych miejscach walały się szczątki samolotów An-2, niektóre z nich były w takim stanie już przed katastrofą – przez brak środków finansowych.

Chodziły słuchy, że teren historycznego lotniska chciano oddać pod zabudowę willową dla bogaczy. Czy było to prawdą, czy też nie, nie wiadomo. Tak czy inaczej, globalny kataklizm przekreślił wiele, jeśli nie wszystkie ludzkie plany.

Samo pole startowe już dawno i to obficie zarosło wysoką trawą, głośno szeleszczącą pod miażdżącymi kołami wozu pancernego.

Tigran uważnie obserwował Aleksandra, który bezwiednie okazywał coraz większą nerwowości w miarę, jak zbliżali się do wskazanego wejścia do podziemnego świata Prus Wschodnich. Spoglądać na Ritę Bagramian nie miał już najmniejszej ochoty.

Zagorski był cały czas zakopany w papierach. Niektóre odkładał na bok, inne uważnie oglądał, ściskając je w rękach trzęsących się nie tylko z przejęcia, ale i pod wpływem ruchu wozu. Czasem je odwracał.

– Sania, jesteś pewien, że musimy jechać właśnie do Pierwszego Fortu? – podzielił się w końcu swoimi wątpliwościami Tigran.

– Tak. Fort Jeden A. Ten jest najbliżej – powiedział szybko Zagorski.

– Jak to, do diabła, najbliżej, Sania? To po drugiej stronie miasta od Piątego Fortu!

– A my powinniśmy teraz Piątego Fortu unikać. I jest tu wyraźnie powiedziane, że forty łączyły podziemne przejścia. Powiedz mi lepiej jedno: na pewno nikt tam nie mieszka?

– Przez pierwsze dwa, trzy lata kryło się tam kilka rodzin. Ale potem zniknęły. Odeszli albo... – Tigran wzruszył ramionami.

– A więc nikt nam nie przeszkodzi – wyszeptał z ekscytacją Zagorski.

Od pola startowego lotniska do umocnień Pierwszego Fortu były dwa kilometry z kawałkiem. Jadąc dalej, transporter przecinał dzielnicę willi i domków letniskowych, bardziej zniszczonych przez czas, poszukiwaczy i szabrowników niż przez falę uderzeniową, która w tym rejonie była już wyraźnie zbyt słaba, by burzyć zabudowania jak domki z kart. Dalej, za niewielkim poletkiem, widniało zarosłe bujnymi krzewami wzniesienie o płaskim wierzchołku.

Otaczające Königsberg forty były do siebie podobne. Solidnie i trwale wrośnięte w ziemię budowle z czerwonej cegły podobne do płaskiej wieżyczki transportera opancerzonego. Zdawało się wręcz, że fort nie został zbudowany, lecz wynurzył się z ziemi i sterczał niczym pień, tak samo otoczony trawą, krzewami i mchem. Wokół niego widniała fosa, niegdyś wypełniona wodą. Potem zamieniła się w błoto, które obecnie wyschło i, podobnie jak w Piątym Forcie, było źródłem pewnej substancji, tylko z daleka przypominającej torf, przydatnej jednak do niektórych potrzeb gospodarczych. Otoczoną fosą wysepkę fortu ze światem zewnętrznym łączyły dwa przesmyki, wschodni i zachodni. Właśnie przed tym ostatnim zatrzymał się transporter. Łącznik zagradzały gęste zarośla i młode drzewa. Jasne było, że od wielu lat nie stawała tu ludzka stopa.

– Dalej będzie lepiej na piechotę – westchnął Michiejew. – Dłużej by nam zajęło przedzieranie się BTR-em niż na własnych nogach.

Wszyscy oprócz Knysza opuścili transporter. Ten tylko odsunął swój właz i wychylił się do pasa, ocierając hełmofonem pot z twarzy.

– To co, idziecie z nami? – Bagramian popatrzył na Michiejewa wyczekująco.

– Nie, bracie. Wybacz. Musimy wracać. Gwardia broni bunkra. I nie wiadomo, co tam się teraz dzieje. Liczy się każdy palec zdolny naciskać spust. Wy też byście się nam przydali.

– Rozumiem – Tigran westchnął ze zmartwioną miną. – Ale sam pomyśl: jeśli znajdziemy podziemny korytarz do was, to Krasnotorowka zdoła uniknąć oblężenia i nieuniknionych strat.

– Przyznaję. Cieszę się, że nas rozumiesz, sierżancie. – Michiejew uśmiechnął się. – I cieszę się, że tyle dla nas robicie.

– Znajdziecie sami drogę?

Żołnierz skinął głową.

– Jasne, nie zabłądzimy.

Tigran rozejrzał się dookoła. Spojrzał na Zagorskiego, który, jak się zdawało, tracił kontakt z rzeczywistością i pogrążał się we własnych myślach o czekającej ich podziemnej wędrówce. Obrzucił przelotnym spojrzeniem Ritę.

– Słuchajcie, chłopaki, zróbcie coś dla mnie. Podwieźcie naszą koleżankę do domu, do Piątego Fortu.

Już i tak posępna i blada Rita pobladła jeszcze bardziej.

– Co?! – wybuchnęła. – Czemuż to postanowiłeś nagle się mnie pozbyć?

– Nie postanowiłem się ciebie pozbyć... – rozłożył ręce Tigran, ale Rita przerwała mu, kontynuując gniewny atak:

– Więc o co chodzi?! Jak mam to rozumieć?!

– Ej, ludzie, no co wy?... – wymamrotał zakłopotany Michiejew.

– Ta wyprawa może być bardzo niebezpieczna! – ryknął na Margaritę Bagramian, też postanawiając podnieść głos.

– A co tak nagle pomyślałeś o niebezpieczeństwie, które może grozić innym?!

– Co?! Co chcesz przez to powiedzieć?!

– Sam się domyśl!

– Ach, więc o to chodzi?! Czyli ty tu jesteś przenajświętsza Matka Teresa, a ja bezduszny okrutnik?!

– Najważniejsze, że przenikliwy!

– Uciszcie się oboje! – wrzasnął nagle nieswoim głosem Aleksander. Stał, wytrzeszczając oczy na Tigrana i Ritę, i potrząsał rękami ściskającymi znalezione pod łóżkiem rodziców papiery. – Zmiatajcie do domu i tam urządzajcie sobie sceny rodzinne! Po cholerę mi tacy pomocnicy?! Tyle mam z was pożytku, co z Kolesia i Gazy!!!

– Ej, ciszej tam – zmarszczył brwi Tigran.

– No, nieźle – uśmiechnął się krzywo sterczący z luku Knysz.

Rita podeszła bardzo blisko do Bagramiana, spoglądając gniewnie i wyzywająco w jego ciemnobrązowe oczy.

– Widzę, że z Sanią dzieje się coś niedobrego. A ja nie należę to ludzi, którzy odchodzą, kiedy komuś może się przydać moja pomoc. Rozumiesz?

– Winę za to, że przeszedłem obok tamtego dziecka, czuję każdego dnia. Jasno, dobitnie i bez krzyków jakichś rozhisteryzowanych bab! – syknął w odpowiedzi Bagramian.

Zagorski machnął ręką i szarpnął Michiejewa za rękaw:

– Słuchaj, żołnierzu, macie granaty albo trotyl?

Kapral spojrzał ze zdziwieniem na Aleksandra.

– Myślisz, żeby przywiązać do tej parki? Też sądzę, że tylko to ich uspokoi…

– No jasne że nie, do czorta. Jeszcze za Sowietów stare niemieckie kazamaty często zagradzano metalowymi kratami i zastawiano blokami betonu, żeby nikt tam nie właził. Są tam miny i różne pułapki. Nieraz ludzie w takich miejscach ginęli.

– I co?

– Być może będę musiał oczyszczać przed sobą drogę.

– Wybacz, przyjacielu. Mamy tylko cztery granaty i ich nie oddam. Mogą się przydać do obrony kolonii. A trotylu nie mamy. A jeśli nawet bym miał, nie dałbym ci go. Prędzej urwie ci ręce i głowę, niż oczyścisz przejście. Z tym trzeba się umieć obchodzić.

– Ja mam trotyl – odezwał się Bagramian.

– Wali mnie, co ty tam masz! – arogancko odgryzł się Zagorski.

– Słuchaj, Sania, zachowaj może ten swój bojowy zapał na później, co?! Bo pogadamy zaraz po męsku i potem przez całą drogę będziesz utykał i ocierał gluty!

– Michiej... – Knysz klepnął po plecach swojego dowódcę. – Wyobraź sobie, co by było, gdyby ci przybysze napadli nie na nas, a na ich wspólnotę. Stawiam dwadzieścia papierosów, że Piąty Fort powybijałby się nawzajem, zanim tamci zbliżyliby się na odległość celnego strzału.

– Taa. Chyba masz rację. Halo, proszę państwa! Chłopcy i dziewczęta. Może byście się w końcu pogodzili? Czas na nas, a bardzo nie chcielibyśmy was opuszczać z ciężkim sercem, wiedząc, że po naszym odjeździe porozbijacie sobie nawzajem łby.

Tigran westchnął.

– Dobra. Zmieńmy temat. Michiej, wybacz te głupstwa. Rzeczywiście, żegnamy się w nie najlepszej atmosferze. Dziękuję za podwiezienie.

– No, a my tobie za paliwo.

– Ależ nie ma za co, bracie! – Bagramian wyciągnął do Michiejewa automat, który tamten dał mu pod domem Zagorskiego.

– Nie trzeba. Lepiej go sobie zostaw. To drobiazg.

– Jesteś pewny?

– Jestem. – Michiejew skinął głową i do broni dorzucił mu swój czarny beret. – I trzymaj jeszcze to. Jeśli przedmiot waszych poszukiwań jest rzeczywiście tak ważny dla wszystkich ocalałych, to niech będzie też trochę w imieniu naszej gwardii.

– Dziękuję, towarzyszu kapralu gwardii – uśmiechnął się Bagramian. Objęli się na pożegnanie i Michiejew wszedł na dach swojego transportera.

– Da Bóg, jeszcze się zobaczymy! – machnął ręką Tigran.

– Jak przestaniecie się kłócić, to bardzo możliwe – roześmiał się kapral, chowając się w luku transportera. BTR zawrócił i pomknął z powrotem.

Bagramian odprowadził go wzrokiem i spojrzawszy na towarzyszy, westchnął:

– No, chodźmy już…

* * *

Z zewnątrz fort był w opłakanym stanie. Może dlatego, że znajdował się na wschodzie i w swoim czasie bardziej mu się dostało od sowieckich haubic szturmujących „cytadelę pruskiego militaryzmu", jak kiedyś pisało się o tym w komunikatach prasowych. A może prawda była bardziej prozaiczna: czas i brak opieki dokonały tego, czego nie zdziałały wielkokalibrowe pociski burzące. Niektóre wejścia zatarasowane były przez wielkie bryły sklejonych na amen przez wysokogatunkową zaprawę czerwonych cegieł. Nie od razu wędrowcy znaleźli najlepsze wejście. Ale kiedy im się to udało, już po czterdziestu krokach natknęli się na kratę. Sądząc po śladach w ścianie, znacznie później niż zbudowano sam fort, wydrążono tu otwory na grube pręty, które choć kompletnie zardzewiały, to zachowały swoją dawną wytrzymałość. Przed tą kratą ściany były upstrzone najrozmaitszymi napisami: „Wowan Staszko jest głupi", „Coj żyje" i temu podobne. Zaś po drugiej stronie ściany były wolne od wszystkich tych bzdur wypisanych kredą, farbą w sprayu i wydrapanych zwykłym nożem. Tigran poświecił na kratę, w głąb korytarza. Ściany były tam upstrzone tylko dziurami po kulach i odłamkach wybuchających granatów.

– Nasi założyli kratę – podsumował obserwację.

– Po co? – zapytała Rita.

– Żeby smarkacze, którzy lubią pisać po ścianach, dalej nie łazili.

– Tak – kiwnął głową Zagorski. – Kiedyś ludzie ginęli w takich miejscach. Nadeptywali na miny albo na jakieś pułapki... – Natychmiast wzdrygnął się, przypomniawszy sobie, jak Jegor Chrustaliow zapadł się pod obrotową podłogę.

– No dobra. Będziemy wysadzać – westchnął Bagramian.

– Może lepiej poszukać innego wejścia? – Rita, demonstracyjnie ignorując Tigrana, skierowała pytanie do Aleksandra.

– Tego szukaliśmy prawie godzinę – powiedział ze złością urażony stalker. – Ile czasu stracimy, nim znajdziemy kolejne? I to zakładając, że w ogóle jakiś inny korytarz istnieje.

– Racja. – Zagorski spojrzał na starszego towarzysza. – Jak będziesz wysadzał?

– Normalnie – odparł tamten gderliwie.

Tigran uważnie obejrzał okrągłe sklepienie korytarza. Trzeba było się upewnić, że po wybuchu nie zawali się i nie zamknie być może jedynego wejścia do podziemia. Równie starannie trzeba było zbadać stalowe pręty kraty, by prawidłowo umieścić materiał wybuchowy i osiągnąć pożądany rezultat jak najmniejszym wybuchem.

Oględziny zajęły mu kwadrans, aż w końcu się odezwał:

– Biegnijcie na zewnątrz. Prędko.

– A ty? – zapytała ze zdziwieniem Rita.

– A ja tu, kurde, zostanę i polegnę bohaterską śmiercią! – odgryzł się Bagramian. – Zjeżdżajcie stąd, powiedziałem!

Margarita i Aleksander wyszli na powierzchnię. Zagorski przetarł okulary i ze smutkiem zaczął znów przyglądać się światu. Na skutek fascynacji tajemnicami starych podziemi, nawet w minionych czasach przytulniej było mu w półmroku takich właśnie katakumb. A co dopiero teraz, kiedy na powierzchni nie słychać przejeżdżających pobliską szosą samochodów, kiedy miasto jest martwe i z pewnością nie różni się tym od wszystkich innych miast świata.

– Dlaczego tak się złościsz na Tigrana? – zapytał cicho po długim milczeniu.

– Bo uważałam go za bardzo dobrego człowieka.

– Ludzie nie stają się nagle źli.

– Dziecko błagało go o pomoc, a on przeszedł obok. Jak tak można?

– W zwykłych okolicznościach, oczywiście, nie wolno tak robić. Ale w takich, w jakich on był… A jak ty byś postąpiła na jego miejscu?

– Pomogłabym! – podniosła głos Gżel.

Aleksander spojrzał na nią uważnie.

– A byłaś na jego miejscu, żeby tak mówić?

Ritę rozzłościło to pytanie, ale nie odpowiedziała.

Wreszcie pokazał się Bagramian. Szedł, licząc w skupieniu na palcach i szepcząc:

– I sześć, i pięć, i cztery, i trzy, i dwa…

W dole rozległ się huk. Ziemia drgnęła, z wąskiego wejścia buchnęły kłęby dymu i pyłu, do ludzi dobiegła charakterystyczna woń eksplodującego trotylu.

– Pomyliłem się o sekundę – mruknął Tigran. – Ale i tak nieźle.

– To jak, idziemy? – Zagorski ruszył zdecydowanie w stronę wejścia.

– Ej, zaczekaj! Ale mu się śpieszy. Chcesz zatkać sobie płuca pyłem? Trzeba poczekać z dziesięć minut.

* * *

Sto metrów dalej, po drugim zakręcie w lewo, powód wstawienia kraty stał się jasny. W dole, na styku ściany i podłogi, widniała charakterystyczna dla wybuchu wyrwa i osmalone cegły. A do muru przymocowano tabliczkę z wyblakłym od upływu czasu napisem: „W tym miejscu 22 XI 1953 roku zginął Jasza Subbotin, urodzony w roku 1940".

Kawałek dalej wisiała druga tabliczka: „OSTROŻNIE! TEREN ZAMINOWANY!".

– Chłopczyk miał tylko trzynaście lat – westchnęła Rita.

– Masz ci los – Tigran też westchnął, kucnął i przyjrzał się miejscu wybuchu. – Czuję, że czeka nas wesoły spacerek. Jednego tylko nie rozumiem: jak zainstalowano tu minę przy betonowym podłożu?

– Może po prostu przeciągnięto linkę aktywującą? – przypuścił Zagorski.

– Może – zgodził się Bagramian. – Dobrze by było. Wtedy musielibyśmy po prostu uważnie patrzeć przed siebie i pod nogi. Ale jeśli pod tym betonem jest zamaskowana jakaś pułapka, to może się pojawić świeża tabliczka.

– Odpukaj, durniu – powiedziała cicho Rita.

– A więc jestem durniem? – pokiwał głową Tigran. – Słuchaj, Sania, może popędzimy ją przodem? Tak czy inaczej to tylko balast. A tak chociaż drogę oczyści.

– Ty to jednak jesteś świnia! – zawołała kobieta.

– A myślałaś, że będziesz mnie obrażać, a ja zniosę to ze stoickim spokojem?!

– Drrranie! – warknął Zagorski i szybkim krokiem ruszył dalej.

– Sania! Stój, przecież tam są miny! – zawołał Bagramian i rzucił się w pogoń.

– Lepsze miny niż wy, cholerni idioci! – zabrzmiał wściekły głos Aleksandra.

W końcu Tigran dogonił Zagorskiego.

Złapał go za ramiona i z całej siły przycisnął plecami do ściany.

– Skończ z tą histerią, Kret! – syknął. – Musimy znaleźć tunel do Krasnotorowki i ocalić tamtejszą kolonię.

Jeśli ten tunel w ogóle istnieje. Ale nie powinniśmy tu głupio zginąć. Jasne?

– Uświadomcie sobie oboje, że mam gdzieś, czy zginę ja, wy czy kolejne setki ludzi, jeśli nie przestaniecie sobie dogryzać! – Zagorski zaczął nagle głośno sapać i wyrwawszy się z uścisku Bagramiana, powoli osunął się po ścianie, aż przysiadł. Zdawało się, że za chwilę się rozpłacze.

– Moi rodzice też ciągle się tak kłócili – powiedział cicho drżącym głosem. – O głupstwa. Z niczego brali powód do kłótni. Na przykład przez ojcowską pasję do wszystkich tych podziemnych tajemnic. Niby wszystko było w porządku. A po chwili słyszę, jak na siebie wrzeszczą. Może to dlatego przepadałem na całe dnie w różnych fortach, żeby ich nie widzieć i nie słyszeć. Ale teraz wszystko bym oddał, żeby usłyszeć choćby ich kłótnię. A wasze awantury doprowadzają mnie do wściekłości. Przypominają mi to, co mnie wtedy tak wkurzało. I przypominają, że nigdy nie zobaczę rodziców. Już tyle lat temu się z tym pogodziłem. Ale przez was…

Rita podeszła i przysiadła obok.

– Sasza, wybacz…

– Tak – kiwnął głową Tigran. – Wybacz, przyjacielu. Już nie będziemy się kłócić.

Bagramian spróbował objąć ramiona kobiety, ale ta drgnęła i zrzuciła jego rękę.

– No dobrze już, pomóż mi to odegrać – uśmiechnął się Tigran. – Może się uspokoi. Przecież po to z nami poszłaś?

– Jesteś takim zadowolonym z siebie złamasem! – pisnęła Rita, gwałtownie się podnosząc.

– A idź do diabła – machnął na nią Bagramian. – Chodźmy, Sańka.

Pomógł Zagorskiemu wstać i ruszyli dalej.

* * *

Delektując się papierosem, Stieczkin patrzył uważnie na mapę okolicy, analizując możliwe kierunku kolejnego ataku na ich wspólnotę. Nie był jednak skupiony wyłącznie na tym zadaniu. Myśli majora najbardziej zajmował teraz Paul Rojes i jego słowa. Ściślej – jego propozycja potencjalnego sojuszu. Oczywiście Chilijczyk z całą pewnością mógł to powiedzieć pod wpływem instynktu samozachowawczego i tyle. Ale jak taki sojusz był możliwy? I czy fakt, że major, gwardzista, żołnierz rosyjskiej piechoty morskiej w ogóle to rozważa, nie jest czymś nadzwyczajnym? Czymś niegodnym rosyjskiego oficera? Z drugiej strony patrzy na niego cała kolonia. A są tu nie tylko wierni mu gwardziści, niedobitki batalionu inżynieryjnego i załogi samego bunkra, ale i rodziny wielu z nich. Co będzie, jeśli dojdzie do oblężenia? Wszyscy naraz nie uciekną. Nie starczy miejsca w pojazdach. A ewakuować po trochu… Wtedy oblegający właśnie po trochu ich wybiją. Odwrót bez sprzętu… Skafandrów ochronnych też w żaden sposób nie starczy dla wszystkich, a iść trzeba będzie z dziesięć kilometrów, jak nie więcej, i to po skażonym terenie. Nie, w zaistniałych okolicznościach ewakuacja jest niemożliwa. Nawet gdyby było dokąd iść. Pozostaje inna opcja: wytrzymać oblężenie i bić się z wrogiem. Wykrwawić go podczas nieustępliwej obrony. Ale to oznacza nowe ofiary wśród jego ludzi. Poza tym po pierwszym niepowodzeniu nieprzyjaciel otrzymał posiłki z tamtego okrętu i w przyszłości na pewno będzie mądrzejszy. Albo wariant numer dwa. Pokój...

– No i co wymyśliłeś, dowódco? – zapytał cicho Szestakow.

– Dlaczego tak mi wstyd o tym myśleć, co, Edik?

– Dlatego, Pasza, że posiadasz moralne zalety, które sprawiają, że jesteś szanowanym przywódcą. Ale trzeba o tym pomyśleć. I to solidnie, rozumiesz.

– Rozumiem. Tylko powiedz mi, dlaczego plącze mi się po głowie hasło „twierdza brzeska"[35], hm?

– Ale porównanie znalazłeś...

– A dlaczego by nie, Edik? Nie szli na kompromis ani z wrogiem, ani z własnym sumieniem. Bili się wtedy dłużej niż cała Francja.

– I przegrali...

– Stary bałwan z ciebie, chorąży! – zwymyślał go dobrotliwie Stieczkin. – Przyjęli wdzierającą się do ich kraju wojnę tak jak należało, z jasną wolą zwycięstwa. Nie przegrali. Zrobili pierwszy krok ku zwycięstwu.

– Ale to była wojna, dowódco. Między nami i tymi przybyszami nie ma wojny, tylko jakieś pieprzone nieporozumienie, ot i wszystko.

– Tylko ani słowa o tym, że to ja otworzyłem ogień jako pierwszy...

– Ale przecież tak było. Nie chodzi chyba o swastyki?

---

35 Twierdza brzeska – miejsce jednego z pierwszych starć niemiecko-radzieckich podczas operacji „Barbarossa" w 1941 roku. Obrońcy długo opierali się przeważającym siłom Wehrmachtu, przez co bitwa zyskała w ZSRR i Rosji status podobny do obrony Westerplatte w Polsce (przyp. tłum.).

– I tak, i nie. Jeniec przecież jasno i wyraźnie dał nam do zrozumienia, kim są. To bezpośredni następcy tamtych nazistów.

– I czort z nimi! W swoim czasie Związek Radziecki też zawarł układ z Hitlerem.

– I czym to się skończyło?...

– Daj mi skończyć, Wasilicz. Naszą propozycję odrzuciły wtedy i Francja, i Wielka Brytania, i Polska. Nie chcieli razem z nami spacyfikować obłąkanego Adolfa. I wtedy poszliśmy z nim na układ, żeby zyskać na czasie. I zyskaliśmy go, jakkolwiek na to patrzeć. Przesunęliśmy granice. Uruchomiliśmy produkcję nowych czołgów. Zresztą sam to wszystko wiesz. Wtedy, w tamtych okolicznościach, układ z Niemcami był koniecznością. I teraz musimy, choćby chwilowo, ale tak czy siak z tymi Chilijczykami się pogodzić.

– Może i tak. Ale jakiś cień wątpliwości... Co zyskamy? Czas? A po co? Żeby odsunąć granice i uruchomić produkcję nowych czołgów? – Stieczkin uśmiechnął się.

– Może Michiejew dogada się z Piątym Fortem i otrzymamy jeśli nie bezpośrednie wsparcie, to chociażby parę ich czołgów, które pozostały po siódmym pułku ukryte gdzieś przez Samochina?

– Jak długo nie ma wieści od Andrieja? Z pewnością zginął. Wpadł w zasadzkę, jak Skworcow wtedy...

– No, w takim razie potrzebujemy tego cholernego nasojuszu, żeby nie było więcej żadnych zasadzek na naszych chłopaków. Choćby po to, Pasza.

– Taaa – westchnął Stieczkin, gasząc niedopałek w popielniczce, wśród pozostałości innych, niedawno wypalonych papierosów. – Gdyby ten cholerny drań

Samochin zgodził się na początku na nasze przesiedlenie, to tego wszystkiego by teraz nie było... Chociaż, z drugiej strony, Edik, gdybyśmy stąd odeszli, nie dowiedzielibyśmy się o desancie Chilijczyków, póki ci nie umocniliby się na naszym terytorium i nie zaczęli dobrze przygotowanej ekspansji. Może nie na darmo tu jesteśmy? Może to my jesteśmy tą przesuniętą granicą? Może teraz to my jesteśmy twierdzą brzeską?

– Może i tak – skinął głową Szestakow. – Tyle że teraz jakoś nie widzę alternatywy dla zawieszenia broni. Jeśli zyskamy czas, to, być może, ją znajdziemy. Ale na razie...

Drzwi do pomieszczenia nagle się otworzyły. Na progu stał Borys Kolesnikow.

– O co chodzi, kapitanie? – Stieczkin popatrzył na jego wzburzoną minę.

– BTR Michieja wrócił!

– I co? – zerwał się na nogi dowódca.

– Michiej jest ciężko ranny! W pancerzu są dwie dziury od faustów! Knysz lekko oberwał!

Stieczkin rzucił się do wyjścia. Odepchnąwszy Kolesnikowa, pobiegł korytarzem do punktu sanitarnego. Borys i Szestakow popędzili za nim...

Twarz kierowcy-mechanika Knysza była wysmarowana sadzą. Nawet część przykryta przez maskę, którą założył, będąc już na skażonym terenie. W końcu hermetyczna skorupa wozu pancernego była już naruszona trafieniami faustpatronów. Siedział i cicho pochlipywał, co i rusz wyklinając lekarza, który przewiązywał mu rękę.

– Doktorku! Ale co ty mi tu wciskasz?! To zadrapanie! Michiejem się zajmij!

– Kapralem zajęli się już inni. Będzie z nim dobrze. Wywinął się lepiej, niż nam się zdawało. I nie drzyj się na mnie. Mimo wszystko jestem wyższy stopniem.

– Co się stało?! – zawołał Stieczkin, wpadając do pomieszczenia.

Knysz próbował wstać, tak jak nakazywał regulamin przy wejściu dowódcy, ale Paweł stanowczym gestem położył mu rękę na ramieniu:

– Siedź, braciszku, nie podnoś się. Pytam, co się stało.

– Zasadzka. Mniej więcej w tym samym miejscu, w którym nakryli transporter Skworcowa. Michiej powiedział, że trzeba tamtędy przejechać na pełnej prędkości. I tak zrobiliśmy. Może gdyby nie on, to obu by nas tam…

– A dlaczego, głupki, wracaliście tą samą drogą?!

– Bo droga tam jest już dawno ubita. Wprawdzie czasem można się zapaść, ale tak czy owak, lepszej nie ma. W innych miejscach trzeba by było się długo przebijać, a mieliśmy za mało paliwa na pracę na podwyższonych obrotach. No i sprawa była pilna.

– A dlaczego was tak długo nie było? I gdzie się podziało paliwo? Przecież zawsze dajemy wam całkiem duży zapas.

– W tym właśnie rzecz… – Knysz skrzywił się z bólu od odłamka tkwiącego w ręce. – W tym właśnie rzecz, dowódco. W Piątym Forcie spili nas i zamknęli pod kluczem. I zwędzili nam całe paliwo.

– No, czyż nie sukinsyn z tego Samochina? – zaklął zza pleców dowódcy Szestakow.

– Zaczekaj, Edik. A co było potem? – spochmurniał Stieczkin.

– Potem... Jest tam u nich taki sierżant, mówią na niego Tigran. Ormianin czy Dagestańczyk. To właśnie on nas wypuścił w nocy. Potem pojechaliśmy po paliwo do jego skrytek. No i przy okazji ich podwieźliśmy.

– Kogo?

– No, Tigrana, poza tym tego... Sanię, który jest ich specem od podziemi. I kobitę, lekarkę. Powiedzieli, że jest jakiś tunel, który prowadzi od Keniga aż do Bałtyjska i zahacza o niemiecką część naszego bunkra. Mówili, że Samochin chce znaleźć to tajemne przejście. A oni sami chcą je znaleźć, żeby nam pomóc... Co tam z Michiejem?

– Liczne rany – westchnął Kolesnikow, wychodząc z sąsiedniego pomieszczenia. – Na razie nieprzytomny. Ale mówią, że przeżyje. To nic groźnego. Najważniejsze, że stracił niewiele krwi. A odłamki nawet nie weszły porządnie w ciało. Przeszły bokiem.

– Niech pan posłucha, towarzyszu majorze! Ten Sania powiedział, że okręt jest być może aż z Chile! – ciągnął podekscytowany Knysz.

– Już o tym wiemy. – Dowódca skinął głową.

– Skąd?

– Mamy jeńca.

– Jeńca?! – Knysz podskoczył. – Gdzie jest ta swołocz?

– Siadaj no! – ryknął Stieczkin. – I w ogóle, gołąbeczki, wbijcie sobie do głowy: nawet podczas wojny są zasady! I zgodnie z tymi zasadami dbamy o jeńców i strzeżemy ich życia! Jesteśmy rosyjskimi żołnierzami, a nie jakimiś tam rangerami z Abu-Ghraib!

Ostatnia nazwa mało komu i mało co mówiła. Ale Stieczkin ją pamiętał. Dla niego znęcanie się nad jeńcem byłoby czymś haniebnym. I to nie dlatego, że więzień mógł być kluczem do hipotetycznego porozumienia, a po prostu dlatego, że znęcanie się nad jeńcami to był faszyzm.

Szestakow wziął dowódcę pod rękę i wyprowadził na korytarz.

– Słyszałeś? – powiedział cichym głosem.

– Samochin to oczywiście łajdak…

– Nie. Mówię o tunelu. A co, jeśli Tigran go znajdzie? I co, jeśli ten tunel rzeczywiście do nas prowadzi? Pojawia się możliwość bezpiecznej ewakuacji.

– Ale jeśli znajdzie go Samochin…

– I w tym właśnie szkopuł. Oto kolejny powód, żeby zawrzeć z przybyszami pokój. Musimy zyskać na czasie. W tym również dla Tigrana.

* * *

„W tym miejscu 22 XI 1953 zginął Jasza Subbotin, urodzony w roku 1940”.

I kawałek dalej druga tabliczka: „OSTROŻNIE! TEREN ZAMINOWANY!”.

Tigran poświecił latarką na napisy i odwrócił się do pozostałych.

– Już trzeci raz! – rzucił z rozdrażnieniem. – Sania, jak długo będziemy tu błądzić?

Zagorski wyciągnął z kieszeni papierową torebkę z kredą.

– Mam nadzieję, że niedługo – mruknął, robiąc znaczek w kształcie strzałki z napisaną nad nią cyfrą „1”.

Robił to szczególnie dokładnie, nie jak zwykle niedbałym maźnięciem. Kret starannie kaligrafował strzałkę i cyfrę. Zdawało się, że pomaga mu to uporządkować kocioł myśli i niepokojów w głowie. Zagorski był po uszy w swoim żywiole i teraz wszystkie lęki i zmartwienia odeszły na dalszy plan. Zamazywał tą białą kredą strach przed przerażającym bladym obliczem, które prześladowało go w ostatnim czasie.

– Zaczekajcie, ale przecież natrafialiśmy tylko na ślepe korytarze, głuche ściany i drogi powrotne. To zamknięty labirynt i można tylko wyjść z powrotem na powierzchnię – zaoponowała Rita.

– Jeśli moje przypuszczenie jest słuszne, to nie do końca tak to wygląda – pokręcił głową Zagorski.

– Jakie przypuszczenie?

– Później – mruknął i odchodząc na odległość dwóch trzecich zasięgu światła latarki, zrobił nowy znaczek na ścianie.

Po zastosowaniu w ich poszukiwaniach tak trywialnego środka jak pozostawianie śladów kredą, wszystkie niewłaściwe drogi zostały odrzucone dosłownie po trzydziestu minutach chodzenia po labiryncie korytarzy i niewielkich pomieszczeń wypełnionych resztkami skrzyń na amunicję i miejscami zawalonych fragmentami sufitu. Przed nimi był ostatni korytarz i światło latarki sięgało jego ślepego końca. Było widać, że nie ma tam żadnych rozgałęzień. A zatem nie ma żadnej innej drogi, jak tylko powrotna, na powierzchnię i do miasta?

Aleksander obejrzał uważnie ściany ostatniego ślepego korytarza. Na dziesięć metrów w głąb były ceglane, a potem zaczynał się beton. Na styku dwóch materiałów widniała szczelina szeroka na kilka centymetrów i tak samo głęboka. Szpary były i w ścianach, i w podłodze, i w suficie.

– Widziałem już coś takiego – wyszeptał Zagorski i ostrożnie ruszył dalej. Zdawało mu się, że wiedział, na co się zaraz natknie i okazało się, że miał rację. Dziwny betonowy owal w betonowej posadzce z wąską stalową obwódką, zajmujący praktycznie całą szerokość korytarza, przypomniał mu o Jegorze Chrustaliowie.

– Stójcie. To jest to!

– Co to jest? – Bagramian spojrzał na owal ponuro.

– Coś w rodzaju pułapki. Ten, kto na to nadepnie, spadnie do studni, a fragment podłogi obróci się o sto osiemdziesiąt stopni. Dzięki temu uruchomi się ukryty mechanizm i korytarz za nami zamknie ściana, a mur przed nami się otworzy.

– Coś nie widziałem z tyłu żadnych drzwi, które mogłyby nas tu odciąć.

– To ten rowek dookoła, tam, gdzie kończą się cegły i zaczyna beton. Tam powinny się opuścić wrota.

– Jesteś pewny?

– Tak. Już się z czymś takim spotkałem.

– A pewny jesteś, że po tylu latach mechanizm zadziała?

– Pewność tu nie ma nic do rzeczy. Zaraz sprawdzimy.

Zagorski ostrożnie podkradł się do pułapki i leciutko nadepnął jedną nogą. Nic się nie wydarzyło. Nic nawet nie wskazywało, że podłoga się tu obraca.

– Tigran, pomóż mi!

Bagramian podszedł do Aleksandra. Zagorski chwycił go mocno za ramiona i naskoczył dwiema nogami na owal. Znowu nic.

– Zaczekaj. Może jest tu jakaś blokada? Może trzeba nacisnąć na drugi koniec? – Tigran cofnął się, wziął rozbieg i przeskoczył przez owal. Potem z całej siły uderzył podeszwą buta po bliższej ślepej ściany krawędzi pułapki. Podłoga nieco się poddała, opuściwszy się na jakieś dziesięć centymetrów, i wróciła do wyjściowego położenia. Nacisk wyraźnie nie wystarczył do pełnego obrotu.

– I dlaczego ściany się nie ruszają, Sania?

– Bo trzeba zrobić tak, żeby się cały obrócił. Wtedy zadziała.

– Proponujesz, żebym wskoczył dwiema nogami? Wtedy wpadnę do środka. Nawet jeśli złapię się krawędzi, to ta pokrywa albo przetrąci mi ręce, albo zmiażdży głowę.

– No tak – skinął głową Zagorski.

– W takim razie może wysadzę tę ścianę w cholerę?

– Po co, jeśli można ją otworzyć w ten sposób? Trotyl może nam się jeszcze przydać.

– No dobra – zgodził się Tigran, drapiąc się w szczecinę na podbródku. – W takim razie wróć do tego korytarza, gdzie sufit się porządnie osypał, i znoś tu jak najcięższe odłamki. Położymy je na tej połowie, a potem nacisnę nogą. A nuż się uda.

ROZDZIAŁ 15

SPRÓBOWAĆ NIE ZASZKODZI

– Nie, wszystko, oczywiście, rozumiem – marszczył brwi Borys Kolesnikow, w skupieniu przesuwając w dłoniach łańcuszek ze swoim nieśmiertelnikiem. – Dodatkowa gęba nie jest nam do niczego potrzebna. I wodę trzeba na niego tracić, i jedzenie, i do tego pilnować. A zwyczajnie go stuknąć to jakoś tak nie po naszemu. Nie po rosyjsku. Ale jednak tak go po prostu wypuścić… Dowódco, ile trudu nas kosztowało jego schwytanie!

– Ale chwytałeś go nie po to, żebyśmy go karmili i poili, zgadza się? – odparł Stieczkin. – Przesłuchaliśmy go, teraz od taktyki przejdziemy do strategii. Spróbujemy się z nimi dogadać.

– A jeśli on nam po prostu nawija makaron na uszy? Co jeśli nawet nie przekaże swoim ludziom naszej propozycji rozejmu? – dalej obstawał przy swoim kapitan.

– Ale tak samo prawdopodobne jest, że jednak przekaże im naszą propozycję i pertraktacje się odbędą – spokojnie odparował Stieczkin.

– Racja – skinął głową Szestakow. – Spróbować nie zaszkodzi, Boria. Niech idzie. Potrzebujemy zyskać na czasie. Michiej już się ocknął i potwierdził słowa Knysza, że Bagramian jest zdeterminowany, żeby odszukać prowadzący do nas tunel. A to znaczy, że wszystko, czego teraz potrzebujemy, to zyskać na czasie.

– I wy wierzycie, że taki tunel może istnieć? – Kolesnikow spojrzał z powątpiewaniem na dowódcę i chorążego.

– Właściwie, to wizyta tych Chilijczyków pośrednio potwierdza, że pod ziemią coś jest. Szukają czegoś, co nazywają Walhalla...

– Jeśli ten Juan Carlos nie kłamie – pokiwał głową Borys, przerywając majorowi.

– Nazywa się Paul Rojes. No, a jaki jest sens, żeby łgał akurat na ten temat? Informacja o Dignidadzie pokrywa się z tym, co przekazał nam Tigran przez Michieja. Ale przecież Rojes nie wie, że nasz sojusznik szuka tunelu, który nas uratuje. Tak więc przybyli tu w poszukiwaniu jakiegoś obiektu. Ale co to może być na naszym terenie? Obwód kaliningradzki nie jest duży, wszystko było na widoku. O niczym takim nie wiedzieliśmy. Pozostaje tylko coś pod ziemią. Bo pogłosek o podziemnym Reichu zawsze było aż nadto.

– No, nie wiem – z wahaniem wzruszył ramionami Kolesnikow. – Może i jest w tym jakiś sens.

– Więc jesteś przeciwko, Boria? – zmrużył oczy Stieczkin.

– Dowódco! Można by pomyśleć, że jeśli będę przeciw, to zmienisz swoją decyzję – uśmiechnął się kapitan.

– Nie zmienię. Nie ma tu demokracji, towarzyszu oficerze – mrugnął major. – Jest tylko subordynacja.

– Cóż, jeśli subordynacja, to jestem za – rozłożył ręce Borys.

– No i pięknie, braciszku. Prowadź tu tego *amigo*. Poinstruujemy go.

* * *

Dzień, który minął na dręczącym oczekiwaniu, zbliżał się do końca. Słońce skryło się w żółtawej mgiełce nadciągającej znad morza, na którym panowała całkowita flauta, i zabarwiło te trujące opary na złowieszczy czerwony wpadający w pomarańczowy kolor. Dookoła panowała niezdrowa cisza, nieprzynosząca ukojenia, a jedynie pogłębiająca niepokój i złe przeczucia.

Obchodząc warty, Borys Kolesnikow ostrożnie wdrapał się na wzgórze i przyłożył lornetkę do panoramicznego wizjera aparatu oddechowego. Nie wiedzieć czemu, poczuł się jak pogranicznik w odległym czterdziestym pierwszym roku. I wyobraził sobie, że to wcale nie zachód słońca, ale że wpatruje się przed świtem w mgłę nad Bugiem, za którym posępne czarne zastępy bezlitosnego wroga gotowały się do błyskawicznego ataku na jego ojczyznę.

Jeńca odwieźli w pobliże miejsca lądowania przybyszy jeszcze rano. A teraz mijający dzień dożywał swoich ostatnich godzin. Ale żadnych wieści od Rojesa nie było. Być może jego towarzysze gotowali się do ataku na Kolonię Krasnotorowską. Na szczęście Paul nie mógł przekazać wrogowi żadnych ważnych informacji. Jedynie potwierdzić to, z czego i tak zdali sobie sprawę po swoim nieudanym ataku: mieszkają tu dobrze przygotowani, zdecydowani i uzbrojeni po zęby gwardziści. I żadnych innych ważnych dla taktyki ataku informacji.

Czy obcy przygotowywali zmasowany atak, czy może wciąż jeszcze myśleli, że porozumienie jest możliwe?

Minuty rozciągnęły się w wieczność i Borys po raz kolejny spojrzał z irytacją na cyferblat zegarka dowódcy z symbolami piechoty morskiej. Towarzyszący mu żołnierz z automatem leciutko pociągnął oficera za łokieć i wskazał przed siebie.

Jakieś sto metrów od nich, z mgły, która spowiła już okolicę i dotarła do kolonii, powoli wynurzyła się samotna sylwetka mężczyzny idącego z południowego zachodu. Ubrany był tak jak wszyscy żołnierze nieprzyjaciela. Kombinezon. Maska. Stalowy czarny hełm M-35. W rękach miał kij z białą flagą. Przy pasie widniał jakiś pistolet.

– Bierz go na muszkę – powiedział Borys.

Ostrożnie, starając się być niewidzialnym, zszedł ze wzgórza. Wszedł za świeżo ułożone z worków z piaskiem przedpiersie i trzy razy mrugnął latarką w stronę idącego.

Przybysz zatrzymał się na moment, potem przyspieszył kroku i skierował się w stronę Kolesnikowa.

Sygnał latarką był przeznaczony nie tylko dla wysłannika Chilijczyków. Posłużył także jako rozkaz pełnej gotowości bojowej czujek dla ulokowanych w zamaskowanych stanowiskach. Teraz przybysza śledziło co najmniej dwanaście luf automatów i jedna cekaemu. A snajper i jego towarzysz przez celowniki optyczne wypatrywali innych nieprzyjacielskich żołnierzy.

Kolesnikow niespiesznie wyszedł na spotkanie. Nie wolno okazywać pośpiechu i niecierpliwości. Wróg powinien wiedzieć, że oni, Rosjanie, nie chcą pokoju z tymi przybyszami za wszelką cenę. A pośpiech negocjatora może sprawić, że będą myśleli inaczej.

– Stać! – głośno, przez maskę zawołał Borys, wyciągając przed siebie rękę.

– Jestem Paul Rojes – zza filtra przybysza dał się słyszeć znajomy już głos. – Borys, to pan? – zapytał, niepoprawnie akcentując imię kapitana.

– Tak, to ja. Co masz przy pasku? Broń? Ustaliliśmy chyba jasną zasadę…

– To? – Chilijczyk położył dłoń w rękawicy na rękojeści pistoletu, pewnie nawet nie podejrzewając, że w tej samej sekundzie tuzin kul mogło przeszyć mu głowę, nie zważając na stalowy hełm. – To pistolet sygnałowy… Eee… Rakietnica.

– Po co?

– Żebym dał sygnał mojemu oddziałowi o waszej gotowości do pertraktacji.

– Po co to? Gdzie jest twój oddział? Umówiliśmy się przecież, że przyjdą z tobą.

– Borys, to nie ja podejmuję decyzje. Przekazałem tylko wasze warunki. Moje dowództwo wam nie ufa i nie chce wchodzić na wasze terytorium.

– Czegoś tu nie rozumiem – Kolesnikow przygotował się już, żeby nacisnąć przycisk latarki i skierować światło na głowę Rojesa, skazując go tym samym na natychmiastowe rozstrzelanie.

– Moje dowództwo jest gotowe prowadzić z wami rokowania pokojowe, ale nie chce wchodzić do waszego bunkra i proponuje spotkanie na neutralnym terenie. Jestem upoważniony, żeby doprowadzić tam parlamentariusza po daniu sygnału świetlnego rakietnicą.

– Co to za neutralne terytorium?

– Tysiąc kroków za mną stoi nasz wóz pancerny. Możemy przedyskutować wszystko w środku. Tak proponuje moje dowództwo.

– Wasz wóz pancerny to neutralny teren? – uśmiechnął się Borys. – Zdaje się, że źle zrozumieliście nasze warunki. Nasz dowódca nie wpadnie w wasze sidła.

– A nasz nie chce wpaść w wasze – rozłożył ręce Rojes. – Wyjaśniłem im, że obchodziliście się ze mną znośnie i nie jesteście barbarzyńcami. Ale oni i tak…

– Znośnie? – zirytował się Kolesnikow. – Byłoby znośnie, jakbyś wrócił do swoich o kulach! A my cię niańczyliśmy jak małe dziecko!

– A więc rezygnujecie z pertraktacji? – w głosie Paula też było słychać rozdrażnienie, którego nie mogła ukryć nawet maska.

– Stój tu i czekaj. Zamelduję dowódcy. Zwróć się twarzą na zachód i się nie ruszaj. Jeśli będziesz patrzył, w jakim idę kierunku, moi strzelcy rozwalą ci głowę.

– Rozumiem. – Rojes machnął ręką, odwrócił się i utkwił wzrok w gasnącym zachodzie słońca.

* * *

– Cóż, kapitanie, niepotrzebnie się denerwujesz. Spodziewałem się z ich strony mniej więcej takiej propozycji – powiedział Stieczkin, witając Kolesnikowa przy śluzie.

– Nie podoba mi się to – zmarszczył brwi Borys.

– To wszystko są koszty dyplomacji.

– Więc co mam mu przekazać?

– Powiedz, że spotkamy się z ich wozem pancernym. Ahmet zaraz przyprowadzi nasz transporter i pojadę razem z tym Rojesem na dachu.

– A jeśli się pomylą i walną z fausta?

– A od czego jest biała flaga?

– Biała flaga na transporterze opancerzonym piechoty morskiej – Borys pokiwał głową z dezaprobatą.

Stieczkin uśmiechnął się.

– Ależ uspokój się, hurrapatrioto. Na dachu będzie siedział Rojes i to on będzie trzymał tę flagę. Tak że nasz honor nie zostanie splamiony.

– Pojadę z tobą, dowódco – powiedział stanowczo Kolesnikow.

– Nie sprzeciwiam się.

– Nikita! – zawołał Kolesnikow w stronę dyżurki. – Alf!

– Jestem! – odezwał się stamtąd gwardzista.

– Zmontuj mi szybko pas szahida! Jak najwięcej semteksu, naboje, granat i sznurek przymocowany do zawleczki, a z drugiej strony przez rękaw do nadgarstka!

– Pięć minut, towarzyszu kapitanie! Już się robi!

– A to po co? – ściągnął brwi major.

– Jak to? Jeśli to będzie jakieś oszustwo, to załatwię ich, siebie i, wybacz dowódco, ale i ciebie – rozłożył ręce Borys.

– Jesteś jednak psycholem, Boria – uśmiechając się, pokiwał głową Stieczkin.

– W końcu rosyjska piechota morska – mrugnął do dowódcy kapitan Kolesnikow.

* * *

Transporter opancerzony jechał z demonstracyjnie włączonymi reflektorami, oświetlając dodatkowo drogę światłem latarki siedzącego na pancerzu Paula Rojesa trzymającego białą flagę. Obok niego siedział Borys Kolesnikow – asekurując zamorskiego gościa, żeby nie spadł z trzęsącego się pojazdu. Jedną ręką trzymał za lufę skrytego w pokrowcu KPWT. W razie czego płachta brezentu nie będzie przeszkodą dla kul kalibru 14,5 milimetra, ale samą swoją obecnością wyraźnie demonstrowała pokojowe zamiary. Drugą – mocno trzymał Paula za pasek. W środku, oprócz kierowcy mechanika, znajdowali się strzelec, amunicyjny oraz Stieczkin.

Kilometr od bunkra, na wzgórzu, którego wierzchołek wystawał ponad ciężką toksyczną mgłę, stał transporter. Był to zagraniczny produkt, prawdopodobnie zaprojektowany niegdyś w Szwajcarii i produkowany w Chile na licencji trzyosiowy transporter piranha wyposażony w dwudziestomilimetrowego oerlikona.

BTR zatrzymał się przed zamorskim pojazdem i został natychmiast okrążony przez około dziesięciu strzelców.

Rojes zeskoczył z wozu i zaczął szybko mówić. Ktoś w czarnych rękawicach prawie do łokci kiwnął niedbale głową i trzymając w gotowości swój MP-44, machnął ręką do Kolesnikowa.

Borys powoli zszedł na ziemię.

– Kto tu dowodzi? – dał się słyszeć groźny i donośny głos majora Stieczkina wychodzącego z przedziału desantowego transportera. Zdjął maskę ochronną, żeby było go lepiej słychać. Na szczęście mgła snuła się niżej, niż się obecnie znajdowali. Część strzelców natychmiast skierowała na niego broń.

– To sturmleutnant Roland! – zawołał Rojes, przyskakując do majora i wskazując na człowieka w czarnych rękawiczkach. – Jego ludzie muszą was przeszukać, nim będziecie mogli wejść do naszego wozu.

– Nie traćmy czasu. Przeszukujcie – skinął głową Stieczkin.

– I wasz transporter też – dodał Paul.

– A to po co? Tam są moi ludzie i nie macie w środku nic do szukania.

Rojes przetłumaczył jego wypowiedź sturmleutnantowi. Ten potrząsnął głową i odwarknął coś ze złością.

– On nalega, majorze.

– A ja mam to gdzieś! Była mowa o neutralnym terytorium, a ja tu widzę prawie tuzin uzbrojonych żołnierzy. Jeśli coś wam nie pasuje, odjeżdżamy.

Paul znów przetłumaczył.

Po krótkiej pauzie Roland burknął coś, a potem machnął ręką i wskazał żołnierzom Kolesnikowa i Stieczkina.

Cudzoziemcy zaczęli rewidować dwóch Rosjan, szukając broni. Żołnierz przeszukujący Kolesnikowa zaniepokojonym głosem powiedział coś do Rolanda. Ten podszedł powoli do kapitana.

– Co. Tam. Jest? – wydusił sylaba po sylabie sturmleutnant.

– O, to ty gadasz po naszemu? A ja myślałem, że macie tylko jednego miłośnika Dostojewskiego w oryginale – uśmiechnął się Borys.

– Co. Tam. Jest! – z mniejszym opanowaniem powtórzył Roland.

– Ochrona przed ściemą – odpowiedział kapitan.

Sturmleutnant zapewne zmarszczył brwi. Pewności nie dawała jego maska. Surowym tonem zapytał o coś Paula i do Borysa zwrócił się już były jeniec:

– Kamerad pyta, co pan ma pod skafandrem na pasku?

– Już powiedziałem.

– Ale odpowiedział pan niezrozumiale.

– Materiał wybuchowy.

Rojes zerwał z siebie maskę i wytrzeszczył oczy.

– Co?! Po co?!

– To nasza gwarancja. Będzie z waszej strony ściema – będzie eksplozja. Tak jaśniej?

– Jaka znowu ściema?!

– Wrogie działania przeciwko nam. Od razu uprzedzam: paska nie zdejmę, a mój dowódca nie wejdzie do waszego wozu beze mnie. To są nasze warunki. Albo je przyjmujecie, albo *auf wiedersehen*. Przetłumacz to swojemu… syntezatorowi.

– Komu?

– Rolandowi, niech was szlag![36]

Paul zaczął szybko i z przejęciem tłumaczyć. W miarę jak wyjaśniał, co dokładnie jest ukryte pod skafandrem rosyjskiego kapitana, przeszukujący go żołnierz i sam Roland zaczęli się powoli odsuwać.

– Na ile pewny jest detonator? – przetłumaczył potem Paul pytanie sturmleutnanta.

– Wystarczająco pewny.

– Chodzi mu o prawdopodobieństwo niekontrolowanego wybuchu.

---

[36] Chodzi o japońską firmę Roland Corporation Japan – światowego lidera w produkcji elektronicznych instrumentów muzycznych.

– Powiedz mu, żeby się nie niepokoił. Pas wybuchnie tylko wtedy, kiedy ja zechcę. Tak więc w waszym interesie jest, żebym nie zechciał.

Rojes przetłumaczył. A potem przekazał kolejne pytanie:

– A na ile pewny jest pan?

– W kwestii wierności przysiędze, którą złożyłem, jestem pewny jak skała. Tak więc możecie nie mieć wątpliwości: jeśli coś pójdzie nie tak, polecicie z powrotem do Chile, tyle że w kawałkach. Ale jeśli interesuje go, czy jestem obłąkany, to powiedz mu, że zaczynam wariować, jeśli czuję zagrożenie i jakąkolwiek ściemę.

– Znów ta jakaś ściema?

– Pod tym słowem rozumiem zespół problemów, których możecie nam przysporzyć. Jeśli wszystko będzie się odbywać w sposób cywilizowany i zrobimy to, po co przyjechaliśmy, a konkretnie przeprowadzimy pertraktacje, to będę uosobieniem spokoju i nie macie się czego obawiać. Nie mam potrzeby pozbawiać się życia, a tym bardziej – zabijać swojego dowódcę, jeśli nas do tego nie zmusicie.

Roland milczał przez jakiś czas. Potem skrył się w swoim transporterze. Po chwili otworzył luk i machnął rękę.

– Wchodzimy – kiwnął Paul Stieczkinowi i Kolesnikowowi.

* * *

Wewnątrz paliło się światło. Na jednym z foteli dla załogi, na wpół odwrócony, siedział poważny człowiek dość mocnej budowy ciała, pomimo wieku wyraźnie przekraczającego sześćdziesiąt lat. Miał na sobie mundur w panterkę typu „plamka". Na rękawie miał nienagannie czystą nazistowską opaskę, co sprawiało, że w oczach Stieczkina czekające ich negocjacje stawały pod znakiem zapytania. Siedział z nogą założoną na nogę i powoli, małymi łyczkami pił z porcelanowej filiżanki jakiś aromatyczny napój. Z pamięci majora wynurzył się ten, zdawało się, znajomy zapach. Kawa!

Kiedy Stieczkin, Kolesnikow, Rojes i Roland rozsiedli się wewnątrz wozu bojowego, mężczyzna wyciągnął skądś termos i podał go Paulowi, mówiąc coś cichym głosem i wskazując na rosyjskich oficerów. Były jeniec skinął głową, wyjął spod siedzenia pudełko z filiżankami i zaczął nalewać do nich kawę, przekazując je kolejno Rolandowi, Stieczkinowi i Kolesnikowowi. Samemu Rojesowi filiżanka nie przypadła w udziale.

– Dobra weczór – uśmiechnąwszy się paskudnie, powiedział nieznajomy.

– Dużo jest u was takich, co znają rosyjski? – cicho zapytał Paula Borys, upijając łyk i podsuwając swoją filiżankę Paulowi.

– W różnym stopniu. Zasadniczo kilka ogólnych fraz. Ale są też tacy jak ja.

– Witam pana – skinął głównemu przeciwnikowi Stieczkin. – Major rosyjskiej piechoty morskiej, Paweł Stieczkin.

– Pistolet Steczkyn? – uśmiechnął się potężny facet i pokiwał głową z aprobatą. – Guud. Ja – centurion Elias Klausmüller.

– Jest pan dowódcą ekspedycji? – zapytał Paweł.

Centurion zmrużył oczy i spojrzał na Paula. Najwidoczniej Klausmüller rosyjskiej mowy praktycznie nie rozumiał.

Rojes przetłumaczył. Potem centurion przeszedł na niemiecki mieszany z hiszpańskim i rosyjscy oficerowie zrozumieli jego słowa dopiero w tłumaczeniu Rojesa.

– Nie jest najwyżej w naszej hierarchii. Ale jest drugą osobą w legionie i jest upoważniony do prowadzenia negocjacji i podejmowania decyzji.

– No, dobra, spróbować nie zaszkodzi – mruknął Stieczkin. – Tego nie tłumacz, Rojes. Tak tylko głośno myślę. A więc zaczynajmy…

CZĘŚĆ III

TOD MIT UNS

ROZDZIAŁ 16

ŚWIAT WIECZNEJ NOCY

Plan Tigrana zadziałał, co potwierdziło domysły Zagorskiego o pułapce zamykającej drogę powrotną i otwierającej wejście do innego, podziemnego świata, w którym, być może, nie było żywej duszy już od osiemdziesięciu ośmiu lat.

Przez jakiś czas patrzyli z niepokojem na ścianę, która opadła za ich plecami i każdy dumał pewnie o tym, że nie będą mogli wrócić, jeśli coś pójdzie nie tak. Czuli się pewniej, mając materiał wybuchowy, który, sądząc po grubości przeszkody odcinającej im drogę powrotną, powinien bez trudu wybić dziurę i dać im szansę na ocalenie. Po krótkim wahaniu troje wędrowców weszło w otwarty korytarz. Już po dwudziestu metrach ukazał się zakręt w lewo pod kątem prostym. Ze ściany wprost na nich patrzyły wyloty jakichś zardzewiałych rur. Po ich lewej stronie, już za zakrętem, kryły się niewielkie i równie zardzewiałe drzwi. Tigran trochę przy nich poczarował i otworzył je przy pomocy łomu i cichych przekleństw. Za drzwiami było niewielkie pomieszczenie z dwoma miotaczami płomieni, których lufy witały tych, którzy wpadli w pułapkę.

– Sprytnie wymyślone. Włącza się mechanizm pułapki i miotacze ognia tryskają palną mieszanką. Kto nie spłonie, ten się udusi, bo ogień pochłonie całe powietrze – mruknął Bagramian.

– A dlaczego się nie włączyły? – zapytał Aleksander.

– Chyba cię to nie zmartwiło, co, Sania? Pewnie nie ma paliwa. Albo zwietrzało. – Tigran ostrożnie otworzył jeden ze zbiorników miotaczy. W nos uderzyła ich ostra woń. – Zgadza się. Mieszanka zamieniła się w galaretę. Wszystko jest zapchane. Do tego zapalniki prochowe zawilgotniały. Ale ta galareta, sądząc po zapachu, wciąż jest łatwopalna. – Zakręcił ostrożnie wieko. – Dobra. Idziemy dalej. I bądźmy wszyscy maksymalnie uważni. Możemy się natknąć na proste miny, a to już rzecz solidniejsza i bardziej długowieczna.

– A jak chodzili tędy sami gospodarze? – zapytała Zagorskiego Rita.

– Pewnie mieli inny korytarz. Ukryty. A z tego nie korzystali…

Dalsza droga wydawała się nie mieć końca. Prosty korytarz prowadził naprzód i, jak się zdawało, coraz głębiej w dół. Czasem trafiały się otwory drzwiowe, za którymi znajdowały się ślepe pomieszczenia zawalone fragmentami krzeseł, stołów, strzępami jakichś papierów i zwisających przewodów.

Zakonserwowany prawie na stulecie podziemny świat, tak przyzwyczajony do wiecznych ciemności, że nawet trzem nieproszonym gościom światło ich latarek wydawało się być tu nie na miejscu, witał ich grobową ciszą. Jedynie kompas Tigrana pozwalał jakoś łączyć te zaświaty z równie martwym światem na powierzchni.

Tylko dzięki temu eksploratorzy wiedzieli teraz, że idą gdzieś na północny zachód.

Po drodze napotkali parę masywnych stalowych drzwi. Tigran poświęcił nieco materiału wybuchowego, żeby wysadzić je z zawiasów. Za jednymi z nich ukazało się częściowo zatopione pomieszczenie. Za nim był korytarz, kolejne drzwi i jeszcze jedno pomieszczenie, obszerniejsze i też częściowo zalane wodą. Znaleźli w nim sporo różnych przedmiotów, które zdecydowanie nie wyglądały na wojskowe wyposażenie. Na przykład sparciałą szmacianą lalkę, zardzewiały wózek czy szczątki walizki z obciągniętej sztuczną skórą dykty.

– Zdaje się, że był tu schron przeciwlotniczy dla cywili, który miał wyjście prowadzące do wspólnej sieci podziemnych przejść – przypuścił Tigran.

Po pobieżnym oglądzie pomieszczenia, któremu towarzyszył nieprzyjemny chlupot nóg w przesączających się wodach gruntowych, wrócili do tamtego suchego i robiącego wrażenie niekończącego się korytarza. Za drugimi żelaznymi drzwiami kryły się cztery generatory prądu. Naturalnie nie działały. Chociaż po tym, jak Zagorski odkrył w głębi labiryntów pod Piątym Fortem agregat, który nadawał się do remontu i pracy, można było spodziewać się wszystkiego. Te jednak rzeczywiście przerdzewiały na amen. Być może z powodu zbyt wysokiej wilgotności, na którą ten typ generatorów był mniej odporny. Do tego część podzespołów była zdemontowana. Były tam też rury odprowadzające spaliny i zasilające komory spalania powietrzem z powierzchni. W kącie lochu znaleźli coś w rodzaju hydrantu i jeszcze jeden kran. Widocznie dostarczano tędy paliwo.

Troje wędrowców wróciło na poprzednią trasę. Wkrótce korytarz ostro skręcił na północ, a trasa, którą dotąd szli, okazała się zasypana. Za zakrętem, na betonie, ukazały się tory. Całkiem wąskie.

– To jest to twoje metro? – uśmiechnął się Tigran, szturchnąwszy łokciem Zagorskiego.

Ten potrząsnął głową w zadumie.

– Oczywiście, że nie. Była tu chyba jakaś sieć zaopatrzenia. Pewnie wozili coś na wózkach.

Wkrótce odkryli pierwsze potwierdzenie tego przypuszczenia: po prawej w ścianie ciemniał szeroki szyb o okrągłym przekroju, który prowadził w górę. W studni dało się dojrzeć zardzewiałe resztki dźwigu, a także powyginane i miejscami wyrwane szczeble drabinki.

– Cholera! Na jakiej my jesteśmy głębokości!? – zawołał Bagramian, poświeciwszy latarką w górę. – Końca tej studni nie widać. A tam, jakieś dziesięć metrów nad nami, jest chyba otwór drzwiowy albo drugi korytarz. Co to w ogóle jest?

– Być może na powierzchni, nad szybem mieściła się bateria działek przeciwlotniczych, a może haubic. A tędy dostarczali jej amunicję.

– Czy to nie zbytnia rozrzutność tworzyć sieć tuneli, żeby dowozić amunicję? – zapytała Rita.

– No, w warunkach oblężenia miasta… A Königsberg, przypomnę, był miastem twierdzą. Tak więc, w warunkach oblężenia, kiedy prowadzony jest ostrzał artyleryjski i bombardowania, rozrzutnością byłoby właśnie przewożenie amunicji ulicami miasta. Jedno trafienie i detonacja może zrównać z ziemią cały kwartał. A tu jest cicho, spokojnie i bez problemów z ostrzałem. Może tam w ogóle nie było stanowiska ogniowego, tylko jakiś ważny gmach. Na przykład siedziba gauleitera[37]. A to był kanał ewakuacyjny. Chociaż kto to wie…

Tigran zaczął przyglądać się najrozmaitszym rupieciom zgromadzonym na dnie szybu.

– Tam chyba rzeczywiście było stanowisko strzeleckie – powiedział, gdy wyciągnął stamtąd jakiś pognieciony metalowy walec.

– Co to jest? – zainteresował się Zagorski.

– To łuska. Kaliber 88 milimetrów. Typowy kaliber dla niemieckich dział przeciwlotniczych i przeciwczołgowych.

– No tak – skinął głową Aleksander. – „Tygrysi" kaliber.

– Słuchaj, a może mieli w ogóle gdzieś pod ziemią fabrykę amunicji i prosto z taśmy produkcyjnej przywozili ją tutaj?

– Całkiem możliwe. – Zagorski lekko się uśmiechnął. – Pod Leningradem i w Stalingradzie gorzkie doświadczenie nauczyło ich, że można wypuszczać sprzęt z hali fabrycznej wprost na pole bitwy[38].

– Otóż to – skinął głową Bagramian. Nagle, wśród resztek ustawionej pod ścianą instalacji napędowej mechanicznego podnośnika, z którego została tylko para

---

[37] Gauleiter – wyższy funkcjonariusz Narodowo-Socjalistycznej Niemieckiej Partii Robotników, przewodniczący regionalnej organizacji NSDAP. W hitlerowskich Niemczech – szef partii nazistowskiej w regionie oraz naczelnik samego regionu.

[38] W czasie drugiej wojny światowej czołgi KW z Fabryki im. Kirowa w czasie oblężenia Leningradu i czołgi T-34 produkowane w zakładach STZ podczas bitwy o Stalingrad wyjeżdżały do walki dosłownie wprost z taśmy produkcyjnej.

prowadzących pionowo w górę szyn, coś przyciągnęło jego uwagę.

– Co tam znalazłeś?

– Tu, na wsporniku, jest jakiś napis zrobiony spawalnicą. Po rosyjsku!

– No co ty?! – Aleksander przyskoczył do Tigrana i też poświecił swoją latarką.

„Czerwonoarm. Demian Trofimow. Wz. do niewoli w II/42 r."

Tigran, uzbrojony w łom, zaczął odkuwać mocowania silnika od ściany.

– Co ty robisz? – zdziwił się Zagorski.

– Doświadczenie mi podpowiada, że to nie jest taki sobie bezcelowy podpis – stękał, manipulując narzędziem Tigran. – Kiedy tylko zgłosiłem się do wojska i byłem na szkoleniu, musieliśmy zbudować garaż dla jednego dupka pułkownika. No więc, w czasie przerwy na papierosa, postanowiliśmy z chłopakami wcisnąć mu tam między pustaki list do potomnych. Nieźle się rozpisaliśmy i zawarliśmy w nim wszystko, co myślimy o tym pułkowniku i czego mu, oprócz wiecznej sraczki, życzymy.

Wspornik w końcu nie wytrzymał nacisku i wysunął się ze ściany. Ku ich zdziwieniu, była pod nim schowana złożona we czworo niemal rozsypująca się kartka papieru.

Wziąwszy ją do ręki, Bagramian ostrożnie rozwinął kruchy list z przeszłości.

Po jednej stronie był drukowany tekst.

– Sania, ty chyba znasz trochę niemiecki. Tu się wiele razy powtarza jedno i to samo słowo.

– A jakie to słowo?

– *Tod*.

– *Tod* znaczy „śmierć". – Aleksander delikatnie wziął kartkę z rąk towarzysza. – To jest nie tylko po niemiecku. Tu jest po polsku, a na dole po rosyjsku.

– Rzeczywiście!

Za niepodporządkowanie się nadzorcy – śmierć.

Za spóźnienie się z budową – śmierć.

Za śpiewanie pieśni w baraku – śmierć.

Za ukrywanie jedzenia – śmierć.

Za sabotaż – śmierć.

Za odmowę powstania podczas transmisji przemówienia führera lub niemieckiego hymnu – śmierć.

Źle wykonywana praca to sabotaż, a za sabotaż – śmierć.

...śmierć, śmierć, śmierć, śmierć...

– Taaa – pokiwał głową Tigran i odwrócił kartkę. Na drugiej stronie tego regulaminu, która powinna była być czysta, też był tekst. Napisany nierównymi literami, być może słomką albo drewnianą drzazgą. Jakimś brunatnym atramentem... Chociaż nie...

– To jest napisane krwią – wyszeptał Bagramian.

„...za odmowę pracy przy obiekcie powiesili 25 ludzi. 9 Polaków, 1 niemieckiego komunistę. Pozostali to nasi. Trzeba było pracować, żeby uchronić resztę. Śmierć faszystowskim psom! Stalin z nami! Wierzymy, że nas uwolni i odkupimy hańbę, jaką jest nasza niewola, i pomścimy zamęczonych towarzyszy..."

Poniżej widniała lista nazwisk. Pewnie tych, których zabito. Tigran powoli przysiadł na stercie rupieci i ciężko westchnął, spoglądając na papier.

– Mój dziadek też był w niewoli – powiedział cicho. – Potem uciekł z kolegami. Jednego z nich często wspominał. Mówił, że był potężny jak niedźwiedź. Starszy sierżant Minimalny. Pięścią zmiażdżył głowę wartownikowi. Wrócili do swoich. I doszedł do Odry. Dziadek potem pojechał na Wschód walczyć przeciwko samurajom. Pomogli Ameryce w walce z kwantunami[39]. Zmiażdżyli ich nasi dziadowie, Sańka. Pomścili wszystko.

– A jaka to teraz różnica? – wzruszył ramionami Zagorski.

Bagramian popatrzył na niego ze zdziwieniem.

– Jak to jaka? Jak to jaka, Sania? Bardzo duża różnica! Zwyciężyliśmy przecież takiego wroga! To przecież nasza historia!

– A komu teraz w ogóle jest potrzebna historia?

– Nam jest potrzebna, baranie! – zakrzyknął Tigran, zrywając się z miejsca. – Naszym potomkom! Żeby nie zbydlęcieli, nie ześwinili się jak wielu tamtych! Zapomnieli wszystko w cholerę! Zapomnieli, jak straszna jest wojna, i dawaj! Zniszczyli wszystko! Nie po to przecież nasi przodkowie przelewali krew i krwią pisali te imiona, żeby potem ich potomkowie wszystko przesrali! Nie po to! I miotamy się teraz po ruinach tego świata, żeby naszym potomkom coś po sobie zostawić!

---

39 Armia kwantuńska – główne siły lądowe Japonii w drugiej wojnie światowej. Licząca milion trzysta tysięcy ludzi armia została rozgromiona przez wojska sowieckie (z pomocą armii Mongolskiej Republiki Ludowej) w ciągu niecałego miesiąca. Straty wojsk sowieckich wyniosły przy tym dwanaście tysięcy ludzi. Ta klęska, razem z poprzedzającymi ją amerykańskimi atakami jądrowymi na Hiroszimę i Nagasaki, sprawiła, że imperium skapitulowało.

Aleksander zwiesił głowę ponuro.

– Masz pewnie rację... może...

Tigran ostrożnie złożył kartkę i podał ją Zagorskiemu.

– Wybacz szorstkość, Sania... ale po prostu niedobrze jest zapominać takie lekcje. Zachowaj to... Koniecznie.

– Oczywiście – przytaknął Aleksander, nie podnosząc wzroku. Wyglądało na to, że naprawdę poczuł się winny za to, co powiedział.

Teraz Bagramian zwrócił się do kobiety:

– Rita, może skończymy już tę nasza nagłą wrogość. Tak, okazałem się znacznie gorszy od swojego dziadka, który przetrwał ciężar wojny i niewoli i zdołał zwyciężyć. Tak, wiem, nie pomogłem tamtemu chłopaczkowi, i dręczy mnie to, bardzo. Ale powiem, nie żeby się usprawiedliwić, ale w imię prawdy: to była inna wojna. Nie wiedziałem wtedy, po co nas tam wysłali. Nie rozumiałem, w imię czego walczę. W imię tego, żeby ktoś mógł dalej pompować stamtąd ropę? Czy w imię czyichś słupków popularności w sondażach przedwyborczych? Zdrada naszych przywódców i ta groza, z którą się tam zetknęliśmy... To wcale nie był szlachetny poryw w dążeniu do obrony wielkiej Ojczyzny, która tymczasem zamieniła się w nie wiadomo co, ale instynkt przetrwania: przeżyć i zabierać się stamtąd nie w plastikowym worku, a na własnych nogach. Bo to nie cały kraj wykuwał zwycięstwo i nie groźny wróg zdradziecko na nas napadł. I nie było wtedy jednego narodu, solidnymi nićmi etnicznej różnorodności utkanego w mocny kevlar, a wręcz coś przeciwnego. Jeden naród zamienił się w kacapów, pastuchów z Kaukazu, chachołów[40], żydków i temu podobnych. I sami przecież uzbroiliśmy bandytów. Sami daliśmy im się rozhulać, żeby potem, o, właśnie... Przecież były miejsca, gdzie niewyszkoleni chłopcy ginęli całymi kompaniami, podczas gdy w kraju ludzie jak zwykle chodzili do kasyna i gapili się w telewizor. Świętowali Nowy Rok. Upijali się. A nasze dziewczyny prowadzali do nocnych klubów. To już nie był ten sam kraj. Zapomniałem o wszystkim. I o swoim wielkim dziadku. I o dawnych ciężkich czasach. Cały świat zapomniał w swoich zwierzęcych instynktach, do czego jesteśmy zdolni. Wszyscy zapewne jesteśmy winni tego, co się z tym światem stało. Ja też. Ale nie mogę już poprosić tamtego chłopca o wybaczenie. Chociaż ty mi wybacz.

Margarita nagle rozpłakała się, podbiegła do Tigrana i mocno go objęła.

– Ty też wybacz, Tigroszka. To było niepotrzebne – szeptała, łkając. – I dziękuję ci...

– Za co? – zdziwił się Bagramian.

– Za to, że mi przypomniałeś.

– Co ci przypomniałem?

– Mojego narzeczonego.

– A to jak? – Tigran nieco się odsunął i spojrzał na kobietę zdziwiony.

– Okazuje się, że twój dziadek był w niewoli razem z jego dziadkiem. Starszy sierżant Minimalny. To jego dziadek. – Rita uśmiechnęła się przez łzy. – Pięścią wartownika, i to niejednego... Potężny jak niedźwiedź... To musiał być on... Znam tę historię...

40 Chachoł (ros.) – pogardliwe określenie Ukraińca (przyp. tłum.).

– A więc to tak... Los to jednak ciekawa rzecz. Teraz zdałem sobie sprawę, gdzie słyszałem to nazwisko. – Tigran uśmiechnął się smutno i pokiwał głową. Co jak co, ale przypominać Ricie o jej narzeczonym absolutnie nie zamierzał.

– Dobra, chodźmy już – burknął szorstko Aleksander, wychodząc na korytarz. – Czy może z tej radości zaczniecie tu teraz uprawiać seks?

– Sania, z ciebie to jednak jest przygłup – rzucił w ślad za nim Bagramian.

* * *

Samochin siedział na krześle, w zadumie ułożywszy podbródek na dłoniach opartych o biurko rąk, i ponuro patrzył na swoje nowe apartamenty. Pomieszczenie było mniejsze od poprzedniego. I w ogóle bardziej liche. Nie przywykł do tego. Za to nie było tu promieniowania. Z niecierpliwością oczekiwał meldunku. Jego ludzie mieli wynieść jak najdalej te przeklęte puszki z uranem 235 i zakopać je gdzieś głęboko. Samochin wyciągnął z biurka jakąś książkę, w której została już tylko połowa kartek, i wyrwał kolejny fragment na skręta. Nasypał tytoniu, skręcił. Skleił śliną i zapalił od kaganka. Zaciągnął się chciwie i gardło natychmiast złapał mu spazm, jakby za chwilę miał zwymiotować. Major zgarbił się i zasapał, wciągając przez nozdrza więcej powietrza i uspokajając organizm. Co to było? Niby nie ma mdłości, ale odruch wymiotny nie mija. Trochę tylko złagodniał.

Samochin zamknął oczy i poczuł dreszcze. Obracał w rękach uran. Nie wiedział, co trzyma. I palił. Potem skręcił kolejnego skręta. Tym rękami, którymi pocierał radioaktywny metal. Radiacja najszybciej atakuje organizm, jeśli dostaje się do wewnątrz. A najpewniejszy sposób, to przewód pokarmowy. Cząsteczki metalu, które zostały mu na rękach, trafiły do jego ust. Do organizmu. To przypuszczenie tak przestraszyło byłego oficera, że oprócz dziwnego spazmu, wywołało u niego ostry atak paniki. Zaczął ciężko dyszeć i zerwał się z krzesła. Czy rzeczywiście tak jest? Czy naprawdę się napromieniował? Jak długo obracał w dłoniach te przeklętą zabawkę? Pięć minut? Dziesięć? Czy to wystarczająco długo? Czy to wszystko tylko podejrzliwość i strach? Efekt placebo, ale na odwrót?

Ależ nie. To wszystko bajki, że kawałek uranu od razu robi z człowieka chodzącego trupa. Kontakt był zbyt krótki. Wszystkie te spazmy mają tylko nerwowe podłoże. Chociaż, niech to licho, miał w dłoniach nie rudę uranu, ale materiał przeznaczony do reakcji jądrowej. Wzbogacony...

Do pomieszczenia wszedł Borszczow. Był przygnębiony i chyba wciąż jeszcze nie doszedł do siebie po popijawie i jej następstwach, które ściągnęły mu na głowę gniew jego pana.

„Chciałbym mieć teraz takie problemy" – pomyślał Samochin, spoglądając na adiutanta ze złością.

– Zakopaliście? – zapytał surowym głosem.

– Tak. – Borszczow skinął głową, nie patrząc na naczelnika.

– A te puszki, które otworzyłem? Te, które były u mnie w gabinecie?

Dawny kierowca lekko się zawahał, potem kiwnął głową.

– Na pewno? – podniósł głos Samochin.

– Na pewno. Po prostu z początku nikt nie chciał ich wziąć do rąk. Potem znaleźliśmy skafander ochronny i wynieśliśmy. Rozbiliśmy parę starych akumulatorów, stopiliśmy ołów ze środka i je zalaliśmy. Dlatego tak długo to trwało…

– Jasne. – Samochin machinalnie przytknął skręta do ust i zaciągnął się. Planował zrobić to po wyjściu Borszczowa, żeby ten nie widział jego skurczu, jeśli oczywiście takowy się pojawi. Jednak zapomniał.

Zamiast spazmu major nie mógł przez chwilę oddychać i mocno się rozkaszlał. Tak mocno, że rozbolały go oczy i skronie.

Borszczow ukradkiem podniósł wzrok. Widząc, jak jego pan się męczy, daremnie starając się opanować zdradziecki kaszel i, naturalnie, nie może teraz widzieć swojego wiernego wasala, Wasilij uśmiechnął się złośliwie.

* * *

Nawet Bagramian, przywykły do długich wędrówek wśród kaliningradzkich ruin, czuł zmęczenie w nogach. Znużenie sygnalizował też neurastenik Zagorski. Tylko Rita milczy. Tigran zerknął na nią. Widać, że nie ma już siły dalej iść. Ale milczy. Nie skarży się. Bagramian uśmiechnął się z szacunkiem.

– Nie wiadomo, ile już przeszliśmy – powiedział. – Proponuję postój.

– Zgadzam się – odetchnęła Gżel, która czekała na te słowa jak na mannę z nieba.

Usiedli na swoich plecakach. A ponieważ Rita miała tylko wojskową apteczkę w torbie na ramię, Aleksander dał jej swój. Kobieta klapnęła na niego bez sił i natychmiast zerwała się na równe nogi, krzycząc i rozcierając rękami pośladki.

– Kret, co ty tam masz?! – zawołała.

Tigran też się zerwał, zaniepokojony jej krzykiem. Co prawda przez parę chwil patrzył jak urzeczony na rytmiczne ruchy dłoni kobiety na jej własnej pupie, ale potem potrząsnął głową, wypędzając z niej wszelkie głupoty.

– Sania, co tam jest?

Zagorski popatrzył na nich skonfundowany, potem uderzył się w czoło:

– Ach, to! Dwie puszki. Zaczekaj, obrócę plecak.

– Co to za puszki? – zapytał Tigran.

– No te, które były w skrzynkach za zawaloną ścianą – odparł Aleksander, manipulując swoim plecakiem.

– A po co je ze sobą wziąłeś?

– Bo nie wiadomo, kiedy teraz wrócę do domu. A przez ten czas Samochin dowie się o tym pomieszczeniu i na pewno położy łapy na tych skrzynkach, jak zresztą robi ze wszystkim. A ja jestem ciekaw, co w nich jest. Może otworzymy, skoro już mamy przerwę?

– Aha, już się rozpędziłem. Został mi jeden porządny nóż. I nie jest tak dobry jak ten, który utopili twoi pomocnicy od siedmiu boleści. Puszki są solidne, jeszcze ostrze mi się stępi. Na razie zaczekajmy. Tym bardziej, że w puszkach najpewniej wcale nie ma jedzenia. A nawet jeśli, to po dziewięćdziesięciu latach…

– W takim razie co w nich może być? – spytała Rita.

– Cóż, sądząc z ich ciężaru, może i złoto. Może przetapiali złote korony z zębów czy pierścionki zaręczynowe, które zrabowali więźniom obozów. A potem, jak poczuli woń rosyjskiego prochu na swoich ulicach, góra postanowiła z tym złotem uciec. No i zamaskowali je jako konserwy, żeby nikt się nie dowiedział.

– Czyli co, mamy być może kilka kilo złota? – I bez tego wielkie oczy Rity jeszcze się powiększyły.

– No, możliwe – wzruszył ramionami Tigran, siadając na swoim plecaku. – Tylko jaki z tego pożytek? Teraz ani złoto, ani brylanty nie są do czegokolwiek potrzebne. Potrzebna jest dobra giwera i nóż z dobrej stali. No, i coś do żarcia. *À propos* żarcia… Czas się posilić.

Bagramian wstał i zaczął wyciągać w plecaka swoje zapasy. Faktycznie, dobrze by było coś zjeść. I organizm dostanie dawkę energii, i plecak stanie się chociaż odrobinę lżejszy.

ROZDZIAŁ 17

PAKT

– I od czego zaczniemy te nasze tak zwane pertraktacje? – zmrużył złe, chytre oczy centurion.

Po wysłuchaniu tłumaczenia i łyku kawy Stieczkin odparł spokojnie:

– Na początek nie zaszkodziłoby, żebyśmy poznali powód waszej obecności na naszej ziemi. W oparciu o to możemy budować dalszy dialog. Jest przecież całkiem możliwe, że wasze plany na naszym terytorium są dla nas nie do przyjęcia.

– Na waszym terytorium? – siwe brwi Eliasa podniosły się. – Mam nadzieję, że nie będzie mnie pan przekonywał o prawomocności jałtańsko-poczdamskiej zmowy Azjaty, szakala i inwalidy?

Stieczkin uśmiechnął się. W Poczdamie chyba był już nie inwalida Roosevelt, tylko Truman. A szakalem Hitler nazywał, zdaje się, Churchilla...

– Moi dalecy przodkowie – ciągnął Klausmüller – pochodzą z Prus. Przenieśli się do Ameryki Północnej w XIX wieku. Kiedy zaczęła się pierwsza wojna światowa, jeden z moich przodków wrócił do imperium i wstąpił na ochotnika do Reichswehry. Ich rodzinna hacjenda była na ziemi, którą zabraliście i potem oddaliście Polakom.

– Nie przeczę, że kiedyś ta ziemia należała do Prus Wschodnich. Ale niech pan pozwoli, że teraz ja opowiem historię swojego rodu. Moi przodkowie mieszkali na Białorusi. Prości rolnicy. Potem nagle przyszli pańscy przodkowie. Wśród stu pięćdziesięciu ośmiu wsi, które zajęli, znalazła się też ta, w której mieszkali rodzice mojego dziadka i jego siostra. Spalili ich. Żywcem. W spichlerzu. Ich troje i jeszcze sto sześć osób. Też staruszków, kobiety i dzieci. Z całej wsi przeżyło dwadzieścioro dzieci, które pańscy przodkowie wysłali do obozu śmierci w Salaspils[41]. I tam wypompowywali z nich krew dla rannych żołnierzy Hitlera. Mam nadzieję, że rozumie pan teraz, dlaczego mam prawo nazywać tę ziemię naszą? Zrozumiał pan związek przyczynowo-skutkowy?

Klausmüller spochmurniał. Patrzył uważnie na Stieczkina i mięśnie twarzy grały mu pod skórą.

Może chce mi pan powiedzieć, że ten czyn był częścią procesu wyzwalania naszego narodu spod bolszewickiego jarzma? – uśmiechnął się złośliwie major.

– Moi przodkowie byli wojownikami. Żołnierzami, ale nie oprawcami – odezwał się w końcu centurion.

– O tak! Tę śpiewkę już znam. Wiele razy słyszeliśmy podobne rzeczy! Byliśmy żołnierzami! Nie należeliśmy do SS! Wykonywaliśmy rozkazy! Była wojna!...

41 Salaspils (do 1917 roku Kirchholm) – miasto na Łotwie w pobliżu Rygi. W latach 1941–1945 znajdował się tu niemiecki obóz koncentracyjny, w którym zginęło, według niektórych danych, ponad 100 000 ludzi. W tej liczbie były też dzieci, kierowane do obozu w celu pobierania od nich krwi.

– Minęło prawie sto lat! Po co teraz rozgrzebywać przeszłość?!

– Tak. Minęło prawie sto lat. Ale my pamiętamy. Bo zapomnieć czegoś takiego nie tylko nie wolno. Zapomnieć coś takiego to zbrodnia.

– I co, nienawidzi pan teraz za to wszystkich Niemców? – uśmiechnął się Elias.

– O nie. Do Niemców i wszystkich innych ludzi mam normalny stosunek. Jak mawiał pewien wysoko postawiony Gruzin, „Hitlerzy przychodzą i odchodzą, a naród niemiecki pozostaje i będzie zawsze". Nawet wśród moich ludzi jest Niemiec z pochodzenia. Ale to!... – Stieczkin wyciągnął rękę i z pogardą wskazał nazistowską opaskę centuriona.

– Ach, więc o to chodzi! – Klausmüller pokiwał głową. – A teraz przenieśmy się z owianej legendami przeszłości do naszych żałosnych czasów. Nie zapomniał pan, w co się zamienił cały świat? Podkreślam: cały świat. Wy może przez długie lata nie ruszaliście się z miejsca, ale my przemierzyliśmy połowę kuli ziemskiej, żeby się tu dostać, i widzieliśmy wiele. Otóż wszędzie tak jest. Wszędzie są ruiny. Zburzone miasta, które stały się kurhanami dla milionów. I kto to zrobił? Ci, którzy nosili takie opaski? – Centurion roześmiał się w głos. – W pierwszej kolejności zrobiliście to WY! Wyznawcy wyższych pseudoideałów! Pogromcy hitleryzmu! To wy zniszczyliście świat! Dlatego, że gdyby wszędzie zapanował prawdziwy narodowy socjalizm, to nie byłoby potrzeby wyjaśniać stosunków. Na całej planecie królowałby żelazny i niezachwiany porządek! Ale WY wszystko zniszczyliście! Koło historii jest nieubłagane. Wasz kraj w rezultacie rozpadł się na kawałki, a to było właśnie to, czego chciał ON. Europa w rezultacie się zjednoczyła. I to było to, czego chciał ON. Ale akurat globalną apokalipsę spowodowaliście wy... Nawet gdyby wracać do tych, tak niefortunnie przypomnianych przez pana czasów. Kto użył bomby jako pierwszy? Ten złoczyńca Hitler? Czy demokrata Truman? Co?

Teraz roześmiał się rosyjski major:

– Ależ gdyby wasz Adolf miał bombę, to najprawdopodobniej nie mielibyśmy w ogóle przyjemności z panem rozmawiać!

Klausmüller nagle zaczął prowadzić nerwową rozmowę z tłumaczem Paulem. Szybko i półgłosem wymieniali krótkie frazy, przy czym centurion wyraźnie był z czegoś bardzo niezadowolony. Potem, po kilku minutach przerwy w negocjacjach, Rojes znów odezwał się po rosyjsku:

– Proszę wybaczyć, niedokładnie przetłumaczyłem – powiedział, zerkając na dowódcę. – Chodziło o broń chemiczną.

– Chemiczną? – Paweł zmrużył oczy. – Chyba nie powiedział pan wszystkiego. W takim razie, jaki związek ma w tym kontekście Truman, który przecież użył jako pierwszy bomby atomowej, a nie jakichś gazów?

Rojes powiedział coś dowódcy. Ten ostro odpowiedział, a Paul kontynuował, pozostawiając to nieporozumienie bez komentarza.

– I tym razem – mówił – otworzyliście ogień jako pierwsi.

– Tak w ogóle, to pierwszy zaczął strzelać wasz człowiek.

– Ale wy go zabiliście!

– Naturalnie! Odpowiedzieliśmy ogniem w samoobronie! – rozzłościł się Stieczkin, któremu te oskarżenia już całkiem się przejadły. – To był akt obrony, a nie agresji!

– Mamy swój pogląd na to, co się stało.

– Nie wątpię. Jednak spotkaliśmy się po to, żeby ten rozlew krwi przerwać, nieprawdaż? I, jak pan rozumie, nie jest to przejaw słabości. Mieliście już okazję się przekonać o naszej sile i zdolności bojowej. Ale nam nie jest potrzebna wasza śmierć. I nie jest nam potrzebna wojna. Zresztą nigdy nie była nam potrzebna.

– Więc czego pan chce? – zapytał Klausmüller.

– Pytanie, czego chcecie wy. I wtedy odpowiem panu, czy mogę się na to zgodzić, czy też nie.

– My też nie potrzebujemy przelewu krwi. Przybyliśmy tu w innych celach.

– A co to za cele?

– Dziedzictwo.

Stieczkin chrząknął. Już miał powiedzieć, że słyszał o tajemniczym „dziedzictwie założycieli", ale nie chciał świadomie czy nie przysporzyć w ten sposób Rojesowi kłopotów. Przez ten czas już do niego przywykł.

– Można dokładniej? – powiedział tylko major.

– Nazywamy to „dziedzictwem założycieli". Jak pan rozumie, naszą kolonię w Chile założyli niektórzy przedstawiciele elity Trzeciej Rzeszy, którzy uciekli przed waszymi bagnetami. Ale, będąc między waszym młotem a alianckim kowadłem, nie zdołali wywieźć wszystkiego.

– Wszystko to oczywiście bardzo poetyckie, ale o czym konkretnie mówimy?

– Broń.

Stieczkin zmarszczył brwi.

– Przybyliście tu po broń?

– Tak.

– A po co wam ona?

– A wam? Przez te kilka dni pobytu tutaj nie odkryliśmy wprawdzie żadnych potworów powstałych w tym nowym „wspaniałym" świecie. Tylko dziwne, ogromne kraby. Być może nie wiemy jeszcze wszystkiego o tej okolicy. Być może zwyczajnie wam się udało. Ale wszędzie, gdzie byliśmy, świat kipi od potworów, których nawet nie mógłby pan sobie wyobrazić. W Chile, Argentynie, Brazylii, na Kubie, w Południowej Francji i na południu Wielkiej Brytanii. We wszystkich miejscach, które odwiedzały nasze ekspedycje po katastrofie. Teraz ludzkość ma wspólnych wrogów. Jest ich niezliczona mnogość i wielka różnorodność.

– Dziwne zwierzęta są i na naszej ziemi. Tyle że nie tu. Na tej części wybrzeża warunki w ogóle nie sprzyjają jakimkolwiek formom życia. Ale zostawmy na razie potwory. Chce pan powiedzieć, że przebyliście taką długą drogę po broń? Czyżby w jakichś wojskowych magazynach Republiki Chile czy Argentyny było jej zbyt mało? Czyżbyście nie znaleźli niczego bliżej?

– To kwestia unifikacji – chytrze zmrużył oczy Elias.

– Nie rozumiem – wzruszył ramionami major.

– Rzecz w tym, że dawno temu w naszych koloniach uruchomiono produkcję broni na wzór wyposażenia Wehrmachtu. A do tego są potrzebne odpowiednia amunicja i narzędzia montażowe.

Stieczkin wyciągnął papierosa i zapalił.

Takie wyjaśnienie zdawało mu się tak niedorzeczne i naciągane, że aż absurdalne. Centurion ewidentnie nie mówi wszystkiego. Jednak byłoby naiwnością oczekiwać od niego pełnej szczerości. Biorąc pod uwagę, że jeszcze rano byli nieprzejednanymi wrogami, major postanowił, że na razie nie będzie drążył tematu, by nie doprowadzić do zerwania rozejmu.

– I gdzie, według pana, jest ta broń? Na pewno nie u nas, przez wiele dziesiątków lat rolnicy natykali się na pozostałości karabinów, automatów i innych rzeczy, które zostały po tamtej wojnie. Ale czy pan w ogóle zdaje sobie sprawę, w jakim to jest stanie?

Klausmüller roześmiał się.

– Chyba nie ma pan nas za kompletnych idiotów. Przez wszystkie te dziesięciolecia chodziliście po ziemi, w której wnętrzu kryły się ogromne podziemne kompleksy. Zbiorniki paliwa. Zakłady produkcji amunicji. Ogromne zabezpieczone składy. I wszystko pozostawili założyciele w nadziei, że w krótkim czasie tu wrócą. Szli na współpracę z każdym wrogiem waszego reżimu i czekali na szansę rewanżu. Ale ta się nie pojawiła. A my mamy teraz zupełnie inne zadanie. Musimy oczyścić ziemię z tych pełzających i latających stworów z piekła rodem, które sprowadziliście na ziemię wraz z katastrofą.

– I chcecie uzyskać dostęp do tych podziemi?

– Właśnie. Nasze warunki: nie przeszkadzacie nam, nie urządzacie na nas zasadzek i nie atakujecie naszych ludzi, a my spokojnie szukamy tych kompleksów. Być może nawet się z wami podzielimy.

– To wszystkie wasze warunki?

– Niemal. Chcemy jeszcze, żeby Paul Rojes został u was. O umówionych godzinach będzie łączył się z nami przez radio. Nie ufamy wam. I podejrzewam, że wy tak samo odnosicie się do nas. Odpowiadają wam takie warunki?

– Absolutnie. Tylko proszę nie zapomnieć, żeby, manifestując swoje pokojowe zamiary, zdjąć swoją flagę z tego budynku na brzegu morza.

– Zgadzam się. W takim razie możemy oficjalnie zawrzeć nasz pakt o nieagresji?

– Mam gdzieś złożyć swój podpis? – uśmiechnął się Stieczkin.

– Czasy biurokratów uwielbiających szeleścić niezliczonymi papierkami i walić w nie stemplami dawno minęły. My możemy przyklepać pokój przykładowo tak...

I Klausmüller wyciągnął spod siedzenia całkiem sporą butelką tequili.

* * *

Przeciągający się postój sprawiał, że stopniowo ogarniała go senność. Dawało o sobie znać zmęczenie i napięcie nerwowe, wywołane wizytą we własnym mieszkaniu. Cicha rozmowa pogodzonych – Rity i Tigrana – stopniowo go usypiała.

Aleksandrowi zdawało się, że zamknął oczy tylko na moment. Ale kiedy je otworzył, odkrył, że jego współtowarzysze sami dawno śpią. Rita zwinęła się w kłębek w objęciach chrapiącego Bagramiana i cicho posapywała. A ten cholerny lowelas zagrzebał się twarzą w jej włosach i, jak się zdawało, chrapał jej wprost do ucha.

Zagorski skrzywił się i prychnął pogardliwie, patrząc na ten wstrętny, jego zdaniem, obrazek. Potem wyłączył latarkę i zapalił kaganek. Wstał i zrobił kilka prostych ćwiczeń, pobudzając krążenie krwi w zdrętwiałych kończynach, i utkwił wzrok w mroku korytarza, którym mieli iść dalej. Tam, przy najdalszym znaczku kredą, którego dosięgało słabe światło lampki, unosiła się znajoma już szara twarz z ogromnymi zapadliskami pustych oczodołów.

To bezdenny mrok spoglądał wprost na niego. W głąb niego. W samą jego duszę.

Aleksander ostrożnie się cofnął i powoli przykucnął, wyciągając rękę za siebie, w stronę leżącego u boku Tigrana automatu. W tym celu musiał zrobić kilka kroków do tyłu. Ale ta przeklęta i straszna twarz nie była już w tym samym miejscu! Przemieściła się dokładnie na taką samą odległość.

Zagorski chwycił karabin, podniósł go i nacisnął na spust. Nic się jednak nie stało. Bezpiecznik! Przestawił kciukiem prawej dłoni dźwignię przełącznika na tryb ognia ciągłego i znów nacisnął. Automat szarpnął mu się w rękach, wysyłając kule w stronę celu i… Przeklęta szara twarz zaczęła się do niego zbliżać, coraz bardziej rosnąć. Teraz widać było nie tylko oczodoły, ale i ogromną wyszczerzoną paszczę z dziesiątkami połyskujących jak stal i ostrych jak brzytwa zębów.

– Niech cię szlag, zdechnij wreszcie!!!…

Otworzył oczy i poczuł, jak gorączkowo dyszy i jak zimny pot ścieka mu po skroniach.

– Cholera… sen we śnie… – odetchnął cicho Zagorski, rozcierając twarz i rozglądając się lękliwie.

Po prawej od niego stali Rita i Tigran, uważnie i z niepokojem wpatrując się właśnie tam, skąd we śnie przyszło to przerażające coś.

– Może nie powinniśmy tam iść? – wyszeptała kobieta.

– Ale innej drogi nie ma – odparł cicho Bagramian, omiatając korytarz przed sobą snopem światła latarki.

– Ale tam coś jest!

Zagorski zerwał się na równe nogi i znów przeszedł go dreszcz, jak we śnie.

– O czym wy mówicie?!

– Rita mówi, że słyszała jakieś skrzypnięcie – poruszył nerwowo głową Bagramian.

– Tak. Takie dalekie, przeciągłe, z dziwnym pogłosem. Czyżbyś ty go nie słyszał?

– Wcale – Tigran wzruszył ramionami. – Trochę się kimnąłem. Niczego nie słyszałem. A ty, Sania?

– Ja też się zdrzemnąłem.

– Rita, może ci się wydawało?

– Nic mi się nie wydawało! Wyraźnie słyszałam!

– Cóż, a więc niedługo się dowiemy. Sania, bierz rzeczy i ruszamy dalej. Zasiedzieliśmy się tutaj.

– Chłopcy, ja nie chcę tam iść! – z nutą paniki w głosie powiedziała Gżel.

– Rita, sądzę, że zostać tu sama chcesz jeszcze mniej. A Sania i ja idziemy właśnie tam. Prawda, Sania?

Zagorski się skulił.

– Ppprawda...

* * *

– To jest część naszego schronu zbudowana jeszcze przez Niemców. – Stieczkin zakreślił palcem fragment na rozłożonym na stole planie. – Znajdźcie tam pokój dla tego Gomeza. Tak, żeby potrzeba było minimum strażników, a jednocześnie można było obserwować jego ruchy. Dajcie mu książki. Zawalcie go nimi. Jakiegoś Dostojewskiego, Puszkina... Nie, Puszkin był Afrykaninem...[42] Strugackich... Nie, Strugaccy byli Żydami... A zresztą! Dajcie mu wszystko jak leci. Niech sobie siedzi w tej norze i czyta. I niech trzyma się jak najdalej od tego miejsca. Zapewnijcie mu warunki do życia. I trzymajcie go jak najdalej od kobiet. Strasznie ma egzotyczną buźkę, a z babami to wiecie jak jest. Lubią daktyle i banany...

Wszyscy obecni cicho się zaśmiali.

– Nikita, zrozumiałeś?

– Tak, dowódco – przytaknął kapral. – Wszystko zrobimy szybko i jak najlepiej.

– No to dawaj. Do roboty.

Część osób opuściła pomieszczenie i poszła urządzać pokój dla jeńca, który teraz stał się gościem, a dokładniej obserwatorem strony przeciwnej, z którą obecnie zawarto układ pokojowy.

– Kolesnikow, Boria. Wzmocnione posterunki mają być nadal wzmocnione. Ja tym krzyżakom nie ufam. Ale pierwszy wystrzał w kierunku nieproszonych gości będzie teraz nie żeby zabić, tylko ostrzegawczy, w powietrze. Mamy umowę: ani my nie pojawiamy się nagle u nich, ani oni u nas. Dopiero po uprzednim uzgodnieniu. I to ukryte stanowisko na brzegu morza, żeby nie

42 Pradziadek Aleksandra Puszkina był Abisyńczykiem (przyp. tłum.).

kusić losu, też trzeba przesunąć tutaj, bliżej nas. Stąd też można obserwować ich ruchy na brzegu. Nie tak dokładnie, ale jednak.

– Jasna sprawa – zgodził się Kolesnikow.

Stieczkin ciężko westchnął i usiadł na łóżku. Przymknął oczy.

– Cholerna meksykańska lura…

– Co, dowódco, tequila do głowy uderzyła? – uśmiechnął się Szestakow.

– A niech ją! Tylko szumi we łbie, a przyjemności żadnej. I jeszcze zgaga, taka jej mać.

– Zjedz trochę popiołu z papierosów. Pomaga na zgagę – zaproponował starszy chorąży.

– Wiem przecież… Tak. Boria.

– Tu jestem, Wasilicz.

– Słuchaj, tobie też nie może wyjść z głowy ten epizod z Trumanem i Hitlerem?

– Kiedy Rojes niby niewłaściwie przetłumaczył? Tak, to było wątpliwe. Też utkwiło mi to w pamięci.

– O tym właśnie mówię. Ale to przecież kompletna bzdura, że przywlekli się tu po naboje do swoich sturmgewehrów. Nonsens. Coś w tym jest… coś szczególnego.

– A co Niemcy mieli w tamtych czasach? Rakiety V? – Chorąży potarł podbródek w zadumie. – No, V-1 to jeszcze. Ale niewielki zasięg i niska celność zmniejszają ich skuteczność prawie do zera. V-2 jest w naszych czasach zbyt skomplikowana. Nie ma skąd brać paliwa, no i jak by je mieli wystrzeliwać? I po co? I przeciwko komu?

– Broń odwetowa – powiedział cicho Kolesnikow.

– Ech, kapitanie! Te rakiety to naprawdę jest broń odwetowa – uśmiechnął się Szestakow.

– Ni wała. – Borys pokręcił głową jak dziecko. – Chodzi o coś innego.

– Boria… – Stieczkin w końcu otworzył oczy. – Zdaje się, że studiowałeś na wydziale matematyczno-fizycznym, zanim postanowiłeś przejść na uczelnię wojskową?

– Ale tylko przez jeden semestr. Nie dałem rady. A co?

– Co wiesz o broni atomowej?

– Jest, kurde, niszczycielska.

– I od teraz, Boria, będziesz się oficjalnie nazywał „Kapitan Oczywisty"! – Szestakow wybuchnął śmiechem wymieszanym z kaszlem.

– Stary, czego rżysz? Dawno na zewnątrz nie byłeś? Tam jest o broni atomowej wszystko, i to w szczegółach…

– Już się tak nie wkurzaj, kapitanie – uśmiechnął się Stieczkin. – Co wiesz o niemieckim programie atomowym?

– Dowódco, myślisz, że gdzieś u nas jest zakopana atomowa bomba Hitlera i oni po nią przypłynęli? Bzdura!

– Dlaczego?

– No… – Borys rozłożył ręce. – Nawet nie wiem, jak to powiedzieć. Tak, mieli swój program atomowy. I kiedy zaczął się wyścig, nawet wyprzedzili Brytyjczyków, Amerykanów i naszych. Ale potem poszli fałszywym tropem i niczego nie osiągnęli.

– A co to za fałszywy trop? Wyjaśnij.

– Ale jak mam wyjaśnić? Tu się trzeba orientować w fizyce.

– No, wyjaśnij to w uproszczeniu – rozłożył ręce Stieczkin. – Na palcach.

Kolesnikow podrapał się w głowę.

– Cóż… Pierwszy krok, to uzyskanie uranu nadającego się do wykorzystania bojowego. Przecież dopiero potem pojawił się pluton; pierwsza bomba była uranowa. Nawet u Amerykanów. Krótko mówiąc, zwykła ruda uranu się nie nada. Potrzeba technologii uzyskiwania uranu, który da wymagany efekt bomby. I są dwie drogi uzyskania tegoż: technologia oparta na graficie i na ciężkiej wodzie…

– Czuję, że to właśnie tę ciężką wodę piliśmy – mruknął Stieczkin, znów zamykając oczy. – Boria, mów dalej. Słucham cię.

– No cóż, z początku prowadzili eksperymenty z grafitem. Ale grafit był słabo oczyszczony. Krótko mówiąc, eksperyment się nie udał. Zrezygnowali z niego i przeszli na technologię ciężkiej wody. Ale ta metoda jest znacznie bardziej skomplikowana. A więc, podążając tą drogą, szkopy straciły pozycję lidera. No, a potem był dziewiąty maja i koniec. Żegnamy.

Stieczkin otworzył oczy i utkwił wzrok w Kolesnikowie.

– Czyli co, przeprowadzili tylko jeden eksperyment z grafitem?

– Chyba tak.

– I od razu z tego zrezygnowali?

– No, bomby Hitler nie stworzył…

– Hmm… – Stieczkin popatrzył z zadumą w sufit. – To nie w stylu Niemców.

– To znaczy?

– Widziałeś tego centuriona. Cały taki wycacany, czysto wygolony, równiutko przystrzyżony. To czystej krwi

Prusak, choć urodził się i wychował w Chile. Niemcy to przecież pedanci, porządniccy do szpiku kości. Zasadniczo. A szczególnie w nauce. Jeden nieudany eksperyment z brudnym grafitem nie zmusiłby ich do rezygnacji. Zresztą w ogóle nikogo by nie zmusił.

– Tak, ale...

– Zaczekaj, Boria. A co jeśli dla całej światowej społeczności fizyków poszli drogą ciężkiej wody, a w rzeczywistości... to była zasłona dymna przed całym światem?

– Chcesz powiedzieć, dowódco, że są tu niemieckie bomby atomowe i Chilijczycy po nie przypłynęli? – Uśmiechnął się Szestakow. – A nie prościej by im było dostać się do Stanów Zjednoczonych albo tego, co po nich zostało, i znaleźć jakąś głowicę bojową w ocalałym silosie?

– Edik, współczesną broń jądrową bardzo trudno doprowadzić do stanu gotowości bojowej. Jest dużo stopni ochrony i elementarnych „zabezpieczeń przed idiotami". Dużo różnych „ale". A jaka jest zasada działania bomby uranowej? No, Boria, błyśnij wiedzą!

– Armatnio-uderzeniowa.

– A dokładniej?

– Dwa kawałki uranu wewnątrz bomby wystrzeliwuje się tak, żeby się zderzyły. Wbijają się w siebie nawzajem z dużą prędkością i to inicjuje reakcję. Czyli wybuch.

– I co, Edik? Co może być prostszego? Według mnie prościej to można tylko dostać w barze po mordzie.

Uśmiech zniknął z twarzy chorążego. Zerknął na Kolesnikowa.

– Kapitanie, powiedz, że to wszystko brednie. Że Hitler nie miał żadnej bomby atomowej.

– Cóż, nawet, gdyby i miał, to dlaczego jej nie użył? Cykor go obleciał? – rozłożył ręce kapitan, kierując swoje pytanie do dowódcy.

– Nie wiem – westchnął ten. – Może rzeczywiście wszystko to brednie. Ale spróbujmy, towarzysze, założyć najgorszy scenariusz. Czyli konkretnie, że bomba atomowa jednak była i że przypłynęli tu po nią.

– Może jednak wpadniemy do naszego Pedra z lampą lutowniczą? – uniósł lewą brew Szestakow.

– Nie, przyjacielu. Zawarliśmy pakt. Zresztą może on sam nic nie wie. Ale nie możemy spuścić z oczu tych cholernych archeologów. Nie daj Boże, żeby taka broń wpadła w ręce ludzi, którzy noszą swastyki na rękawach. Bo jeśli nam się udało przy ich pomocy wykończyć cały nasz świat, to do czego są zdolni naziści?

ROZDZIAŁ 18

TORY I KOŚCI

Drugie rozwidlenie. Pierwsze kończyło się potężnym osuwiskiem zamykającym oba kierunki. Jakaś siła zawaliła żelbetowe stropy i zablokowała korytarze. Teraz mieli wybór: w prawo, czy w lewo?

– Na początku w prawo. Zasada prawej ręki – podsumował Tigran i ruszył jako pierwszy. Pozostali szli za nim. Po jakichś stu metrach znów natknęli się na zawał. Tyle że wyglądał dziwnie. Bagramian najpierw zaklął z powodu kolejnego niepowodzenia, a potem zwrócił uwagę na charakter zniszczeń. Wyglądało na to, że wywołał je nie upływ czasu, ale jakiś potężny wybuch. Napotykali liczne odłamki jeszcze na długo przed samą przeszkodą. Bagramian kucnął i zaczął uważnie badać posadzkę przy osuwisku, świecąc sobie latarką.

– Przyjaciele, coś mi mówi, że zanim korytarz się zawalił, wypluł z siebie dużo kawałków betonu i jeszcze czegoś.

– Jak to? – zdziwił się Zagorski.

– Może coś tu wybuchło? Przecież nie mógł nikt tych kawałków tu znosić i rzucać jak popadło, póki wszystko nie runęło? I było tu dużo ognia. Spójrzcie, ten kawałek jest nadtopiony. O, jeszcze jeden.

Aleksander przykucnął i też zaczął przyglądać się kawałkom wyrzuconych odłamków.

– Tigran, patrz. Tu jest szkło. I tu też.

– Gdzie? – Bagramian dołączył do Zagorskiego, który podał mu bezkształtną bryłkę będącą mieszaniną kamienia i mętnego ciemnozielonego szkła połyskującego w świetle latarek.

Wziąwszy do ręki dziwny odłamek i poobracawszy go przez kilka sekund, Tigran nagle wytrzeszczył oczy i odrzucił przedmiot od siebie.

– Ożeż w mordę! – zawołał i natychmiast sięgnął do swojego plecaka.

– Co?! Co się stało, Tigran?! – odezwała się przejęta Rita. – Co to jest?

– Kiedyś już widziałem takie szkło – mamrotał nerwowo, szukając czegoś w swoim ekwipunku polowym.

– Gdzie?

– Na lotnisku Czkałowsk. W epicentrum eksplozji.

– To znaczy?!

– To stopiona skała. Albo kamień, albo beton, albo wszystko naraz. Albo glina. Tak się topi w wybuchu. Jądrowym. Zamienia się w szkło…

Gorączkowo wyciągnął swój dozymetr, włączył go i zbliżył do sporego kawałka szkła.

Miernik zaterkotał.

– Zarrraza! – warknął Bagramian i sprawdził drugi odłamek. Ten sam terkot. Wtedy szybko przyskoczył do zapadliska. Terkotanie się nasiliło.

– Spadamy stąd! Szybko! No już!

Rzucili się do ucieczki przed tą straszną, niewidzialną, powolną i bolesną śmiercią, o której obecności tak natarczywie informował swoim terkotaniem dozymetr.

„Za niepodporządkowanie się nadzorcy – śmierć.

Za spóźnienie się z budową – śmierć.

Za śpiewanie pieśni w baraku – śmierć.

Za ukrywanie jedzenia – śmierć.

Za sabotaż – śmierć" – pulsowały w głowie Zagorskiego, w takt biegu, wersy ze znalezionej ulotki.

„Za to, że weszliśmy do tego zakazanego i ukrytego świata – śmierć – dopisał nową linijkę w myślach. – Śmierć! Ona jest wszędzie! Jest z nami! *TOD*!"

Odwrócił się i spojrzał w ścigający ich mrok. A tam pojawiło się jakby to samo ohydne szare oblicze i szczerzyło swoje straszne zęby, jak uosobienie tej nie wiadomo skąd objawionej pod ziemią radiacji i samej śmierci. Wszystko wymieszało się w głowie Kreta: płacząca Lena Berger, panujący w jego mieszkaniu chaos, cerkiew akademii wojskowej, rozbity An-2 na Devau, cyfrowa ramka, pierdzący Borszczow, ujarani Koleś i Gaza, uderzenie w żelazne drzwi, znaczki kredą na ścianie, kawałek szkła, łysina Samochina, sprzączka od pasa niemieckiego żołnierza na skrzyniach z dziwnymi puszkami i napis na niej – „GOTT MIT UNS".

Bóg z nami?

Nie! Śmierć! Śmierć z nami!

TOD MIT UNS!

Wpadł na potykającą się Ritę. Lekarka zaś wyrzuciła przed siebie ręce i zdążyła złapać za plecak Tigrana, pociągając go za sobą. Bagramian upadł. Rita na niego. Zagorski – obok nich.

– Moja droga, może jednak nie tutaj… – ciężko dysząc, wymamrotał Tigran, wypełzając spod kobiety. – Zawstydziłabyś młodego człowieka…

– Głupiec!… – prychnęła, łapiąc oddech, Rita.

– To raczej my… To my robimy głupotę… To moja wina… – Wciąż ciężko wzdychał Bagramian i znów sięgnął do plecaka.

– Co jest nie tak?

– Nie możemy biec. Bierzemy głębokie wdechy. Czyli… wdychamy to świństwo razem z pyłem. Żadnego… więcej… biegania… – Wyciągnął kilka masek z waty i gazy. Rozdał je towarzyszom. Potem sam jedną założył.

– Nie jest to nie wiadomo jaka ochrona, ale zawsze coś.

– Ile tu jest? – powiedział z trudem Zagorski, smarkając na ziemię przed założeniem maseczki.

Tigran znów popatrzył na swój dozymetr.

– Mniej niż tam, ale więcej niż powinno być. Wstawajcie. Znikamy stąd.

* * *

Poziom promieniowania wciąż był podwyższony, chociaż zmniejszał się, w miarę jak oddalali się od tamtego nieszczęsnego rozwidlenia i skrętu w lewy tunel.

– A co robiłeś na lotnisku? – zapytał Aleksander.

– Chciałem na własne oczy zobaczyć epicentrum. To było pięć lat temu. Napatrzyłem się.

– Czyli wychodzi na to, że jesteśmy pod lotniskiem? – powiedziała Rita.

– Dlaczego?

– No, spadła na niego rakieta z głowicą jądrową. I stąd ten zawalony tunel i to przeklęte szkło.

– Sania, jak jest według twoich obliczeń? – Bagramian spojrzał na Zagorskiego.

– Według moich obliczeń jesteśmy już daleko na północny zachód od Kaliningradu. I Czkałowsk jest dawno za nami.

– Może jest drugie epicentrum? – ciągnęła Gżel.

– Z tego co wiem, w obwodzie zaatakowano dwa miejsca: Bałtyjsk, bo tam była baza Marynarki Wojennej, i lotnisko wojskowe – jedyny przyczółek naszego lotnictwa w regionie. Nie chcieli brudzić w pobliżu sojuszników.

– A więc może nasi uderzyli potem? – zaproponował Aleksander.

– Nasi? A po co?

– No, w siły nieprzyjaciela po inwazji…

– Sania, tu nie było inwazji.

– Jesteś pewny?

– Jestem. Rakiety po prostu nie pozwoliły się nikomu opamiętać. Polscy żołnierze może i zdążyliby tu dotrzeć. Ale rozmieścili przecież na swoim terytorium amerykańską tarczę rakietową, a to był priorytetowy cel. I walili w ten cel zmasowanym ogniem na wypadek przechwycenia jednej albo dwóch rakiet. Nie zdążyli nawet wybiec z koszar. W naszym obwodzie były dwa uderzenia. Dwa. Bałtyjsk i Czkałowsk, czyli, można powiedzieć, Kaliningrad.

– W takim razie skąd to… tam?

– Szczerze mówiąc, nie mam pojęcia. Może jakiś nasz podziemny skład wybuchł. Przechowywali w nich na przykład Moskity[43] z głowicami jądrowymi dla okrętów. Albo rakiety dla systemu Iskander[44]. Chociaż, niech to licho, o żadnych innych wybuchach nie słyszałem.

Przeszli jeszcze kawałek i znów natknęli się na rozwidlenie. Tym razem niepodobne do pozostałych. Zaczynały się tu trzy tunele, które rozchodziły się na podobieństwo wachlarza. Były szersze od korytarza, z którego wyszli wędrowcy. I co najbardziej zwracało uwagę, każdy tunel miał tory. Szyny były rozstawione wyraźnie szerzej niż te, na które trafili na początku.

– To jak, zasada prawej ręki? – uśmiechnął się Zagorski.

– Tym razem nie – pokręcił głową Bagramian.

– W takim razie, który kierunek wybierzemy?

– Odpowiedź jest przed nami.

– To znaczy?

Tigran ukucnął bliżej i poświecił latarką. Pośrodku rozstajów znajdowało się koło z masywnych desek, w którym lśniły resztki szyn. Najwidoczniej był to swego rodzaju mechanizm przejścia z jednego tunelu do drugiego. Koło to miało średnicę nie większą niż trzy metry, w związku z tym poruszający się po tych szynach pojazd nie mógł być dłuższy. Inaczej nie zmieściłby się na obrotowej platformie. Były też dołączone dźwignie do ręcznego obrotu, chociaż sam mechanizm z pewnością dawno już zardzewiał. Tak jak i tory w lewej i prawej odnodze. Natomiast powierzchnia szyn w centralnym

---

43 Moskit – rakieta do zwalczania okrętów. Według klasyfikacji NATO SS-N-22 Sunburn.

44 Iskander – operacyjno-taktyczny system rakietowy na podwoziu samochodowym. Według klasyfikacji NATO SS-26 Stone.

tunelu, która zwykle dotyka kół pojazdu, lśniła w świetle latarek.

– Niech to diabli! – rozległ się stłumiony okrzyk Zagorskiego. – Z tych torów ktoś korzystał?

– Przy tym względnie niedawno i, jak się zdaje, regularnie – posępnie przytaknął Tigran. – I to tą drogą pójdziemy.

– Jesteś pewny? – Rita popatrzyła na niego z dezaprobatą. – A może ktoś tam jest?

– I powinniśmy się dowiedzieć, kto – Tigran zdecydowanie skinął głową.

Zagorski się wzdrygnął. Co, jeśli to tam kryją się odpowiedzi na jego pytania? Szczególnie jedno… Co to za stwór patrzył na niego z wody… z fotografii… i w ogóle… To było straszne. Obłąkańczo straszne. I do tego ten strach wzywał go, i to tak, że nie miał siły się mu oprzeć. Tak jakby rzucił się w tę przygodę tylko dla tego potwora z piekła rodem…

Po zrobieniu kilku kroków środkowym tunelem eksploratorzy zobaczyli, jak światło latarki padło na jakąś konstrukcję stojącą na torach. Po kolejnych kilku krokach stało się jasne, że było to coś przypominające drezynę. Jej konstrukcja odwoływała się do starej maksymy – wszystko, co genialne, jest proste. Stalowa rama, drewniany pokład pośrodku i dwie ramy rowerowe: z lewej i prawej. Drezyna była wprawiana w ruch tak jak zwykły rower – przy pomocy pedałów i łańcucha. Zwykłe rowerowe siodełko i kierownica, oczywiście nie do kierowania, ale dla wygody. Żeby było co zrobić z rękami. Ramy były skierowane w przeciwne strony, aby można było wygodnie jechać do przodu i do tyłu.

– Proszę spojrzeć, Margarito Kazimirowna. Oto i kareta dla pani – uśmiechnął się Tigran do znaleziska. Nie spieszył się jednak z kładzeniem rzeczy na deski drezyny. Najpierw trzeba pojazd obejrzeć.

Platforma nie była zgniła, chociaż widział, że deski są stare. Sądząc z wszelkich oznak, swego czasu dobrze je czymś zabezpieczono. Sama rama była miejscami nadgryziona korozją, ale osie, łańcuchy i zębatki starannie nasmarowano. Świadczyło to o tym, że drezyny ktoś używa i o nią dba.

– Ciekawe – mruknął Tigran po skończonych oględzinach. – Maszynka jest zadbana. Podejrzewam, że nieopodal powinien też być jej użytkownik.

– Cholera, chłopcy, czuję się jakoś nieswojo – powiedziała cicho Rita.

– Spokojnie – nonszalancko machnął ręką Bagramian. – Mam automat. I pistolet. I nożyk. I jeszcze zbluzgać potrafię…

Umilkł, dopiero teraz zauważywszy parę metrów przed nimi regularny prostokątny otwór czerniejący w ścianie po prawej.

– Sania, weź pistolet. – Bagramian podał Zagorskiemu broń i mówił przy tym jak mógł najciszej: – Idziesz jako ostatni i niech ci nie przyjdzie do głowy strzelać, zanim ja nie zacznę. Idźcie za mną, ale bardzo cicho.

Ruszyli w stronę dziwnej dziury. Korytarz okazał się wąski. Najwęższy ze wszystkich, które napotkali. Gdyby najbardziej masywny z tej grupki, czyli konkretnie Tigran, miał nieco tylko szersze ramiona, zaczepiałby nimi o ściany po lewej i prawej stronie. Korytarz prowadził wyraźnie w dół. W regularnych odstępach znajdował się schodek, który prowadził ich głębiej do wnętrza ziemi o kolejne kilka centymetrów. Po przejściu pewnej odległości Tigran zatrzymał się i zaczął się przyglądać wnęce w ścianie po swojej lewej. Były w niej trzy mosiężne wlewy wmurowane w beton.

– Patrzcie – wyszeptał. – Całkiem niedawno ktoś tu coś wlewał. O, nawet nie zdążyło wyschnąć – ostrożnie potarł palcem o jeden z mosiężnych stożków. – Przypomina jakiś smar.

– Ale po co? – szepnęła Rita.

– Może te rurki prowadzą do jakiegoś mechanizmu. I ktoś go stąd oliwi. Może nawet i niejednego, jeśli wlewy są trzy… Dobra, idziemy dalej.

Po przejściu jeszcze około stu metrów znaleźli się przed drzwiami. Drzwi były żelazne i ich zawiasy też okazały się dobrze naoliwione. Tigran je popchnął. Świeży smar nie dał zawiasom skrzypnąć. Po drugiej stronie korytarz był szerszy, z mnóstwem bocznych pomieszczeń i korytarzy. Skręcili na chybił trafił. Znów prosty korytarz.

– Słuchajcie, ja już się pogubiłam – westchnęła Rita. – Nie chodzimy w kółko?

– Na pewno nas tu nie było – odpadł Tigran, przykucnąwszy.

– Dlaczego tak uważasz?

Bagramian wstał i pokazał współtowarzyszom szeleszczące opakowanie po czekoladowym batoniku.

– Kiedy ostatnio widzieliście coś takiego?

Rita utkwiła zdziwiony wzrok w papierku.

– No to jest już całkiem dziwne – wypuściła powietrze. – Przecież takich batoników nie było w tamtych czasach. No, podczas drugiej wojny.

– Otóż to. To jest coś nowoczesnego. Oczywiście jeśli uznać za nowoczesność ostatnie dziesięć lat przed katastrofą.

Zagorski zamarł, patrząc wytężonym wzrokiem przed siebie. Tam, gdzie ledwie sięgało światło latarek, były żelazne brunatne drzwi z masywną zasuwą. Wkrótce dostrzegł je i Tigran.

– Zajrzyjmy może, co jest za nimi – zaproponował, podchodząc do drzwi.

– Nie! – wydusił nagle Aleksander.

Jego współtowarzysze odwrócili się.

– Dlaczego? – spytała cicho Rita.

– Nie wolno. Nie wolno ich otwierać – mamrotał Zagorski jak zaczarowany.

– Ale dlaczego, do licha? – zmarszczył brwi Bagramian.

– Nie wolno.

– Możesz wyjaśnić?

– Nie! Nie wolno! – Aleksandra jakby coś opętało. Patrzył z przerażeniem na drzwi i mamrotał wciąż jedno i to samo.

– Niech cię diabli, Sania, samo to, co mówisz, zachęca mnie do tego, żeby zajrzeć do środka! Dlaczego się sprzeciwiasz?!

– Nie wolno…

– A idź ty! – prychnął Tigran, podszedł zdecydowanym krokiem do drzwi i szarpnął zasuwę. Ta poddawała się z trudem. – A tego akurat chyba bardzo dawno nie smarowali – stękał Bagramian, ale mimo to otworzył drzwi, które wydały rozdzierające skrzypnięcie.

– Nie! – zawołał Aleksander.

Z ciemności za drzwiami uderzył w ich nozdrza straszny odór. Tigran i Rita, krzywiąc się, weszli do środka, świecąc przed siebie latarkami. Pomieszczenie było dość obszerne, z betonowymi podporami sufitu rozszerzającymi się ku górze. Pod najbliższą ścianą światło latarki padło na ludzkie szczątki. Kości. Dwie czaszki z resztkami włosów.

– O Boże! – skrzywił się jeszcze bardziej Tigran.

Najdziwniejsze były ubrania.

– Dżinsy? – powiedziała ze zdziwieniem Rita, spoglądając na strzępy spodni jednego ze szkieletów. Były tu też resztki czegoś, co było kiedyś adidasami. Drugiemu trupowi pobłyskiwał na nadgarstku od dawna niedziałający zegarek elektroniczny.

– A to ci druga wojna... – wymamrotał Tigran, podchodząc bliżej.

Nagle za nimi rozległo się przenikliwe skrzypnięcie. Potem drzwi się zatrzasnęły i było słychać, jak ktoś opuścił zasuwę, blokując ją od zewnątrz. I fakt, że w pomieszczeniu nie było Aleksandra Zagorskiego, wymownie świadczył o tym, kto dopiero co zamknął ich w tej pułapce.

– Cholera! – Tigran rzucił się do drzwi i spróbował z rozbiegu wyważyć je uderzeniem ramienia. Ale na próżno. – Sania! – wrzasnął, bębniąc w drzwi. – Sania, otwórz! Co to za żarty! Otwieraj natychmiast!

Żadnej reakcji. Rita tymczasem szybko obadała ściany. Drugich drzwi w pomieszczeniu nie było.

– Tigrosza, jesteśmy w pułapce! – jęknęła. – Stąd nie ma innego wyjścia.

– Cholera! – warknął Bagramian. – Sania! Kret, niech cię szlag! Otwieraj natychmiast! Otwieraj, mendo! – zaczął walić kolbą automatu w masywne żelazne drzwi. – Otwieraj, sukinsynu! *Es ku voret kunem*[45], sukinsynu!

Tigran łomotał w drzwi pewnie jakiś kwadrans. Jednak ani drzwi się nie poddały, ani wiarołomny towarzysz nie zrobił tego, czego tak natarczywie domagał się od niego Tigran.

– Cholera! No, co za bydlak! – wyrzucił z siebie zmęczony Bagramian. – Rita, co tego barana naszło?

Gżel przez jakiś czas patrzyła na Tigrana i drzwi z wyrazem beznadziei, potem podeszła do ludzkich szczątków i zaczęła grzebać w strzępach ubrań.

– Co ty robisz?

– Może odpowiedź kryje się tutaj? – odpowiedziała Rita.

– I nie brzydzisz się tak w tym grzebać?

– Jestem lekarzem, Tigrosza. Nie takie rzeczy musiałam robić na akademii medycznej. Tak. Coś znalazłam… Karta. Kredytowa… Nie. Karta zniżkowa jakiegoś sklepu.

– Imienna?

– Tak. Rusłan Machiejew. Słuchaj! A ten z piechoty morskiej w transporterze opancerzonym nie nazywał się Machiejew?

– Nie. – Tigran pokręcił głową ze zmęczeniem. – To był Michiejew. Stój! – zerwał się nagle na nogi. – Rusłan Machiejew?!

– Tak. Coś ci mówi to nazwisko?

– A drugi trup?

– Drugi… to chyba była młoda dziewczyna, sądząc z ubrania i rozmiarów kości.

45 Ormiańskie przekleństwo, które lepiej pozostawić bez tłumaczenia.

– No właśnie! Nazwisko!

– Nie znam jej nazwiska, Tigran.

– Poszukaj!

Rita zaczęła przeszukiwać strzępy odzieży nieszczęśnicy.

– W kieszeni jest uczniowski bilet miesięczny.

– Na nazwisko Jelena Berger?! – zawołał Tigran.

Rita wytrzeszczyła na niego zdziwione oczy:

– Tak... A skąd ty...

– A to frajer! A to sukinsyn! – zawołał z bólem Bagramian.

– Czy możesz mi to porządnie wyjaśnić, i bez przeklinania? – Rita podeszła do niego.

– Znasz historię tego bałwana, Zagorskiego?

– Cóż, zdaje się, że kilka dni przed Katastrofą zabłądził w jakichś kazamatach.

– Właśnie! A z nim byli jego przyjaciele! Jegor Chrustaliow, Lena Berger i Rusłan Machiejew! Jegor zginął. Wpadł do jakiegoś szybu. Sam dawno mi tę historię opowiadał! A Rusłan i Lena zaginęli!

– Zaginęli?

– Tak powiedział! Powiedział, że zaginęli, a on sam jeszcze przez dobę albo dłużej błąkał się pod ziemią! Nie powiedział „zginęli"! Właśnie „zaginęli"! Przeklęty bydlak!

– Zaczekaj, chcesz powiedzieć...

– Tak! Wiedział, że tu są i dlatego nie chciał, żebyśmy otworzyli te drzwi! Dobrze wiedział, co się z nimi stało! – Tigran nagle mocno złapał Ritę za ramiona i potrząsnął. – Rita, to ON ICH ZABIŁ!

ROZDZIAŁ 19

POTWÓR

– Został mi tylko jeden czekoladowy batonik – powiedziała żałośnie Lena.

– Podzielimy na trzy części – westchnął Rusłan, kiwając głową i gładząc włosy dziewczyny.

– Nie wolno nam tego robić – ostro zaoponował Sania.

Koledzy z klasy spojrzeli na niego zmęczonym wzrokiem. W słabym świetle dogasającej świecy w oczach Leny lśniły łzy.

– Dlaczego, Sania?

– Od czekolady jeszcze mocniej zachce nam się pić. A wody nie mamy i nie wiadomo, jak długo będziemy jeszcze musieli iść.

– Ale dawno nie jedliśmy. Lenka chce jeść! – nachmurzył się Rusłan.

– Do tego jesteśmy odwodnieni! Nie wolno nam! Bez jedzenia można pociągnąć dłużej niż bez wody! – złościł się dalej Zagorski.

– No cóż, możesz nie jeść! – zawołał Machiejew. – Twoją część oddam Lenie!

– Nie jedzcie tego, kurde!

Ale wszystko to na próżno. Papierek po batoniku poleciał na ziemię. Rusłan dał przyjaciółce większy kawałek i dziewczyna błyskawicznie go pochłonęła.

Potem znaleźli drzwi. Masywne, żelazne, z zasuwą, z którą trzeba było się męczyć prawie godzinę, zanim się poddała. Rusłan i Sania mocno się spocili, tracąc jeszcze więcej drogocennej wody z organizmu. A za drzwiami czekało ich rozczarowanie – puste pomieszczenie. Wycieńczeni, po prostu padli na ziemię w rozpaczy i poczuciu beznadziei.

Ale nie. Sania nie tracił nadziei. Wystarczyło mu kilka minut. Wstał i poszedł badać inne korytarze i pomieszczenia w pobliżu. Na pewno gdzieś było wyjście. Musiało być. Znalazł jakąś odnogę, z której, jak mu się wydało, powiał słaby przeciąg. To była szansa. Być może ostatnia, ale jednak szansa ratunku. I pobiegł z powrotem. Długo musiał szukać tamtego fatalnego pomieszczenia. Sania zapomniał robić znaczki na ścianach. Do tego kreda już prawie się skończyła. Ale można było wydrapywać je jakimś odłamkiem betonu. Znalazł jednak tamten duży pokój, w którym zostali jego koledzy z klasy. I kiedy do niego wszedł, czekał go straszny cios... Tak, wiedział, że Lena i Rusłan są razem. Wiedział, że dziewczyna jest po uszy zakochana w najwyższym i najbardziej wysportowanym chłopcu w ich klasie. Ale on, Sania Zagorski, zawsze kochał Lenę. I płonął z zazdrości, kiedy widział, jak ona patrzy na Machiejewa. Spopielał go straszny, destrukcyjny potwór, kiedy widział, jak trzymają się za ręce.

Ale teraz... Całowali się w świetle ozdobnej świecy. Namiętnie. Całkiem jak dorośli. I zrywali z siebie ubrania. Zakochana para widocznie uznała, że nie ma już dla nich ratunku, i postanowiła zrobić to, czego nigdy nie robiła. Postanowili rozstać się ze swoim dzieciństwem. Z niewinnością. Rozstać się z tym wszystkim, zanim dosięgnie ich nieuchronna śmierć. Postanowili, że umrą właśnie tak, póki jeszcze mają trochę sił. A jego, Sani, zupełnie nie dostrzegali. Mieli go gdzieś. I Lena miała go gdzieś. A przecież wiedziała, co do niej czuł. I przecież to właśnie on, Sania Zagorski, próbował ich uratować! Co takiego zrobił Rusłan? Wlókł się tylko obok Lenki i miział się z nią. Nie przedsięwziął przecież niczego, żeby wydostać się z niewoli podziemi. A Sania nie ustępował. Nie poddawał się. Wciąż się trzymał i szukał wyjścia. W końcu, jeśli ich uratuje, pojawi się przed nim szansa, by stać się dla Leny Berger prawdziwym bohaterem. Stać się tym, który ocalił jej ledwie rozpoczęte życie. Powinien był ją uratować i w ten sposób ją zdobyć... Ale oni zdecydowali inaczej.

Potworna nienawiść, okrutna złość, wszechogarniająca zazdrość zamieniły umysł Sani Zagorskiego, młodego chłopaka, w coś potwornego. Coś diabelskiego. Nienawidził ich każdą cząstką swojej duszy. Całe jego jestestwo, całe jego życie było teraz poświęcone nienawiści do Rusłana i Leny...

I wtedy zatrzasnął drzwi i opuścił zasuwę. A już ułamek sekundy potem zdał sobie sprawę, że nigdy więcej nie zdoła tych drzwi otworzyć. Nie ma już na to sił. Przecież razem ze sportowcem Machiejewem męczyli się z zasuwą niemal przez godzinę. A teraz... Jest sam. Skazał ich na śmierć.

I Sania Zagorski rzucił się do ucieczki...

* * *

– Był tu jakiś schron. Albo lazaret – Tigran niespiesznie badał pomieszczenie. – Cholera, jak tu śmierdzi!

– Co mamy teraz robić? – westchnęła Rita z rezygnacją.

– Nie wiem…

– No to coś wymyśl. Jesteś w końcu mężczyzną.

– Super! – klasnął w ręce Bagramian. – Co, mam teraz swoją męskością rozbić te drzwi?

– Z ciebie to jednak jest impertynent… Zaraz, masz przecież materiał wybuchowy!

– No tak. Mam. Ale to zamknięte pomieszczenie. Ściany są z betonu. Jest tylko ten wywietrznik, całe pięć cali średnicy, pewnie dla wentylacji. Mogę oczywiście zaminować zawiasy, ale w najlepszym wypadku oboje na zawsze stracimy słuch. Wyobrażasz sobie, jak eksplozja spręży tu powietrze?

– W takim razie, co robić? Umierać tu powoli, jak te dwa biedne dzieciaki?

– Nie przejmuj się. Mam automat. Tak więc powolna śmierć na pewno nam nie grozi.

– Świetne rozwiązanie, niech to diabli!

– Uspokój się – westchnął Tigran, podchodząc do drzwi. Znów zaczął walić w nie kolbą. – Sania! Jesteś tam jeszcze, uparty ośle?! Wiem, co zrobiłeś tamtego lata, gnido! Otwórz, wszystko ci wybaczę!

– Taaa. Potrafisz przekonywać…

Tigran machnął ręką i odszedł od drzwi. Przysiadł obok Rity i wyłączył latarkę.

– Zupełnie ciemno – dał się słyszeć jej cichy głos. – Egipskie ciemności. Może zapalimy kaganek. Albo świeczkę?

– Tu i tak jest mało powietrza… Ogień pochłonie resztkę.

– Może to i lepiej? Na co tu czekać?

– Dopiero co protestowałaś przeciwko kuli.

– Od braku tlenu stracimy świadomość. A kula… To boli.

– Jeszcze za wcześnie, żeby tracić nadzieję, Ritoczka – objął kobietę za ramiona. – Może ten osioł się w końcu opamięta.

– A jeśli nie? – jej głos zrobił się zupełnie cichy, ale Tigran słyszał go już bardzo blisko. Czuł nawet jej oddech na szyi. I nagle poczuł, jak go pocałowała. Tuż pod uchem.

– Może jeśli jest nam sądzona tylko jakaś godzina życia, to nie będziemy męczyć się w oczekiwaniu, tylko umrzemy w rozkoszy? – szeptała namiętnie, obsypując go pocałunkami prawie po każdym słowie.

– Rita! – westchnął, zamykając oczy. – Co ty robisz…

– Mmm… przecież to o tym zawsze marzyłeś?

– Niezupełnie… Ty… Po prostu wpadłaś w rozpacz. Myślisz, że w twoim życiu nie będzie już mężczyzny, no i tego życia została ci jeszcze tylko odrobina… A jestem teraz jedyną opcją… Gdyby to nie Kret zamknął nas, a ja ciebie i Kreta… To wtedy…

– To wtedy co? – ostro i głośno zapytała kobieta.

– To byłby teraz na moim miejscu.

Rita gwałtownie się odsunęła i strząsnęła jego rękę ze swojego ramienia.

– Boże... Idiotka! Jaka ze mnie idiotka! – burknęła gdzieś w bok.

– Dlaczego tak mówisz? Może to ja jestem idiotą? – uśmiechnął się Tigran.

– Co, już pożałowałeś tego, co powiedziałeś? Tego, że tak mocno dostałam po łapach?

– Nie w tym rzecz, kochana. Nie chciałbym, żebyś potem żałowała tego, co mogło się teraz wydarzyć.

Gżel poderwała się, chwyciła go za kołnierz i z całej siły potrząsnęła.

– Ale nie będzie żadnego „potem", rozumiesz?! Jesteśmy w pułapce, z której nie ma wyjścia! To koniec!

Tigran pewnie ujął jej niewidoczną w ciemności twarz w dłonie i mocno przyciągnął do siebie. Wpił się ustami w jej usta. Ciężko dyszała, sapiąc ze złości i gryząc. Tigranowi wydało się, że się wyrywa, ale nie chciał jej puszczać. Ale Rita nie wyrywała się. Po prostu gorączkowo szukała rękami na jego ciele suwaka kurtki, żeby jak najszybciej ją z niego zdjąć...

I nagle o fatalne żelazne drzwi coś głośno zazgrzytało.

Oboje wzdrygnęli się i znieruchomieli. Nie wydawało im się to w porywie namiętności?

Nie wydawało. Z tamtej strony zaczęły się rozlegać rytmiczne stuki. Prawdopodobnie ktoś uderzał czymś metalowym w zasuwę, żeby podnieść ją i otworzyć drzwi.

– Kurna no! – westchnął z bólem Tigran. – Nie mógł tego zrobić chwilkę wcześniej? No, albo piętnaście minut później...

– Piętnaście minut?! – zawołała z oburzeniem Rita.

– Wybacz. Dwadzieścia. Oczywiście dwadzieścia.

– Ech ty…

– Ciszej, kochana. Przestał stukać.

Rzeczywiście stukot umilkł. Widocznie ten, kto był za drzwiami (a nikt nie wątpił, że był to Zagorski), przysłuchiwał się dźwiękom, które przedostały się na drugą stronę. Szczególnie przenikliwy głos Rity.

Po kilku sekundach znów dał się słyszeć stukot. I stał się szybszy. Wyglądało na to, że Kret spieszył się, żeby otworzyć drzwi. Tigran włączył latarkę, przymocował ją taśmą klejącą z plecaka do karabinu, podszedł do drzwi i skierował broń w stronę stukotu.

– Tigran! Chyba nie zamierzasz go zabić? – wyszeptała Rita z niepokojem.

– Tylko troszkę. Nie na śmierć – wysyczał Bagramian.

* * *

Wspomniał chwilę, kiedy Lena Berger zrobiła zdjęcie, które całkiem niedawno tak przestraszyło Aleksandra. Właściwie nie zamierzała wtedy tego robić. To była forma zemsty za to, że Jegor Chrustaliow cały czas świecił latarką na jej tyłek. Lena po prostu odwróciła się i pstryknęła cyfrową „małpką", oślepiając Jegora fleszem. Ale zdjęcie zostało zrobione. Prześwietlona twarz Chrusta na cały ekran i…

Aleksander dobrze pamiętał tamtą chwilę. Był wtedy z boku. Trzymał się na uboczu, tak jak zawsze zresztą, z powodu swojego charakteru. Trzymał się na uboczu w szkole. Na wszystkich imprezach. Podczas klasowej wycieczki do Zakopanego. W czasie wypraw z przyjaciółmi, których nie miał wcale tak wielu.

I wtedy też trzymał się na uboczu. Stał w ciemności za Jegorem Chrustaliowem i flesz utrwalił widmową, ledwie widoczną postać. Właśnie to tak przestraszyło Zagorskiego, kiedy włączył ramkę cyfrową. PRZESTRASZYŁ SIĘ SAM SIEBIE!

A więc również ta straszna twarz wynurzająca się ze studni, w której utonął jeden z jego upalonych pomocników... Nie było żadnego potwora. To było tylko jego zniekształcone odbicie.

– Nie ma tu żadnego potwora – skrzywił się Zagorski, świdrując oszalałym wzrokiem mrok korytarza, który nęcił go, by szedł dalej. – Nie ma się tu czego bać. TO JA JESTEM POTWOREM...

I ruszył naprzód, całkowicie zapominając o wszystkim. O pozostawionych w pułapce przyjaciołach. Przecież to było w poprzednim życiu. O pozostawionych tam niedawno współtowarzyszach. Przecież to już nie życie.

Szedł naprzód po prostu dlatego, że drogi powrotnej teraz dla niego nie było...

* * *

Stukot za drzwiami ustał i zastąpił go nieprzyjemny zgrzyt. Dźwignia poddała się i rygle wyszły z rowków. Drzwi otwarły się ze skrzypnięciem i ktoś, kto je otworzył, krzyknął, trafiwszy pod bezpośrednie jaskrawe światło latarki. Krzyknął głośno i jakoś strasznie. Prawie nieludzko. Chociaż coś w tym głosie od razu upewniło i Ritę, i Tigrana, że krzyczący jest płci żeńskiej.

– Ożeż ty...! – zaklął błyskawicznie Bagramian i dosłownie odskoczył, o mało nie zbijając Rity z nóg.

Ten, kto otworzył drzwi, nie był Aleksandrem Zagorskim. Na ziemi, oślepione niezwykle dla niego jasnym światłem latarki, wiło się jakieś stworzenie tylko z grubsza przypominające człowieka. Blade i brudne. W łachmanach z płótna workowego i w łapciach zrobionych, jak się zdawało, z opon motocyklowych, na brudnych bosych nogach. Z dużą brezentową torbą na ramię i z masywnym młotkiem, który istota wypuściła z rąk przy upadku. Z torby wytoczyły się blaszane bańki. Z jednej z nich chlusnął smar. Wypadły też jakieś narzędzia: klucz nastawny, jakiś hak… A na ziemi, nieco z boku, stała lampa naftowa.

– Boże! Kto to jest?! – zawołała Rita, rzuciwszy się do drzwi. – Tigran! Wyłącz latarkę! Oślepiłeś ją!

– Ją?! To jest ona?!

– Wyłącz!!!

Usłuchał.

Leżąc na ziemi, stworzenie tuliło się do ściany i kryło twarz w dłoniach, wydając jakieś zwierzęce jęki.

– Co to w ogóle jest, do cholery?! – wydusił Bagramian. – Rita, nie zbliżaj się do niego! Do niej… do tego… Może ono gryzie!

– Przestań już!

Gżel ostrożnie kucnęła obok stworzenia i dotknęła jego ramienia. Istota drgnęła i żałośnie krzyknęła. Tak. To zdecydowanie coś w rodzaju młodej kobiety. Próbowała odczołgiwać się z przestrachem, wciąż zasłaniając sobie twarz rękami.

– Kim jesteś? – jak mogła najłagodniej zapytała Rita.

Delikatny kobiecy głos zdołał, być może, choć trochę uspokoić to przerażone coś. Nieznajoma przestała uciekać i załkała.

Rita objęła ją ostrożnie i pomogła jej usiąść, ale nie nalegała, żeby tamta odsunęła dłonie od oczu.

– Boże mój, kim ty jesteś? Możesz mówić?

Stworzenie nie odpowiadało. Wydawało z siebie tylko ciche jęki.

– Kurde, Tigran, dla niej najostrzejsze światło w życiu pochodziło chyba z tej lampy naftowej. Oślepiłeś ją!

– A skąd miałem wiedzieć? – prychnął nieuprzejmie w odpowiedzi.

Bagramian uważnie przyglądał się narzędziom. Wyglądało na to, że miały już wiele lat. Na każdym widniał niewielki fabryczny znaczek: mały karykaturalny wizerunek wagonu kolejowego i orzeł ze swastyką. Zebrał wszystko, co się rozsypało, i ostrożnie, żeby nie niepokoić nieznajomej obdartuski, włożył narzędzia z powrotem do jej torby. Powąchał blaszaną oliwiarkę.

– Rita, zdaje się, że to ten sam smar, którym naoliwiono tamten rower.

– Że co? – zmarszczyła brwi Gżel. – Co naoliwiono?

– No, drezynę na szynach.

– I co?

– Co, jeśli on… ona nią właśnie przyjechała? Zanieśmy ją tam może i pojedźmy tą drezyną. Może dojedziemy tam, gdzie mieszka?

– Dobrze. Chodź.

Tigran ostrożnie wziął nieznajomą na ręce. Była bardzo lekka i nic dziwnego. Biorąc pod uwagę, jak niewiarygodnie chuda była dziewczyna i to, że w podziemnym życiu występuje problem niedoboru wapnia, musiała mieć kości cienkie i kruche niczym ptak. Rita wzięła jej rzeczy, lampę i poszła przodem.

– Żeby jeszcze znaleźć drogę powrotną do tamtego skrzyżowania – wystękał Tigran. – Cholera, Rita, nie mogę uwierzyć, że próbowałaś mnie uwieść obok dwóch trupów!

– Boże, no po co teraz o tym wspominać? – odparła Gżel.

– Ha! A nie mówiłem! – zawołał Bagramian, przez co nieznajoma wzdrygnęła się z przestrachem.

– Przestań już…

ROZDZIAŁ 20

ROBOTY ZIEMNE

Stieczkin gwałtownie podniósł się z łóżka, na którym leżał w butach i w ubraniu. Książka, którą próbował zmóc już któryś rok, spadła na podłogę. Pochylił się i podniósł ją, spoglądając na drzwi.

– A, Boria, to ty? Melduj. Zdaje się, że ździebko się zdrzemnąłem.

– Można się było spodziewać – kapitan Kolesnikow pokiwał głową. – Od ilu dni normalnie nie śpisz, dowódco?

– Dobra tam. Wyśpię się po śmierci. Opowiadaj lepiej, co wypatrzyliście.

– Flagę z ODR-u zdjęli zgodnie z umową.

– Spróbowaliby nie zdjąć, taka ich mać. Co jeszcze?

– Kopią w ziemi, dowódco.

– Kopią w ziemi? – zdziwił się major. – A gdzie dokładnie?

Kolesnikow rozłożył mapę na stole.

– Tu jest ODR. Tu – Borys wskazał punkt położony ponad tysiąc metrów na północny wschód – stanowisko saperów. Dawne stanowisko…

– Po co ty mi to wyjaśniasz? Wiem przecież – burknął Stieczkin.

– A tutaj zapuścili się na półtora kilometra od brzegu w stronę lasu. Prawie dwa. Z początku kopali w trzech miejscach. I to nie groby dla tych, których załatwiliśmy. Mają jakąś maszynę budowlaną z czerpakiem. Nasi przyjaciele wyładowali ją z okrętu w całości, ale niektóre kawałki były zdemontowane i jeszcze długo ją składali. Maszyna wyznaczyła trzy miejsca. O tutaj, taki trójkąt. Kiedy ryła w jednym miejscu, w drugim kopali ręcznie.

– Niewolnicy? – Stieczkin utkwił wzrok w Borysie.

– Nie wyglądali na niewolników. Rynsztunek jak u żołnierzy. Poza tym uzbrojeni ludzie obserwują raczej okolicę niż kopiących. Czyli to nie nadzorcy, a ochrona.

– Przed kim?

– Ależ przed nami, przed kim jeszcze. W końcu nam nie ufają.

– No tak. Logiczne.

– No więc tak. Potem nagle porzucili te dwa punkty i zaczęli kopać w trzecim. I maszyna, i ludzie.

– I czego oni szukają?

– Trudno powiedzieć. Szczególnie z tej odległości, z której obserwowaliśmy.

– Uprzedziłeś chociaż swoich zwiadowców, że nasz rozejm wcale nie oznacza, że mają dawać się zauważyć podczas obserwacji?

– Jasne że tak, dowódco.

– Dobra. A co z okrętem?

– Jest na miejscu. Popłynął chyba do porzuconej platformy wiertniczej. Ale o, tutaj, nieco z boku od ich miejsca lądowania, klecą wprost na brzegu jakąś zagrodę. Wycinają drzewa, z których robią pale i wbijają o tak – Kolesnikow zaczął stawiać kropki ołówkiem na mapie. – Wydaje mi się, że chcą złapać żywego kraba. Albo odwrotnie, chronią swój obóz przed krabami.

– Idioci, kurna! – uśmiechnął się Stieczkin. – Czyli nadal nie zrozumieli, co to za bydlę... No, a jeśli to ma być ochrona... Będą tam musieli wyciąć pół lasu i przez pół roku stawiać palisadę.

Rozległo się pukanie do drzwi.

– Tak! – zawołał Stieczkin i potarł sobie szyję.

Wszedł kapral Alftan.

– Towarzyszu majorze gwardii, Rojes odbył rozmowę przez radio. Teraz prosi pana o spotkanie.

– Po co?

– Mówi, że ma sprawę.

– Po jakiemu rozmawiał ze swoim dowódcą?

– Po niemiecku, Pawle Wasiliewiczu. Zdaje się, że melduje bezpośrednio centurionowi.

– Taaa. A centurion, pomimo znajomości hiszpańskiego, przejawia paranoiczny fanatyzm w stosunku do języka przodków. No i co tam meldował? Zorientowałeś się?

– Nic specjalnego. Trochę zrozumiałem. Zameldował, że nie zaobserwował żadnych nieprzewidzianych działań z naszej strony. Opowiedział o naszej przyjaznej postawie. Wysłuchał jakichś instrukcji i to wszystko.

– Dobra. Wprowadź go.

Nikita zniknął za drzwiami i natychmiast wszedł Rojes.

– Co, nudno samemu? Daliśmy ci w końcu mnóstwo książek. – uśmiechnął się krzywo Paweł.

– Dziękuję. Na nic się nie uskarżam – pokręcił głową wiecznie poważny Chilijczyk. – Przeprowadziłem uzgodnioną w naszym porozumieniu rozmowę przez radio.

– Bardzo się cieszę, przyjacielu. No a w czym tkwi problem?

– Co, proszę? – zmarszczył brwi Rojes, nie rozumiejąc.

– Pytam, czego chcesz.

– Centurion zobowiązał mnie, żebym spytał pana o olej napędowy.

Major i kapitan spojrzeli po sobie.

– Taak. No, to pytaj.

– Czy posiadacie nadwyżkę oleju napędowego, którym moglibyście się z nami podzielić? I czego chcecie w zamian?

– W naszych czasach paliwo z zasady nie może być w nadmiarze – Stieczkin zapalił papierosa i zmrużył oczy od dymu. – Po co ono wam? Wasz okręt jest napędzany olejem napędowym?

– Oczywiście. – Paul skinął głową. – Ale to jest paliwo okrętowe. A więc nie możemy go używać do innych potrzeb, biorąc pod uwagę długą drogę powrotną. Zapasy paliwa dla naszych wozów są ograniczone.

– A więc chcecie pojeździć sobie swoimi pancerkami po naszej okolicy? Chyba wyraźnie się umówiliśmy, że będziecie szukać swoich podziemi i nie rozpoczniecie tu ekspansji.

Rojes spojrzał z ukosa na Kolesnikowa i mówił dalej.

– Centurion przypuszcza, że wiecie już o prowadzonych przez nas robotach ziemnych w pobliżu miejsca naszego lądowania.

– Czyżby? – chrząknął major. – Czego szukacie? Skarbu?

– Jak się okazało, najbliższe miejsce dostępu do podziemnego kompleksu, który nas interesuje, zostało zasypane dużą ilość piasku i ziemi, a potem przez dziesięciolecia zarosło drzewami. Mamy maszynę inżynieryjną, ale nie przewidzieliśmy, z jakim ogromem pracy się zetkniemy. To dodatkowe zużycie paliwa dla maszyny.

– No, trzeba było tak od razu. Ile wam trzeba?

– Tonę. Jedną.

– Tonę?! – zawołał Stieczkin. – A brzuch wam nie pęknie?

– Słucham?

– No, nie pękniecie od tego?

– Z jakiego powodu?

– Z powodu takich żądań.

– To nie żądanie. Możemy rozpatrzyć wasze warunki. Czego chcecie za taką ilość paliwa?

– A co macie?

– Mamy kawę w ziarnach. Cukier trzcinowy. Penicylinę. Możecie też mieć udział w amunicji, jeśli natkniemy się na jej skład.

– Amunicji nie potrzebujemy – uśmiechnął się major, dając do zrozumienia, że próba zagarnięcia jego paliwa siłą będzie miała nieprzyjemne skutki. – A cała ta kawa i cukier to zbytek i świecidełka. Dobra. Pomyślimy.

– Długo?

– Tyle, ile będzie trzeba – spochmurniał Stieczkin. – Powiedz im tak: czy do warunków, które możemy zaproponować, należy obecność przy waszych robotach ziemnych naszych obserwatorów?

Tym razem spochmurniał Paul.

– Tego nie wiem – odparł.

– To się dowiedz, kolego.

– Będzie mi potrzebna dodatkowa rozmowa. – Chilijczyk poklepał się po zawieszonej na ramieniu torbie z radiostacją.

– Nie sprzeciwiam się – skinął głową Stieczkin. – Nikita!

– Jestem – pokazał się natychmiast kapral.

– Zabierz swojego podopiecznego. Wyrażam zgodę na nadprogramowy kontakt radiowy.

– Zrozumiano – skinął głową Alftan i wyprowadził cudzoziemca.

– Co powiesz, Borys?

– Cukier dla dzieciaków byłby bardzo miły. A i penicylina się przyda.

– Rozumiem – przytaknął major. – Ale, co ważniejsze, możemy już obserwować ich nie ukradkiem, ale znajdować się w centrum wydarzeń. Łapiesz?

– No tak... Ale kto zechce pójść w sam środek ich ekipy?

– Zechce? Boria, nie powinniśmy zapominać, że jesteśmy wojskowymi. Szczególnie teraz nie wolno nam tego robić.

– Ależ nikt nie zapomina, towarzyszu dowódco. Ale chciałoby się bez rozkazu. No... Dobrze, ja jestem ochotnikiem numer jeden. Ilu jeszcze?

– Ty? – skrzywił się Stieczkin. – Ciebie to bym akurat nie chciał tam wysyłać.

– A to dlaczego? Starszy stopniem jesteś tylko ty, dowódco...

– No właśnie…

– No właśnie! A bardziej doświadczony – tylko Szestakow, znów jeśli nie liczyć ciebie. Ty nie możesz, jesteś dowódcą. Szestakow jest kwatermistrzem. A obserwacja tych przybyszów tak czy owak spoczywa na mnie. Tak więc nie ma się nad czym zastanawiać. Pójdę, jeśli tamci się zgodzą. Ilu wziąć ze sobą?

– A jak ty myślisz?

– Dwóch.

– Zgoda. Dużo brać nie można. Iść samemu – tym bardziej. Będziesz szukał ochotników?

– Tak – skinął głową Kolesnikow.

– Boria, tylko weź co bardziej rozgarniętych. Żeby nie zawiedli, jakby co.

– Oczywiście, dowódco. Wiem przecież, na co się piszę. Takich właśnie potrzebuję.

* * *

Ciężko było pedałować. Jedna rzecz to poruszać się w ten sposób rowerem, a zupełnie inna – ciężkim wózkiem o grubych osiach i masywnych stalowych kołach skrzypiących na szynach podziemnej wąskotorówki. Plus dwaj pasażerowie.

– Ten tunel nie ma końca – gderał Bagramian, naciskając z wysiłkiem na pedały drezyny. – Żeby jeszcze spotkać Kreta. Rozwałkuję drania na torach.

– Tigran, ona boi się twojego głosu – powiedziała cicho Rita, wciąż jeszcze tuląc do siebie mieszkankę podziemi.

Nieznajoma zwinęła się w kłębek, kryjąc twarz w długich brudnych włosach i przyciskając głowę do kolan.

– Kurde, no i śmierdzi od niej, że nie daj Boże! – prychnął Tigran.

– W ogóle nie rozumiem, skąd ona się tu wzięła. Może to jakaś nieznana kolonia ocalałych?

– Wszystko jest możliwe, Rita. Nie wiem. A dziewczyna jest coś mało rozmowna.

Jazda trwała jeszcze przez jakiś czas, póki drezyna nie zaczęła zwalniać.

– Co się dzieje? – zapytała zaniepokojona Rita.

– Zdaje się, że przed nami rozwidlenie dróg – odparł Tigran. – Włączył latarkę, dokładając do światła lampy naftowej własne, silniejsze. – Tak jest.

Zatrzymał pojazd, wziął automat i zszedł na tory. W prawo prowadził drugi tunel, podobny do tego, którym jechali. Przed rozwidleniem była zwrotnica w formie prostego systemu dźwigni, pozwalającego wybrać jeden z dwóch kierunków. W tym momencie wybrano lewy tor. Jednak Tigran postanowił obejrzeć też prawy tunel.

– Szyny są tu zardzewiałe. Ale nic jak po dziewięćdziesięciu latach. Korzystali z nich dawno, ale na długo po zakończeniu wojny. Tak myślę – zabrzmiał jego głos z bocznego tunelu. – O! Ale tu są jakieś wózki!

Wszedł jeszcze głębiej w tamtym kierunku, żeby przyjrzeć się dokładniej oświetlonym światłem latarki niewyraźnym kształtom.

Bagramian miał rację: na torach stały trzy połączone ze sobą wózki. I był na nich jakiś ładunek.

Tigran podszedł bliżej i zamarł. Na każdym z trzech wagoników w mrocznej ciszy spoczywała bomba. Ich kształt i tylne stateczniki nie pozostawiały wątpliwości.

I, sądząc po rozmiarach, na pewno każda ważyła parę ton, jeśli nie więcej.

– Jasny gwint! – wypuścił powietrze.

– Tigran, co tam jest? – dał się słyszeć głos Rity.

– Tu są trzy bomby!

– Co?! Uciekaj stamtąd jak najszybciej!

– Zaczekaj! Zaraz!

Bagramian pochylił się przed pierwszym wózkiem. Tuż przed kołem leżał zwinięty płaszcz. Niewiele myśląc, wyciągnął go, chcąc przejrzeć kieszenie. A kiedy go rozłożył, odkrył, że płaszcz jest niemiecki. Jeszcze z czasów Wehrmachtu. Chociaż sądząc po naszywkach, należał nie do żołnierza armii, a do esesmana. Szary płaszcz pozieleniał od pleśni, a materiał był zetlały i miejscami przeżarły go mole, a może i szczury. Tigran zabrał się do przeszukiwania kieszeni i nagle usłyszał z lewej strony jakiś szmer. Szybko skierował tam latarkę i zobaczył z przerażeniem, że sczepione wózki zaczęły jechać. Widocznie płaszcz był tam rzucony nie ot tak, ale pełnił rolę blokady kół. Tunel miał z początku niezauważalną pochyłość, zwiększającą się w miarę oddalania się od rozwidlenia, i naturalna siła przyciągania ziemskiego pchała wózki naprzód.

– Cholera! – zawołał Tigran, gorączkowo zwijając jedną ręką płaszcz, żeby ponownie rzucić go pod koła.

– Tigran! Co tam się dzieje?!

– Cholera! Cholera! Cholera! – jedną ręką, do tego w nerwowym pośpiechu, nie udawało mu się złożyć płaszcza. Wtedy Bagramian odłożył na bok automat z latarką i zaczął zwijać go dwiema rękami. Tymczasem wózki nabierały prędkości. Tigran wyprzedził je i rzucił swój tłumok pod koło, jednak nabrawszy prędkości, wózki po prostu zepchnęły tę zaimprowizowaną blokadę. Do tego, jak na złość, nie na zewnątrz, a między szyny. Teraz, żeby sięgnąć po płaszcz, trzeba było poczekać, aż przejadą wszystkie trzy wagoniki.

– No w mordę!

– Tigran! Co się stało?! – U wlotu tunelu pokazała się sylwetka Rity.

– Nie wchodź tu, na miłość boską! Wyjdź! Bomby zaczęły zjeżdżać! Uciekaj!

– Tigrosza, uciekaj stamtąd!

– Próbuję je zatrzymać!

– Wracaj, proszę!

– Uciekaj, Rita, do jasnej cholery!!!

Tigran znów chwycił płaszcz i rzucił się w pogoń za wózkami. Teraz wiedział już, że aby je zatrzymać i porządnie zablokować, trzeba je najpierw przyhamować, żeby koła znów nie zepchnęły zawiniątka na bok. Ale przy prędkości, którą osiągnęły te cholerne wózki, i biorąc pod uwagę ich przybliżoną masą razem z bombami, gdyby próbował je wyprzedzić i zatrzymać, stając przed pierwszym z nich, najprawdopodobniej zostałby zmiażdżony. Trzeba najpierw spowolnić je tym właśnie płaszczem. Zwinięty może zostać zepchnięty. Trzeba go rozwinąć. I dokładnie to uczynił: dogonił pierwszy wózek i rzucił płaszcz na szyny. Jednak spotkało go kolejne niepowodzenie. Po rozwinięciu, stary, przegniły materiał został po prostu przecięty przez stalowe koła i wózki popędziły dalej, nie zwracając uwagi na żałosne próby powstrzymania ich przez człowieka, który niechcący wprawił je w ruch. W ostatniej rozpaczliwej próbie chwycił za statecznik bomby leżącej na ostatnim wózku i zaparł się nogami. Jednak wszystko na próżno. Tigran potykał się, uderzał kolanami o sam wózek, ale nie był w stanie przezwyciężyć praw fizyki popychających trzy bomby w dół po równi pochyłej. W końcu stalker wyprostował obolałe od nieopisanego napięcia palce i upadł. Potem zerwał się i rzucił z powrotem do swojego automatu, przeklinając się za brak ostrożności prowadzący do takich oto rezultatów. Nie wiadomo, jak długo będą pędzić tunelem te wózki, zanim w cokolwiek uderzą. Nie wiadomo też, czy doprowadzi to do wybuchu bomb i jakiej siły będzie to wybuch. Teraz trzeba ratować siebie i Ritę. No i oczywiście tę dzikuskę z podziemi.

* * *

– Centurion odpowiedział, że uważa obecność waszych ludzi przy naszych pracach za dopuszczalną. – Z demonstracyjnym patosem oznajmił Rojes po wejściu do pokoju przywódcy Kolonii Krasnotorowskiej. – Jest jednak szereg surowych zasad, które będą obowiązywać waszych obserwatorów.

– Jakie? Nordycki wygląd? – uśmiechnął się major.

– Nie – kompletnie nie doceniając sarkazmu, pokręcił głową Paul. – Wasi ludzie mają założyć nasze kombinezony. Powinni wyglądać tak samo jak każdy z nas.

– Dlaczego?

– Wielu członków naszego bractwa straciło przyjaciół w bitwie przeciwko wam. Aby uniknąć nieporozumień wasi ludzi powinni być ubrani tak jak my.

– A co, wasi żołnierze nie wiedzą o rozejmie z nami?

– Nasi żołnierze robią to, po co tu przybyli. A wojny z wami nie było w tych planach. Jednak nie można zapominać o tym, że ktoś w porywie gniewu może sprowokować starcie. Zatem to konieczny warunek.

– No, dobrze... Taki wymóg jakoś przełkniemy. Co jeszcze?

– Wasi ludzie nie mogą brać ze sobą broni.

– To nie do przyjęcia – spochmurniał Stieczkin.

– Centurion gwarantuje bezpieczeństwo...

– A wasz centurion może i z krabami się dogadał? Tam jest tylko tysiąc metrów do brzegu morza, zgadza się? Co, jeśli te stwory wypełzną na brzeg i ich zaatakują? Moi ludzie mają prosić o pomoc waszych, krzycząc po rosyjsku?

– Dostaniecie naszą broń. Po to, by wyglądać autentycznie.

– To wszystko?

– Nie. Nie wszystko – znów pokręcił głową Rojes. – Wasi ludzie muszą mieć własną wodę i jedzenie.

– Dzięki, że choć tyle! – rozłożył ręce major.

– Jeść muszą oddzielnie, w specjalnie wyznaczonym miejscu. Nasi ludzie jedzą tam po kolei, bo nie da się zmieścić wszystkich naraz. Wasza kolej będzie na końcu. Zabroniony jest także alkohol. Zabrania się palić w miejscu robót. Zabrania się rozmawiać z kimkolwiek poza naszym specjalnym człowiekiem przydzielonym waszym ludziom. Zabrania się opuszczać wyznaczone im miejsce bez wiedzy nadzorcy.

– Obóz koncentracyjny normalnie – uśmiechnął się krzywo Borys.

– Odpowiadają wam takie warunki? – ciągnął Paul.

Stieczkin spojrzał pytająco na Kolesnikowa. Ten skinął głową.

– Tak, odpowiadają – odparł major.

– Dobrze. W takim razie zawieźcie waszych ludzi i paliwo na miejsce, w którym zawarto porozumienie o rozejmie. Tam będzie na was czekał nasz pojazd z kawą, cukrem i penicyliną. Tam też wasi ludzie przebiorą się i odwieziemy ich na miejsce.

– Boria, przygotuj PTS-a i ludzi. Ja z ochroną pojadę z wami.

– Tak jest, dowódco.

* * *

Major Stieczkin stał przed PTS-em z rękami założonymi na wiszącym mu na szyi automacie i w milczeniu obserwował, jak żołnierze centuriona ładują na transporter opancerzony piranha pięć beczek z olejem napędowym. Okropnie chciało mu się palić, ale nadciągająca znad morza mgła nie pozwalała mu zdjąć z twarzy maski ochronnej.

Wreszcie załadunek się skończył. Z piranhii wysiedli trzej ludzie w strojach żołnierzy kolonii Dignidad i podeszli do majora.

– To wy, chłopcy? Przeklnijcie no szybko po rosyjsku, zanim was wystrzelam w diabły – powiedział cicho Stieczkin.

Wszyscy trzej cicho się zaśmiali.

– Wszystko w porządku, dowódco, to my – dał się słyszeć zniekształcony filtrami głos Kolesnikowa.

Major skinął głową i uważnie obejrzał ubiór swoich podwładnych.

– A gdzie broń?

– Powiedzieli, że wydadzą nam na miejscu.

– Borys – Stieczkin przywołał Kolesnikowa palcem, żeby podszedł jeszcze bliżej. – Zdajecie sobie sprawę, że każdy z was ma na piersi namalowany czerwony trójkąt?

– Tak, zauważyliśmy.

– A zdajecie sobie sprawę, że ani razu nie widzieliśmy u nich żadnych trójkątów na kombinezonach?

– No, rzeczywiście – dał się słyszeć głos jednego z tych trzech, starszego sierżanta Maresjewa.

– I co to, według ciebie, znaczy, dowódco? – spytał cicho Borys.

– Oznaczyli was. Najprawdopodobniej będzie was też obserwować strzelec. Być może snajper. Tak więc bądźcie maksymalnie ostrożni.

– Jasne. Tego się zresztą należało spodziewać. Ale nie przejmujcie się, Pawle Wasiliewiczu. Wszystko będzie dobrze.

– Ech, kapitanie, nie podoba mi się cały ten pomysł. Chociaż mój.

– Ależ wszystko będzie w porządku – obstawał Borys. – Robimy przecież co trzeba.

– Mam nadzieję, brachu. No, dobra. Z Bogiem!

* * *

– Ta wasz punkt obserwacji. Od niego nie odłączać. Kiedy będzie wasza kolej jedzenie, ja po was przyjść – wymamrotał przez filtry maski człowiek przydzielony im przez Eliasa Klausmüllera. Po rosyjsku mówił wyraźnie gorzej niż Rojes, tym niemniej wystarczająco zrozumiale i dość logicznie.

Borys skinął głową i szpicel oddalił się. Żołnierze piechoty morskiej stali z dala od pozostałych ludzi pracujących przy robotach ziemnych i tych, którzy ich ochraniali. Wyznaczyli im to miejsce nie bez powodu – była to duża hałda ziemi wykopanej od chwili rozpoczęcia robót. Samych obserwatorów było stąd dobrze widać, nawet z dużej odległości. Z drugiej strony, im też wygodnie było patrzeć na rozległy wykop, który powstał tu przez miniony dzień. Maszyna inżynieryjna, skonstruowana na bazie jakiegoś wojskowego pojazdu na gąsienicach, stała wyłączona. Pracowali tylko ludzie przy pomocy łopat i kilofów. Kopali wokół jakiegoś betonowego prostopadłościanu, prawie przez stulecie skrytego pod ziemią. Nieopodal, w zaroślach, było widać pozostałości wieży, również z żelbetonu. Borys rozpoznał charakterystyczne okrągłe pierścienie. Podobne konstrukcje wznosiły się na wybrzeżu niemal wszędzie. Miejscami nawet się zachowały: na przykład jedna stała na molo w Bałtyjsku, przetrwawszy nawet atak jądrowy na port wojenny. Jeszcze jedna, znana Borysowi, znajdowała się parę kilometrów od byłego szpitala w osadzie Pawłowo. Pamiętał, że gdzieś jeszcze były ruiny wieży. Ich przeznaczenie było od razu zrozumiałe – obserwacja morza i, być może, nieba. Było wiadomo, że w czasie tamtej wojny po stałej trasie kursował niemiecki pociąg pancerny, który napsuł dużo krwi atakującej Armii Czerwonej. Otrzymując aktualne informacje, pociąg patrolujący przedpole Pillau zadawał celne wyprzedzające ciosy i witał sowieckie samoloty huraganowym ogniem działek przeciwlotniczych[46]. Borys znał historię regionu i dobrze pamiętał, że ostatni Niemcy poddali się na Mierzei Wiślanej dopiero ósmego maja czterdziestego piątego roku, kiedy Armia Czerwona zdobyła już Berlin. Wiedział, że walki o Pillau, położone zaledwie dwadzieścia minut jazdy stąd, były tak ciężkie, że wielu czerwonoarmistom, zakwaterowanym potem w Königsbergu, po ciężkim, za pierwszym razem nieudanym szturmie, puszczały nerwy. Bywały przypadki, kiedy odgrywali się na miejscowych. Wiadomo było, że po pewnym czasie po zdobyciu miasta mieszkańcy znów otworzyli swoje sklepy i kawiarnie. Ale kiedy do Königsberga wrócili ci, którzy szturmowali Pillau, chwilowo spokojne życie miejscowej ludności skończyło się. Sowieckie dowództwo musiało wprowadzić drakońskie kary przeciw własnym żołnierzom łamiącym kodeks honorowy żołnierza walczącego o słuszną sprawę. Sowieccy żołnierze, którzy brali udział w operacji w Prusach Wschodnich, pomimo ciężkich walk i strat, zdobyli bezcenne doświadczenie, które z powodzeniem wykorzystali później w walce z armią kwantuńską na Dalekim Wschodzie.

Oderwawszy się na jakiś czas, żeby przypomnieć sobie, co wiedział o tym regionie i jego historii, Borys Kolesnikow obejrzał wydany mu Sturmgewehr-44. Potem nieco się odwrócił i ukradkiem zapukał palcem w magazynek.

---

46 Opis tego pociągu pancernego nie jest wymysłem autora. Strona niemiecka naprawdę aktywnie korzystała w tym rejonie z pociągów pancernych. W tym również na przedpolu Pillau. Nasyp, a nawet szyny tej trasy można zobaczyć również dzisiaj. Wspomniane wieże o wysokości niemal pięciopiętrowego domu również istnieją.

Starszy sierżant Maresjew kiwnął głową i niby przypadkiem znalazł się za plecami dowódcy. Ukradkiem wyciągnął magazynek.

– Pusty, kapitanie – powiedział cicho, dołączając go z powrotem do broni.

– Tak też myślałem.

– Zaraz sprawdzę swój – włączył się do rozmowy starszy szeregowy Czujkow.

– Zostaw, Grisza – nieznacznie pokręcił głową Borys. – I tak wiadomo, że nasza broń jest nienaładowana. Dobra. Myślę, że przeżyjemy.

Tymczasem Chilijczycy oczyścili z gliny masywne żelazne wrota u szczytu betonowej kazamaty. Otwarcie ich było niemożliwe i ludzie zaczęli mocować liny do wszelkich możliwych występów i uchwytów bramy. Drugie końce lin przyczepiali do „kłów" maszyny inżynieryjnej.

– Jak myślisz, dowódco, co tam jest? – zapytał Maresjew.

– Bunkier. Tu była wieża obserwacyjna. Widzisz? Taka sama stoi w lesie w rejonie posterunku. Pamiętam, że jest tam gruntowa droga, którą jeździliśmy na poligon. Kryliśmy się przed WAI-kami[47], którzy grali nam na nerwach na posterunku – uśmiechnął się Borys. – Tak więc chodziłem pod tamtą wieżę. Tam też jest bunkier. Ale zburzony. Dziwne. Tam wieża jest cała, a bunkier – nie. A tu dokładnie na odwrót. Naprawdę, nie rozumiem tego. Bunkier jest w założeniu niewielki. Czego tam szukają?

– A może prowadzi od niego jakieś przejście?

---

47 WAI (ros. *Wojennaja Awtoinspekcija*) – wojskowa kontrola ruchu drogowego. Niezbyt lubiana w siłach zbrojnych.

– Całkiem możliwe. Od Bałtyjska do Primorska prowadził podziemny tor kolejowy[48], który zaopatrywał wszystkie baterie dział przeciwlotniczych i punkty długotrwałego rejonu umocnionego. Może i tutaj coś takiego jest.

Maszyna inżynieryjna odpaliła, buchnęła dymem z rury wydechowej i ruszyła do tyłu, miażdżąc gąsienicami glinę i rozchlapując błoto. Część występów i uchwytów oderwała się od bramy. Wysunęły się też same wrota, wprawdzie tylko z jednej strony i to dosłownie na kilka cali. Pękła jedna z lin. W drugiej zerwała się kausza. Kopacze zaczęli żywo dyskutować i gestykulować. Po chwili przybyła grupa saperów i zaczęła wyciągać ze swoich skrzyń paczki trotylu, wkładając je w powstałą szczelinę.

– Dowódco, polecili nam nie ruszać się z miejsca. Przecież oberwiemy – odezwał się Czujkow.

– Nie bierz tego tak dosłownie. Proszę, ktoś do nas idzie. Pewnie nasz „tatuś". Zaraz zapytamy…

Nie było to jednak konieczne. Szpicel podszedł szybko i wskazał na drugą stronę hałdy.

– Iść tam. Chować. Już. – I pierwszy zaczął schodzić, ciągłym ruchem ręki przywołując rosyjskich żołnierzy.

* * *

Słońce kolejny raz pogrążyło się we mgle nad morzem i utonęło w nim, barwiąc horyzont na pomarańczowo. Pod wzgórze zajechała piranha, wysadziła trzech ludzi i zawróciła.

48 Dokumenty świadczące o istnieniu tej podziemnej trasy kolejowej istnieją. Obecnie tory są zabetonowane.

– Hasło! – zabrzmiał głuchy okrzyk skierowany do wdrapującej się na wzgórze trójki.

– Zardzewiała piasta! – krzyknął Kolesnikow ze śmiechem. – To my. Wszystko w porządku.

Patrol pomógł towarzyszom w cudzoziemskich strojach wdrapać się do BTR-a, który już po chwili wiózł ich do domu...

– Obudzisz nas wcześnie, dowódco? – zapytał Borys przy kolacji w stołówce bunkra Krasnotorowki.

Sam Stieczkin i pozostali oficerowie jedli w ostatniej kolejności, bo stołówka nie mogła pomieścić wszystkich naraz. Kobiety i dzieci zawsze dostawały posiłki w pierwszej kolejności. Tak było i dziś. A kolacja Stieczkina, Kolesnikowa i Szestakowa okazała się być bardzo późna.

– Powiedzieli, że przyjadą po nas o ósmej i nie będą długo czekać – ciągnął Borys, chciwie nabierając łyżką żur.

– Obudzę, nie bój się – skinął głową Stieczkin. – Może kawy?

– Mam w nocy nie zmrużyć oka? Nie, dziękuję. Ale za to z rana...

– Aha. Przyniosę ci do łóżka na tacy – uśmiechnął się major. – No, opowiadaj. Co tam?

– Krótko mówiąc, odkopali bunkier. Zdaje się, że była tam kiedyś niemiecka wieża obserwacyjna. W ziemi trafiały się jej szczątki.

– I co w nim jest?

– Nie mam pojęcia. Ten, którego nam przydzielili, powiedział, że nie wolno nam tam wchodzić. Oni weszli...

Dowództwo, sądząc po rękawicach i jakichś cyfrach na pelerynach. I długo nie wychodzili. Weszła też z nimi kontrola dozymetryczna.

– Dozymetryczna? Jesteś pewien? – upewnił się Szestakow.

– Tak. Mieli dozymetry. Szli jako pierwsi. Potem zaczęli tam wciągać jakieś skrzynie. Do tego agregat diesla w celu zapewnienia oświetlenia. Podejrzewam, że paliwo było im bardziej potrzebne do niego niż do koparki. Prawie cały ten czas stała z wyłączonym silnikiem. I jeszcze jedna rzecz była interesująca: szli dwaj ichni żołnierze i nieśli jakąś skrzynię. Na zboczu dołu glina zaczęła się obsuwać, jeden z nich się potknął i upuścił skrzynkę. Coś w niej zabrzęczało, jakby to było szkło. Zaczęły się wymysły, wrzaski... Po tym, jak tamten szpicel zaprowadził nas na obiad w szczelnie zamkniętym namiocie, postanowiliśmy to sprawdzić w drodze powrotnej. Do tego zauważyliśmy, że w jednym z dołów, które wcześniej wykopali, ale potem porzucili, widząc, że to niewłaściwe miejsce, chłopaki urządziły sobie śmietnik. No więc ściemniłem tamtemu, że muszę iść się odlać. Odszedłem na bok i zajrzałem do dziury. Patrzę, rzeczywiście, są tam odłamki szkła. Jakieś kolby. Menzurki i te... jak im... Takie płaskie... Mam, szalki Petriego!

– Jakie szalki? – zmarszczył brwi Szestakow.

– No wiesz – machnął ręką Stieczkin. – Takie płaskie i okrągłe. Używali ich biolodzy i bakteriolodzy, i lekarze od chorób zakaźnych.

Po tych słowach major nagle przestał jeść i spochmurniał. W jego głowie pojawiła się jakaś spóźniona myśl.

– Cholera! Borys, jesteś pewny?

– Tak. Sprzęt laboratoryjny – skinął głową Kolesnikow.

– A to ci bomba atomowa – mruknął Szestakow. – Wygląda na to, że szukają jakiegoś laboratorium. Może to jakieś zarazki? Broń biologiczna?

– Niewykluczone. – Stieczkin potarł podbródek z troską. – Coraz lepiej...

Do stołówki wszedł jeden z żołnierzy stojących na warcie.

– Dowódco, wrócił patrol znad morza.

Major spojrzał na zegarek na ręce.

– A czemu tak wcześnie? Zmienili się?

– Nie, towarzyszu majorze. Mówią, że kraby atakują.

– Kraby?

– Tak. Mówią, że na brzeg wylazło ich może nawet i sto. Utrzymanie posterunku na brzegu jest już niemożliwe.

– Przecież coś takiego zdarza się tylko w czasie silnego sztormu – zmarszczył brwi Kolesnikow.

– No właśnie – skinął głową żołnierz. – Zwiadowcy mówią, że na godzinę przed atakiem słyszeli od strony morza głuche grzmoty. Wygląda na to, że Chilijczycy wysłali tam kuter i zrzucili bomby głębinowe. Pewnie dlatego kraby wylazły na brzeg.

– A po co oni te bomby zrzucali? – Kolesnikow przestał jeść.

– Boria, czyżbyś nie rozumiał? – uśmiechnął się nerwowo Stieczkin. – Kapnęli się, że mamy tam posterunek i postanowili napuścić na niego kraby. A jednak nasz marny pokój z nimi jest na tyle marny, że lepsza już dobra wojna.

ROZDZIAŁ 21

PO TAMTEJ STRONIE

Po śniadaniu i kolejnej rozmowie radiowej z centurionem Paul Rojes wrócił do przydzielonego mu pomieszczenia. Była to ta część zakopanego głęboko pod ziemią punktu dowodzenia, która powstała w czasach Trzeciej Rzeszy. Niemiecka część bunkra była niewielka i później użyto jej jako pomieszczeń gospodarczych głównego bunkra. W tej niezamieszkałej sekcji był tylko jeden korytarz łączący ją z resztą Kolonii Krasnotorowskiej. Takie ulokowanie obcokrajowca było z punktu widzenia gospodarzy całkowicie uzasadnione i Paul to rozumiał. Nie odczuwał specjalnego entuzjazmu do zleconej mu przez dowódcę misji, ale jako przykładny żołnierz legionu wypełniał ją bez szemrania. Powiedziano mu, żeby się kontaktował – kontaktował się. Polecono mu nie prowokować Rosjan – w niczym ich nie prowokował. Udając się do toalety i na posiłki, przyglądał się temu, co się dzieje i słuchał, co mówią. To samo robił, wychodząc na powierzchnię, by łączyć się przez radio. Przez resztę czasu Rojes przebywał w swoim pokoju, zwłaszcza że dali mu nawet lampę elektryczną, i studiował przyniesione specjalnie dla niego książki. Czytać po rosyjsku było mu trudniej niż mówić w tym języku, ale legionista starał się wykorzystać możliwości pogłębienia swojej znajomości języka, którym mówił ich odwieczny wróg ideologiczny.

Teraz też włączył światło, rozsiadł się wygodnie na skrzypiącym łóżku i otworzył książkę.

Nie było mu jednak sądzone rozpoczęcie lektury. Ściana po prawej, właśnie ta, pod którą stało łóżko, nagle mocno zadudniła od potężnego uderzenia z drugiej strony. Rojes zerwał się z przestrachem i odskoczył od łóżka, upuszczając książkę.

Przez jakiś czas stał, patrząc w szoku na oszalałą przez moment ścianę. Część tynku osypała się na łóżko. Miejscami widać było pęknięcia. A więc to wszystko mu się nie wydawało. Bo jak mogło się wydawać? Potężne niczym taranem uderzenie od drugiej strony, gdzie, logicznie rzecz biorąc, powinien być po prostu grunt, nie tylko usłyszał, ale i odczuł całym ciałem.

Drzwi uchyliły się i pojawił się w nich kapral Alftan.

– Pawełek, coś ci spadło? – zapytał z troską.

– Nie! To nie ja! – potrząsnął głową Rojes. – Tam coś uderzyło w ścianę! – wskazał na łóżko i kawałki tynku.

– Ale tu nie ma nikogo oprócz ciebie.

– Nie, Nikita. OD DRUGIEJ STRONY!

– Od drugiej? Ale tam jest ziemia…

– Mówię ci! Uderzenie! Silne!

* * *

– DMB-63? CzIASRR? – Stieczkin patrzył ze zdziwieniem na rzędy żużlobetonowych pustaków odsłoniętych po tym, jak podważył i wyłamał saperką porządny fragment wykładziny pokrywającej ściany w pokoju Paula Rojesa. – Co to znaczy?

– No jak to co? – chrząknął doświadczony chorąży Szestakow. – Żołnierzyk był z Czeczeńsko-Inguskiej Autonomicznej Socjalistycznej Republiki Radzieckiej. Zdemobilizowany w 1963 roku.

– A jak mu się udało ułożyć z kamyków ten napis na cegle, z której zrobiono ścianę bunkra zbudowanego jeszcze przez Niemców?

– Po pierwsze, dowódco, to nie cegła, tylko żużlobeton. Po drugie, sądzę, że tę ścianę wzniesiono już po Niemcach. Akurat podczas kryzysu kubańskiego, kiedy to powstał nasz bunkier, żeby utrzymać łączność z okrętami podwodnymi. Zresztą data mniej więcej podpada pod czas kryzysu kubańskiego. W którym roku był kryzys? W sześćdziesiątym drugim? Więc widocznie pracowali tu wtedy chłopcy z batalionu budowlanego.

– Rojes, jesteś na sto procent pewny, że tam ktoś stukał w ścianę? – Stieczkin spojrzał na Chilijczyka.

– Sam pan przecież widział, jak odpadły kawałki tynku. I Nikita słyszał. Tyle że to nie było stukanie w ścianę. To było uderzenie. Silne. Jedno albo kilka naraz.

– No dobra. Nikita…

– Jestem!

– Pomóż Rojesowi przeprowadzić się do najbliższego pomieszczenia. Edik…

– Słucham, dowódco.

– Zawołaj mi tu czterech chłopaków z kilofami, łomami i młotami. Zobaczymy, co jest po tamtej stronie „DMB-63”...

* * *

Drezyna stanęła. Tigran wycisnął z pedałów i nóg, które nimi obracały, wszystko, co mógł, jednak żadnej eksplozji puszczonych dosłownie po równi pochyłej trzech bomb nie usłyszał. Nie dało się w ogóle określić, jak daleko i w jakim kierunku przejechał po ucieczce z tamtego pechowego rozwidlenia.

Do zatrzymania się zmusiła go dopiero dziwna trójka istot, których nie bardzo potrafił nazwać ludźmi. Wyglądali tak samo jak dziewczyna, która wypuściła ich z pułapki. Brudni, kudłaci. W okropnie poniszczonych łachmanach umownie pełniących funkcję ubrania. W łapciach z motocyklowych opon. Z brezentowymi torbami przewieszonymi przez ramię. Szli po torach prosto na nich i w związku z tym Tigran nie włączał latarki, zdając się tylko na światło lampy naftowej. Inaczej ich też by oślepił.

Z ich strony nie dało się dostrzec żadnej wrogości. Widząc dwoje przybyszy z powierzchni, wyraźnie się przestraszyli i jakoś dziwnie, pokornie przykucnęli, jakby oczekując kary ze strony obcych. Ich okropne białawe oczy popatrywały z przestrachem to na Tigrana, to na współtowarzyszkę, wciąż jeszcze znajdującą się w troskliwych objęciach Rity.

– Kim jesteście? – zapytał surowo Bagramian, spoglądając na ich trójkę. Dwoje z nich było, zdaje się, płci męskiej, a jedno – żeńskiej. Żałosny, dystroficzny wygląd pozwalał jedynie zgadywać ich płeć i wiek.

Nieznajomi drgnęli z przestrachem na dźwięk ostrego głosu i pochylili głowy, spoglądając spode łba na przybyszy.

– Cholera, co z nimi? – wymamrotał Tigran. – Rita, może ty spróbujesz.

– Hej – jak mogła najciszej i najostrożniej zawołała do napotkanej trójki Gżel. – Nie zrobimy wam krzywdy. Jest z nami wasza... no, jak ją nazwać...

– Znaleźliśmy ją. Nazwij ją Znajda – wyszeptał Tigran.

– Jest z nami wasza Nadia... Kim jesteście?

Zwróciwszy uwagę, jak Rita delikatnie pogłaskała „Nadię" po głowie, jeden z hipotetycznych mężczyzn cicho coś wybełkotał. Nie dało się rozpoznać, co to był za sposób komunikacji, ale zdecydowanie przypominał rozumną mowę. Oberwaniec mamrotał coś strasznie prymitywnie, patrząc uważnie na cierpiącą dziewczynę.

Ta, zdaje się, słysząc znajomy głos, zapłakała i zapiszczała coś w odpowiedzi przy pomocy takiego samego zestawu gardłowych dźwięków.

Ten język jeszcze bardziej zbijał z tropu niż niewiarygodnie dziki wygląd, niepasujący do kluczy nastawnych i oliwiarek w torbach.

– Gerr, gerr – zawarczał dobrodusznie jeden z obdartusów, niezdarnie pociągając Tigrana za sobą machnięciem ręki.

Bagramian spojrzał na Ritę.

– Zaryzykujemy?

– Dawaj. Zdaje się, że boją się nas znacznie bardziej niż my ich.

Tigran nacisnął na pedały i niespiesznie podążył za dziwną trójką, dostrzegając kątem oka, że z lewej i prawej strony w tunelu zaczęły się pojawiać czarne otwory drzwiowe bocznych korytarzy czy też pomieszczeń.

Po kilkudziesięciu metrach nieimponujący rozmiarami tunel nagle stał się dwa razy szerszy. Po prawej widniała platforma, z której prowadziły w dół żelazne kręte schodki.

Trójka łachmaniarzy podeszła do schodów, wciąż przywołując przybyszy gestami. Tigran zszedł z siodełka, ostrożnie wziął na ręce Nadię i poszedł za nimi. Rita zabrała jego rzeczy i dołączyła do Bagramiana.

* * *

Stieczkin wszedł w powstałą w wyniku starań jego podwładnych dziurę. Za ścianką, jak się okazało, nie było wcale gruntu. Znajdował się tunel, prowadzący wyraźnie w górę, w kierunku Kaliningradu. Świecąc latarką, major zauważył, że sklepienie tunelu mocno popękało i osunęło się, miejscami trzymając się tylko na zardzewiałych prętach zbrojeniowych. Prawdopodobnie ścianę w starym bunkrze postawiono właśnie z powodu groźby zawalenia tunelu, który z tego powodu uznano pewnie za bezużyteczny. W samym bunkrze pomieszczenie podzielono już za Sowietów i posadzkę zalano warstwą betonu skrywającą szyny, które kończyły się czy to w pokoju Rojesa, czy to jeszcze gdzieś dalej. Teraz było już dobrze widać, co właściwie uderzyło w ścianę od drugiej strony. Trzy wózki, które z jakiegoś powodu zjechały po szynach nie wiadomo skąd. I, co charakterystyczne, trzy wielkie bomby lotnicze, które, jak widać załadowano na owe wózki.

– Dowódco, powinieneś stamtąd wyjść – rzekł troskliwie Szestakow, spoglądając na czarne korpusy bomb.

– Zaczekaj, Edik, nie gorączkuj się. – Stieczkin kucnął przed rozbitym od uderzenia korpusem bomby i poświecił do środka. – Są chyba puste. To zwykłe skorupy. Chociaż jest tam jakiś mechanizm. Główna część jest jednak pusta. Nie widzę niczego przypominającego ładunek bojowy. Sprowadź tu saperów. Niech dobrze je przebadają i narysują schematy. Dziwne jakieś te bomby…

* * *

Tigran zszedł i zaczął się rozglądać ze zdziwieniem. Tu też był tunel, ale znacznie szerszy i wyższy od tego, którym przyjechali rowerową drezyną. Tu też były szyny, lecz tor był szerszy. Teraz Tigran z dziewczyną na rękach, Rita i troje dzikusów znajdowali się na peronie przypominającym stację metra, tyle że bez zbędnych luksusów. Surowe linie betonowych konstrukcji i typowo wojskowa lakoniczność.

– Rita! To jest to! To jest właśnie to metro! – wydusił Tigran z zachwytem.

– Potem się napatrzysz, Tigrosza – Gżel pociągnęła go za sobą, chwyciwszy go za łokieć.

Skręcili w jakiś wąski korytarz i weszli do pomieszczenia z mnóstwem otworów drzwiowych w ścianach. Jeden z tubylców szybko skrył się w najbliższym z nich i wkrótce wyszedł stamtąd niewiarygodnie wiekowy staruszek w chałacie z płótna workowego. Mocno utykał i opierał się na kiju. Siwa broda sięgała brzucha, a sam dziadek był łysy i poza tym mało różnił się od pozostałych obdartusów. Tamta trójka wyciągnęła natomiast ręce, dając Tigranowi do zrozumienia, że zamierzają zabrać Nadię. Przekazał im oślepioną dziewczynę i oberwańcy ostrożnie zanieśli ją do innego pomieszczenia.

– Do widzenia, Nadia – westchnęła ze smutkiem Rita.

Staruszek drgnął, burknął coś i spojrzał ze zdziwieniem na kobietę.

– Aha. Ty też witaj – kiwnął głową Tigran. – Może chociaż ty jesteś w stanie nam powiedzieć, kim właściwie jesteście?

Staruszek przeniósł wzrok na Bagramiana.

– Rosjanie? – wydusił cicho i z przestrachem wiekowy obdartus.

– O, ten umie mówić! Tak, jesteśmy Rosjanami. Ściślej mówiąc, nie do końca. Przynajmniej ja. Ale tak. Rosjanie. Ja jestem Bagramian. A kim ty jesteś?

– Ba-gra… – Staruszek wytrzeszczył oczy. – Generał Bagramian?[49]

– Właściwie, to na razie jeszcze sierżant. – Uśmiechnął się Tigran. – A ty kim jesteś?

---

49 Iwan Christoforowicz (Howannes Chaczaturowicz) Bagramian (1897–1982) – sowiecki dowódca wojskowy, dwukrotny Bohater Związku Radzieckiego. W czasie Wielkiej Wojny Ojczyźnianej dowodził 1. Frontem Nadbałtyckim, który uczestniczył w operacji w Prusach Wschodnich. W 1962 roku, w czasie kryzysu kubańskiego, będąc już marszałkiem, kierował operacją „Anadyr", której częścią był przerzut sowieckich wojsk i rakiet jądrowych na Kubę.

– Ciszej! Nie wolno tak głośno! – zasyczał staruszek. – Jestem starostą. Niech pan nie mówi głośno. Nie wolno. Wirt może usłyszeć.

– Wirt? Kto to?

– Ciszej…

Zawołał ich gestem do swojego pokoju i przybysze poszli za nim.

Pomieszczenie było nieduże. Łóżko typu wojskowego. Pieniek, na którym stała lampa i metalowa miska z jakimś nieznanym suszem. Być może były to grzyby. Na ziemi stała duża butla o kwadratowym przekroju z ciemnozielonego szkła. Na szyjce wisiał blaszany kubek. W kącie stało kilka kanistrów.

– Skąd przyszliście? – wyszeptał starzec.

– Z powierzchni – odparł Tigran.

– Który jest teraz rok?

– Rok? – zdziwił się Bagramian. – 2033.

– Boże!… – odetchnął staruszek, zachwiał się i o mało co nie upadł. Rita i Tigran podtrzymali go i pomogli usiąść na łóżku.

– Wojna się skończyła? – wyjęczał.

– Już dawno.

– I jak się skończyła?

– Cały świat uległ zniszczeniu – westchnął Tigran. – Niewielu ludzi przeżyło.

– Jak?! – Starosta znów wytrzeszczył oczy. – A więc jednak stworzył tę broń?

– Kto? Jaką broń?

– Cudowną broń… Hitler…

– Ech, nie, dziadku. Przecież Hitlera pokonaliśmy jeszcze w czterdziestym piątym. Ja mówiłem o innej wojnie. Ogólnoświatowej. Wydarzyła się stosunkowo niedawno. Pokolenie temu.

– Znowu wojna? – oburzył się staruszek. – To tamtej było mało?

– Widocznie komuś było mało, dziadku. Jak się tu znalazłeś? I kim są te… małpoludy?

– Kto?

– No, kurde, ci dziwni ludzie dookoła. Dużo was jest?

– Ach. To sklawenowie. Jest nas dużo. Chociaż nie umiem określić, ile to jest dużo. Albo mało.

– A jak się tu znaleźliście?

– Zawsze tu byliśmy. Urodziliśmy się tutaj.

– Jak to, ty też? – zdziwił się Tigran. – Ile ty masz właściwie lat?

– Nie wiem ile. Ale jestem bardzo stary. Bardzo mało sklawenów może dożyć starości. Jest bardzo trudno. Tu wyrosło dużo pokoleń.

– Czegoś tu nie rozumiem…

– Kiedyś był tu świat panów. Sprowadzali tu z góry więźniów do pracy. I do eksperymentów. Dzieci. Dużo różnych narodów. Wszystko to opowiedział mi mój ojciec. A jemu – jego ojciec. Ojciec mojego ojca był żołnierzem, ale wzięli go do niewoli i trafił tutaj. Potem do wielu miejsc naszego świata zeszli uchodźcy. Z wielu z nich też zrobili sklawenów. Dużo panów odeszło. Wysadzali niektóre przejścia i zostaliśmy tu. Mało panów zostało. Nasi przodkowie dla nich pracowali. Obsługiwali mechanizmy tego świata. Wykonywali ich rozkazy. Potem pojawiły się wirty. Są zamiast panów. Są silniejsze od panów. Panowie robili eksperymenty na ludziach i wyszły z tego wirty. Wirty są straszne. Ochraniają Walhallę i wymagają od nas, żebyśmy obsługiwali mechanizmy, tak jak nasi przodkowie. I tak żyjemy. Obsługujemy mechanizmy. Rodzimy się. Umieramy. Hodujemy grzyby. Wirty zabierają naszych martwych i chorych do utylizacji w Walhalli. Nie wolno nam znać pisma. Nie wolno uczyć się języka. Tylko to, co najprostsze, żeby się porozumieć. I tylko starosta może się uczyć mówić, żeby komunikować się z wirtem, kiedy trzeba. I uczyć swojego następcę. Ale staroście nie wolno uczyć języka innych sklawenów. A ja... – staruszek obejrzał się bojaźliwie. – Ojciec mojego ojca robił zapiski i uczył mojego ojca. A mój ojciec mnie. To nasza tajemnica. Muszę prowadzić kronikę naszego świata. Prowadzę ją. I chowam. I moi przodkowie przykazali mi, że muszę znać nie tylko język panów, ale i język przodków. Często chodzę w najdalsze kąty i rozmawiam z przodkami, żeby nie zapomnieć języka. Umiem mówić językiem przodków. Ojciec mojego ojca wierzył, że nas uratują. I mój ojciec wierzył. A okazuje się, że zniszczyliście się nawzajem...

* * *

– Ogólnie rzecz biorąc, budowa jest taka. – Saper rozłożył na biurku Stieczkina kartkę papieru, na której ołówkiem naniesiono przybliżony rysunek techniczny jednej z tych trzech dziwnych bomb. – W korpusie jest metalowa rura. Przy tym zrobiono ją ze wzmocnionej stali, jak dla działa. W środku, zamiast rury, jest sztywna stalowa siatka. Wewnątrz są prowadnice. Na dwóch końcach rury znajdują się spłonki artyleryjskie i ładunki prochowe. I taki sprytny mechanizm, który uruchamia iglice. Do tego, jak zrozumiałem, iglice powinny zbijać spłonki symultanicznie. Wygląda na to, że sam mechanizm jest uruchamiany przez system wysokościomierza połączonego z czujnikiem uderzenia. Jeśli wysokościomierz nie zadziała, przychodzi kolej na czujnik, który reaguje przy upadku bomby. Ale mechanizm nie był odwiedziony. Czyli nie był w położeniu bojowym. Dlatego uderzenie w ścianę nie doprowadziło do odpalenia ładunków. W ogóle nie rozumiem, po co komu bomba takich rozmiarów, w której dwa ładunki prochowe są odpalane w przeciwnych kierunkach. Ale z dwóch stron w rurach są zamknięte pokrywami wpusty. Być może przed każdym ładunkiem prochowym wsadza się jakiś nabój o kształcie walca i odpalenie spłonki popycha te walce naprzeciw siebie. I w założeniu te cylindry zderzają się pośrodku rury, tam gdzie jest siatka.

Major drżącą ręką wyciągnął z kieszonki na piersi papierośnicę i wyjął z niej ostatniego papierosa. Potem konwulsyjnym ruchem wydobył zapalniczkę, zapalił i chciwie się zaciągnął.

Saper ze zdumieniem patrzył na trzęsące się ręce i bladość dowódcy.

– Pawle Wasiliewiczu! Czy wszystko z panem w porządku?

– Nie – wydusił ten w odpowiedzi. – Wiem, co to za bomby.

– Jak to?

– Tak, bracie. W tej rurze należy umieścić uran.

– Uran!

– Tak, bracie. To są bomby atomowe… Cholera! Dawać mi tu Szestakowa! Żywo!

Chorąży nie kazał na siebie długo czekać.

– Już słyszałem – westchnął, spoglądając posępnie na denerwującego się dowódcę. – A więc to jednak nie legenda. Pytanie, gdzie jest uran... Może Chilijczycy przywieźli go ze sobą?

– Nie to mnie teraz niepokoi, Edik.

– A co?

– Rojes. On przecież wie. Wie, co znaleźliśmy. Cholera, trzeba go było stąd zabrać, jeszcze zanim zaczęliśmy wyburzać ścianę! Jasny gwint, ale kto by pomyślał? Kiedy ma następne połączenie?

Szestakow spojrzał na zegarek.

– Za czterdzieści minut...

– Zaraza! – warknął major. – Przecież teraz poinformuje o tym centuriona.

– No, to może stuknę go łomem przez łeb i...

– Jakim łomem, Edik! Przecież oni mają Kolesnikowa z chłopakami!

– No tak, cholera! – Chorąży podrapał się po głowie. – Faktycznie. No więc poinformuje o naszym znalezisku. I co?

– A to, Edik, że to właśnie tego oni szukają. Broń do obrony przed mutantami. Bzdura! Potrzebna im bomba atomowa. Broń jądrowa w rękach nazistów. Wyobrażasz sobie konsekwencje? I do tego jest tu tunel, który prowadzi tam, skąd te bomby zjechały. To wszystko, czego Chilijczycy potrzebują. Nasze zawieszenie broni natychmiast się skończy. Ze skóry będą wychodzić, żeby zdobyć nasz bunkier.

– No to się obronimy...

– A oblężenie?

– Zaprowadzimy ludzi do tego tunelu.

– I gdzie on nas zaprowadzi? A chłopaki, którzy są teraz u Chilijczyków? Nie, Edik. Nie da rady. Tak nie da rady.

Major zerwał się i wypadł na korytarz...

ROZDZIAŁ 22

WOJNA

– Pomór był straszny. Odsiewał tych, którzy potrafią się przystosować do życia tutaj od tych, którzy nie potrafią. Najpierw jedno pokolenie. Potem drugie. Wirty wspierają rozrodczość sklawenów. Potrzebują niewolników. I tak ciągnie się to w nieskończoność.

– A co to jest Walhalla? – zapytał Tigran. Pamiętał, że w papierach Zagorskiego była mowa o obiekcie o takiej nazwie, i podejrzewał, że istnieje bezpośredni związek między tym, czego szukał pradziadek Zagorskiego, oficer Smiersza, a tym, na co się natknęli.

– Niegdyś przeprowadzano tam doświadczenia. Najpierw po prostu na ludziach. Potem z zarodkami. Są tam kadzie ze specjalną solanką. Hoduje się w nich wirty. Kadzi jest dużo. Ale naraz nie może być aktywnych zbyt wiele wirtów. Nie starczy dla nich zasobów. Jedzenia. Ile ich nie śpi, tego nie wiem. Dbają o kadzie i solankę. Robią obchody. Sprawdzają nas. Badają labirynty. Przygotowują swoją zmianę. Kiedy przychodzi kolej wirta, żeby umrzeć, pozostałe budzą nowego. Wyciągają go z kadzi i uczą. Ale kadzi jest dużo. Jeśli obudzą się wszystkie… To cała armia.

– Boże… – wymamrotała Rita. – To wszystko jakiś zły sen. Czyli okazuje się, że jest tam armia klonów? Nie może być. Nie było wtedy takich technologii.

– To nie klonowanie, Rita. To eugenika[50] – odparł ponuro Tigran. – Wygląda na to, że w swoim czasie Niemcy mocno się postarali, żeby ukryć swoje badania przed społecznością międzynarodową. Gdyby nie dokumentalne świadectwa użycia rakiet przez Niemców, nie uwierzylibyśmy w ich osiągnięcia w technice rakietowej.

– A jak one trafiają do tych kadzi? – zapytała Gżel staruszka.

– Zawsze tam były. Rosły w nich przez lata, aż stały się rozwinięte i dorosłe.

– A zatem nie rozmnażają się – mruknęła Rita. – Wcześniej czy później te wirty wyginą. Prawda? Przecież kiedyś rozwinięte embriony w kadziach chyba się skończą?

– A jeśli nie? – pokręcił głową Bagramian.

– Co masz na myśli?

– Mam na myśli desant z okrętu Dignidad. Co, jeśli przybyli tu po wirty? Po tę technologię? Jeśli dobrze zrozumiałem, nie są to po prostu sztucznie wyhodowane embriony. To genetyczni zabójcy, którym wszczepiono podkorowo umiejętności bojowe i zamiłowanie wojny, podboju, niewolenia… Zabijania.

* * *

50 Eugenika – nauka o udoskonalaniu gatunków przez selekcję, popularna w nazistowskich Niemczech.

Stieczkin uważnie obserwował, jak Rojes zakłada skafander ochronny, żeby wyjść na powierzchnię i odbyć kolejną rozmowę przez radio.

– Opowiesz swojemu dowódcy o tym, co znaleźliśmy za ścianą? – zapytał major, starannie dobierając słowa.

– To oczywiście mój obowiązek – odparł niezmąconym tonem Paul.

– Jesteś pewny? Co będzie, jeśli to przemilczysz? – zmrużył oczy major.

– Z mojej strony będzie to niewypełnienie zobowiązań wobec bractwa.

– No dobra, dobra. Opowiadaj – machnął ręką Stieczkin. Nie chciał zbyt mocno naciskać na Chilijczyka, żeby nie wzbudzić jego podejrzeń. Koniec końców, Rojes pewnie nie wiedział, co to za bomby. – Tylko będę miał prośbę.

– Tak, słucham.

– Powiedz swojemu dowódcy, że moi ludzie, których do was wysłałem, są mi tu pilnie potrzebni.

– To ma związek z tym, co znaleźliście za ścianą mojej kwatery? – Paul popatrzył pytająco na rosyjskiego oficera.

Paweł uśmiechnął się nieprzyjemnie. Zbliżył się do Chilijczyka o krok i patrząc mu uważnie w oczy, cicho powiedział:

– Nie. Po prostu powiedz, żeby niezwłocznie mi ich oddał. Zwrócę paliwo za dowiezienie. Dwadzieścia litrów.

– Dobrze. Przekażę – skinął głową Paul.

Dotrzymał słowa i już po dwudziestu minutach major Stieczkin otrzymał odpowiedź.

– Centurion powiedział, że ma pan osobiście spotkać swoich ludzi w umówionym miejscu.

– Dlaczego? – zdziwił się major.

– Tego nie powiedział. Ale wyjaśnił, że koniecznie musi spotkać się z panem sam na sam. To bardzo ważne.

Stieczkin westchnął. Być może krył się za tym jakiś podstęp. Ale wyglądało na to, że nie ma wyboru. Nie odzyska swobody działania, dopóki Borys Kolesnikow i jego chłopcy nie będą bezpieczni.

* * *

Mimo niskiego sufitu była to całkiem przestronna sala. Obdartusów-sklawenów było tu mnóstwo. Ich wspólne cechy, jednakowe łachmany i nierozróżnialne twarze, sprawiały wrażenie jakiegoś ogromnego słoja z czerwiami. Ludzie leżeli tu pokotem. Ktoś spał. Ktoś łapczywie jadł suszone grzyby. Gdzie indziej dziecko stało za plecami prawdopodobnie matki i szybko zjadało wyłapywane w jej włosach pchły. Do pomieszczenia weszła grupa sklawenów i zmęczeni pokładli się na ziemi. Natychmiast wstała taka sama grupa, wzięli torby z narzędziami i wyszli. Gdzieś w kącie działy się dantejskie sceny. Nie krępując się nikim ani niczym, kopulowali tam samiec i samica – Tigran nie potrafił nazwać tych stworzeń mężczyzną i kobietą. Kolejnych kilku samców siedziało półkolem, czekając na swoją kolej. Rita czuła nieznośny ból, patrząc, jakie życie prowadzą te nieszczęsne stworzenia, których przodkowie byli kiedyś ludźmi. I nagle z pełną wyrazistością, mimo przyćmionego światła dwu kaganków, dostrzegła w tym obraz nieludzkiej, strasznej istoty wojny i nienawiści. I uświadomiła sobie wyraźnie, że ten sam los być może czeka również ich potomków. Teraz żyją jeszcze – względnie młodzi – ludzie, którzy przetrwali ten kataklizm. A co będzie za następne dwadzieścia lat? Za pięćdziesiąt? Za dziewięćdziesiąt?...

Kompletna groza tego, co teraz widziała, łamała jej serce i wyciskała łzy z oczu. Rita zagryzła usta, patrząc na przerażającą i jednocześnie wzbudzającą bezgraniczny żal masę ludzi.

Ale twarze sklawenów były puste. Nie wyrażały bólu, żalu za tym, co utracili, ani poczucia beznadziei. To był ich świat. Przywykli do niego. Innego nie znali i znać nie mogli. Niewykluczone, że wszystko to ich zadowalało i może niektórzy byli nawet szczęśliwi. Jak to dziecko zjadające z apetytem wyciągnięte z włosów matki pchły. Jak te samce, czekające na swoją kolej.

W sercu Rity obudził się ból nie do zniesienia i rozpaczliwie zapragnęła jak najszybciej odszukać ich znajdę.

Młoda samica leżała nieco na uboczu, na rozłożonym na ziemi łachmanie. Ktoś położył jej na oczach wilgotną szmatkę. Podpełzł już do niej na czworakach samiec, zadarł z niej łachmany i zaczął obwąchiwać jej uda. Nadia wybełkotała coś kapryśnie i szarpnęła nogą, i samiec odszedł, gderając z niezadowoleniem.

– Boże... – wyrzuciła z siebie Rita przez łzy i podbiegła do nieszczęśnicy. – Witaj, kochanie. To ja.

Nadia poznała jej głos, lekko się uśmiechnęła i namacała ręką dłoń Rity, mocno się w nią wczepiając.

– Moje biedactwo... – Kobieta ostrożnie zdjęła jej z oczu brudną szmatkę i wyciągnęła z apteczki czysty bandaż. Zmoczyła go wodą z manierki i starannie otarła twarz Nadii. Potem delikatnie obejrzała jej zaczerwienione oczy. – Niedługo ci się poprawi. Wszystko będzie w porządku. To tylko chwilowa ślepota.

Rita położyła jej na oczach czysty wilgotny opatrunek i pogładziła ją po policzku.

– Wszystko będzie dobrze…

– Jakie to wszystko straszne! – dał się słyszeć z tyłu cichy głos Bagramiana. – Czyżby nasze dzieci i wnuki… Też…

Rita odwróciła się.

– Tigraniku. Kochany. Musimy pomóc tym nieszczęśnikom. Trzeba ich uratować.

Tigran westchnął, obserwując poruszającą się masę istot. Potem przysiadł.

– Rita, powiedz mi, co właściwie możemy zrobić? Już sama nasza obecność zagraża ich życiu.

– Dlaczego? Jak?

– Sama pomyśl, kochana. Ten świat był w izolacji niemal przez stulecie. I przyszliśmy tu ze swoimi mikrobami. Oni wszyscy mogą umrzeć tylko przez to, że ktoś z nas kichnie. Możemy oddać im swoje jedzenie, ale zatrują się nim, bo ich żołądki nie znają niczego, co jemy. Możemy zabrać ich do jakiegoś naszego schronu, oślepną tam od jasnego światła i umrą przez zmianę wilgotności albo od pierwszego lepszego przeciągu. Masz prawo mnie nienawidzić za te słowa. Mnie samemu serce pęka z bezsilności, kiedy patrzę na tych biedaków. Ale nie widzę dla nich żadnego wyjścia, niczego, co moglibyśmy im zaoferować. To jedyne życie, jakie znają. Czy zechcą mieć inne? Ale ważne, żebyśmy zapamiętali tę lekcję. Choćby nie wiem co, nie możemy dopuścić, żeby nasze dzieci i wnuki stały się im podobni. Chyba jedyna rzecz, jaką możemy zrobić dla tych biednych… ludzi, to postarać się uwolnić ich od wirtów. Od ich genetycznego, instynktownego strachu przed wirtami. Uwolnić ich. I odejść. Na pewno odejść i więcej ich nie niepokoić…

– Ale… Ale jak to… Tigran… A co z Nadią?… – Rita nagle nie wytrzymała i rozpłakała się, rzucając się w objęcia swojego towarzysza. – Boże, co myśmy zrobili?!… Dlaczego, powiedz mi, dlaczego przez tyle lat tu, na górze, żyli ludzie i nikt nie wiedział, co się dzieje pod ich nogami?!

– Margosza… – westchnął Tigran. – Nie mieliśmy pojęcia, co się dzieje w naszych duszach, skoro mogliśmy dopuścić do globalnej katastrofy. Co dopiero mówić o tym, co dzieje się gdzieś głęboko pod ziemią. Nie płacz, proszę…

Nagle odwrócił głowę. Tłum oberwańców zamarł, wszyscy patrzyli na dwoje przybyszów z innego świata. Oczy sklawenów wyrażały coś w rodzaju prymitywnego zaciekawienia. I było to w niepojęty sposób przerażające.

* * *

Chorąży Szestakow był kategorycznie przeciw. Było zupełnie oczywiste, że po meldunku Rojesa dowódca kolonii bardzo ryzykował, jadąc na spotkanie z nazistami. Stieczkin był jednak niezłomny. Zadaniem numer jeden było dla niego wycofanie ludzi. Stojąc na powierzchni i żegnając transporter opancerzony, lekceważąc konieczność założenia skafandra ochronnego, Szestakow przeżegnał nawet odjeżdżający w nieznane BTR-80 z dowódcą na górnym pancerzu. I oto teraz wlókł się ponuro korytarzem bunkra, posławszy przedtem do wszystkich diabłów chemika, zdenerwowanego lekceważeniem środków bezpieczeństwa, co w ostatnich dniach stało się coraz częstsze. Eduard miał okropną ochotę zapalić, chociaż dawno już rzucił.

Naprzeciwko niego wyskoczył żołnierz.

– Eduardzie Iwanowiczu! – zawołał z przejęciem. – Z tunelu przyszedł człowiek!

– Że co? Z jakiego tunelu? – jeszcze bardziej zmarszczył brwi chorąży.

– No, z tamtego! Skąd bomby zjechały!

– Co to za człowiek?!

– Mówi, że jest z Piątego Fortu!

– Co?!

– Coś z nim nie tak, towarzyszu chorąży! Chce rozmawiać z Michiejewem!

– Z Michiejewem?! A jak on się czuje?!

– Już dobrze! Chodzi po lazarecie! Wyklina lekarza od najgorszych!

– Wezwij go! Czekaj! Gdzie jest teraz ten z Fortu?

– Tam – żołnierz machnął ręką. – W byłym pokoju Chilijczyka.

Szestakow popędził do starej części bunkra, mijając znane na pamięć łuki i zakręty korytarzy. Żołnierz odbiegł już daleko i wkrótce Szestakow wpadł na Michiejewa, kuśtykającego od strony lazaretu.

– Iwanycz, co to za kołomyja, co?

– To pytanie do ciebie. To ty narobiłeś sobie przyjaciół w Piątym Forcie. No to przylazł jeden, wprost spod ziemi.

– W kwestii przyjaciół, Iwanycz, to się zagalopowałeś. Trzech – tak. A całą resztę tej hałastry to bym tak od serca…

– Dobra, zaraz się zorientujemy, co tam się wyprawia.

Po wejściu do pomieszczenia znaleźli dwóch żołnierzy z automatami patrzących z niedowierzaniem na mężczyznę siedzącego na stercie gruzów, która kiedyś była ścianą. Miał nieco ponad trzydzieści lat. Cały w pyle, ze zwichrzonymi włosami i blady.

– Towarzyszu chorąży, miał przy sobie pistolet. Ale nie stawiał oporu. W pistolecie brakuje dwóch nabojów.

– Sania? – wydusił ze zdziwieniem Michiejew.

Umęczony i zdenerwowany Zagorski skierował na niego zaczerwienione od niezwykle dla niego jasnego światła oczy.

– Andriej. Znalazłem to przejście – westchnął ze zmęczeniem.

– A Tigran i Margarita? Co z nimi?

– Oni… – Zagorski drgnął. – Zaginęli.

– Zaczekaj, chłopcze – zmarszczył brwi Szestakow. – Czyli tym tunelem można dojść aż do Piątego Fortu?

– Zgadza się – skinął głową Aleksander.

* * *

– Wirgis – wezwał Stieczkin jednego z żołnierzy siedzących w transporterze opancerzonym po tym, jak oderwał się od peryskopu.

– Tak, dowódco?

– Krótko, słuchaj, masz bojowe zadanie. Zaraz będzie wzgórze i gęste zarośla. W biegu wyskoczysz przez lewy luk i skryjesz się tam. Uważaj, żeby nie wpaść pod koła.

– Zrozumiałem.

– To nie wszystko. Zajmiesz pozycję i będziesz obserwował następne wzniesienie. Tam umówiliśmy się na spotkanie z nazistami. Coś może pójść nie tak. Jeśli to się stanie, wszystko zrozumiesz. I niech ci nie przyjdzie do głowy iść mi na pomoc. Masz co sił w nogach biec do bunkra i dać znać Szestakowowi. Jeśli to pułapka, niech ogłosi alarm dla wszystkich i zajmujcie stanowiska obronne. Jeśli nie wrócę z Kolesnikowem i chłopakami, oznacza to wojnę. I nie ważcie się potem z nimi negocjować ani nie próbujcie nas ratować. Po prostu zabijajcie ich w miarę możliwości. Zadanie jest jasne?

– Tak jest, dowódco.

Stieczkin znów przylgnął do wizjera peryskopu.

– Przygotować się...

Wirgis otworzył właz.

– Skacz!

Żołnierz zanurkował w krzaki, a pozostali natychmiast zamknęli za nim luk.

Wirgis ostrożnie wyczołgał się na drugą stronę, starając się nie dać zauważyć. Na sąsiednim wzgórzu stała już nieprzyjacielska piranha w otoczeniu pięciu żołnierzy wroga. BTR-80 wjechał na wzgórze. Teraz wysiadł z niego Stieczkin. Po chwili otworzyła się przed nim piranha i major zniknął w środku. Pozostawało tylko czekać. Jednak dosłownie minutę później Wirgis zauważył, jak z wysokiej trawy na zboczu sąsiedniego wzgórza ostrożnie wyczołgują się dwaj nieprzyjacielscy żołnierze, niosąc jakąś skrzynkę. Teraz są już za rosyjskim BTR-em.

Wpychają pod niego ładunek i czołgają się z powrotem, rozwijając przewód.

– Cholera! – warknął żołnierz. Był pewny, że wróg podłożył pod transporter materiał wybuchowy. Ale Stieczkin dał mu wyraźny rozkaz: niczego nie robić. Może Chilijczycy po prostu asekurują się na wszelki wypadek i wcale nie zamierzają wysadzić pojazdu? Przecież sami są obok i mogą ucierpieć. O, ich żołnierze stoją dosłownie dziesięć metrów dalej. Nie weszli do swojego transportera opancerzonego, tylko usiedli na dachu. Wybuch nie tylko ich zabije, ale też uszkodzi piranhę. Co robić? Wystrzelić w swój transporter z automatu, żeby chłopaki wyskoczyli, zobaczyli przewód i wszystko zrozumieli? A co jeśli w ten sposób zerwie pertraktacje i wystawi majora? Nie. Trzeba czekać. Nie wolno łamać rozkazu…

Centurion Elias Klausmüller siedział w tym samym miejscu i zgodnie ze swoim zwyczajem pił kawę. Obok był drugi człowiek. Pewnie tłumacz. Naprzeciwko niego kolejnych trzech ze sturmgewehrami i czerwonymi trójkątami na piersi. Najwidoczniej był to Kolesnikow i jego ludzie. Ci jednak milczeli. Skinęli tylko głową przybyłemu Stieczkinowi.

– Skąd nagle taka zmiana planów, mój przyjacielu? – przełożył słowa centuriona tłumacz mówiący z mocniejszym niż Rojes akcentem. Oficer siedział tak samo majestatycznie jak przy pierwszym spotkaniu. Jednak z jakiegoś powodu kawy tym razem nie proponował.

– To nasza wewnętrzna sprawa, która w żaden sposób nie dotyczy dwustronnego układu pokojowego między nami – odparł Stieczkin.

– Ach tak? I chce pan po prostu zabrać swoich ludzi?

– Właśnie.

– Ciekawe... A ta wasza wewnętrzna sprawa ma związek z tym tunelem, który odkryliście?

– Powtarzam, to jest nasza wewnętrzna sprawa i nie zamierzam jej omawiać. Zabieram swoich ludzi i odchodzę. Wszystkie pozostałe porozumienia pozostają w mocy.

Klausmüller zaśmiał się cicho i skinął głową. Trzech ludzi w skafandrach ochronnych natychmiast odciągnęło zamki sturmgewehrów i skierowało je w stronę majora. Wszystko jasne. To nie Kolesnikow z chłopakami. To wrogowie. Pułapka!

Silnik piranhii zaryczał, wypuszczając kłąb gęstego dymu, i pojazd ruszył w dół zbocza w przeciwnym kierunku niż Wirgis. Minęło kilka sekund, a potem rozległ się huk eksplozji. Tylną część transportera opancerzonego wyrzuciło w powietrze. Na bok poleciała piasta wraz z kołem. Ogarnięty płomieniami BTR-80 zwalił się na bok.

Wirgis zacisnął zęby. To koniec... Wszyscy, którzy tam byli, zginęli. Ahmet, Żeńka Solonyj, Wadik Lemieszew. Tocha Łunin... Wszyscy.

Żołnierz popędził z powrotem w stronę bunkra. Czekał go prawie czterokilometrowy bieg na przełaj w skafandrze ochronnym. Po tym, jak zbiegł ze wzgórza, zrównał się z drzewem, zza którego wychynęła nagle sylwetka człowieka. Potem dostał cios kolbą w głowę. Ani się obejrzał, jak leżał na piasku. Nic nie widział. Okropnie huczało mu w głowie. Wirgis zaczął gorączkowo szukać automatu. Wymacał go, ale ktoś natychmiast wyrwał mu zbawienną broń z drżących rąk. Posypały się uderzenia w żebra, głowę, plecy i nogi. Wirgis zdał sobie sprawę, że to koniec, ale nagle ciosy się urwały. Coś mu wsunęli w ręce, a potem dały się słyszeć pospieszne kroki oddalających się ludzi. Żołnierz gwałtownie zerwał z siebie maskę. Niech idzie do diabła! W dłoniach trzymał szklaną butelkę z jakąś notatką w środku. Wyglądało na to, że to właśnie ją wcisnęli mu nieprzyjacielscy żołnierze, którzy napadli na niego z zasadzki.

– A to sssukinsyny! – wyjęczał Wirgis, pokonując ból w pobitym ciele i zrywając z siebie skafander. – To dranie!...

* * *

Długo już przebywali w siedzibie starosty. Tigran chodził tam i z powrotem, zastanawiając się, w jaki sposób przy pomocy automatu z jednym magazynkiem można uwolnić sklawenów od wirtów. A przecież nie wiadomo jeszcze, jakie te wirty były. Tymczasem od strony dużej sali dało się słyszeć jakieś podniecone szemranie. Dźwięk narastał.

– Co tam się dzieje? – westchnęła przytłoczona wszystkim, co tu zobaczyła, Rita.

– Nie wiem.

– Może to coś z Nadią?

Odpowiedź poznali, zanim Tigran zdążył wyjść z pomieszczenia i dotrzeć do sali. W drzwiach pojawił się utykający starosta.

– Co wy narobiliście! – powiedział z bólem, niemal płacząc.

Dopiero teraz Bagramian zauważył, że staruszek miał w ręku stalowy niemiecki hełm M-35, cały umazany świeżą krwią.

– Co narobiliśmy? – zapytał skonsternowany Bagramian.

– Ośmieliliście się podnieść rękę na wirta! Sprowadziliście na nas wszystkich nieszczęście i śmierć! Przyjdą tu i będą zabijać!

– Co?! Nie podnosiliśmy na nikogo ręki! – oburzył się Bagramian. – Co się stało? Wyjaśnij!

– Idący do pracy sklawenowie znaleźli w dalekich kazamatach zabitego wirta! To część jego głowy!

Staruszek zaczął potrząsać hełmem. Tigran wyrwał mu go bezceremonialnie i zaczął go oglądać. Zwykły hełm z naciągniętym na niego paskiem z kanciastymi ciemnymi okularami spawalniczymi. Było kompletnie niezrozumiałe, do czego w nieprzeniknionych ciemnościach podziemi są potrzebne ciemne okulary. Ale jasne jak słońce było to, że głowa, na której ten hełm spoczywał, została przedziurawiona wystrzałem. Być może niejednym, ale przynajmniej jedna kula trafiła dokładnie w hełm i przebiła go w części czołowej.

– To hełm wirta?

– Tak! – zawył staruszek.

– I wirt na pewno nie żyje?

– Tak!

– Ale to nie my... W ogóle nawet nie wiemy, jak te wirty wyglądają.

– Sania... – odezwała się cicho Rita. – Po tym, co zrobił, można się po nim spodziewać wszystkiego. I przecież ma twój pistolet.

– A rzeczywiście. A to pokraka, niech go szlag…

Staruszek bezsilnie padł na kolana i zaniósł się płaczem.

– Nie wolno… Nie wolno zabijać bóstwa…

* * *

Chorąży Szestakow patrzył ponuro na butelkę, którą przyniósł Wirgis. Zanim stracił przytomność, biedak zdążył wszystko opowiedzieć: i o dowódcy, i o BTR-ze z chłopakami, i o zasadzce. Lekarz powiedział, że nałykał się tej przeklętej mgły znad morza i jego szanse na odzyskanie przytomności są znikome. Można to było uznać za klęskę. Dwaj oficerowie w rękach wroga. Nie dwaj zwyczajni oficerowie. Dowódca. Człowiek, do którego społeczność dosłownie się przez te lata modliła. Utrata jednej jednostki bojowej. Straty w ludziach… Szestakow potężną ręką ścisnął butelkę i ta pękła mu w dłoni. Po przeciętej skórze pociekła krew.

– Eduardzie Iwanowiczu – wymamrotał któryś ze stojących pod lazaretem żołnierzy. – Nie chciałby pan…

– Zamknąć się wszyscy! – ryknął Szestakow i podniósł kartkę papieru, która spadła na ziemię. Rozwinął ją. Coś było na niej napisane. Co, nie wiadomo. Nie po rosyjsku.

– Dawać tu Meksykańca. Już! – wrzasnął chorąży.

Po chwili, poszturchując go lufami automatów, wepchnięto do pomieszczenia Rojesa.

– No co, pokrako! To jest właśnie cena pokoju z takimi draniami jak wy. – Szestakow podsunął mu pod twarz kartkę papieru. – Czytaj, bydlaku!

Rojes był wyraźnie przygnębiony takim obrotem spraw, który nagle zmienił jego status – znów był jeńcem. Starał się jednak zachować godność. Wziął kartkę i zaczął tłumaczyć napisane tam ołówkiem słowa.

– Wasi ludzie żyją. Ich życie zależy od was. Ich życie rozstrzygną negocjacje. Dziś o zachodzie słońca w tym samym miejscu.

– To wszystko?

– Tak. Wszystko – skinął głową Chilijczyk.

Szestakow nagle złapał Rojesa jedną ręką za klapy, walnął go czołem w nos i odrzucił od siebie jak szmacianą lalkę.

– Zabrać stąd to ścierwo. Szybciej, póki jeszcze nie zdarłem z niego skalpu!!!

Odprowadzając jeńca nienawistnym wzrokiem, Szestakow zaczął owijać sobie dłoń bandażem, który przyniesiono mu z lazaretu.

– Zebrać wszystkich kaprali i sierżantów w gabinecie dowódcy. Natychmiast! Tego Zagorskiego też tam przyprowadzić! Ruszajcie się, no, nie stójcie, taka wasza mać!

Chorąży skierował się do apartamentu utraconego, być może na zawsze, przywódcy. Po wejściu rzucił okiem na popielniczkę. Na łóżko. Na rozłożoną na biurku mapę.

– Niech cię szlag, Pasza... Mówiłem przecież... Mówiłem! Chociaż... Przecież to ja nalegałem na rozejm z tymi śmieciami... Cholera! Wybacz, dowódco. To nic. Policzymy się z nimi. Wyrównamy rachunki, jak to mamy w zwyczaju...

Usiadł przy biurku, wysunął szufladę i wyciągnął z niej paczkę papierosów Prima z zapasów dowódcy.

Zapalił, chciwie się zaciągając. Do pomieszczenia zaczęli wchodzić podoficerowie. Upewniwszy się, że wszyscy, w tym również ranny niedawno Michiejew, są na miejscu, Eduard zaczął mówić:

– Synkowie. Braciszkowie. Wypowiedziano nam wojnę. Czterej nasi towarzysze są u nich w niewoli. Wśród nich jest nasz dowódca. Teraz tamci znów żądają pertraktacji. W wypadku ich nikczemnego podstępu dowódca zabronił prowadzenia z nimi negocjacji i wyciągania go z niewoli. – Szestakow nagle zacisnął pięści i zęby tak, że przegryzł papierosa. – Ale taka wasza mać! – I z całą swoją wielką siłą uderzył pięścią w stół. – JESTEŚMY ROSYJSKĄ PIECHOTĄ MORSKĄ! Wyciągniemy naszych braci z niewoli, żywych lub martwych! I nie oddamy naszej ziemi na splugawienie! Zakopiemy w niej każdego cudzoziemskiego psa, który przyszedł do nas z bronią w ręku!!! GDZIE MY…

– TAM ZWYCIĘSTWO! – ryknęli podoficerowie.

– I to rozumiem, synkowie! To jest duch! – wyszczerzył zęby Szestakow. – A teraz słuchać moich rozkazów. Michiejew!

– Jestem!

– Ty i tak jesteś ranny. Weź sześciu strzelców. Jednego z cekaemem. Weź starców, kobiety i dzieci i prowadź ich tunelem do Piątego Fortu! Niech zabierają swoje graty, ale bez zamieszania! Piętnaście minut na zbiórkę i już! Weź ze sobą doktora i Wirgisa! Nastolatkom, którzy nauczyli się już obchodzić z bronią, takową wydać i oznajmić im, że są teraz żołnierzami piechoty morskiej! I muszą wykonywać rozkazy według prawa czasu wojny! A jeśli będzie trzeba pruć do ludzi Samochina, to mają pruć! Do Samochina i jego przydupasów, bez sentymentów, jak do wrogów narodu!... Pod ścianę!!! Czy im się to podoba, czy nie, Piąty Fort jest teraz nasz! Jak mnie zrozumiałeś?!

– Wszystko jasne, towarzyszu chorąży gwardii! – wypalił Michiejew. – Samochina i jego lokaja dorwę osobiście!...

– No, i pięknie! Gdzie Zagorski?!

– Tutaj. – Zza pleców podoficerów wyszedł Aleksander.

– Pokażesz drogę Michiejewowi!

– Nie... nie mogę...

– Co?! – ryknął chorąży. – Synku, dobrze się czujesz?! Powiedziałeś gwardziście „nie"!

– Nie jestem wojskowym – wymamrotał Zagorski.

– Mam to gdzieś! Zostałeś zmobilizowany, zrozumiano?! Powołałem cię do wojska w związku z wybuchem wojny!

– Niech pan posłucha. Tam nie ma niczego trudnego. Narysuję Michiejewowi plan. Poradzi sobie. Muszę znaleźć moich przyjaciół.

– A kto, taka twoja mać, wyjaśni Michiejewowi, który w waszym forcie jest wrogiem, a który przyjacielem?!

– Samochin ma najwyżej dziesięciu ludzi, którzy mogą stawiać opór. Pozostali mają głęboko gdzieś, kto jest u władzy, byleby było co żreć. Tym bardziej, że Bagramian postarał się o dobre opinie na wasz temat, i większość naszych was szanuje.

– A ty w takim razie co będziesz robił?!

– Powiedziałem już, muszę ocalić moich przyjaciół. Są tam, w podziemiach. Gdzie indziej. Dajcie mi tylko automat i latarkę. Moja już padła. I nóż.

– Po co ci automat? – uśmiechnął się Szestakow.

– Tam... Tam coś jest...

– Jakie znowu „coś"?

Zagorski zwiesił głowę.

– Nie wiem, cholera. Jakiś ogromny stwór. Pół zwierzę, pół człowiek. Zabiłem takiego jednego z pistoletu. Ale nie był sam.

– Co to za brednie?...

– To nie brednie! – wrzasnął nagle Zagorski.

– Towarzyszu chorąży... – podniósł rękę Michiejew. – Mogę?

– Tak, Andriej, co jest?

– Tam jest Bagramian. Pamięta go pan przecież. To swój chłopak. To on nas uwolnił z niewoli u Samochina. Naprawdę trzeba mu pomóc. Niech idzie.

– Dobra, chrzanić go. Rysuj plan, Zagorski.

– Dobrze. Nawiasem mówiąc, pewną część drogi przejdziemy razem z Michiejem. Do rozwidlenia.

– Dobra. Andriej?

– Tak, towarzyszu chorąży.

– Weźmiesz Burkę. Kiedy się rozdzielicie, niech Burka idzie z Zagorskim. Jakby co.

– Wszystko rozumiem – skinął głową Michiejew.

– Tak. Alftan!

– Jestem!

– Weź Tereszczenkę oraz mechaników i natychmiast przygotujcie cały sprzęt do walki. BTR-y, szyłkę, PTS-y. Wszystko! Po dwie normy amunicji!

– Tak jest! Ustawić cekaem na kabinie PTS-a?

– Co to w ogóle za pytanie?! Jest to zapisane w nomenklaturze i rozkładzie bojowym?!

– Jest!

– Przepisowe miejsce dla cekaemu jest?!

– Jest!

– Strzelec wchodzi w skład załogi?!

– Wchodzi!

– Odpowiedź jest jasna?!

– Tak jest!

– No, to działaj jak należy! Ale najpierw przygotuj dla mnie BRDM! Pojadę nim na pertraktacje.

Wszyscy utkwili zdziwiony wzrok w nowym dowódcy.

– Towarzyszu chorąży, jakie pertraktacje?! Przecież oni…

– Milczeć! Musimy zyskać na czasie, żeby przygotować sprzęt i uzbrojenie! Powiedziałem, że pojadę, więc pojadę! Nikita, a ten pas szahida, który zmajstrowałeś dla kapitana Kolesnikowa, przygotuj teraz dla mnie. Tylko żeby był szerszy, z poprawką na moją niedźwiedzią posturę. Zrozumiano?!

– Tak jest!

– Wykonać! Pozostali – wysunąć wzmocnione posterunki w uzgodnionych punktach wokół bazy! Wzmocnić ochronę hangarów z pojazdami i wiatrowych generatorów prądu! Wydać polecenie przygotowania broni ręcznej i moździerzy! Griszyn!

– Jestem!

– Ile mamy bomb głębinowych na składzie?!

– Dziesięć średnich, dwadzieścia dwie małe!

– Bomby też przygotować i załadować na PTS! Czy wszyscy znają swoje obowiązki według regulaminu bojowego?!

– Tak jest!!!

– Teraz słuchajcie danych uzupełniających. To na wypadek, gdybym nie wrócił z pertraktacji. PTS z pełną załogą i bombami głębinowymi wychodzi w morze. O, w ten punkt. Orientujcie się na starą platformę. O dwudziestej drugiej przeprowadzić w tym rejonie bombardowanie głębinowe. Po godzinie cała populacja krabów wyjdzie na brzeg akurat w miejscu lądowania nieprzyjaciela. A zatem między jedenastą a północą będzie już słychać strzały. Będą ostrzeliwać kraby. W tym czasie sześć BTR-ów i szyłka powinny być już na tych pozycjach, tutaj, na wschód od wykopów. Po dwa transportery opancerzone tutaj, na flankach. Kiedy tylko tamci zaczną walczyć z krabami, rozpocząć zaciskanie pierścienia. Nie żałować amunicji. Macie na tym poligonie zmieszać wszystko: piasek, trawę, żelazo i mięso! Do ochrony bazy pozostanie oddział Koszkina i chemicy. Jeśli przed świtem nasze siły uderzeniowe nie wrócą albo nie wypuszczą w powietrze dwóch czerwonych rakiet, to oznacza, że doszło do porażki. Koszkin!

– Jestem!

– W takim wypadku twoje zadanie będzie polegać na wysadzeniu wejścia do schronu i pieszym odwrocie do Kaliningradu. Do Piątego Fortu. Jasne?

– Tak jest!

– Jeśli ktoś porzuci stanowisko przed wyznaczoną godziną albo przed wybuchem w bunkrze – rozstrzelać na miejscu! Jeśli wcześniej zaatakuje nieprzyjaciel, należy wysadzić wejście do bunkra od razu i wycofywać się, walcząc! Walcząc! Wiązać przeciwnika ogniem i niszczyć, gdziekolwiek by był! Zadanie jasne?!

– Tak jest!!!

– Wykonać!

– A co robimy z jeńcem? – dał się słyszeć głos Nikity. Był wyraźnie zatroskany losem Rojesa, z którym przez ten czas prawie się zaprzyjaźnił.

– Jeśli nie wrócę za godzinę od wyjazdu – rozstrzelać. Zrozumiano, Nikita?

– Tak – westchnął ten.

– Nie słyszę, gwardzisto!

– Tak jest!

– No, tak lepiej… Chociaż czekaj… Dawaj mi go tu!

ROZDZIAŁ 23

DZIEDZICTWO PRZODKÓW

– Posłuchaj! I przestań wyć!

Tigran na próżno próbował uspokoić owładniętego histerią staruszka. Słysząc jego zawodzenie, podchwycili je pozostali sklawenowie. Z dużej sali, a także z kilku innych pomieszczeń dało się słyszeć okropne wycie dzikusów.

– Starosto! Oprzytomniej! – mocno potrząsnął staruszkiem i zajrzał w jego białe, prawie ślepe oczy pełne łez. – Czego tak wyjesz, stary? Czyżby wirty miały was zabić? Przecież nie mogą żyć bez tych mechanizmów, które obsługujecie.

– Nic nie rozumiesz! – zawył staruszek. – Zburzyliście fundamenty! Nie naruszyliście, ale zburzyliście! Teraz wirty same rozumieją, że nic nie będzie tak jak dawniej! A to znaczy, że trzeba nas unicestwić! Obudzą pozostałe wirty i wezmą wszystko w swoje ręce!

– Ależ co to za bzdury, niech was licho!

Nagle wycie sklawenów zaczęło gwałtownie cichnąć. Tigran zaniepokoił się i odbezpieczył automat. Potem odciągnął zamek.

– Co im się nagle stało? – zapytał z niepokojem i nagle zapanowała grobowa cisza. A potem zabrzmiały powolne chrzęszczące kroki, jakby ktoś szedł w stalowych butach.

– Obchód wirta! – wyszeptał staruszek z przerażeniem, padł na kolana i oparł głowę o ziemię, rozrzucając ręce na boki. – Idźcie… uciekajcie…

Tigran chwycił Ritę za rękę i pociągnął za sobą. Wciągnął ją do najbliższego pustego pomieszczenia i szepnął:

– Siedź tu. I ani słowa.

– A ty?

– Zaraz wrócę. Nie denerwuj się.

Starając się nie hałasować, Bagramian przemknął do dużej sali ze sklawenami i zobaczył, że wszyscy przybrali tę samą pozę co staruszek w swoim pokoju. Wszyscy oprócz Nadii, która drżącymi rękami dotykała bandaża na twarzy. Tigran roztrącił najbliższych dzikusów i przyklęknął między nimi. Zdawało się, że oberwańcy byli tak przerażeni dźwiękiem zbliżających się kroków, że nie zwrócili na człowieka najmniejszej uwagi.

Tigran utkwił wzrok w otworze drzwiowym, wychodzącym na tunel kolejowy, i czekał.

Wirt się nie spieszył. Idąc ciężkim krokiem do swoich niewolników, pojawił się w progu po dwudziestu ciągnących się w nieskończoność sekundach. Był to niemal dwumetrowy olbrzym. Wysokie ciężkie podkute buciory na gołych nogach. Stalowe nakolanniki. Na potężnym nagim torsie – trzymająca się na skórzanych rzemykach płyta pancerza z reliefem odwzorowującym mięśnie, podobna do kirysów rzymskich legionistów. „Przepaska biodrowa" ze stalowych płytek sięgała niemal do kolan i osłaniała właściciela tak z przodu, jak i z tyłu. Na rękach miał nałokietniki i długie rękawice z grubej gumy. Na plecach wisiał mu agregat, wydający przytłumione buczenie, niczym transformator. W ręku miał laskę połączoną z tym transformatorem ni to wężem, ni kablem... Głowa stwora była przerażająca. Ogromne ciemne kręgi na twarzy szarej jak i cała skóra, w których pogrążone były małe białka oczu z wielkimi złymi źrenicami. Prosta linia bezzębnych ust rozdzierała twarz niemal od ucha do ucha. Całe to koszmarne oblicze wieńczył stalowy niemiecki hełm M-35 z ciemnymi kanciastymi okularami nad okapem. Wirt otworzył ogromne usta i zaryczał przez straszne, ostre jak u rekina zęby. Popatrzył na niewolników i zatrzymawszy swój wzrok na Nadii, powoli ruszył w jej stronę, złowrogo pomrukując.

Dlaczego nie przybrała tej samej pozy co wszyscy? Dlaczego? I wtedy Tigran zrozumiał. Dziewczyna zdaje sobie sprawę ze swojej nieprzydatności do pracy spowodowanej ślepotą, choćby nawet chwilową. I widocznie instynkt sam podpowiedział jej, żeby dalej leżeć, dając do zrozumienia straszliwemu bożkowi, że może ją zabrać.

Wirt pochylił się i wolną ręką złapał kobietę za włosy. Z łatwością ją podniósł. Dziewczyna wydały z siebie stłumiony krzyk, ale nie opierała się.

– Nie... – ledwie słyszalnie wyszeptał Tigran i natychmiast zaczął mu się tłuc po głowie tamten żałosny, rozpaczliwy głos osieroconego chłopczyka w mieście zburzonym przez jedną z niezliczonych krwawych ludzkich wojen: „Wujaszku, niech mi wujaszek pomoże, proszę! Wujaszku, niech mi wujaszek pomoże!".

A przecież on wtedy po prostu przeszedł obok...

Tymczasem wirt zaczął wywlekać nieszczęśnicę za włosy z tłumu pokornych, nieruchomych współplemieńców.

– Puść ją, ty cholerny bydlaku! – wrzasnął wyprostowany Bagramian, celując do potwora z automatu.

Monstrum drgnęło. Utkwiło wzrok w Tigranie i zwolniło uchwyt. Nadia upadła na podłogę i cicho załkała.

Ręce wirta powoli zaczęły się unosić, jakby rozumiał, że w jego stronę skierowana jest broń, która może wysłać go do prawdziwej Walhalli. Jednak nie był to gest poddającego się żołnierza. Niespiesznie sięgnął okularów i opuścił je na oczy.

Do świadomości Tigrana nie od razu dotarło, co właściwie robi potwór. Wszystko wyklarował niewiarygodnie jasny impuls elektryczny, który pojawił się na końcu laski w prawej ręce wirta. Bagramian krzyknął i mocno zacisnął powieki. W tym momencie stalker zrozumiał, co czuła nieszczęsna dziewczyna, kiedy poświecił jej w oczy latarką. Padłszy na kolana, upuszczając automat i przyciskając dłonie do twarzy, Tigran zaryczał, czując nieznośny ból w oczach, które odwykły od ostrego światła i dlatego tak zareagowały na mocne wyładowanie elektryczne. Kroki potwora tym razem nie były tak miarowe. Spieszył się. Tigran jedną ręką zaczął gorączkowo wodzić dookoła, szukając automatu i zdając sobie sprawę, że za parę sekund będzie po wszystkim. Jeśli jego oczy nie zdążą wrócić do normalnego stanu, potwór go zabije.

I nagle ciszę, którą zakłócały jedynie kroki i wydawane przez stwora ryki oraz szalone bicie jego serca, rozerwała długa seria z automatu. Ryk wirta przeszedł w rzężenie i stwór ciężko runął tuż przed Bagramianem.

I znowu cisza. Potem pospieszne kroki. Tym razem nie były to kroki potwora ani obdartusa. To były kroki człowieka. Rita? Ale ona nie ma automatu...

– Tigran, co z tobą? – usłyszał tuż obok do bólu znajomy i tak bardzo znienawidzony głos Aleksandra Zagorskiego.

– W porządku... mimo twoich wysiłków, ty świnio... – Tigran w końcu podniósł powieki. Przed oczami migotały mu jasne kolorowe kręgi i fraktalne wzory, za którymi zdołał jednak dostrzec ciemną sylwetkę Zagorskiego, w którego twarz od razu wyrżnął pięścią.

Aleksander poleciał na bok, ale natychmiast rozległ się jeszcze jeden krzyk, tym razem jakiegoś obcego.

– Do tyłu! – I policzka Bagramiana dotknęła zimna lufa automatu.

– A to kto znowu, taka jego mać?! – ryknął sierżant.

– To Burkow z Kolonii Krasnotorowskiej. Tigran, posłuchaj...

– Burkow z Kolonii Krasnotorowskiej? Co ty tu, do cholery, robisz, Burkowie z Kolonii Krasnotorowskiej?

– Ratuję cię, do jasnej cholery! – odparł żołnierz piechoty morskiej. – Dlaczego go uderzyłeś?!

– Jego spytaj. Niech opowie, jak nas zamknął w pułapce i zwiał, menda jedna!

Tymczasem z tłumem sklawenów znów zaczęło się dziać coś dziwnego. Jeden za drugim wstawali, ożywając ze swych poddańczych figur i kierując pełen przerażenia wzrok na martwe bóstwo, zaczynali przenikliwie wyć. Wkrótce wycie stało się powszechne. Oberwańcy zrywali się na nogi i miotali po pomieszczeniu, wyrzucając z siebie łzy i niezrozumiałe dźwięki, będące ich językiem. Do pomieszczenia wpadła Rita. Rzuciła się do Nadii, która siedziała na ziemi i cicho płakała, trzymając się za obolałą głowę. Za nią przykuśtykał starosta.

– Co wyście narobili?! – wrzasnął. – Co wyście nawyczyniali?!

– Co im się wszystkim nagle stało? – wymamrotał Burkow.

– To taka ich religia. Opium, czy jak mu tam, dla ludu... – odparł Tigran, którego wzrok już wracał do normy. Podniósł się i ponuro patrzył na to, co się dzieje dookoła.

– Teraz wirty już na pewno nie będą miały dla nas litości! – staruszek przenikliwie krzyczał dalej. – Zburzyliście swój świat, a teraz przyszliście tutaj i zburzyliście nasz! Bądźcie przeklęci!

Bagramian spojrzał na żołnierza i Zagorskiego. Obaj mieli automaty. To już nieźle. Trzy gnaty to jest jakiś argument.

– Starosto... Hej! Przestań się w końcu drzeć, jakby ktoś ci coś zrobił! Uspokój swoich ludzi! Wyjaśnij im, że zabijemy wirty i już nikt nigdy was nie ruszy!

– Nie wolno! – jeszcze głośniej wrzasnął staruszek. – Nie wolno zabijać bogów!

Tigran chwycił za szmaty, które starosta miał na sobie, i potrząsnął nim z całej siły.

– Więc powiedz im, że teraz WASZYMI BOGAMI JESTEŚMY MY!

* * *

Elias Klausmüller odkręcił termos i nalał sobie kolejną porcję kawy. Potem dodał kilka kropelek alkoholu z piersiówki.

– Panie centurionie! – doleciało zza otwartego luku.

– Wejdź i zamknij właz – burknął Elias. – Na zewnątrz jest zanieczyszczone powietrze.

Żołnierz posłuchał i znalazł się wewnątrz pojazdu pancernego.

– Przyjechali, centurionie.

– To już słyszałem. I gdzie oni są?

– Ich transporter jest obok, ale już od pięciu minut nikt stamtąd nie wychodzi.

– Dziwne – zmarszczył brwi Klausmüller, biorąc łyk. Potem skinął głową siedzącemu obok tłumaczowi. – Miguel, idź no, dowiedz się, na co oni czekają.

– Tak jest, panie centurionie – skinął tłumacz, szybko zakładając maskę.

Spiesząc się, by wykonać rozkaz, wyskoczył z piranhii i skierował się w stronę transportera Rosjan. Tym razem pojazd wyglądał inaczej. Był wyraźnie mniejszy od innych. I nie miał czterech osi, a tylko dwie.

Na burtach nie było włazów. A więc wejście musiało być tylko od góry. Tłumacz wdrapał się na wóz i zastukał kolbą sturmgewehra w jeden z luków.

– Ej! Rosjanie! Na co czekacie?! – zawołał.

Właz się otworzył. Pokazał się w nim potężnie zbudowany siwy mężczyzna o złych szarych oczach.

– A wy na co, nie-Rosjanie? – warknął.

– Przyjechaliście pertraktować? No to idziemy!

– Pertraktacje odbędą się w naszym wozie. To gwarancja tego, że tym razem nas nie wkręcicie.

– To nie do przyjęcia! – pokręcił głową Miguel.

– W takim razie możesz pocałować w dupę swojego centuriona. Zrozumiałeś mnie, czy mam ci to pokazać na migi?

Tłumacz zamyślił się na kilka sekund. Potem rzekł:

– Dobrze. Czekajcie na odpowiedź.

I zeskoczył z lekkiego wozu rozpoznawczego, po czym skierował się do swojego transportera.

Szestakow zamknął właz i usiadł na fotelu kierowcy. Potem odwrócił się do swojego jedynego współtowarzysza. Ten siedział w skafandrze ochronnym i masce przeciwgazowej i milczał.

Po kilku minutach stukanie we właz się powtórzyło. Chorąży otworzył. Była to ta sama fizjonomia w masce.

– Jestem upoważniony do prowadzenia pertraktacji – powiedział tłumacz.

– No to właź – uśmiechnął się krzywo Szestakow, zwalniając miejsce nieprzyjacielskiemu żołnierzowi i przesiadając się na sąsiedni fotel.

– Co, twój dowódca bał się przyjść osobiście, tak? – powiedział, kiedy Miguel usiadł na miejscu kierowcy i zamknął za sobą luk.

– Nasz dowódca się nie boi – odparł surowo tłumacz i spojrzał z ukosa na mężczyznę w masce przeciwgazowej.

– No dobra. Czego potrzebujecie? I czego chcecie w zamian za uwolnienie naszych ludzi?

– Waszej kapitulacji.

– Ach więc to tak? – uniósł brwi chorąży. – Nie przesadzacie przypadkiem?

– To cena życia waszego dowódcy i kolejnych trzech ludzi. I cena waszego spokoju. Złożycie broń i wpuścicie nas do swojego bunkra. Dacie nam dostęp do tego nowego tunelu.

– Innymi słowy, chcecie zawładnąć naszą bronią. Naszym sprzętem. Naszym miejscem zamieszkania. A z ludzi zrobić niewolników?

– Gwarantujemy życie każdemu z was pod warunkiem niestawiania oporu. To najlepsza cena za wasz spokój i pokojową współpracę na chwałę naszych dobrze pojętych interesów.

– Dawno temu ktoś już mówił mojemu krajowi i narodowi coś podobnego. Wiesz, co się z nim stało?

– Co?

– Otruł swojego psa, żonę, a potem się zastrzelił.

– Nie jesteście w tak dobrym położeniu, żeby nam grozić.

– Tak, ale zapomnieliście, że my też mamy w niewoli waszego człowieka. Rozumiecie, że w zaistniałej sytuacji jego życie jest w niebezpieczeństwie?

– Paul Rojes? – Tłumacz pokiwał głową z uśmiechem. – Jest żołnierzem. A to jest wojna. Żołnierzy się poświęca. Wątpię, żeby w tych okolicznościach życie jednego naszego żołnierza było dla was cenniejsze od życia dwóch waszych, i do tego jeszcze dwóch oficerów. A Rojes, jeśli będzie trzeba, z godnością przyjmie śmierć z waszych rąk.

– Czyli jego los nie jest tematem tych pertraktacji?

– Tematem tych pertraktacji jest wasza kapitulacja. To jest ultimatum.

– Rozumiem – skinął głową Szestakow. – A więc tak. Na pewno rozumiecie, że nie mam tego autorytetu, który posiadał major Stieczkin, będący teraz waszym jeńcem.

I nie wiem, czy zdołam wszystkich przekonać do złożenia broni. Potrzebuję czasu.

– Rozumiemy to i będziemy czekać na waszą ostateczną odpowiedź w tym miejscu za dwie godziny.

– Dwie godziny? – Szestakow się uśmiechnął. – Sądzę, że tyle mi wystarczy.

– W takim razie do zobaczenia. – Miguel otworzył luk i wyszedł na zewnątrz.

Chorąży znów zajął miejsce kierowcy, zapuścił silnik i skierował wóz z powrotem do Krasnotorowki. Gnał, wyciskając z BRDM-a maksimum możliwej do osiągnięcia w tak trudnym terenie prędkości. W końcu zatrzymał się nagle, gwałtownie ściągnął swojemu współtowarzyszowi maskę przeciwgazową i delikatnie uderzył go w twarz.

– No i co, głąbie? Słyszałeś?! Słyszałeś to?! Olali cię! Jesteś już dla nich trupem! Rozumiesz, co mówię?!

Paul Rojes w milczeniu potarł miejsce uderzenia i pociągnął nosem.

– Tak, słyszałem – powiedział cicho.

– Otóż to. A my będziemy się o swoich ludzi bić. I twoi kumple otrzymają odpowiedź dokładnie o czasie.

* * *

– Cóż, o twoim wybryku pogadamy później. Tak od serca. Po męsku.

– Tigran – westchnął ze skruchą Zagorski. – Posłuchaj. Potem wróciłem. No, diabeł we mnie wstąpił…

– Diabeł, powiadasz? Diabeł? A ja znam jeden stary sposób na egzorcyzm. Rozwalcuję ci pewne czułe miejsce dużym tępym przedmiotem. I diabełek stamtąd wyskoczy...

– Boże święty, Tigran, co ty za świństwa opowiadasz? – skrzywiła się Rita.

– Potem zobaczysz. Na marginesie, lekarz się przy tej procedurze przyda...

– Przestań już...

– Dobra – Tigran machnął ręką. – Zostawimy to na potem. No więc wróciłeś, draniu, i co dalej?

– Drzwi były już otwarte. Drezyny nie było na miejscu. Ale znalazłem tunel kolejowy oraz drugą drezynę, ręczną.

– Tak. No i?

– W jej pobliżu włóczył się ten... Taki sam... Wirt. Zastrzeliłem go z pistoletu... Posłuchaj, Tigran. Wiem, gdzie jest Walhalla. W jednym z pomieszczeń znalazłem plan.

– Masz go przy sobie? – zapytał Bagramian.

– Nie. Jest na tablicy. Nie da się go zdjąć. Nie jest z papieru. Ale przerysowałem go... Krótko mówiąc, słuchaj, jak jest. Pamiętasz ten zasypany napromieniowany tunel?

– Trudno zapomnieć! – prychnął Tigran. – Wialiśmy stamtąd jak szczury z tonącego okrętu.

– No więc tak. Był tam skład bomb lotniczych. Sądząc z położenia, przypuszczam, że ten magazyn zaopatrywał lotnisko Seerappen.

– A gdzie to jest?

– W pobliżu miejscowości Lublino – odparł Zagorski. – Seerappen zajmowało całkiem spory teren. Kierunek na Zemland i Pillau, podziemne składy w leśnym masywie i tak dalej. Ale jedna rzecz jest ciekawa.

Stacjonowała tam część 1. Eskadry Bombowej Hindenburg, dla której opracowano samolot He-177V-38[51]. Heinkel. A ten samolot opracowano jako bombowiec atomowy!

– Bombowiec atomowy? Niemiecki? Sania, czy ty jesteś przy zdrowych zmysłach?

– Przy zdrowych! – odgryzł się ze złością Zagorski. – Posłuchaj mnie! W Haigerlochu w Niemczech, nie pamiętam dokładnie gdzie, chyba Amerykanie znaleźli niemiecki reaktor jądrowy! Skonstruowano go już w 1942 roku!

– Reaktor to jeszcze nie bomba…

– Ale ogromny krok w jej kierunku! A teraz wyobraź sobie. Front wschodni z przerażającą szybkością zbliża się do granic Rzeszy. Tworzą pospiesznie bombę uranową na najprostszej uderzeniowej zasadzie! Trzy takie bomby znaleźli w Krasnotorowce, kiedy przebiły ścianę, ale puste, bez uranu!

– A więc to te trzy wózki, które przypadkowo spuściłem z górki… – Pokiwał głową Bagramian.

– I dzięki którym znaleźliśmy drogę do Piątego Fortu – uśmiechnął się Burkow.

– Właśnie – ciągnął Zagorski. – A teraz, Tigran, popatrz tutaj.

I wyciągnął ze swojego plecaka jedną z tamtych dwóch zagadkowych puszek. Pokrywka była nierówno rozpruta nożem. Wewnątrz znajdowała się wojłokowa przekładka i ołowiany walec z oznaczeniem na wieku.

– I co to jest?

---

51 Autor nie twierdzi, że ten eksperymentalny samolot skonstruowano właśnie dla celów wskazanych w książce. To tylko fantazja. Istnieją jednak dane, według których na bazie produkowanego seryjnie samolotu He-177 planowano budowę przyszłego nosiciela niemieckiej bomby uranowej.

– Tu jest uran 235 – odpowiedział Aleksander.

Zaskoczony Bagramian przykucnął i spojrzał na Zagorskiego.

– Jesteś pewny?

– Oczywiście. Tu jest oznaczenie. A w środku jest rdzeń. Tigran, za tą ścianą znalazłeś skład ładunków do bomb atomowych.

– Oż kurde…

– Gotowy surowiec; dostarczano go pewnie z Niemiec. Ponieważ priorytetowe cele były tutaj. Tylko bomby atomowe mogły powstrzymać Armię Czerwoną. Zamaskowali je jako konserwy. Sam uran wydobywali zapewne w Czechach i Ameryce Południowej. Ale to już nieważne. Ważne jest zaś to, że byli już gotowi do bombardowania. I widocznie nasz sztab o tym wiedział i dlatego właśnie tak się spieszył, żeby zakończyć wojnę. Dlatego armie tak rwały do przodu. Na Königsberg. Na Pillau. Na Berlin. Z pewnością liczył się wręcz nie każdy tydzień, ale każda godzina. Kiedy nasza grupa szturmowa weszła do ocalałej stołówki lotniska Seerappen, to na stołach znaleźli talerze z jeszcze niewystygłą zupą. Wyobrażasz sobie, jak spieszyli się nasi, żeby ta wojna nie stała się atomową?! I tak w podziemnym składzie została gotowa bomba. A może nie jedna. Ale Niemcy nie zdążyli. A potem, być może ze starości, zapalnik zadziałał i bomba wybuchła. I znaleźliśmy to osuwisko, które powstało przez eksplozję. Tam, gdzie było promieniowanie i zeszklone skały…

– Tak, ale gdyby na terenie obwodu kaliningradzkiego wybuchła bomba atomowa… – próbował zaoponować Tigran, ale Aleksander i tu nie dał mu dokończyć.

– Pamiętasz trzęsienie ziemi?

– Trzęsienie ziemi? – zmarszczył brwi Bagramian. – A! Kaliningradzkie trzęsienie ziemi w 2004 roku?![52]

– Właśnie! Kto mógł pomyśleć, że w rejonie tak oddalonym od najbliższych stref sejsmicznych możliwe jest trzęsienie ziemi?! A jednak do niego doszło! Oto odpowiedź na twoje pytanie! Wybuchła niemiecka bomba atomowa, wiele lat wcześniej przygotowana do załadunku na samolot bazujący w Seerappen!

– Ożeż!... – wyrzucił z siebie zdumiony Bagramian. Tyle różnych informacji, które zdawałoby się, w ogóle nie są ze sobą powiązane, teraz układało się w niepodważalny logiczny ciąg.

– Więc tak. Obiekt Walhalla znajduje się kilkadziesiąt kilometrów stąd. Prowadzi tam ten oto tunel metra. I mamy ręczną drezynę, którą zabrałem temu pierwszemu wirtowi. Są tam laboratoria biologiczne i hala montażowa korpusów bomb uranowych. To dlatego przybyli tu Chilijczycy z Dignidadu. Teraz tam, na górze, toczy się już pewnie walka. Ale najważniejsze dla nas jest zniszczenie tego strasznego dziedzictwa. Jeśli skończymy z tym desantem, nie ma gwarancji, że niebawem nie pojawi się następny. Musimy unicestwić Walhallę raz na zawsze!

---

52 To nie wymysł. 21 września 2004 roku sieć stacji sejsmologicznych w Europie zanotowała serię podziemnych wstrząsów z epicentrum w odległości 20 kilometrów od Kaliningradu. Wstrząsy były odczuwalne w Polsce, Finlandii, krajach nadbałtyckich i na Białorusi. Według niektórych danych, siła wstrząsów dochodziła do 6 stopni w 12 stopniowej skali. Na szczęście obeszło się bez ofiar, jednak zaobserwowano osuwanie się gruntu.

ROZDZIAŁ 24

ODPOWIEDŹ

– Skrzynki z amunicją załadowane, jednostka ognia regulaminowa – zameldowali odpowiedzialni za przygotowania podoficerowie.

– Sprzęt gotowy?!

– Tak jest!

– Doskonale – Szestakow zatarł ręce. – Nikita! Mieliśmy gdzieś w magazynie szczekaczkę…

– Megafon? Tak, jest. Tylko brakuje do niego baterii.

– To nic. Podłącz bezpośrednio do akumulatora wozu pancernego dowódcy. Jasne?

– Jasne!

– A teraz dawać flagę, szybko!

Kapral natychmiast podał mu rosyjskie trzy kolory złożone w kostkę.

– Tę, na którą przysięgałem! Czerwoną! – ryknął ze złością chorąży.

– Tak jest – Nikita zniknął.

– A co wy się tak, synkowie, w PW[53] wystroiliście?

---

53 PW – czarne galowe umundurowanie żołnierzy piechoty morskiej.

– Zgodnie z rosyjskim zwyczajem, towarzyszu chorąży gwardii! Do boju w czystym i na galowo!

– O tak! Doskonały pomysł. Ja też swój założę, jeśli mole go nie zjadły i wcisnę w niego brzuch – uśmiechnął się ze złośliwą satysfakcją chorąży. – Mendelejew! Twoje zadanie to pilnować wejścia. Tam, gdzie jest materiał wybuchowy, posadźcie Rojesa. Tylko dobrze go zwiążcie! Jeśli sprawy pójdą źle, wysadzić wszystko w cholerę i jego też! Jeśli będziemy górą, to być może daruję mu życie! A teraz – do wozów!!!

* * *

Elias Klausmüller kolejny raz spojrzał na zegarek. Do tej pory Rosjanie nie kazali na siebie długo czekać. Ale minęła już druga minuta od umówionej godziny. Na dworze było ciemno, ale żadnych oznak zbliżającego się transportera opancerzonego Rosjan na razie nie było. No cóż. Zapewne warto jeszcze trochę poczekać. Być może problemy techniczne są przyczyną spóźnienia. Ostatecznie ich schron ma być bezkrwawo opanowany, a od niego prowadzi korytarz do podziemnego skarbu założycieli.

Dolał sobie kawy i upił łyczek…

Nazistów ukrytych w zasadzce w pobliżu wzgórza już zdjęto. Cicho, nożami. Wszystkich czterech. Potem na pozycje wyszli żołnierze z granatnikami. Salwa. Pięć pocisków z RPG-7 wbiło się w korpus piranhii i zamieniło ją w kulę ognia, pochłaniającego zarówno tych w środku, i tych siedzących się na górze, i termos z pobudzającym napojem za jednym zamachem. Rosyjska piechota morska odpowiedziała na ultimatum dokładnie o czasie.

* * *

PTS-2 kołysał się powoli na falach Bałtyku. Dowódca spojrzał na kompas. Potem na tonący we mgle rdzawy masyw porzuconej jeszcze na długo przed kataklizmem platformy.

– Jesteśmy na miejscu – to powiedziawszy, zerknął na zegarek. – Czas!

Kierowca zapuścił silnik i zaczął wyciskać z niego maksymalną prędkość, jaką tylko transporter mógł osiągnąć w wodzie. Pierwsza bomba głębinowa plusnęła w słonych falach. Po trzydziestu sekundach dobiegł ich odgłos eksplozji i w górę podniósł się ogromny słup wody. Transporterem zaczęło wściekle bujać, o burty chlusnęła wzburzona woda.

– Cholera! Dowódco! W ten sposób utoniemy! A to był dopiero mały kaliber!

– Przywiążcie do bomb bojki! Spowolnią zanurzanie! I dodać pięć metrów do głębokości eksplozji!

– Tak jest!

– Kola! Nie możesz rozwinąć większej prędkości?!

– To jest maksimum, sierżancie!

– Kiepsko! No nic, zrzucimy więcej bomb, staniemy się lżejsi i szybsi!

– Tylko żeby nas nie wywróciło od tych eksplozji! Bez bomb będziemy ważyć tyle co piórko!

– Wiążcie bojki do bomb, powiedziałem! Tak, właśnie tak!

Z boku rozległy się trzaski serii z automatów. Po korpusie zadzwoniły kule.

– Łódź!

Kaemista skrył się przed ogniem w kabinie. Dowódca ze złością zabębnił automatem po pancernej szybie.

– Wyłaź i strzelaj, taka twoja mać! Załatwię cię, tchórzu! Oddział! Przykryć ich ogniem! Na razie zostawić bombardowanie!

– Tak jest!

Z platformy ładunkowej zaterkotały automaty. Kaemista wysunął się z luku i wziął na cel nieprzyjacielską jednostkę. Pomagał mu kierowca mechanik, włączywszy reflektory. W końcu odezwał się i główny oręż PTS-2.

Słysząc ostrzał z cekaemu wtórujący huraganowemu ogniowi kilku automatów, łódź zaczęła oddalać się w stronę brzegu. Powolna amfibia nie miała szans dogonić motorowego pontonu. Ale kolejna seria z karabinu maszynowego przebiła gumę. Łódka gwałtownie zwolniła i zaczęła tonąć. Pięciu nieprzyjacielskich żołnierzy, widząc, że nie mają szans na ucieczkę, zaczęli wściekły ostrzał. Opancerzona kabina transportera znosiła jednak uderzenia pocisków, a ogień piechoty morskiej zdławił ich opór już po paru minutach. Wrogi patrol został unicestwiony.

– Kontynuować zrzucanie bomb!

– Tak jest!

* * *

Stojący na hałdzie żołnierze, których posterunek mieścił się przy wejściu do odkopanego bunkra, być może nawet słyszeli dobiegający nieco z boku cichy suchy trzask, ale nie mogli się zorientować, że był to wytłumiony karabinek snajperski z celownikiem noktowizyjnym znany jako wintoriez. Najpierw kula weszła w podstawę czaszki jednemu, potem drugiemu. W ciemności nie widać było, jak obok ich martwych ciał przeczołgali się czterej ludzie w kombinezonach maskujących. Z włazu do odkopanego bunkra wyszedł jeszcze jeden cudzoziemski żołnierz. Widocznie usłyszał hałas spowodowany upadkiem martwych ciał i postanowił sprawdzić, co to było. Trzymając broń w gotowości, Chilijczyk zaczął powoli wspinać się na stertę świeżej ziemi. Za nim pojawiła się widmowa sylwetka i jednym ruchem zatrzymała wroga, podrzynając mu gardło. Czterej dywersanci ostrożnie zeszli na dół i zaczęli powoli zbliżać się do betonowych umocnień. Prowadził tu kabel dieslowskiego agregatu, który teraz nie pracował. Oczywiście nocą Chilijczycy nie prowadzili prac. Jednak z podziemia przebijało się słabe światło, dzięki któremu widać było ręczne wyciągarki, tragi, gazową spawarkę i różne inne narzędzia. Widocznie dalej w kazamatach był zawał, który przybysze oczyszczali w ciągu dnia.

Zakręt w prawo. Za nim słychać było ciche rozmowy w nieznanym języku. Zaraz potem z bunkra wyszedł jeszcze jeden nieprzyjacielski żołnierz. Zatrzymał się na ułamek sekundy, wpatrując się w cztery bezkształtne postaci z bronią w rękach. Potem rozległ się szczęk wintorieza. Jednak wróg zdążył krzyknąć przed śmiercią. Zza rogu natychmiast doleciały krzyki i po sekundzie – seria ze sturmgewehra. Powoli zaczęła wyć ręczna syrena powietrzna, nabierając decybeli w miarę kręcenia korbą. Za róg poleciał granat. Znów rozległy się krzyki, a wśród nich rosyjskie: „Niech to szlag!”.

Dwaj dywersanci rozdzielili się, osłaniając wejście. Teraz hałas na pewno sprowadzi tu wrogów.

Za rogiem leżały dwa ciała zabitych przez wybuch granatu chilijskich żołnierzy i rozbity bęben syreny. Jakieś dwadzieścia metrów dalej było wielkie osypisko, które, jak się zdawało, właśnie oczyszczali przybysze, oraz niewielkie pomieszczenie z boku z wejściem całkiem niedawno, sądząc po śladach spawania, wyposażonym w kraty.

W kącie zamkniętego pokoju siedzieli czterej ludzie. Dywersanci skierowali na nich broń.

– Cholera! Swoi! – dał się słyszeć głos Stieczkina.

– Dowódca?!

– Tak! Otwierajcie! Klucze miał ten z syreną!

Dywersanci szybko znaleźli klucze i otworzyli kłódkę. Stieczkin, Kolesnikow i jego towarzysze wyskoczyli na zewnątrz i natychmiast zaczęli zbierać zdobyczną broń.

– Skąd wiedzieliście, że nas tu trzymają? – zapytał major.

– Ależ nie wiedzieliśmy. Udało nam się.

W głównym korytarzu padły strzały.

– Cholera! Dowódco! Nie ma stąd innego wyjścia?!

– Nie! Będziemy się ostrzeliwać. Ilu was jest?!

– Tutaj czterech. A wokół – wszyscy.

– Wszyscy?! – wytrzeszczył oczy Stieczkin. – No, no, gwardziści, niech was kule biją!

– „Głowa”, tu „Diabeł” – powiedział przez radiostację jeden z dywersantów.

– Tu „Głowa” – dał się słyszeć głos Szestakowa.

– Znaleźliśmy naszych. Wszystkich. Ale nie możemy wyjść. Pułapka. Trzeba zaczynać. Nie możemy czekać na kraby!

– „Diabeł”, przyjąłem! – odezwał się w słuchawce Szestakow.

– To kraby też zostały naszymi sojusznikami? – uśmiechnął się Kolesnikow. – Sprytnie. Może dostarczą nam jeszcze czołgi i samoloty w ramach Lend-Lease[54]?...

* * *

W lesie podchodzącym pod same wykopy zapaliły się światła. Z pozycji cudzoziemców mogło się wydawać – i tak właśnie się wydawało – że były to reflektory transporterów opancerzonych. Jednak były to ustawione na dużych drewnianych ramach lampy dawno zdemontowane z nieprzydatnych, używanych na części zamienne pojazdów. Zasilanie szło z akumulatorów. Same transportery opancerzone były znacznie dalej, jako że na niewielki dystans nie dałoby się podejść niepostrzeżenie – przeszkodziłby hałas silników.

– Uwaga! – rozległ się z lasu donośny bas wzmocniony przez wielki megafon. – Wiem, że wśród was, pokraki, są istoty, które rozumieją nasz wielki i potężny język rosyjski! I dlatego, bydlaki, mówię do was właśnie w tym języku! Macie pięć minut, żeby zacząć składać broń i wychodzić w smugę światła z podniesionymi rękami!

---

54 Właściwie: Lend-Lease Act – amerykańska ustawa federalna z 11 marca 1941 roku o pomocy militarnej dla krajów zaangażowanych w wojnę z państwami Osi. Objęła ona też ZSRR.

Wszystkim, którzy dobrowolnie pójdą w niewolę, gwarantuję życie! Ale jeśli przyjdzie wam, gnidy, do głowy stawiać opór, zgotuję wam tu STALINGRAD!

Ostatnie słowo Szestakow wykrzyczał tak, jakby w ogóle nie potrzebował megafonu, i włożył w nie determinację każdego gwardzisty, jakby chciał położyć kres obcej inwazji tu i teraz.

Eduard odrzucił megafon na bok, pochylił się i uśmiechnął.

– Koniec. Więcej nie będę z nimi rozmawiał.

Od strony dawnej stacji saperów zadudnił oerlikon. Wróg bił w reflektory, widocznie uwierzył, że były to transportery opancerzone.

– Tak. Pierwsze stanowisko ogniowe. Zapamiętajcie, artylerzyści.

– Towarzyszu chorąży, za pierwszym razem nie trafimy. Ile to już lat nie mieliśmy zajęć z moździerzami. I okolica przystrzelana.

– To nic, zaraz się wstrzelicie. Pocisków i całej reszty tych zabójczych gratów mamy dużo. Zdaje się, że to ich druga piranha. Trzeba ją jak najszybciej wyeliminować z gry.

Do łoskotu działka nieprzyjacielskiego transportera dołączyły jeszcze trzy karabiny maszynowe MG 42. Lampy zaczęły gasnąć jedna za drugą.

– Uwaga, uwaga, mówi „Głowa". Wszystkie puszki mają wyjeżdżać na pozycje – rozkazał chorąży przez radio.

Znajdujące się w odwodzie wozy pancerne zaczęły zbliżać się do przeciwnika, wciąż skryte przed nieprzyjacielskim ogniem za fałdami terenu.

– Tak. Rozpoznanie. Po jaką cholerę gapicie się w ziemię? Oznaczajcie stanowiska ogniowe!

– Tak jest…

Kilku żołnierzy zaczęło ostrożnie wczołgiwać się na wierzchołek ostrzeliwanego przez wroga wzniesienia i namierzać, gdzie znajdują się cekaemy i czy transporter nie zmienił pozycji.

– Stanowiska ogniowe oznaczone, dowódco!

– Przekazać współrzędne załogom moździerzy! Szybko!

– Tak jest!

Już po minucie, plując śmiercią, wystrzeliło pół tuzina moździerzy. Byłoby naiwnością sądzić, że od razu uciszą ogień cekaemów i ukryty za kaponierą transporter opancerzony. Pociski spadały bezładnie, lądując w sąsiednich sektorach. Jednak ich świst i wybuchy z towarzyszeniem lecących na wszystkie strony ciężkich odłamków o ostrych jak brzytwa krawędziach, zaczęły wywierać psychiczną presję na nacierającą pod osłoną ognia kolegów piechotę przeciwnika. Kontratak jeśli od razu się nie załamał, to przynajmniej stracił impet.

Tymczasem żołnierze rozpoznania zaczęli przekazywać obsłudze moździerzy korekty danych, by poprawić celność następnych salw. Pociski zaczęły wybuchać coraz bliżej stanowisk strzeleckich wroga. Dwie załogi karabinów maszynowych w porę zeszły ze swojej pozycji i przesunęły się na rezerwową. Ale trzecia nie zdążyła. Dwa pociski moździerzowe wpadły do okopu i eksplodowały, wyrzucając na zewnątrz wymieszany z odłamkami piasek, broń i fragmenty ludzkich ciał.

Piranha też opuściła na czas swoją pozycję, prowadząc ostrzał w ruchu.

* * *

Drezyna stukotała kołami po szynach tunelu. Zagorski i Burkow po kolei gorliwie naciskali na dźwignię poruszającą kolejowy pojazd. Tigran z zaciekawieniem rozglądał się na boki, świecąc latarką. Rozmiary tego nieznanego dotąd świata były porażające. Kilka kilometrów wcześniej minęli rozwidlenie i w bocznym tunelu Bagramian zdążył dostrzec cały pociąg z cysternami. Był tam też peron, z którego w nieznanych kierunkach odchodziły korytarze i schody. A na peronie – mnóstwo drewnianych skrzyń różnej wielkości. Wyglądało to tak, jakby dawni gospodarze odeszli ledwie wczoraj. Być może, porzucając to wszystko, hitlerowcy myśleli, że odchodzą tylko na chwilę. To była przecież ich ziemia. Być może dowództwo znało też treść umowy koalicji antyhitlerowskiej, zgodnie z którą część Prus Wschodnich miała wejść w skład ZSRR, a cześć w skład Polski – w zamian za przekazanie Litwie jej rdzennych terytoriów, przez jakiś czas zajmowanych przez zachodniego sąsiada. Tak, być może faszyści wiedzieli, ale wątpili w trwałość tej koalicji. Niektórzy z hitlerowskich bonzów szukali pokoju z Zachodem w nadziei, że wspólnie ruszą przeciwko „czerwonym". Niektórzy nie wątpili, że „czerwoni", którzy są już nie do zatrzymania, pójdą dalej i rzucą się na Zachód, oczyszczając Europę z burżuazji i kapitalistów. I wtedy Zachód sam będzie zmuszony połączyć wysiłki z dawnym Wehrmachtem, żeby odeprzeć „barbarzyńców" z powrotem na wschód. Tak czy owak, wszystko tu świadczyło o tym, że Niemcy, odchodząc, nie mieli wątpliwości: bardzo szybko wrócą. I dlatego nie unicestwili, nie wysadzili całego tego podziemnego świata. Zawalili tylko niektóre wejścia z powierzchni, a pozostałe naszpikowali pułapkami. Ale los i historia zadecydowały inaczej. Pozostali tu naziści dalej eksploatowali niewolników z różnych ujarzmionych lub prawie ujarzmionych krajów. Naziści wymarli i zastąpiła ich sztuczna hodowla strasznych wirtów. Potomkowie niewolników zamienili się w pół-ludzkie, pół-zwierzęce istoty, instynktownie podtrzymujące działanie najżywotniejszych systemów podziemi. Ich język, powstały przez zmieszanie dziesiątków języków więźniów tajnych obozów, zamienił się w prymitywne pomruki, a strach i nienawiść do ciemiężycieli – w religijną cześć. I teraz, po tylu dekadach, po globalnym pogromie, los sprawił, że wszystko to wyszło na jaw. Prawda, którą odkryli, była niewiarygodna, przerażająca w swoim surrealizmie, a jednocześnie przez to, jak logiczne było to, co się tu stało. Budziła lęk dlatego, że sam widok nieszczęsnych sklawenów był proroctwem dla garstki ocalałych, którzy zamieszkiwali tę planetę po globalnej katastrofie. Od dnia spowodowanej przez człowieka apokalipsy minęło przecież mniej niż liczy sobie era sklawenów. Ale czas minie i ich potomków czeka straszna przyszłość. Ciekawe, czy ludzkość wyciągnęłaby jakieś wnioski, gdyby odkryła ten świat jeszcze przed Katastrofą? Raczej nie, biorąc pod uwagę to, co dzieje się do tej pory, w tym cudzoziemski desant. Ludzkość ewidentnie nie przyswoiła nawet strasznej lekcji ogólnoświatowej katastrofy...

Rita i Tigran zmienili Zagorskiego i Burkowa. Żołnierz piechoty morskiej od razu wziął się do badania przenośnego transformatora wirta, który wzięli ze sobą.

– Co powiesz, gwardzisto? – zapytał Tigran, widząc, jak tamten studiuje urządzenie.

– Tym czymś można zabić. Ale, jak się zdaje, bateria starczy na jakieś pięć wyładowań. No, albo dziesięć.

– A skąd oni biorą elektryczność?

– Na tym ich planie są zaznaczone trzy małe elektrownie zasilające cały rejon. Pracują dzięki wodom gruntowym – odparł Aleksander. – Podejrzewam, że nadal działają. Obsługują je sklawenowie. W każdym razie to urządzenie wymownie świadczy o tym, że prąd tu jest.

– A oto jeszcze jedno potwierdzenie – Tigran wskazał mijany peron. W ścianie ział otwór drzwiowy, a za nim paliła się żarówka.

– Jesteśmy już blisko. Bądźcie uważni – skinął głową Aleksander. – Będzie tu więcej wirtów.

– Tam jest! – wrzasnął nagle Burkow, podnosząc automat.

Tigran odwrócił głowę i zobaczył oślepiającą kulę ognia. Nie dając sobie ani sekundy na zastanowienie, powalił Ritę na pokład drezyny i osłonił sobą. Struga ognia z miotacza płomieni przeszła górą i zapaliła kurtkę Tigrana. Burkow otworzył ogień do potwora. Tymczasem Zagorski zerwał z siebie kurtkę, nakrył nią Bagramiana i zaczął zaciekle młócić go po plecach, próbując ugasić ogień. Tigran odwrócił się i walnął go pięścią w policzek. Kolejny raz.

– Idioto! Gasiłem ci plecy!

– A! No dobra! Zgasiłeś?!

– TAK!

– Brawo, taka twoja mać! Ochraniaj Ritę! Gwardia, za mną! – Tigran chwycił za swój automat i zeskoczył z drezyny, która jechała jeszcze siłą rozpędu. Burkow poszedł w jego ślady.

– Schował się w tamtym korytarzu! – zawołał Tigran.

– Widziałem! Ma miotacz ognia!

– Zauważyłem!

Podbiegli do wejścia i przylgnęli do ścian po obu stronach.

– Kto pierwszy? – zapytał Burkow, ciężko dysząc.

– Ten, który nie był w Syktywkarze. Czyli ty – uśmiechnął się Tigran.

– A co ma do tego Syktywkar?

– A to, że ja tam kiedyś byłem. A ty nie.

– Przestać rżnąć głupa! Jak myślisz, on tam wciąż jest?

Zaraz potem z korytarza wyleciała struga ognia. Mężczyźni gwałtownie odskoczyli z opalonymi brwiami.

– Zdaje się, że tak! – zawołał Bagramian, ocierając twarz. – Masz granaty?!

– Mam jeden! A co?!

No to rzucaj, w mordę go i nożem!!!

Burkow szybko wyjął z ładownicy granat ręczny, wyciągnął zawleczkę i cisnął w korytarz. Rozległ się wybuch i w tej samej sekundzie kolejny, któremu towarzyszyła ściana żywego ognia, buchającego zza progu.

– Ha! Zbiornik się zapalił! – zawołał radośnie żołnierz i zaraz się skrzywił. – Fuu… Co za smród…

– Tak pachnie smażone bóstwo, brachu! Biegniemy z powrotem!

* * *

Bitwa przy poligonie Chmielowka była coraz bardziej zaciekła. Chwilowe zduszenie ognia nazistów dokonane przez obsługę moździerzy pozwoliło zająć pozycje dwóm załogom ciężkich karabinów Utios piechoty morskiej, a także wyjść na linię ognia samobieżnemu sprzężonemu działku ZSU Szyłka i wozom bojowym. Piranha przeciwnika wciąż odgryzała się ogniem swojego działa, chociaż przez wymuszoną zmianę pozycji jej ostrzał stał się mniej celny i skuteczny.

Załoga PTS-2 wciąż wylewała wodę z platformy ładunkowej, która pojawiła się tam na skutek wybuchów bomb głębinowych. Ich najgorsze obawy niemal się ziściły, kiedy bomby, eksplodując, strasznie rozhuśtały transporter, grożąc, że ten w każdej chwili może się wywrócić i zatonąć razem z ludźmi. Jednak udało im się. Za to wody nabrali naprawdę sporo. Pracowała odsysająca ją pompa, ale żołnierze też pomagali przy użyciu hełmów i wszelkich pojemników, żeby przyspieszyć proces i jak można najprędzej pozbyć się skażonej wody oraz ulżyć pojazdowi, który z pełną szybkością płynął w stronę nieprzyjacielskiego okrętu o nazwie Dignidad. Na brzegu toczyły się już walki. Nie tylko było je słychać, pomimo hałasu PTS-a, ale i widać – wybuchy i rozbłyski wyraźnie rozświetlały noc.

W ciemności trudno było dojrzeć, gdzie dokładnie jest okręt. PTS miał celowo wyłączone oświetlenie, by zachować tajemnicę.

Nagle jednak na amfibię padł snop światła z reflektora na rufie okrętu. Zostali zauważeni. Natychmiast zaczął się huraganowy ostrzał i dwóch żołnierzy padło martwych.

– Cholera! – ryknął dowódca, kiedy wszyscy się pochylili i zdał sobie sprawę, że stracił ludzi. – Ogień na stłumienie! Ogień na stłumienie!!!

Jako pierwszy zadudnił karabin maszynowy, wyrzucając na rufę okrętu grad ołowiu. Zaczęli do niego dołączać żołnierze z automatami. Dowódca otworzył drzwiczki kabiny i wyciągnął z niej trzy granatniki.

– Kierowca! Oświetl rufę statku! Sroka! Żuk! Łapcie RPG! Na mój rozkaz poniżej linii wodnej! Na mój rozkaz, powiedziałem!!!

Kierowca mechanik włączył wszystkie reflektory i rufa nieprzyjacielskiego okrętu stała się dobrze widoczna.

– Ognia! – wrzasnął dowódca. Żołnierze z granatnikami wstali, osłaniani przez strzelców starających się przytłumić ogień przeciwnika, i wypuścili trzy granaty z napędem rakietowym, celując w kadłub. Dwa trafiły tak jak miało być, poniżej linii wody.

Żołnierze z granatnikami natychmiast przykucnęli. Ukryli się też strzelcy, szybko przeładowując automaty. Dowódca wyciągnął z kabiny kolejne trzy pociski.

– Jeszcze jedna salwa! Ładujcie!

– Gotowe!

– Gotowe!

– Ognia!!!

* * *

Dotarli do fabryki przed dwudziestoma minutami. Zdawało się, że więcej czasu zajęło im pokonanie krętych żelaznych schodów i przeczołganie się przez most linowy z metalowych płytek z drobnymi dziurkami niż cała droga z „jaskini" sklawenów. Żelazna kładka prowadziła do kabiny podwieszonego pod sufitem hali fabrycznej dźwigu, który mógł przemieszczać się wzdłuż pomieszczenia przy pomocy stalowych kół i szyn. Sama kabina też była posadowiona na szynach i mogła jeździć w poprzek przy pomocy własnych silników. Było prawdopodobne, że dźwig dawno nie działał. Nie mogli dostać się do fabryki inną drogą: brama okazała się zamknięta od środka. Sama hala była dość dobrze oświetlona elektrycznymi lampami. W dole, przez otwór w żelaznej powierzchni mostu, widać było maszyny i duże stoły z elementami bomb.

– Nie ruszajcie się! – szepnął Zagorski.

Jego towarzysze znieruchomieli, podobnie zresztą jak on sam. Na dole, między warsztatami a maszynami, ciężkim krokiem szły dwa wirty, powoli rozglądając się na boki i złowrogo porykując. Przeszły przez salę aż do przeciwległej ściany i po przejściu przez drzwi stwory zamknęły je za sobą.

– Sania, a co jest za tymi drzwiami? – cicho spytał Tigran.

– Nie wiem.

– Popatrz, no, tam jest coś napisane. *Zutrit... nurmit...* jakiś kurde *szucherzanzug...*

Aleksander nieco się pochylił i też dostrzegł napis nad wejściem.

– *Zutritt nur mit Sicherheitsanzug* – przeczytał sylabizując.

– I co to znaczy?

– Coś w rodzaju: „Wchodzić tylko w skafandrach ochronnych". Zdaje się, że tak.

– A więc tam jest laboratorium? Jakoś dziwnie je umieścili – wprost za drzwiami hali fabrycznej.

– W podziemiu nie ma zbyt wiele miejsca, Tigran. Myślę, że sprawiła to po prostu konieczność. Oszczędność miejsca. Oszczędność przestrzeni. Oszczędność środków na ochronę.

– Dobra, a jak teraz zejdziemy?

– Proszę, za kabiną są schody – wyciągnął rękę Burkow.

– No to czołgamy się tam.

Dotarli do kabiny. Okazało się, że w górnej części ściany nad wejściem znajdował się szereg wąskich otworów. Żeby w nie zajrzeć, trzeba było wejść do kabiny dźwigu, co też Tigran zrobił. W jego ślady poszli Zagorski i Rita. Za nieco mętnym szkłem widać było pomieszczenie. Nawet w porównaniu z halą było ogromne. Tam też paliło się światło, ale nie zwykłych lamp, lecz innych – być może ultrafioletowych. Podłoga była zastawiona czymś na kształt trumien z wypukłymi szklanymi pokrywami i łatwo dojrzeli, że w trumnach, w zielonkawym płynie, rzeczywiście przypominającym zalewę solną, leżały ciała. Od trumien wychodziły jakieś rurki prowadzące do kadzi i wielkich kolb stojących dokładnie co pięć kapsuł. Gdyby próbować oszacować rozmiary sali i przyjąć, że kapsuły stoją maksymalnie gęsto, można było z łatwością dojść do wniosku, że spało tu co najmniej dwustu wirtów.

– Cholera, niczego sobie! – westchnął Tigran.

– Chłopcy – wyszeptała Rita. – Patrzcie, na przeciwległym końcu są chyba jeszcze jedne drzwi. Co, jeśli tam jest druga taka sala?

– Wszystko możliwe – pokiwał głową Zagorski. – Chodźmy na dół…

– Zaczekaj – powstrzymał go ręką Bagramian. – Patrz...

W kilku kolbach płyn nagle zabulgotał. Najbliższe kadzie zaczęły się napełniać – wyglądało na to, że pompowano do nich zalewę z trumien. Potem ukazała się grupa sześciu wirtów. Podeszli do kolb i zaczęli otwierać wieka, a potem pomogli wydostać się czterem „nowo narodzonym", podobnym do siebie jak dwie krople wody osiłkom.

– Czyżby w tamtej studni był wirt? – wyszeptał ze zgrozą Zagorski, spoglądając w ich przerażające twarze. – Czyli nie wydawało mi się? I to nie byłem ja?

– O czym ty mówisz, kolego? – szturchnął go lekko Tigran...

– A tak sobie...

– Patrzcie, patrzcie! – wyszeptała Rita.

Wirty zaczęły wyciągać jeszcze jednego „nowo narodzonego", ale sądząc z budowy ciała, rozwinął się z jakimiś strasznymi deformacjami: nogi potwora były niedorozwinięte i wygięte w przeciwną stronę, a zamiast ludzkich stóp widniały ogromne kopyta. Coś było nie tak z głową – była nienaturalnie mała...

Pojawił się jeszcze jeden wirt, pchając wózek z wielką blaszaną skrzynią. Kiedy zbliżył się do swoich kamratów trzymających pod ręce niedorozwiniętego „noworodka", ci nagle położyli go na ziemi. Ten jakoś dziwnie się szarpał. Z wózka wyciągnęli ogromne tasaki i...

– O Boże!... – Rita zmrużyła oczy, odwróciła się i wtuliła twarz w ramię Tigrana. – Jezu!... – jęknęła, wczepiając się zębami w jego kurtkę.

Wirty zaczęły rąbać niedorozwiniętego stwora na kawałki i wrzucać jego szczątki do skrzyni na wózku.

– Boże, to oni korzystali nie tylko z ludzkiego, ale i zwierzęcego materiału genetycznego? Skąd te kopyta? – mamrotał Aleksander.

– Chodźmy stąd – westchnął Tigran, objąwszy Ritę.

* * *

– A to kreatury, nie do ruszenia! – zaklął Szestakow, wypluwając ziemię, która wpadła mu do ust po pobliskich trafieniach kolejnej serii wystrzelonej przez automatyczne działko piranhii. – Nikita, tfu, przekaż rozkaz: wóz pancerny jest celem priorytetowym!

– Tak jest!

– Ale zróbcie wszystko, żeby nikt nie zbliżył się do bunkra! Tam są nasi chłopcy! I dowódca!

– Przyjąłem!

– Moździerze! Pierwsza i druga załoga! Strzelać z poprawką dwieście metrów bliżej! I łupić bez przerwy! Odetnijcie nieprzyjacielską piechotą od bunkra! Utios! Walcie w to stanowisko cekaemu z lewej strony!

Powietrze przeciął przenikliwy świst i za nimi zabrzmiał huk eksplozji. Ktoś obok niego krzyknął i upadł.

– Moździerz! – wrzasnął ktoś z boku.

– Gdzie?!

– Na razie nie widać!

– Cholera! Alftan!

– Jestem!

– Przejmij dowodzenie!

– A pan?!

– A ja pójdę na spacer! Griszczenko! Griszczenko, taka twoja mać!!!

– Jestem!

– Idź do BRDM-a i stawaj przy cekaemie!

– Tak jest!

– Nie zamykaj włazów! Trafią raz z fausta i już po nas! – wrzeszczał Szestakow, wdrapując się na miejsce kierowcy.

– A jeśli wrzucą granat?!

– Łap i rzucaj z powrotem, taka twoja mać!!! Nie baw się za dużo cekaemem, to nie maminy cycek! Szukamy moździerza przeciwnika! Zdejmuj tylko tych z panzerfaustami!

– Przyjąłem!

Wóz patrolowy ruszył z miejsca i popędził naprzód, w największe skupisko nazistów.

– A to stary kretyn, niech go licho! – krzyknął w ślad za nim Alftan. – Przecież go wykończą!

– Nikitos! Nikitos!!!

– Co?!

– Ty teraz dowodzisz?

– Tak!

– To wydawaj rozkazy!

– Jakich ci jeszcze trzeba rozkazów?! Bij sukinsynów!

Wóz gnał naprzód, przeskakując nierówności i zbliżając się do wroga.

– Co to było?! – zawołał broniący wejścia do bunkra Kolesnikow, kiedy dosłownie o metr od krawędzi dołu zaryczał silnik pędzącego w stronę morza pojazdu. – To chyba BRDM. Nie? Czyżby nasi przeszli do ataku?

– Jasna cholera, to Szestakow. Jak babcię kocham, Szestakow… Tylko ten stary świr może wywinąć coś takiego! – splunął Stieczkin. – Dajcie mi wintorieza z noktowizorem! Szybko!

– Coś ty wykombinował, Wasilicz?!

– Spróbuję go osłonić!

– Nie wyłaź na górę, dowódco! I tak jesteśmy tu jak w paszczy lwa!

– Boria, nie przeszkadzaj mi, co?! Jeszcze coś ci złamię przez przypadek!

Szestakow z grubsza obliczył przejechany dystans i gwałtownie skręcił w lewo, omal nie przewracając wozu. Gdyby tego nie zrobił, już za pięćdziesiąt metrów znalazłby się w sektorze ostrzeliwanym przez moździerze. Cekaem na górze wypluł dwie krótkie serie. Z zewnątrz, przez otwarty luk, dobiegły krzyki. Jakiś ślamazarny wrogi żołnierz wpadł pod koła, jego kości zachrzęściły. Po prawej burcie zabębniły kilka razy kule z karabinu czy automatu. Szestakow postanowił włączyć światła. Dziwne, ale po tym huraganowym ogniu, który napotkał pojazd w swoim samobójczym przejeździe, lewy reflektor jeszcze działał. Przed nimi, w smudze światła, zamajaczyły niczym mrówki dziesiątki nieprzyjacielskich żołnierzy. I nagle tam, w dolinie, pojawiła się piranha. Obracała wieżyczkę. Jednej serii jej automatycznego działka starczy, żeby posłać słabo opancerzony wóz patrolowy na łono Abrahama.

– Wowa! Wal w wieżyczkę, potem w koła!

– Tak jest!

Znów zadudnił KPWT. Strzelec nie zawiódł – od trafień pocisków kalibru 14,5 mm w piranhii, jak się zdaje, zaklinowała się wieżyczka. Następna seria rozerwała w pojeździe wroga dwa lewe koła. Tymczasem

Szestakow nie zwalniał tempa. Pozostało tylko cieszyć się z mistrzowskiej roboty strzelca, który przy takiej jeździe zdołał szybko unieruchomić wrogi pojazd.

– Towarzyszu chorąży gwa…

– Nie gadaj farmazonów, Wołodia! Zanim wymówisz sam mój stopień, wojna się skończy!!! Co jest?!

– Widzę stanowiska moździerzy! Dwa!

– Gdzie?!

– Trochę bardziej w lewo! O tak!

– Ogień obezwładniający!

– Tak jest!

BRDM wpadł do pierwszego okrągłego okopu, dokładnie tam, gdzie kończyły się piaszczyste wydmy, a dalej była już tylko skarpa prowadząca na plażę, z której do statku ciągnęła się drewniana kładka. Pojazd zmiażdżył moździerz i kilku ludzi. Szestakow ostro skręcił kierownicą w lewo i BRDM ugrząził w nasypie, nie dojeżdżając do drugiego moździerza.

– Cholera!

Wóz opancerzony sterczał nosem do góry i Griszczenko nie mógł strzelać do przodu.

– Wowa, obróć wieżyczkę i bierz tylny sektor! Ja wychodzę!

Chorąży wyrzucił przez luk parę granatów w stronę sąsiedniego okopu i zaczął szybko wychodzić, żałując, że BRDM nie ma bocznych wyjść. Wysiadanie przez górny właz groziło szybką śmiercią. Jednak rzucone przez niego uprzednio granaty wprowadziły w szeregach przeciwnika zamęt, który pozwolił Eduardowi zeskoczyć na ziemię i wystrzelić serię we wrogich żołnierzy skupionych przy drugim moździerzu. Trzech od razu padło.

Potem w odpowiedzi rozległy się strzały sturmgewehrów. Szestakow legł za piaszczystym nasypem. Obok niego upadł jakiś przedmiot i chorąży błyskawicznie, orientując się wyłącznie na słuch, złapał to coś i odrzucił z powrotem. Natychmiast zabrzmiał wybuch i kilka przedśmiertnych krzyków. Granat. Eduard obrócił się w prawo i gwałtownie wstał, puszczając jeszcze jedną serię. Położył kogoś na miejscu. Wprost przed nim pojawił się nieprzyjacielski żołnierz i zamachnął się wielkim nożem. Chorąży chwycił jego rękę i odskoczył do tyłu, pociągając wroga za sobą. Założył mu bolesną dźwignię i tamten wypuścił nóż. Następnie chorąży gwałtownie zerwał z Chilijczyka hełm, objął ogromną dłonią głowę wroga i wyrżnął nią w korpus BRDM-a z taką siłą, że słychać było, jak chrupnęła czaszka.

Upewniwszy się, że w pobliżu nie ma wrogów, a główne siły nieprzyjaciela daleko w polu nacierają w stronę lasu, Szestakow wziął jeden pocisk ze skrzynki i ostrożnie wpuścił go nosem w dół do lufy moździerza. Kiedy wróg tu wróci i spróbuje wystrzelić, czekać go będzie bardzo nieprzyjemna niespodzianka.

Tymczasem na pokładzie okrętu, który miał już wyraźny przechył na jedną burtę – widocznie postarał się o to oddział z PTS-a – coś głośno zadudniło i Eduard usłyszał rosnący szum. W wieżyczkę BRDM-a wbiła się „pięść" faustpatrona. Rozległ się wybuch.

– Cholera! Nie! – Szestakow rzucił się do wozu. – Wołodźka! Wołodia!

Griszczenko nie odpowiadał. Chorąży dostał się do środka i zobaczył zakrwawione ciało żołnierza z rozerwaną klatką piersiową.

– Nie... brachu...

Po chwili wóz znów zatrząsł się od kolejnego trafienia w tył korpusu. Twarz Szestakowa oblała fala nieznośnego gorąca.

– Ach wy, sssukinsyny...

Szybko wyskoczył z wozu i dał nura do okopu z moździerzem. Przechylił lufę i ostrożnie dał się wyślizgnąć pociskowi, który sam do niej wsadził. Złapał go w rękę. Skierował wylot lufy na okręt i wcisnął pocisk, tym razem tak jak należało. Moździerz plunął ogniem i pocisk wleciał prosto w otwartą paszczę rampy desantowej. Wewnątrz okrętu huknął wybuch. Drugi strzał nieco powyżej. Pocisk trafił w dziób. Ktoś na pokładzie wypadł za burtę. Od strony okrętu pędziło około dziesięciu nieprzyjacielskich żołnierzy, strzelając w biegu. Szestakow chwycił zdobyczny sturmgewehr i zaczął się ostrzeliwać.

– A kałasznikow jest lepszy, pokraki! – ryknął, widząc słaby efekt wystrzałów.

Wróg się zbliżał. Nikogo jeszcze nie położył. I wtedy, w świetle młodego księżyca, chorąży kątem oka zauważył, jak ze spokojnej morskiej wody wyłażą na brzeg ogromne bezkształtne, kołyszące się cielska.

– Kraby! Koniec, barany, bawcie się ze skorupiakami, taka wasza mać!

Szestakow spróbował zastrzelić pierwszego wroga, który już wspiął się na wydmę, ale jak na złość skończyły się naboje. Wtedy z rozmachem przyłożył mu kolbą po głowie. Potem złapał moździerz, cisnął go w stronę dwóch następnych i rzucił się do BRDM-a. Rozległy się wystrzały, byli już zupełnie blisko. Obok niego o korpus wozu zadzwoniły kule. Eduard wrzucił wsteczny. Pojazd niechętnie usłuchał i zaczął się cofać. Pomogło jedno z tylnych kół, które zostało przebite i kompletnie sflaczało. W takim stanie nawet lepiej radziło sobie z piaskiem.

Jeszcze do tyłu. Jeszcze. Kierownica ostro w prawo i zawrócić pojazd. A teraz naprzód. A dokładniej mówiąc, z powrotem, w stronę swoich ludzi. Przez zroszone krwią i rozświetlane wybuchami pole bitwy.

ROZDZIAŁ 25

TOD MIT UNS

Bagramian i Burkow pospiesznie układali pod drzwiami prowadzącymi do królestwa wirtów co cięższe skrzynki i w ogóle wszystko, co byli w stanie podnieść i przenieść. Rita pomagała, jak mogła.

– Czyli wychodzi na to, że zaczęli budzić pozostałych i zaraz będzie tam cała armia? – sapał Burkow.

– Armia tak. Ale nie teraz – pokręcił głową Tigran. – Kładź. Nie tak, w ten sposób. Tak. Przecież trzeba ich jeszcze nauczyć podstaw chodzenia, funkcjonowania. Nie mówiąc już o całej reszcie. Może za tydzień. A może i za dwa dni. Cholera ich wie, jaki oni tam mają metabolizm, reakcje błędnika i tak dalej…

– To może niepotrzebnie się tak spieszymy? Co?

– Absolutnie nie. Nie wiadomo, ilu jest zdolnych do działania. Bo ilu naliczyliśmy? Siedmiu?

– Tak – skinęła głową Rita.

– No, jak do tej pory dość łatwo nam z nimi szło, nie? – Burkow rozłożył ręce, jeszcze wolne od kolejnego ciężaru.

– Po prostu do tej pory nikt się im jeszcze nie postawił. W ich świecie w ogóle nie ma nikogo, oprócz wątłych i bezbronnych sklawenów. Teraz pojawiliśmy się my. Myślę, że wirty szybko znajdą sposób, jak skutecznie z nami walczyć. Tak więc nie marudź i dźwigaj tę skrzynkę. I nie zapominaj, że wkrótce mogą tu przyjść Chilijczycy.

– Nie pokonają gwardii! – zaoponował gwałtownie urażony takim przypuszczeniem Burkow.

– Nie gorączkuj się, bracie. Niczego nie wolno wykluczyć, gdy wszystko zostało rzucone na szalę.

– A gdzie jest Sańka? Dlaczego nie pomaga?

– A licho go wie. Z jego karaluchami w głowie…

Zagorski stał na uboczu przy dużym stole montażowym. Zainstalowano na nim elementy korpusu bomby i jej wnętrzności zmontowane oddzielnie na tajemniczym urządzeniu testowym. Rura z siatką pośrodku. Mechanizm iglic odciąganych tak, by jednocześnie odpalić dwie położone naprzeciw siebie spłonki.

Aleksander Zagorski był wystarczająco inteligentny, żeby zrozumieć, co ma przed sobą. Do tego był już w Kolonii Krasnotorowskiej, gdzie szybko się zorientowano, co to za bomby. Do mechanizmu iglic podłączono dźwignię. Ewidentnie nie należała do konstrukcji bomby, lecz była częścią warsztatu doświadczalnego. Widocznie ustawiano tu precyzję jednoczesnego uderzenia w dwie spłonki, aby obydwa uranowe ładunki poruszały się z tą samą prędkością i zderzyły się właśnie w siatkowej części rury. Upewniwszy się, że lufa jest pusta, Zagorski odciągnął dźwignię. Poddała się z wielkim trudem i utrzymanie jej w tej pozycji było niełatwe. Kret zwolnił wajchę i zobaczył, jak iglice synchronicznie uderzyły w pustkę wewnątrz lufy i odsunęły się na bok. Aleksander zerknął na towarzyszy, którzy wciąż barykadowali drzwi do laboratorium. Potem próbował obrócić lufę. Z trudem, ale przekręcił ją wokół swojej osi. A więc można odwrócić ją w dół „okienkami", w które wkłada się uranowe ładunki. Aleksander zaczął gorączkowo sprawdzać najbliższe skrzynki. Są pudła z ładunkami prochowymi. A oto i spłonka, wszystko w natłuszczonym papierze. A więc nie zawilgło przez tyle lat. No, a niezbyt tu wilgotno. Wszystko, co trzeba, było pod ręką. Uśmiechnął się. Wiedział już, jak chwalebną drogę do Walhalli wybrał...

– Sania, posłuchaj! Pomógłbyś w końcu! – zawołał z niezadowoleniem Bagramian i wreszcie na niego spojrzał. – Ej... Czekajcie no...

Rozluźnił chwyt i skrzynka z jakimiś metalowymi częściami zapasowymi spadła na ziemię.

– Co ty?! – zawołał Burkow.

Tigran rzucił się w stronę Zagorskiego, ale ten gwałtownie odciągnął dźwignię.

– Sania, co ty robisz? – zapytał nerwowo Tigran, stając obok niego.

Zagorski tylko dziwnie się uśmiechał, ściskając kurczowo dźwignię. Bagramian nagle opuścił wzrok na jego plecak leżący na podłodze. Obok stały dwie puste puszki po konserwach.

– Ty... Coś ty zrobił, niech cię szlag...

– To koniec, Tigran – uśmiechał się wciąż Zagorski. – KONIEC.

* * *

BRDM gnał po wertepach, przebijając się przez huraganowy ogień. Nie wiadomo już, czyje to kule dzwoniły po korpusie. Swoich? Tamtych? W tym piekle nie można było się zorientować. W pobliżu wybuchały pociski moździerzowe. Artylerzyści gwardii dalej przykładają się do pracy. No i pięknie! Oby tak dalej. Wróg zostanie rozbity. I na tym starym poligonie Chilijczycy znajdą nie dziedzictwo przodków, a mogiłę. On, Szestakow, zrobił to, co powinien był zrobić. Przyszedł na ratunek towarzyszom. Tak, są straty. Ale jest w tym duch rosyjskiego żołnierza. W to zawsze wierzył…

Wystrzał z panzerfausta trafił chyba w silnik. Wóz stanął w płomieniach. Kabinę wypełnił gryzący dym. Szestakow chwycił ciało poległego żołnierza i zaczął przeciskać się z nim na zewnątrz. Zbłąkana kula od razu trafiła go w nogę – chorąży nie zdążył nawet sięgnąć ziemi. Wstał, przezwyciężając ból. Podniósł ciało Wołodii. Zarzucił go na potężne plecy i pokuśtykał w stronę swoich. Niech go zabiją, ale choć o krok bliżej swoich. Kule gwizdały dookoła. Świstały też pociski moździerzowe. Kule i odłamki wbijały się w ciało martwego Wołodii. Trafiły chorążego w ramię. Szestakow skrzywił się, zachwiał i brnął dalej. Jeszcze jedna kula trafiła go w nogę. Upadł. Zaczął pełznąć, ciągnąc za sobą trupa. Dosłownie metr od niego wybuchł pocisk. Dzwoni w uszach. Nieważne. Serce jeszcze bije, a więc trzeba pełznąć! W jego stronę biegł nieprzyjacielski żołnierz. I padł martwy obok, trafiony bezgłośnym wystrzałem. Zresztą czy dało się rozróżnić pojedynczy wystrzał wśród całej tej piekielnej kakofonii? Tym bardziej, kiedy tak dzwoni w uszach…

Szestakow czuł, że jeszcze chwila i straci przytomność. Dotrzeć choćby do tego leja, który widać było przed nim dzięki jasnym rozbłyskom eksplozji. Wciąż ze wszystkich sił pełzł naprzód. Jego ręka była już w leju. Ktoś go za nią złapał. Spróbował się opierać. Zamachnął się pięścią, wkładając w to ostatnie siły.

– Edik, nie wygłupiaj się! To my!

– Dowódca? – uśmiechnął się bezsilnie Szestakow, kiedy rozpoznał głos Stieczkina.

– Tak, to ja. Borys, pomóż mi. Ciężki ten nasz chorą...

Szestakow wyciągnął zza pazuchy dwie rakiety sygnalizacyjne.

– Dowódco! Bądź tak... miły... Wystrzel...

– Co to?

– Czerwona... to sygnał dla czterech BTR-ów... rezerwy... żeby zaczęli atakować z flanek... Zielona... uwaga... kraby... kraby wyszły na brzeg...

– O wszystkim pomyślałeś, Edik...

– Tak, dowódco... tylko że... Wołodkę Griszczenko... zabili... nie uchroniłem... wybacz... Wołodka...

* * *

Samochin znów zwymiotował na podłogę. Czuł gorąco. Ale jeszcze silniejszy był strach... Nawet słabe światło kaganka ostro kłuło go w oczy. Major spróbował wstać z łóżka, ale się mocno zachwiał. Zdając sobie sprawę, że ryzykuje upadkiem, Samochin znów usiadł na łóżku i drżącymi rękami zaczął dotykać swędzącej twarzy. Dlaczego tak go swędzi? Obmacał ją i wyczuł, że łuszczy mu się skóra, a w niektórych miejscach, szczególnie na policzkach, pojawiły się okropne wrzody. Co zobaczy, jeśli znajdzie lustro? A może nie warto? Może lepiej chwycić za pistolet i wypalić sobie kulą w skroń, póki ma jeszcze na to jakieś siły?

Za drzwiami było słychać hałasy i zamieszanie. Głośne, przywykłe do wydawania rozkazów głosy. Przerażone krzyki kobiet.

– Borszczooow! – zaryczał zachrypniętym głosem Samochin. – Borszczooow! Cholerna pokrako... Co... Co tam się dzieje? Co... tam... się dzieje?

Znów zwymiotował.

Drzwi się otworzyły. Wszedł Borszczow. A za nim... Michiejew?! Samochin z trudem podniósł zaczerwienione oczy i utkwił wzrok w żołnierzu piechoty morskiej. Towarzyszyli mu jeszcze dwaj ludzie z automatami.

– Tu jest – uśmiechnął się ze złośliwą satysfakcją Borszczow, wskazując na swojego rozpadającego się za życia na kawałki bossa.

– A niech to! – skrzywił się Michiejew. – Co z nim jest?! I co to za smród?!

– Zabawił się wujaszek z uranem... – uśmiechał się dalej Borszczow. – A potem wystraszył się i kazał mi prać swoje szmaty. No to uprałem. A przy okazji natarłem mu je tym uranem od środka. Do tego starłem mu pilniczkiem odrobinkę do herbaty, którą też musiałem mu parzyć, no, i do tytoniu.

– Cooo...? – zaryczał Samochin, bodąc głową powietrze jak byk. – Co... ty... sukkinsynu...

– Za co mu to zrobiłeś? Zawsze przecież był twoim tatuśkiem? – Michiejew spojrzał z pogardą na Borszczowa.

– A ja mam potąd! – ryknął tamten, przesuwając sobie po krtani grzbietem dłoni. – Nienawidzę go! Nienawidzę go całym sobą!

– Cóż... – westchnął żołnierz piechoty morskiej, wyciągając z kabury przy pasku pistolet. – Jeśli potrafisz nienawidzić, to bądź też zdolny do miłosiernego czynu. To grzech zmuszać człowieka do znoszenia takich cierpień. Kogokolwiek.

Podał broń Borszczowowi i wyszedł, pociągając za sobą swoich żołnierzy.

Wasilij uśmiechał się zwycięsko, spoglądając na swojego byłego pana.

– Cóż, to koniec, majorze. Teraz nasze ścieżki się rozejdą.

– Szczeniak... A ja cię... zawsze... trzymałem blisko... dbałem... gnida...

Borszczow ukucnął, odbezpieczył pistolet i wprowadził nabój do komory, po czym wycelował w łysą głowę Samochina.

– A to wszystko dlaczego? Ano dlatego, że potrzebowałeś niewolnika!

– Aha... – skinął trzęsącą się głową Samochin. – Z pewnością...

– No więc teraz nie jestem twoim niewolnikiem!

– Nie moim? – tamten roztrwonił ostatnie siły na uśmiech. – Ale niewolnikiem... Czyimś... ale niewolnikiem... i pozostaniesz nim na zawsze...

Borszczow wystrzelił, kończąc tę rozmowę. Wstał. Podszedł do drzwi. Na spotkanie wyszedł mu Michiejew.

– Już?

– Wszystko załatwiłem – potaknął Borszczow.

– Oddawaj gnata.

Tamten posłusznie zwrócił żołnierzowi pistolet. I natychmiast lufa broni, z której dobił Samochina, powędrowała do jego czoła.

– Michiej! Co ty?... Za co?... – wymamrotał przerażony Borszczow.

– A za to, że zwykły z ciebie padalec...

* * *

– *Es ku voret kunem*, co ci w ogóle strzeliło do głowy, ośle! – wrzasnął Tigran.

– Już za późno, bracie. To koniec.

– Co?! Co on zrobił? – zapytała z przejęciem Rita, podbiegając do dużego stołu. W ślad za nią przygnał i Burkow.

– Ten kretyn uzbroił tę oto piekielną machinę!

– A to... – Wybałuszył oczy Burkow. – Cholera, przecież to...

– To bomba atomowa!

– Boże! – westchnęła Rita. – Sania, nie możesz...

– Już za późno – uśmiechał się dalej Zagorski. – Jeśli zwolnię dźwignię, iglice uderzą w spłonki, spłonki odpalą ładunki prochowe i wystrzelą uranowe walce, by się ze sobą zderzyły. I już. Eksplozja atomowa.

– Ale po co?!

– Trzeba zniszczyć to przeklęte dziedzictwo. Nie wiemy przecież, kto zwyciężył tam, na górze. Nie ma czasu na rozmyślania i dywagacje. Wybuch zniszczy i fabrykę, i laboratorium, i wirty. I pokusę przejęcia nad tym kontroli...

– Sania, nie wygłupiaj się. Pozwól, wyjmę te cholerne kawałki uranu. – Tigran podszedł jeszcze bliżej.

– Ich już się nie da wyciągnąć. To koniec, koledzy. Uciekajcie. Tracicie czas. Nie zdołam długo utrzymać tej dźwigni. Sprężyna jest bardzo mocna...

– Ale musi być jakiś...

– Nie, Tigran!!! – wrzasnął Zagorski. – To koniec! Nic już nie da się zrobić! Uciekajcie natychmiast! Bramę można otworzyć! Tam jest zasuwa! Nie powinniście iść górą! Uciekajcie do drezyny i jak najszybciej się da zmykajcie stąd w cholerę!!!

Bagramian popatrzył uważnie na Aleksandra. Ten cały się spocił z wysiłku. Ręce, zaciśnięte kurczowo na dźwigni, drżały.

– Ja też zostaję... – westchnął.

– Co?! – zawołała Rita.

– Kochana, on nie zdoła długo powstrzymywać tego urządzenia. Pomogę mu. W końcu to bomba atomowa i trzeba dać wam duże fory...

– Nie!!! – Kobieta wytrzeszczyła oczy i wczepiła się w Tigrana rękami, tak jak drapieżny kot chwyta ofiarę. – Nieee! – zawyła.

– Wybacz, kochana... – Odepchnął ją mocno od siebie. – Burkow, niech cię licho!!! Zabierz ją! Ogłusz ją kolbą, jeśli będzie trzeba, ale zabieraj ją natychmiast!

– NIEEE!

– Rozumiem! – Żołnierz piechoty morskiej zręcznie podniósł kobietę i zarzucił ją na plecy. Potem rzucił się w stronę bramy. Rita miotała się histerycznie i krzyczała, nie chcąc zostawiać swoich przyjaciół w miejscu, które za moment stanie się epicentrum wybuchu jądrowego.

– Wybacz, dziewczynko... – westchnął Bagramian, spoglądając, jak znikają za bramą.

– Idiota... – wyszeptał Zagorski. – Po co? Uciekaj z nią... Jesteś jej potrzebny...

Tigran popatrzył na niego i pokiwał głową.

– A na jak długo starczy ci sił, żeby powstrzymywać dźwignię? Na dziesięć minut? To mało, Sania. To mało, nawet biorąc pod uwagę drezynę. Muszą uciec daleko. Kiedy się zmęczysz, zastąpię cię. Do tego wirty mogą się przedrzeć przez naszą barykadę. Ktoś będzie musiał walczyć. Teraz musimy tu przeżyć najdłużej, jak tylko zdołamy.

– Podziwiam cię, Tigran... – pokiwał głową tamten.

– Nie musiałbyś, barani łbie, gdybyś nie wymyślił tej kretyńskiej gry ze śmiercią...

– Wybacz. Ale tak trzeba. Przecież my tę śmierć przechytrzymy. Zniszczymy jej dziedzictwo. Zawsze była obok. Zawsze z nami. A my ją przechytrzyliśmy. – Zagorski uśmiechnął się i ręce mocniej mu zadrżały.

– Daj mi. – Bagramian zacisnął ręce na dźwigni. – Odpocznij.

Aleksander westchnął i odsunął się, machając zdrętwiałymi dłońmi.

– Dziękuję...

– Ty, słabeuszu, nie wytrzymałeś nawet pięciu minut. Słyszę jeszcze, jak Ritoczka gdzieś tam krzyczy...

– Zdaje się, że masz rację.

– No, a teraz wyjaśnij mi ten twój wybryk tam, w pokoju, który zamknąłeś...

Zagorski usiadł na skrzyni ze spłonkami i ze smutkiem utkwił wzrok w podłodze.

– Jak rozumiem, znaleźliście tam szczątki dwojga...

– Wiem, kto to był. – Tigran pokiwał głową.

– Ach tak?

– Tak. Tak samo zamknąłeś Rusłana i Lenę?

Zagorski kiwnął głową w milczeniu.

– Dlaczego?

– Kochałem ją. Całą duszą. Nieprzytomnie. Ale miłość, szczególnie nieodwzajemniona, może zamienić człowieka w coś strasznego... A ona przecież kochała Rusłana... I w porywie zazdrości... A potem spanikowałem... Uświadomiłem sobie, że w pojedynkę nie zdołam otworzyć tych drzwi... A to znaczy, że podpisałem na nich wyrok. Rzuciłem się do ucieczki. Chciałem jak najszybciej znaleźć wyjście i wezwać pomoc. Ale kiedy wydostałem się na zewnątrz... Byłem na powierzchni jakieś pięć minut i cały świat... cała ludzkość... Boże... Jeśli ja miałem w głowie taki straszny chaos, kiedy zamknąłem w pułapce dwoje ludzi, to co się wyprawiało w umysłach tych, którzy unicestwili całą ludzkość? Ogólnie rzecz biorąc, wszystko przygasło... Wszystko poszło w zapomnienie... A potem znalazłeś ten papierek od batonika... I drzwi... I wszystko sobie przypomniałem. Przeraziłem się. Dziko się przeraziłem. Nie chciałem, żebyście otwierali te drzwi. Nie wiem, czego przestraszyłem się bardziej. Tego, że duchy moich przyjaciół wyskoczą stamtąd i kawałek po kawałku wyślą mnie do piekła? Czy tego, że poznacie prawdę o tym, co ze mnie za człowiek. Albo po prostu bałem się samego siebie. Więc was zamknąłem...

– A potem przestraszyłeś się, że nie będziesz mógł otworzyć, i pobiegłeś po pomoc?

– Tak. – Zagorski kiwnął głową z westchnieniem.

– Zawsze podejrzewałem, że z ciebie kompletnie szajbnięty zwyrodnialec. Tak więc niepotrzebnie się przejmowałeś…

– Wybacz mi to, co wtedy zrobiłem.

– Słuchaj, Sania, może znajdziemy jakiś sznurek i unieruchomimy dźwignię?

– I odejdziemy?

– Tak.

– A gdzie się podziało twoje zdecydowanie?

– Zapomniałem Ricie powiedzieć kilka słów.

– Domyślam się co – uśmiechnął się Aleksander. – Tylko że nie możemy zostawić urządzenia. Wirty wcześniej czy później wydostaną się z laboratorium i będą miały bombę atomową.

– Myślisz, że są na tyle bystre, że to zrozumieją?

– Są bardzo inteligentne, Tigran. Spójrz dookoła. Panuje tu perfekcyjny porządek. O, na tym stanowisku całkiem niedawno ktoś pracował. Wytaczali coś na tokarce. Tu jest prasa, na której robią swoje pancerze. Wiem… Przynajmniej jeden z nich potrafi ekstremalnie długo wytrzymać pod wodą… Widziałem… Prześladował mnie jakby przez całe życie… Nie, Tigran. Odejdź. A ja zostanę. Postawię w tej sprawie ostatnią kropkę.

Z laboratorium zaczęło się rozlegać zawzięte stukanie w zabarykadowane drzwi.

– No to koniec, bracie. Teraz już za późno na kombinowanie. Dobra, Sania, potrzymaj dźwignię. Muszę się odlać przed śmiercią.

* * *

Nad poligonem rozgorzał świt. Słaby wiatr wciąż wiał w stronę morza i powietrze na wybrzeżu, jak to czasem bywało, nadawało się do swobodnego oddychania bez masek. Nad budynkiem ODR-u, miejscem, z którego w dawnych czasach dowódcy obserwowali ćwiczenia piechoty morskiej, samotnie sterczącym na wybrzeżu, powiewała nieprzyjacielska flaga. Strzelcy z karabinami maszynowymi, którzy się tam zaszyli, nie dawali wychylić się z okopu grupie ludzi ukrytych w głębokim i szerokim rowie wykopanym tu dawno temu jako odpływ wód gruntowych do morza.

– Boria, po kiego wała tu przylazłeś? – Stieczkin zapytał ze złością Kolesnikowa leżącego pod skarpą. Jego głowa i lewe oko były zabandażowane. Podobnie jak prawa ręka.

– Rzucę tylko okiem, dowódco – uśmiechnął się Borys.

– Aha. Ostatnim, tak? Pilnuj lepiej, żeby żaden krab się nie podkradł.

– Są przy miejscu lądowania. Tysiąc metrów stąd. Tu nie jest tak ciekawie. Mało mięsa.

– Cholera no, gdzie jest ta szyłka?

– Przebiło jej gąsienicę i urwało zapas – odparł leżący obok kapral. – Długo będziemy czekać…

– Dowódco, no co ty, chcesz rozwalić nasz ODR przy pomocy szyłki? – pokręcił głową ranny kapitan. – Jakoś niełładnie.

– A co proponujesz? – warknął ze złością major. – Nikita, przekaż przez radio, żeby przysłali tu BTR. Zdejmiemy ich z KPWT.

– Radiostacja wysiadła, dowódco.

– A niech to szlag!

– Towarzyszu majorze gwardii, ja mam inną propozycję.

– Jaką, Alf?

– Zajdę ich wydmami od strony morza i wdrapię się na budynek. Jest ich tylko dwóch. Poradzę sobie.

– Jesteś pewny?

– Jestem – skinął głową kapral. – W końcu znam to miejsce lepiej niż oni.

– Dobra. Działaj. Tylko ostrożnie.

– Dobrze. A wy ich na razie odciągnijcie.

– Zgoda, braciszku.

Nikita szybko zniknął. Major wziął ręczny karabin maszynowy, lekko się podniósł i puścił bezładną serię w stronę ODR-u.

Dał się słyszeć brzęk rozbitych szyb. Z górnej platformy budynku odpowiedział MG 42.

– Dowódco! Fińskie szyby szczelinowe za pół miliona! – jęknął żartobliwie Kolesnikow. – Wstawili je specjalnie na wizytę prezydenta!

– No i kij z nim – uśmiechnął się major i puścił jeszcze jedną serię.

– A pamiętasz, dowódco, jak generał groził, że przeniesie cię do rezerwy za to, że jeździmy samochodami poligonową drogą, na której na dzień przed wizytą kładli asfalt?[55]

– Pamiętam, oczywiście.

– To były buce, co? No i gdzie te wszystkie buce teraz są… Prezydent, generał, cała ta złodziejska hałastra, co

55 Ta historia też nie jest wymyślona.

tu grandziła pieniążki przy remoncie przed wizytacją? A my, tyle lat po globalnej rozpierdusze bijemy się o prezydencki ODR.

– To nie jest prezydencki ODR, Boria. To mój ODR. A to nasza ziemia. – Stieczkin posłał długą serię w stronę umocnionego na górze wroga.

Znów wściekle odgryzł się nieprzyjacielski karabin maszynowy. Potem zabrzmiała seria z automatu.

– Już! Nikita tam jest! – Major szybko zamienił karabin maszynowy na wintorieza i podniósł się jeszcze bardziej. Cekaem przeciwnika milczał. Ale wyglądało na to, że na górnym tarasie trwała walka wręcz.

– Cholera, dwaj się biją. Zapewne Alf jednego położył. Kurna, który to z nich?! – warknął dowódca, łapiąc w celownik dwie walczące sylwetki. Nagle jedna z nich poleciała z krzykiem w dół.

– Który to?! – zerwał się Kolesnikow. – Który spadł?!

Teraz widzieli, jak w dół poleciała też nieprzyjacielska flaga i pół minuty później nad ODR-em zaczął łopotać czerwony sztandar.

– Ten, co miał spaść, spadł – uśmiechnął się Stieczkin, wzdychając z ulgą.

Nikita, ściskając ranę na poharatanej saperką wroga ręce, kiwnął z zadowoleniem głową, widząc, że zatknięty przez niego sztandar mocno się trzyma. Potem dokuśtykał do nieprzyjacielskiego cekaemu, wyrwał go z martwych rąk zabitego przez niego strzelca i zadarłszy lufę w niebo, nacisnął spust.

– ZWYCIĘSTWO! – ogłosił, wystrzeliwując w poranne niebo resztkę taśmy amunicyjnej.

* * *

Tigran wcisnął na głowę czarny beret podarowany mu tak niedawno przez Michiejewa i celując z automatu w stronę barykad, czekał.

– Sania, jak tam, trzymasz jeszcze?

– Na razie trzymam – odparł Zagorski. – Chociaż jaki to ma sens? Tyle czasu już minęło... Już godzinę ich nie ma...

– Trzymaj, Sania. Chociaż minutę, chociaż godzinę dłużej... Ile zdołamy, tyle przedłużymy to nasze marne istnienie i umrzemy z honorem!

– Życia zawsze mało, Tigran. Może jednak...

– Trzymać, powiedziałem!!!

Nagle wysoko pod sufitem w drobny mak rozleciały się szyby i pokazała się tam sylwetka wirta.

– Cholera! Skąd on się tam wziął?! Przyniosły sobie drabinkę?!

Z okna rozległy się wystrzały.

– Niczego sobie! – Bagramian rzucił się w stronę Zagorskiego, który wciąż jeszcze ściskał dźwignię, i zasłonił go własnym ciałem. – Do tego strzelać umieją! Trzymaj, Sania!

Puścił serię w stronę okna. Obok. Jeszcze jedną. Trafił! Słychać było, jak z drugiej strony zwaliło się ciało trafionego wirta i jego broń.

– Ale jaki to ma sens?! – zawołał Aleksander.

– Są naboje, czyli jest sens! Będziemy się bronić!

– Rita jest już daleko, bracie!

– A nuż była jakaś przeszkoda?! Trzymaj!

– A co, jeśli z laboratorium jest inne wyjście?!

– Jeśli próbują przedrzeć się tędy, to znaczy, że nie mają drugiego wyjścia! Trzymaj, taka twoja mać!

W oknie pokazała się głowa jeszcze jednego potwora. Tigran znów zaczął strzelać. Ostatnią serią udało mu się odesłać wirta do Walhalli.

– Pusty magazynek! Gdzie twój automat?!

– Na stole! – odparł Zagorski.

– Aha! Widzę!

– Tigran! Zamieńmy się! Już nie mogę!

– Dobrze! – Bagramian ścisnął dźwignię.

Zagorski potrząsnął zdrętwiałym rękami, wziął swoją broń i skierował ją w stronę laboratorium.

– Sania, obserwuj tamte okna!

– Rozumiem!

Wirty zmieniły taktykę. Przestały dobijać się do zabarykadowanych drzwi. Teraz po prawej stronie dało się słyszeć uderzenia w ścianę. Potem nagle rytmiczne i głośne brzęczenie, którego wibrowanie było wyczuwalne nawet tutaj, przy stole z bombą atomową.

– A to co znowu?! – zawołał Zagorski.

– Przypomina młot pneumatyczny! – odparł Tigran. – Zgadza się! Szybko rozwalą ścianę!

– Skąd mają młot pneumatyczny?!

– A skąd ja mam wiedzieć?! Może się nimi pieszczą podczas małżeńskich igraszek!

– Zdawało mi się, że są jednopłciowe!

– Tak ci się tylko zdawało! Pamiętasz tamtego stwora, który pchał wózek, na który załadowali po kawałku tego wadliwego?!

– No tak, a co?!

– Miał potężne cycuchy! To samica!

– Jesteś pewny?!

– Sania, kiedy mowa o potężnych cycach, to nie mogę się mylić! – roześmiał się w głos Tigran.

– To znaczy, że mogą się normalnie rozmnażać?!

– To możliwe!

Potwory wciąż atakowały ścianę młotem pneumatycznym, jednak nie udało im się jeszcze przedrzeć. Wkrótce Tigran i Zagorski zmienili się przy dźwigni.

Bagramian wycelował w ścianę.

– Niewiele nam zostało, tak? Ledwie jeden marny magazynek.

– Niewiele… – westchnął Zagorski.

W końcu część ściany nie wytrzymała. W niewielki wyłom wpadł pierwszy wróg. Krótka seria dosięgła celu. Następny był sprytniejszy. Chwyciwszy martwego pobratymca, zaczął przeciskać się do hali fabrycznej, zasłaniając się jego ciałem. Tigran musiał zużyć wszystkie pozostałe naboje, żeby przebić mu ręce i strzelić w pierś, kiedy tamten upuścił trupa.

– Już! – krzyknął Bagramian. – Już, Sania! Nie mam już amunicji! Puszczaj!

Ale wybuch atomowy nie nastąpił. Tigran gwałtownie odwrócił głowę. Zagorski dalej kurczowo ściskał dźwignię i histerycznie chichotał.

– Co?! Co się dzieje?! Puszczaj!

– Przecież jeszcze ich tu nie ma?! – Aleksander spojrzał przez ramię za plecy na to, jak z dziury w ścianie wypadają potężne cielska wirtów. – Mamy jeszcze czas, bracie! – roześmiał się jeszcze głośniej. – Pożyjemy jeszcze przez dziesięć sekund!

– Puszczaj dźwignię, głąbie!

– Dziewięć!

– No puszczaj!

– Osiem! Siedem! Cztery. Oj! Sześć, pięć!

– Nie mogę już z tobą – warknął Tigran i ruszył w stronę Zagorskiego.

I nagle z tyłu, od strony bramy, za którą już dawno skryli się Burkow i Rita, zabrzmiały wystrzały z automatów i karabinów maszynowych. Tigran drgnął i gwałtownie się odwrócił. Do fabryki z tunelu metra wbiegali ubrani w czarne galowe mundury żołnierze piechoty morskiej. Kilku z nich od razu rzuciło się w ich stronę. Wśród nich był też Burkow.

– To ona! – krzyknął, wskazując towarzyszom na bombę.

– Rozumiem! Możecie jeszcze utrzymać dźwignię?! – zawołał żołnierz.

– Tak! – szybko pokiwał głową Aleksander.

– Wytrzymajcie jeszcze parę minut! Zaraz oczyścimy halę i pomożemy!

– Dobrze!

Tigran był teraz oszołomiony. Ze zdumieniem i jednocześnie jakoś niewiarygodnie ciepło patrzył na fale rosyjskich żołnierzy wlewające się do pomieszczenia. Jeden z nich był jakoś dziwnie ubrany. Cudzoziemski mundur w panterkę i niemiecki hełm. On też był uzbrojony i pomagał piechocie morskiej.

– Co to za klaun? – spytał z zakłopotaniem Burkowa Tigran.

– A, to jest Paul Rojes. Chilijczyk. Jest teraz z nami! Dobra, biegnę! Trzymajcie dźwignię!

– Aha…

Strach było teraz nawet dopuścić myśl, że parę minut temu byli gotowi, a nawet zabierali się do uruchomienia tej piekielnej machiny i zderzenia w jej wnętrzu dwóch uranowych walców, powodującego reakcję jądrową. Gdyby to się stało, zgubiliby nie tylko siebie i przeklęte wirty…

Ostatnią osobą, która weszła do hali, była kobieta. Tigran rzucił się do niej.

– Margarito Kazimirowna! – uśmiechnął się, powstrzymując napływające mu do oczu łzy. – Mogłem się domyślić!

– Tak, Tigranie Surenowiczu – śmiała się Rita, płacząc jednocześnie – Tak długo wytrzymaliście… Osiem godzin…

– Osiem godzin?! – nie wierząc swoim uszom, zawołał Tigran.

Rzeczywiście, życia zawsze mało. Te godziny zdawały się jedynie jakimiś nędznymi minutami, które przeleciały w oczekiwaniu na nieuniknioną śmierć.

– Wybacz, że tak długo… Jak tylko mogłam… Robiłam, co mogłam… A ty przecież czułeś… Czułeś… – płakała Rita. – I doczekałoś się mnie!…

Nagle rzuciła się na niego, szybko obejmując go za szyję.

– Żyjesz… Żyje mój Tygrys! – mruczała, chciwie go całując. – Tak łatwo chciałeś się mnie pozbyć?… O nie… Nigdzie… Nigdzie teraz nie znikniesz… Jesteś mój… Więcej cię nie wypuszczę… Nigdy!

– Kocham cię, Rito…

Żołnierze piechoty morskiej zapędzili wirty z powrotem do laboratorium i zaczęli zajmować pozycje przy wyłomie w murze. Paul Rojes został w tyle. Odwrócił się i patrzył na tę obejmującą się parę. I uśmiechał się...

– Nie mogę już trzymać tej dźwigni, niech was szlag! – wrzasnął Zagorski.

– I nie musisz – uśmiechnął się Burkow, zastępując jego ręce własnymi. – Odpocznij.

EPILOG

Leniwe fale cicho szumiały pod żółtawą mgłą, którą wschodni wiatr, jak dawniej, utrzymywał nad powierzchnią morza, nie pozwalając jej spowić wybrzeża swymi trującymi oparami. Aleksander Zagorski patrzył ze smutkiem na świeży krzyż postawiony na tym wzgórzu na pamiątkę poległych w wysadzonym transporterze żołnierzy. Potem odwrócił się i skierował wzrok na Bałtyk. Wziął głęboki wdech, póki w powietrzu nie było jeszcze trucizny i można było to zrobić. Mówią, że prze sycony jodem morski wiatr jest zdrowy dla tych, którzy mieli kontakt z promieniowaniem. A on miał. Może i niedługo dotykał dwóch uranowych walców, ale jednak trzymał je w dłoniach. Jakoś dziwnie było się tym teraz martwić, po tym, jak gotów był wysadzić bombę atomową i siebie razem z nią. Zagorski westchnął i natychmiast zgiął się od niespodziewanego ciosu otwartą dłonią.

– Co do cholery?! – odwrócił się gwałtownie i zobaczył Tigrana. – A to za co znowu?!

– Za to, że mnie oszukałeś, cholerny głąbie! – powiedział ze złością Bagramian.

– W jakim sensie?!

– W tej rurze były wpusty, przez które można było wyciągnąć kawałki uranu. Ale ty ją obróciłeś, żebyśmy pomyśleli, że nie da się już ich wyjąć! Wyjaśnij mi, nienormalny człowieku, co się w tej twojej czaszce w ogóle wyprawia?!

Aleksander odwrócił się i ponownie utkwił wzrok w morzu.

– Wszystko zrobiłem jak należy... Żałuję nawet, że jej nie odpaliłem.

– A to znowu dlaczego?

– A dlatego, że i bomba, i laboratorium, i hala fabryczna są teraz całe. I pod Piątym Fortem są jeszcze zakopane półprodukty do bomb.

– Ale teraz to wszystko jest w rękach naszej piechoty morskiej!

– I co, Tigran? Jakimkolwiek jest się człowiekiem... Dobrym czy złym... Takie rzeczy to pokusa. Straszna pokusa potęgi, władzy i zadawania śmierci. Zniszczenia... Syndrom palca wskazującego. Jeśli w ręku masz broń i palec na spuście, to opanowuje cię chęć, żeby ten spust nacisnąć. I w końcu naciśniesz, wcześniej czy później. Trzeba było to wszystko wysadzić. Niepotrzebnie zwlekałem.

– Potrzebnie, Sania... Trzeba żyć... Porozmawiam z Pawłem Wasiliewiczem. On sam skłania się ku temu, że trzeba skończyć z tym dziedzictwem raz na zawsze. Nie przejmuj się.

Zagorski odwrócił się, obrzucił Bagramiana spojrzeniem i westchnąwszy, skinął głową.

– Mam nadzieję, bracie. A gdzie Rita?

– Jest wielu rannych. Nie ma teraz do nas głowy.

– Jasne. A co będzie z jeńcami?

– Stieczkin powiedział, że będziemy ich wychowywać na nowo. Nie chce nikogo zabijać. I tak już... Tyle krwi.

– A sklawenowie? Co z nimi będzie, Tigran?

– Nic. Postaramy się nie mieszać specjalnie w ich życie. Ale będziemy nad nimi czuwać. Powiemy staroście, że ich kształcenie nie jest już zakazane. Niech uczą się mówić, czytać i pisać. Jak nie oni, to ich dzieci... Trzeba znów zamienić ich w ludzi, Sania. I sami nie możemy zamienić się w dzikusów. Musimy w końcu zaludnić tę planetę.

– A co potem? – Aleksander popatrzył mu uważnie w oczy.

– Potem? Potem będziemy żyć. Musimy żyć. W pokoju. TO NASZ OBOWIĄZEK!...

OD AUTORA

Bardzo mi miło powitać moich pierwszych zagranicznych czytelników!

Jest to tym bardziej przyjemne, że pierwszym, poza Rosją, krajem, w którym ukazała się niniejsza książka, została Polska, w której sąsiedztwie mieszkam już od wielu lat.

Mam szczerą nadzieję, że wbrew woli polityków, którzy prowadzą swoje gry w oderwaniu od potrzeb własnych narodów, takie wydarzenia jak kontakt autorów i czytelników z różnych krajów będą sprzyjać umocnieniu naszej przyjaźni.

Z całego serca życzę moim polskim czytelnikom sukcesów, pomyślności, pokoju i miłej lektury!

Suren Cormudian

Suren Cormudian urodził się w 1978 roku we Władywostoku. W latach 1996–2012 służył w siłach zbrojnych Federacji Rosyjskiej. Służbę odbywał w obwodzie kaliningradzkim, gdzie mieszka do dzisiaj. W 2009 roku uzyskał dyplom magistra psychologii. Rok później aktywnie zajął się twórczością literacką. Opublikował już kilka książek i opowiadań w różnych zbiorach. Dwie z jego powieści zostały opublikowane w ramach rosyjskiej edycji Uniwersum Metro 2033.

POLECAMY

DMITRY GLUKHOVSKY
METRO
2033

DMITRY GLUKHOVSKY
METRO
2034

PROJEKT: DMITRY GLUKHOVSKY
UNIWERSUM
METRO
2033
SZYMUN WROCZEK
PITER

PROJEKT: DMITRY GLUKHOVSKY
UNIWERSUM
METRO
2033
ANDRIEJ DIAKOW
DO ŚWIATŁA

PROJEKT: DMITRY GLUKHOVSKY
UNIWERSUM
METRO
2033
ANDRIEJ DIAKOW
W MROK

PROJEKT: DMITRY GLUKHOVSKY
UNIWERSUM
METRO
2033
ANDRIEJ DIAKOW
ZA HORYZONT

PROJEKT: DMITRY GLUKHOVSKY
UNIWERSUM
METRO
2033
TULLIO AVOLEDO
KORZENIE NIEBIOS

PROJEKT: DMITRY GLUKHOVSKY
UNIWERSUM
METRO
2033
SUREN CORMUDIAN
DZIEDZICTWO PRZODKÓW

PROJEKT: DMITRY GLUKHOVSKY
UNIWERSUM
METRO
2033
W BLASKU OGNIA
WYBÓR NAJLEPSZYCH OPOWIADAŃ
POLSKICH FANÓW UNIWERSUM METRO 2033